U0500925

追凶者

之 萨满疑云

管多杰 著

管恩图 书

北京联合出版公司
Beijing United Publishing Co.,Ltd.

图书在版编目（CIP）数据

追凶者之萨满疑云 / 管彦杰著. — 北京：北京联合出版公司，2019.3
ISBN 978-7-5596-2917-3

Ⅰ.①追… Ⅱ.①管… Ⅲ.①侦探小说－中国－当代 Ⅳ.①I247.5

中国版本图书馆CIP数据核字（2019）第014849号

追凶者之萨满疑云

作　　者：管彦杰
产品经理：刘云志
责任编辑：李　征
特约编辑：刘丽鸿　丛龙艳

- -

北京联合出版公司出版
（北京市西城区德外大街83号楼9层　100088）
北京联合天畅文化传播公司发行
天津光之彩印刷有限公司印刷　新华书店经销
字数 273千字　710mm×1000mm　1/16　印张 17.5
2019年3月第1版　2019年3月第1次印刷
ISBN 978-7-5596-2917-3
定价：45.00元

- -

未经许可，不得以任何方式复制或抄袭本书部分或全部内容
版权所有，侵权必究
如发现图书质量问题，可联系调换。
质量投诉电话：010-57933435/64243832

自序

　　小说《警色青春》出版后，我原以为完成了一项任务——对自己过去十二年的警校学习、工作和生活做一个总结与交代；我原以为可以松一口气了——拥有淡定的心态去迎接人生旅途的下一个阶段。谁知，越来越多的警界朋友通过各种渠道联系我，希望能够将其从事警察职业的真实经历讲述给我，借我的笔来继续书写真实的警察故事。我起初多次婉拒，但内心还是产生了涟漪。

　　我亲身经历、亲眼所见、亲耳所闻一届又一届的警校大学生从懵懂单纯的少年成长为睿智勇敢的警察，我的心也一直伴随着他们的经历走向打击违法犯罪的一线。作为警队一员，书写警察的真情实感与艰险不易，我责无旁贷。如果说当初动笔写《警色青春》只是某个人生阶段的某种情绪导致的偶然举动，那么现在和未来继续创作"追凶者"系列小说却已成必然。

　　《警色青春》算是我的"追凶者"系列小说的前传，尽可能再现了21纪以来中国警校大学生的真实生活状态与情感世界，书中还埋下了一个涉及庞大犯罪集团的线索。《萨满疑云》的男主人公——盛大雷，实际上是前传里的男二号。他自小失母，跟随大富豪父亲来到北京，物质生活优渥，感情却不顺遂（无论是亲情、友情，还是爱情）。在这本书里，他从警校象牙塔中走出，加入中国刑警队伍。纷繁复杂的社会、诡异离奇的博弈、是非黑白的拷问，等等，这一切让走向社会的盛大雷在心理上经受了剧烈冲击并产生了巨大变化。虽然水深火热、血雨腥风、命悬一线，但他在重重逆境乃至绝境中显露出了令人钦佩和羡慕的天赋。经过血与火的考验，他变得更加坚强勇敢，最终侦破了神秘离奇的系列杀人案，同时也揭开了自己疑云密布的家世之谜。

　　动笔来写这部《萨满疑云》是在2018年早春4月的傍晚：路灯昏黄、车灯忽闪，刚完成一部影视剧故事大纲的我，头脑中突然浮现出盛大雷的身影。可以说，是我笔下人物的自然成长，勾起了我对他如何步入生死一线的刑警生涯、如何在红尘俗世中摸爬滚打的关注。有的读者阅读这本书时或许会对盛大雷的所思所行产生一些疑惑，这一切疑问的根源都在《警色青春》中有详尽的叙述，心理轨迹的来龙去脉清晰可判；同时，为了保证此书的独立性与完整性，我也在这本书里对一些关键性前因做了必要的补充，即使您没有读过前传，阅读这本书也不会有任何障碍。

创作本书的过程中，我时常沉浸在肖邦和尼采的世界里，发现很多犯罪问题，尤其是犯罪心理问题，往往透射出哲学况味与宗教意味。无论是从学术研究还是就文学创作而言，我都必须对千差万别的人性进行反复细致的观察和深入辩证的思考。

翻开本书的每个人，都将在书中投射出另外一个自我。从这本《萨满疑云》开始，"追凶者"系列小说将正式开启一个又一个犯罪悬疑故事的大门。

2018年中秋节于北京恭和斋

目　录

▷ 楔 子

昨晚清北市溽热不堪，让盛大雷想起在北京遇到桑拿天时没有空调的大学宿舍。学生时代的夏天，总是汗津津的，与汗水一样多的只有荷尔蒙。

虽然盛大雷昨晚辗转反侧，半梦半醒，但是照例6点醒来。他翻身下床，拉开窗帘，身体前倾，屈臂撑扶窗台，两腿伸直，头部昂起，双肘弯曲，开始做俯卧撑。

"一……二……三……"盛大雷心里默默计数，眼前则是上个月小豆子代表二爷山山村小学的学生送来的那盆小红豆杉，叶子油绿，娇俏坚强。

二爷山山村小学是盛大雷来清北市公安局挂职时，无意中发现的一所山村小学。他第一次到那所小学时被深深震撼了。25个孩子只有一位老师，老师是一个三十多岁未婚的男青年，当年读大学时来做志愿者，毕业后一直在这里坚持了十几年。

颓败的院落，砖石裸露的矮房子，没有窗玻璃，桌椅残缺不全。虽然那些孩子像是懵懂的小野人儿，但是在他们的眼中透露着一种对知识的渴望。

从这所小学回来后，盛大雷立刻从银行提了20万元，彻底改变了这所学校的面貌。后来，工作不忙的时候他经常回学校看孩子们。学校里的孩子都亲热地叫他"大雷老师"。

孩子们崇拜大雷老师。每次盛大雷来学校，孩子们就围着他让他讲破案故事。大雷在孩子们的心目中是神探，是英雄！窗台上的这盆小红豆杉就是孩子们送他的珍贵礼物。而这一切是属于盛大雷自己和那所学校之间的秘密，没有外人知道。

盛大雷想起孩子们的脸，笑了，抬头遥望外面阴沉的天空，小雨绵绵，仿佛织成了一张细密的天罗地网。

收音机传出播音员熟悉的声音："预计清北市未来24小时内降雨量将达50毫米以上，而且降雨可能持续。请政府及相关部门按照职责做好防暴雨准备工作。学校、幼儿园采取适当措施，保证学生和幼儿安全……"

清晨6：30，盛大雷披上配发的黑色雨衣，出门步行上班。在楼梯口遇到住在楼下的市局政治部那位姑娘也出门。她殷勤地打量着盛大雷，道："穿件警用雨衣都这么帅！"

盛大雷对这位姑娘的热情领教已久，但依然面热，尴尬地点点头，拍了下脑门儿，装作遗忘了什么东西，转身上楼回到屋里。他站在客厅窗户侧面，看着那个姑娘磨磨蹭蹭地出了楼，快走出院子时突然抬头向楼上看了一眼。盛大雷慌忙闪身到墙后，心怦怦直跳。他心里没鬼，但是害怕她从不掩饰的企图。

再次出门时，街上的车子和人已多了起来。明天是盛大雷23岁的生日。父亲盛坤会从北京来清北看他，两人还想一起回松原老家看一看。

2011年夏天，盛大雷从中国人民公安大学毕业，考进了公安部，这让盛坤着实高兴了很久。

人就是这样，一旦孩子步入社会，做父母的就会突然意识到自己步入了老年。盛坤作为成功的企业家，并不轻易服老，但是去年盛大雷来清北挂职出发前，却察觉到父亲难掩疲惫。这就好像每天跟家人在一起，彼此很难发现每一天的变化。可是如果在一个离别的特殊时刻，你会猛然发现原来这个人的模样已经深深地刻上了岁月的痕迹。

昨天晚上9点盛坤打电话来说，开车到清北接上盛大雷，再一同回松原老家看看。还是人老了，否则这么一件事情，还用打两遍电话重复唠叨？

老家松原，从儿时举家搬迁北京后，盛大雷再也没回去过。虽然松原距离清北很近，但是来清北市公安局刑侦支队[①]以后忙起来没日没夜，回老家的事也就耽搁了下来。

① 我国刑警分属于中华人民共和国公安部、省（自治区）公安厅（直辖市公安局）、地级市（自治州）公安局（地区公安处）、县（县级市、旗）公安局（市辖区公安分局）4级公安机关。在公安部设有刑事侦查局；在省级公安厅（局）设有刑侦（警）总队；在地级公安局（处）设有刑侦（警）支队；在各县级公安局（分局）设有刑侦（警）大队。

盛大雷一进刑侦支队的大楼，就遇到了昨晚值班的夏璋副大队长，两人相互点了个头。夏璋走路像是清宫剧里的大臣，步子放得不紧不慢。

今天的兆头真不好，盛大雷心里犯嘀咕。这个夏璋比盛大雷大七岁，也是来清北市刑侦支队侦查大队①挂职的，比盛大雷早来了半年，挂职期两年。

夏璋从省警校毕业后就进了省公安厅刑侦总队，前年还在公安大学读了在职研究生，如今来清北挂职显然是要被提拔重用的前奏。因为夏璋在省厅占了好几个第一：第一个公大研究生（虽然是在职的），第一个提正科级的，足球水平在省厅首屈一指……再加上他本人工作上进，其岳父是省厅一位还有两年才退的领导，一切都可谓春风得意。

没承想，这一切在夏璋来到清北这座三线城市后遭遇滑铁卢。原因很简单，人比人，气死人。虽然两人都是挂职来的，无非一年的交集，而且也算公安大学校友，但是两人越发处不来。人帅、家富、工作起点高并非全部原因。人都是有气场的，过几手事儿也就彼此心知肚明了，何况都是聪明人。

盛大雷心里嘀咕着，走进了204办公室，坐在自己的办公桌后，不想看却又忍不住盯着对面桌子后面墙上挂着的二等功证书和勋章。

勋章是一个比一元硬币大不了多少的黄金色金属圆牌，圆牌上面像是闪闪发光的太阳，中间则是一个镶着五颗金星的红色盾牌，圆牌最下面是天安门城楼。勋章上方的金属环连着一根色彩对称的彩带：最外面两侧是蓝边，然后往里是金线，再往里是两条白线，再往里是两条红线，最中间是一条白线。

这是夏璋获奖后的当天晚上挂到墙上的。这枚奖章的细节在盛大雷脑海中早已留下烙印，不用看就能准确地画出来。盛大雷觉得自己不是忌妒夏璋立功受奖，而是总觉得这样炫耀式地挂在墙上确实让人不舒服。

这间办公室只有两个人办公，办公桌一个朝南，一个朝北，正对着。人就是这样，越看到什么不舒服，越会控制不住地想看。虽然盛大雷也有一块二等功奖章，但是它安静地躺在他宿舍床头柜的抽屉里。

这时内勤敲门，送来三封信，说是昨天就收到了，因为盛大雷昨天在外面跑了一整天案子，所以现在才给他。

---

① 刑侦支队一般下设三个大队，分别是侦查大队、情报大队和技术大队。

盛大雷点上一根烟，随手翻看着信件。第一封是26个人亲笔签名的生日贺卡。卡片是手工制作的，展开有一张A4纸大小。黑色彩笔勾画的大波浪曲线便是山脉，绿色和褐色彩笔搭配勾勒出许多三角形树冠的松树。山下有一座小房子，红瓦白墙蓝窗。小房子前的院子里是一群戴着红领巾的孩子。班长小豆子站在中间笑得最灿烂，黝黑的脸蛋上露出洁白的牙齿，院门口的牌子上写着"二爷山小学"。

孩子们纯真可爱！上个月的"六一"儿童节，盛大雷去看他们，还专门教他们画画。当然，盛大雷的绘画水平也不敢恭维，他讲来讲去都是当年中学时美术课上最简单的知识。

第二封是从公安部转投过来的一封挂号信，是犯罪心理学会发来的研讨会邀请函。褐色的信封右下角印着红色的学会名称和地址以及联系方式。

盛大雷当年在警校读的是涉外警务专业[①]，毕业后考入了公安部刑侦局[②]。

盛大雷考上公安部刑侦局后，利用业余时间参加过几次犯罪心理学会的活动，没承想被激发出了极大的热情与灵感。加之，出于刑侦业务的实际需要，去年夏天年会时，盛大雷就提交了一篇参会论文和入会申请。

他那篇论文的题目是《"犯罪人"也是"被害人"——从反社会人格的形成机制谈起》，其中的观点与传统教科书大相径庭。这几乎是在挑战与会的高校科研机构的专家权威——时下犯罪学和犯罪心理学的学院派代表。他们眼中的盛大雷"天马行空""胆大谬论"，也有一些公安刑侦一线工作者认为盛大雷"初生牛犊不怕虎""接地气"。

盛大雷的想法也非凭空得来。他入职后就一直对刑侦局这些年累积的一些大案、奇案兴趣浓厚，空闲时常泡在电脑前调阅中华人民共和国成立以来的许多案卷。他重拾当年在公安大学读书时的教材，发现许多案件破获后显示，其与当初对犯罪人心理的预判存在巨大差距。时代变迁，多元发展，人心也变得

[①] 涉外警务专业主要培养能够在各级公安机关从事涉外警务工作以及在其他政法机关从事相关工作的专门人才，毕业生主要就业方向是公安机关出入境管理部门、武警边防检查机构或者在其他涉外警务工作部门从事出入境管理，国际警务合作，联合国维和警务，边防检查，涉外案件处置，跨国犯罪调查，跨国罪犯追捕与遣返，国际执法联络，国际警务合作、司法协助，中国驻外使领馆警务联络等工作。
[②] "刑侦局"全称是中华人民共和国公安部刑事侦查局，主要职能是掌握刑事犯罪动态，收集、通报、交流刑事犯罪信息，研究拟定预防、打击对策；组织、指导和监督地方公安机关打击刑事犯罪的侦查工作等。

复杂多样。对层出不穷的案件几乎都要具体问题具体分析，没有什么类似经验可以借鉴。

会后，盛大雷的入会申请得到批准。学会很需要这种能够一石激起千层浪的新人。讲真话、讲新话，本身就是一种创新意识的体现。

盛大雷上大学时最信赖的师兄潘东对盛大雷这方面兴趣的培养发挥了重要作用。潘东比盛大雷年长两岁，比盛大雷早两年毕业。大学期间，两人情意相投，义结金兰。潘东在北京市公安局刑侦总队工作，这几日说是要执行一项任务，一直没跟盛大雷联系。

盛大雷今天收到的犯罪心理学会的邀请函上显示的会议时间是明天，在青岛召开，估计赶不过去了。他刚把第二封信放到一边，就有电话打到座机上来了。一看号码是公安部的，通知他这几天公安部要派人来考察他的挂职表现情况。

盛大雷来清北挂职原本是一种非常规的工作安排。按照职业惯例，一般人入职公安部三五年才有可能到基层挂职。盛大雷去年国庆节后来清北报到时也不过才在公安部刑事犯罪侦查局工作一年零两个月。因为业务特点，公安部刑侦局与基层的工作交流也极其频繁。

盛大雷在刑侦局工作的一年多时间里，见过许多从全国各地各级公安机关借调来的优秀刑警，也知道自己局里有许多下派锻炼或挂职的同事。自己工作第二年就挂职，也是领导不同寻常的重视。他想起自己出发来清北前，分管自己的秦臻副局长语重心长的叮嘱。他是盛大雷入职后最钦佩的前辈，不仅仅因为他是局领导。

秦臻话少，睿智，自带气场。盛大雷参加过几次重大案件研判会，会上秦臻的思路清晰敏锐，他不讲官话，不合流俗，尤其对于人性的把握精准，不是"套路中人"。

盛大雷算算，还有两个月挂职期满，就该回北京了，过去十个月的工作也算小有成绩，回去跟秦局也算有所交代。他拿起第三封信，牛皮纸信封上只有"盛大雷"三个字，还是打印上去的，也没邮戳，信封是被两颗订书钉封上的。

盛大雷扯开信封，里面仅有一张旧报纸的一角，内容是一则遗失声明："清北合共贸易有限公司遗失中国银行清北分行二爷山支行支票壹张，支票号码：

65400801，声明作废。"

　　盛大雷捏着这一角破报纸，左看右看，正看反看，除了支票号码后四位跟自己的生日刚巧相同，看不出其他任何与自己有关的信息。于是他叫内勤去问收发室这封信是谁送来的。收发室的人对这封信的送信人印象非常深刻，说是昨天晚上一个小孩子跑过来送的，送来就跑了。这种事情公安局也常遇到，最常见的情况是匿名举报信，也有主动提供案件线索的。

　　盛大雷百思不得其解，轻轻地把这一角报纸放回信封，把信封放进了右侧抽屉里，然后夹着工作日志去会议室参加每天的早例会了。后来，他才知道，第一封信是善有善报的信号，第二封信是重要的职业指引，而第三封信最为特殊，是一则死亡通知。

▷　第一部

这个世界上的聪明人从来没有那么多，多的都是自作聪明的人。这个世界上总有那些不可一世的人，对别人的人生指手画脚，甚至生杀予夺。凭什么别人的命运掌握在那些人手里？他们有什么能力可以决定世间一切的是非对错？

还有一些人在这个世界上自诩神和神的后代，他们凭什么拥有天生的优越感？他们知道什么？！他们无非是自以为自己知道！他们无非是自以为自己神圣！

这个世界上绝大多数人活着，是没有实际意义的。他们不过都是道具，是重要人物在世界舞台上登台亮相时的道具，或者说是"一将功成万骨枯"中的"骨"。

他们生存在这个世界上是一个悲剧，无论对于他们个人来讲，还是对于进化法则来讲。但是这些"低贱"的人居然要被那些自诩聪明的人保护起来，这些自诩聪明的人居然还因此得意扬扬，也因此变得不可一世，宇宙间没这个道理！

· 1 ·

她不知道自己是因为头发被揪痛醒来，还是被脖颈儿周围一圈的针刺痛醒的，还是因为药效已过自然醒来，还是被冰冷的雨水敲醒，或四者兼有。周围伸手不见五指，但是能闻到潮湿的味道，感觉到密集的雨丝。

她的辫子被垂直吊起，整张头皮好像正在被完整地揭起。她感觉头皮在燃烧，每个发根的毛孔都好像在喷火，而冷雨滂沱，她想起了儿时看到冷水浇到炉子上时"吱吱"地冒着蒸汽。自己最为得意的秀发被身体拽得笔直。脖子周围一圈针刺伤口，密密麻麻，渗出血来，不仅不疼，反而有些痒。好像还有几支钢钉支撑在自己的下颌和胸口之间。如果没有头发向上的拉扯，估计钢钉早已刺穿了咽喉和胸口。耳洞里传来模糊的嗡嗡声，这声音不是来自身体外部，而是来自心脏剧烈跳动引起的血液乱撞，整个头颅好像比平时离自己更近。她从来没有像此刻这样明显地感觉到被团团控制住的头颅完全地属于自己，却又随时可能离自己而去。

她不知道也看不到自己脖子还有下颌与胸腔之间到底有什么东西，不敢再做任何姿势的调整，转而努力调整呼吸。她从未听过的呼吸声带动耳膜的震颤，与耳道里的嗡嗡声合为一体，瞬间，震耳欲聋的雷声几乎切断了一切听觉。

从来没有这么痛苦过，从来没有过！或许这只是痛苦的开始。她试图调整自己的情绪，集中精力分析自己身上到底发生了什么，但是身体的痛苦让她的努力一败涂地。漆黑的空间里看不出任何物体，前方仿佛有一只无形的拳击手套，一下一下缓慢而有力地击打她的面部。这时她才发觉自己的眼泪和口水在皮肤上漫延，流淌。

她不知道自己怎么会置身如此境地。一幕幕往昔在眼前浮现，好像坐在黑暗的影院里看大屏幕。下周就是自己的生日了。26岁，正是刚别青涩，自信渐立，青春信手拈来的年纪。她意识到自己错过了许多的爱，在不懂爱的年纪遇见真爱，往往是人生迟暮时回首的惋惜与伤痛所在。但这一切在26岁时应该还都来得及挽回。而这一切在此刻之前，她从来没有想过应该去做些什么，因为她觉得人生很长、时间很多。如今，她才明白何谓时不我待……

自己失去意识前看到的那张神秘的笑脸，充满慈祥，是让自己可以安心相信的那种笑容。此刻的处境让她明白，那个笑容其实是魔鬼的表情，只是当时自己没识别出来。

那个人是否在不远处？她使出全身心能够调动的力量，暂时压抑自己的心跳，试图屏蔽雨声和远处的雷声，只是竖起双耳，透过血液的流动声聆听周边的动静。虽然她什么也看不到，但是她能确定，那个人就在不远处。

她尝试着活动自己被捆在身后的双手。虽然这样的小动作让她被吊起的头发绷断了几根，让她脖颈儿周围的细针扎扎实实地刺入肌肤，但是这些痛苦在强烈的求生欲望下显得无足轻重。她甚至在极度恐惧中有了一点点惊喜：把自己双手捆绑在身后的绳索有了松动的迹象。然而，随着她试图调动全身的力气去挣脱手腕的捆绑，她咽喉与胸腔间的钢针进一步刺入体内，血液已经悄无声息地渗了出来。她清晰地感觉到抵在自己咽喉上的是三根钢针，胸口上的也是三根。

她脑海中预设的步骤是双手松开后，解开头发的捆绑，然后逃跑。手部绳索的松动给她带来了力量，让她能够忍受更深层次的肉体痛苦，就在她的双手即将从绳索中抽脱出来时，她突然感觉头顶一松，捆绑着自己头发的绳索好像也松动了，头皮仿佛回到了自己的颅骨上。她刚感到一丝惊喜，一道闪电在眼前扫过，她仿佛感觉到那个人伸出了胳膊，随之而来的雷声盖住了一个微小的声音，与此同时，钢针毫不犹豫地刺入了她的咽喉和胸腔。脖颈儿一圈的刺痛已经来不及感受，她在这个世界上最后听到的一种声音是"噗"。

· 2 ·

秋天的大海有种别样的宁静与深沉，夕阳仿佛在向海面泼洒金箔。几艘帆船在远处的海面静止不动，只有白色的帆泛着银光。

"刚下过雨，一洗尘埃。"她身边戴着黑框眼镜的中年男子文绉绉道。在短暂的航行过程中，他一直在骄傲地介绍着青岛——他的家乡。

机身倾斜，绕着海湾划了一条弧线，越过一座植被茂密的山丘，向地面俯冲。

"您是一个人来青岛的吗？一会儿我让司机顺路送您吧！"眼镜男试探道。

"不了，我是来找一个男人的。"虽然这种殷勤之前也曾遇到过，但是她从来没有觉得理所当然，礼貌的微笑还是应该有的。只是，她心里也在笑，因为她不确定这样说是否恰当。

来青岛前看到照片上的他虽然面对镜头故作深沉，眉头微蹙，但透着一股倔强的孩子气，坚毅的脸部轮廓和下巴还有婴儿肥的迹象。或许他也变了，毕竟过去的一个月时间里发生的事情降临在任何一个人身上都可能彻底改变这个人，世道从来不管命运施与的对象是否能够承受如此重压。

来之前她大概了解了那个"男人"的过去，知道脚下这座城市不是他的家乡，却对他有着特殊的意义。出了青岛流亭国际机场，她在出租车的反光镜里还能看到那名眼镜男，他正恋恋不舍地站在一辆黑色奔驰前朝着自己挥手。

车窗外掠过一栋栋红顶的房子，绿树随处可见，加上她刚才看到的碧波，这些颜色构成了这座海滨城市的明信片。快到目的地前，车子路过市政府大楼对面的海滨广场上著名的城市标志性雕塑——五月的风——彰显这座城市在近代中国史上的重要地位。

这尊雕塑是中国目前最大的钢质城市雕塑，高达 30 米，直径 27 米，重达 500 余吨。雕塑取材于钢板，并辅以火红色的外层喷涂，其造型采用螺旋向上的钢板结构组合，以洗练的手法、简洁的线条和厚重的质感，表现出腾空而起的"劲风"形象。

第一次世界大战结束后，1919 年 1 月，美、英、法、日等帝国主义国家在法国巴黎召开"和平会议"。与会的中国代表向会议提出废除袁世凯和日本订立的不平等条约"二十一条"，要求将德国在山东的租借地青岛以及胶济铁路等归还中国。但这些要求遭到了参加"和会"的帝国主义国家的拒绝。消息传出，举国愤怒。5 月 4 日，北京学生 3000 余人在天安门前集会，高呼"收回山东、青岛主权""还我青岛"等口号。那是这座城市首次被世界关注。

八十九年后，2008 年北京奥运会的帆船比赛在这里举办，加上美誉度极高的青岛啤酒和这些年占据中国影视圈半壁江山的影视明星们，让这座城市在这个世纪再次成为国际知名城市。

出租车停在了八大关景区旁的快捷酒店门前。这是一家外墙体为橘黄色的舒适型酒店。公差的住宿标准有限，但她还是尽量住到八大关，因为这片景区是最能体现青岛"红瓦绿树，碧海蓝天"特点的风景区。

这里有八条灰黑色的柏油马路，皆是以中国古代长城著名关隘命名，如嘉峪关、武胜关、山海关，等等。此处，在过去的一百年间已成为著名的别墅区，人称"万国建筑博物馆"。

前台应该是刚刚上岗的实习生，热情洋溢，令人心生好感，印象深刻。他耐心地介绍早餐时间和附近景点，并主动给丁海琳安排了酒店楼顶的海景房。

电梯"嘀"的一声响，门开了。丁海琳背着双肩包，看着墙面上房间号码的指向标，向右拐，第二个房间。房卡一刷，又是"嘀"的一声，房门开了。

居然有景观阳台！260 元人民币能订到这个地段的这种房间简直是物超所值！她推开阳台的门，目光穿过楼下的树林，以及掩映其间的小洋房，看到波涛起伏的海面，内心一阵激动。

她戴上墨镜，下楼，拦了一辆出租车，向西部奔去。在车上她随口说了一句"马上入秋了，青岛还是很热"。健谈的出租车司机立刻开起了玩笑："小嫚儿^①，你不知道，青岛是秋老虎，现在才是一年里面最热的时候呢！但对我们司机来说也有一个好处。"

她歪着头，带着疑问看司机。

"马路上没有碰瓷的了，太热躺不住！"司机说完，自己哈哈大笑起来。

她看到车外的柏油马路泛着油光，隐隐约约地散着热气，莞尔一笑。车来到了中国海洋大学的门口。她谢过热情的司机，按照手机导航的指示，穿过马路，走入一个墙皮斑驳的老院子。

院子左边有一棵老槐树，树下有一口井；院子右手边是一栋二层高的日式建筑，黄色的墙体、红色的顶。

她向房子的大门口走去，大门旁的窗口，一个套着老头衫的老大爷隔窗问道："小嫚儿，找谁啊？"

"大爷，我找盛大雷！"她试探地问了一句。

"大雷啊！得半夜才能回来喽！"

寻人不在，却还略有庆幸。她第一次来这座城市，能够凭空多出一点时间，心安理得地随意看看，忙里偷闲。她转身走出院子，返回马路对面，路过一个挂着"梁实秋故居"石牌的幽静院落。她好奇地隔着铁门向里张望，一棵高大的松树遮蔽了一栋陈旧小楼的大部分，好像在保护一段尘封的历史宝藏。当年梁实秋就是在这里翻译《莎士比亚全集》的。

她看看手表，抬脚步入中国海洋大学的校园。暑假即将结束，已经有部分学生提前返校，人人还带有假期里的欢快表情。她没上过地方大学，对于地方大学校园里的自由氛围也很羡慕。

绕过阴森的原日本宪兵队总部大楼，穿过雪松掩映下的洼地里的操场，那里有一群生龙活虎的少年，不知疲倦地争抢着斑驳的足球，显现出旺盛的青春活力。她看到过盛大雷的很多照片，也有足球场上的，那架势令人立刻联想到意气风发，还有带着委屈的倔强。

她不知道为何，一想起他，脑海中就会出现"委屈"和"倔强"这两个词。

---

① 青岛本地管姑娘叫"小嫚儿"。

他大多数时候像是一头正处于壮年的狮子，也有当将军的派头和潜质。当她越深入地了解他，越发现他或许不是。

海大图书馆前有几株百岁高龄的法国梧桐，沿着小土坡，穿过一片竹林，眼前是一幢红瓦黄墙的二层小楼。整栋楼被爬山虎覆盖，楼前立有一尊男子的半身石像——头发蓬松，眉头紧皱，陷入沉痛的思索状，底座石碑上刻着"闻一多先生，1899—1946"。

这是她来青岛最向往的地方。她清晰地记得心里的那个他最热爱的是闻一多先生在昆明所作的《最后一次演讲》："我们看，光明就在我们眼前，而现在正是黎明之前那个最黑暗的时候。我们有力量打破这个黑暗，争到光明！"这些语句，他曾在多个场合引用，最终成了心志的赤裸表达，也成为他短暂人生的谶语。

· 3 ·

从校园出来，她坐在校门口的护栏上，望着马路对面那个旧院子，脑海中把看过的材料组成了一个故事，一个与青春、热血、欢快、失落……有关的故事。

各色灯光逐渐亮起。校园里进进出出的男生不时会多看她几眼。一个烫着头的男生，穿着时尚，居然大着胆子对她吹了一声口哨。

"美女是哪个学院的啊？酒吧去不去啊？今晚有南里乐队的现场演出！"烫头男生自认为风流地走上前搭讪，他身后还有两个男生站在原地偷笑。

"你才多大？20岁有吗？"她嘴巴上回应着，眼睛却看着马路斜对面的那个院门口。在她眼中，这类大学男生就像刚学会开屏的孔雀。漂亮的女人和不漂亮的女人，经历和感受的是完全不同的世界。她很早就明白了这个道理，但是从来没有将漂亮当作可利用的资本。

"美女是博士吧？"烫头男生掏出口袋里的白色苹果手机晃了晃，试图掩盖紧张，"加个微信呗！"

那部手机是乔布斯去世后苹果公司推出的新产品，比之前的苹果手机屏幕更大、机体更薄。苹果手机在中国青年群体中意味着时尚和前沿。于海琳不怒反笑："姐我不用微信。"但是为了避免纠缠，她随口告诉了烫头男生一个手机号码。

远处两个男生起哄，催促烫头男生赶紧走。刚才脸上有些尴尬的烫头男生，脸色在路灯下忽地闪亮起来，他故作潇洒地眨了一下眼睛，说道："姐，刚开的店，香港路上，一起去，我请客！"

于海琳霍地站了起来。男生吓了一跳，后退了一步。他没有想到女生答应得这么痛快。烫头男生得意地扭头朝着两个同伴挥挥手，头还没转回来，却发现美女大步流星地去马路对面了。

她确定刚才一个高大青年进了那个院子，目测比材料上写的 1.91 米还要高一些，只是整个身形看着比照片上消瘦。

空气中弥漫着香皂的味道，这个味道如此熟悉。院子里没有开灯，她刚迈进院门口，只听"哗——"的一声就被水溅了一身。大槐树下，光着膀子的青年把手中水桶放在了地上。

青年视她为空气，旁若无人地拿起挂在槐树树杈上的毛巾，一边胡乱揉擦着头发和身体，一边往楼里面走。

"盛大雷！"

青年眉头皱了一下，一声不吭，趿拉着拖鞋走进楼门。走廊里一股油烟味儿，傍晚时来过一趟，她看到走廊两侧堆满了各种杂物。楼道里黑魆魆的，她隐约看到前方青年背肌微微泛光，还有一些青紫。

"吱嘎"一声，走廊尽头的屋门被推开了一条缝，灯光射出来，把他的身影拉得很长，映到了她的脚下。

他走进屋子，没关门。她赶紧侧身进屋。屋子里外两间，他走进了里屋，反手关上门。外屋十几平方米，窗口是灶台，可以看到院子，灶台旁的墙角是一张折叠桌，放着一个碗、一个盘子和一个大玻璃杯，碗里有几个凉透了的水饺，盘子里还有一层油炸花生米。

他从里屋出来，换了一条海蓝色的耐克足球短裤，上身套了一件最常见的白色跨栏背心。灯光下的他与她脑海里的模样吻合，只是他方脸瘦削了下来，能看出下巴的尖儿。原先的虎背熊腰如今也变得结实精瘦，两条长弧状的浓眉如今在靠近内眼角处各打了一个小结。还有伤疤，显眼的以及不显眼的。右上臂外侧有一大片乌痕，鼻梁上贴着一个刚换的肉色创可贴。

他走近她，突然伸出右臂，她条件反射地上身向右躲闪，腰以下纹丝不动。他愣了一下，不到一秒钟，伸臂从她门后墙上的挂钩上提过来一塑料袋液体。黄色液体上方还有一层丰富的泡沫。今天她在青岛的街头巷尾见到许多人拎着装有这种液体的塑料袋，甚至在海大操场台阶上还看到几个打完篮球的男生在轮流对着袋口往喉咙里灌。

他大马金刀地坐在一把磨得发亮的木椅上，把袋子里的液体倒满杯，随手把袋子挂在椅子背上。然后他举杯一饮而尽，又从口袋里摸出一盒灰色的泰山烟，抽出一根给自己点上，深深地吸了一口，低头盯着花生米，一言不发。

她拉出另一把木椅坐下。他欲转身取塑料袋，她眼明手快地把那个袋子取过来，用余光扫了一下，伸胳膊把灶台前窗沿儿上的一只水杯拈过来，给自己也倒了一杯。她是真的突然觉得口渴，自顾自地干了一杯。微微发苦的口感，唇齿间留下麦香。

"监视我都派高手了！"他把自己那杯喝了，脑海中都是刚才她一举手一抬足的敏捷，还有眉目神情的锐利。

"你比照片上瘦了很多！"她的语气里不只有客观的评价。

盛大雷很烦女人这种对自己外形的关注，他两条眉毛靠近鼻梁处皱得更紧了。

"我来找你——"

"找到了，就请回吧！"

"现在遇到难题——"

"跟我没关系！"

她来之前就知道他的态度不会好，否则他不会关机，谁的电话都不接。他在躲避，刻意地划清界限。他又点上了一根烟，烟雾蜿蜒上升，好像被房顶吊着的灯泡吸聚了过去。他不想听任何事情，如果真是他们派她来找自己，他们够没羞耻心的！

"你现在还是警——"她试图抢着把意图说出来。

"出去！"他突然暴怒，站了起来，声音不高，但像装了消声器的手枪，准确击中了目标。吊灯在他脑袋后面，铺天盖地的阴影刹那间罩住了她。她没有因为眼前这个愤怒的青年吼自己而恐惧，也没有反唇相讥说对方不够绅士。

她站起来干了一杯酒，一言不发地转身离去。窗前有人影一闪而过，盛大雷把目光从窗口收到桌前，呆呆地垂下了头。

· 4 ·

虽然对方比自己矮了半个头，身手显然也没有他高明，但是他依然被拳打脚踢得连连后退，直到后背倚在拳击台的防护栏上，对手还是毫不留情地上下左右攻击他。对手越战越勇，发起了猛烈的进攻。但是在明眼人看来，这是一场显失公平的搏斗。一方凶神恶煞地攻击，一方唯唯诺诺地退让。

他的脑海中浮现出当年训练时的情景，那时候的他只知道进攻进攻再进攻，隆美尔的那句"进攻是最好的防守"在他脑海中根深蒂固。而如今，他在这里被动挨打。

他身体里反击的热血在沸腾，心底一个声音大声喊着："打倒他，打倒他！"场地周围的人也在疯狂地喊着："打他，打他，打倒他！"他不知道这些围观的人是在给对手加油，还是给自己加油。很多时候，看客并不在乎谁赢谁输，他们只想看激烈的搏斗过程。

行家看门道，于海琳看着搏击台上两个男人腾挪的步子，还有身体肌肉的状况以及双臂夹紧或放松的动作，她明白谁更有实力。但是他只是双手护头，像是一个认错的巨人，弓着腰，抓地的双脚紧绷绷的，脚背上的青筋凸出。

"停！停！"裁判高喊。小个头的对手得意扬扬地仰起下巴，笑容从嘴角流淌出来。是啊，他把一个比自己高大许多的强壮男人攻击得没有还手之力，这种成就感和征服感不是其他事情可以代替的。小个头男人高举双臂，挥舞双手，迈着凯旋的步伐向观众致意。而他，背靠护栏，滑到地面，重重地坐在场地上喘着粗气。

虽然身上被对方拳打脚踢的部位很痛，但是他并没有感觉精疲力竭。他平复呼吸，慢慢睁开眼睛，映入眼帘的是一双白色运动鞋，浅蓝色的牛仔裤熨帖地包裹着一双修长笔直的腿，上面是白色的衬衣……是昨晚那个来找自己的姑娘。

他现在不想见到任何与过去有关的人，一想到那些事，就像有一个小人儿在他脑壳里拳打脚踢，比肉体上挨揍还痛苦。他不知道自己为何面对多么复杂的案子都有耐心、有耐力抽丝剥茧，唯独面对自己涉身其中的事情时总是处理不好。

此刻她弯下腰，把一块手帕递到他面前。细长白嫩的胳膊下隐藏着力量，他能感觉到。他盯着面前的手帕，白色的面子、天蓝色的边线，垂落下来的一角居然绣了一个拇指大小的松狮犬的图案。

他喜欢狗，以前养过一只叫作"虎头"的松狮犬。他犹豫了一下，慢慢地伸出右臂，接过手帕。虽然他不太了解女人的心，但是他知道女人眼神的含义。

"你故意不还手？"她问道。此时两人已经走出搏击馆，站在街边的树荫下。夕阳红满天，柏油马路披上了一层淡黄的烘烤色。

"这是规矩。"盛大雷淡淡道，抬头眯眼看了看天，青岛的秋天真是晴朗，神清气爽。

"被虐有快感？"她恨其不争道。

他没作声，伸手拦住了一辆出租车，拉开门坐在了副驾驶位置。她眼明手快地拉开后门，一步跨进车，像一头优雅的豹子。

在他的指示下，车子向前驶去。她接起了一个电话，嗯啊了两声，把手机换到左手上，向车前座递过去："宗队的！"

她把手机放在盛大雷的左耳旁，他不禁颤抖了一下，没有回头，也没有接过电话，但在听。电话里对方在说话，他纹丝不动地看着车前方。透过车子的长条反光镜能看到他坚挺的鼻梁——又换了新的创可贴——今天他接过搏击俱乐部老板给他的几张钞票后，她给他换上的。

镜子里的他，紧抿着厚实的嘴唇。善良、勇敢，这是她近距离观察他得出的结论，她对自己看人的眼光很自信。

对方在电话里说了最后一句，他犹豫了三秒钟，才开口说了一句："知道了，宗队。"

通话时间4分13秒，接完这个电话，他突然觉得消失了近一个月的食欲有了恢复的迹象。

他告诉出租车司机，换了一个目的地。此时已过下班高峰期，车子顺利地转了一个弯，在一条旧街道口前停了下来。

这条街道两侧是各类小吃店、烧烤店。炒粉、馄饨、鱿鱼、生蚝、大串的羊肉串……诱人的香气充斥着整条街道。一个中年女人正在一家红色门面的烧烤店前揽客，她烫着发，眼线深黑，胭脂浓厚，无袖的红色上衣，黑色的紧身裤，还穿了一双至少7厘米高的高跟鞋。

"小哥，很久没来了！快进来吧！这是恁对象？真漂亮！"中年女人不知道是自来熟还是真的跟他很熟。

烧烤店是居民楼临街一层改的，里外三间屋子。中年女人拿来菜单。

"小伙子得有两三年没来了吧？恁那个兄弟呢？比你黑点儿那个！"她熟络地问道。

"他出国了！"他并不想多谈那个"兄弟"潘东，他上次得知潘东的消息还是两周前从北京市局的校友那里。

她抬起头，对老板娘念叨："十串肉筋、十串板筋、十串小腰、十串海肠、十串鱿鱼牙、两串鸡翅，先来这么多！都要辣的！还有啤酒！"

"要几瓶？一厂还是二厂的？冰的还是常温的？"中年女人边低头在点菜单上记录边问道。

她毫不犹豫道："二厂的！先来八瓶，一半常温的，一半冰的！"

盛大雷看着她的样子，不禁眼神有些闪烁。"你家是哪儿的？"几串烤串、酒过三杯，他先开口了。

"你还没问我名！"她低头啃鸡翅，即使自己不是他的菜，对女性起码的尊重还是应该有的吧。

"宗队刚才电话里告诉我了。"他给她倒满酒。她咽下一口外焦里嫩的鸡肉，擦了擦手指，举起杯碰了一下盛大雷的杯子，仰头先干了。

他正视她道："咱俩差不多大吧？"

"你特别害怕别人小看你吗？我比你大五岁。"

二厂的青啤，劲儿足，酒精侵入了她白皙的脸蛋，晕上来一层粉红，一路向下蔓延。

盛大雷还是有些意外，她看上去实在是太年轻了。当然，根本原因还是她确实漂亮，他并不想假模假样地否认这一点。

"你刚过23岁生日，我马上过28岁生日。"她接着说道。

盛大雷盯着面前长方形的不锈钢盘子底，没有接话。都说"本命年犯太岁，太岁当头坐，无喜必有祸"，如果老话说得有道理的话，明年才是自己本命年，怎么刚过去的23岁生日犹如一场没法醒来的噩梦？那一天彻底颠覆了自己的世界，甚至粉碎了自己的生活，是噩梦的开始，难道这场噩梦还会持续到明年本命年？

"丁海琳，从特警学院转业到清北市局刑侦支队侦查大队。现在还得算是见习警员。"她开场白后，用牙签插了一块拍黄瓜送进嘴里。唇红齿白，咀嚼有力，健康大方，又不会令人觉得粗俗。

丁海琳吃烧烤、喝酒落落大方，让盛大雷对她颇有好感，不造作、不扭捏，不像有的漂亮姑娘故作清高或者高贵。

"我知道你，你应该是8月1日来报到的。"盛大雷想起7月31日下午，快下班时，内勤过来说第二天会有个转业女干部来报到。只是从8月1日凌晨开始，他遭遇了一系列始料未及的意外，再后来他被停职接受调查，后面也就没再见过新来的同事。

8月初那几天的事情现在想来好似一场漫长的噩梦，接连不断，集中上演。到现在盛大雷也还无法冷静下来理顺思路，来青岛也是为了调整心态，因为他知道那些事情都没有完，随时都可能有更多、更大的噩梦接踵而来……但是为何要来青岛呢？因为潘东？自己现在难道不应该恨他才对吗？

"你不能小时候靠父亲，上大学靠师兄和师长，这样长不大！你要相信自己！靠自己！"这是刚才电话里宗队说的话，一遍遍地在他耳畔重复回响。

"65400801。"丁海琳看着盛大雷把号码一个一个地说出来。

盛大雷的动作变慢，这组号码他记得非常清楚，甚至曾经在梦里都在琢磨这组号码的隐喻。

"你当时为何不认为前四位数字有特殊的含义，而认为后四位代表具体日期呢？"

"我是事后诸葛亮！"盛大雷深深地吸了一口烟，如果没有宗队的那个电话，他绝对不会相信面前这个比自己大五岁的警花。他对某些人的好感和信任的判断曾经一再失误过。

"8月1日，你生日那天，你父亲出事和李翘之死几乎同时发生，是巧合吗？"丁海琳一针见血。

"我是事后才想起前一天收到的那封信的。"盛大雷左手夹着烟，右手大拇指用力地摁着右太阳穴，闭上眼喃喃道，"我感觉就好像有我说不清楚的人，他们就想在那一天做那些事，就是我生日那天。"

"那封信上的信息和李翘之死或许是刻意选的那一天，你父亲的事或许是偶然，刚巧赶在了那一天……"丁海琳清楚地记得自己第一天到侦查大队报到时队里人仰马翻的状况。

她对自己报到那天遇到的情况不知是喜是悲，一方面可以接触到百年难遇的奇案，另一方面警队里的人忙得都忽略了她的存在。

"李翘那个案子现在是夏璋负责？"盛大雷睁开眼睛，试着问道。

"对！他把案子定性为偶发案件……"

"你不信他？"

"对，我跟刘队都认为他的方向是根本性错误！"

"理由呢？"

"很简单！"丁海琳从口袋掏出一摞照片，递给盛大雷道，"因为又死了一个人。"

· 5 ·

宋威喜欢在二爷山国家森林公园跑步。进入9月，山里晚间有了清冷的气息，让她想起在青海格尔木当兵时的天气。夜幕渐渐降临，公园里的人越来越少，尤其是当宋威向山上小路跑的时候。

宋威喜欢跑步是因为在跑步的时候她可以不考虑家庭、事业这些现实问题，而且跑步会让她保持依然年轻的信念。她很不服气，不服年纪，不服自己中年发胖。

她想起心底的那个人，禁不住微笑，女为悦己者容，包括保持美好的体态。宋威咬咬牙，坚持迈着步子。

慢慢地，坡度渐高，路面变窄。风从山顶向下横扫，穿过树林时发出沙沙声，好像千军万马正在沙地上默默前进。山风拂面，热汗钻入后颈。宋威想起十几年前的自己，巾帼不让须眉，即使攀爬昆仑山，在可可西里拉练，也不会向自然和身体投降。

年轻真好！

清北这座三线城市貌似开始有了新的发展与变化，但是人们的观念保守陈旧，宁可重复老人的活法也不愿意挑战新的模式。

宋威不甘心如同周边的同龄人那样，相夫教子，日复一日。运动和事业是她永葆青春的两样法宝。

她从腰侧取下水瓶，放慢速度，仰头喝下一口淡盐水。突然，她听见后方有树枝折断的声音，那声音那么轻微却又那么清晰。宋威警惕地停下脚步，压制呼吸，侧耳细听，没有发现什么异常。或许是山上的小兽，它们常在晚上开始行动，四处觅食。二爷山这几年被保护了起来，小型野生动物也逐渐多了起来。

季节转换，现在的每一天，夜晚都来得更早些。宋威看看树冠之外远处的山脉，在黑魆魆的夜幕下像是一只巨大的怪兽。

宋威把水喝尽，看看手表，43分钟，消耗784卡路里。她心里大概盘算了下晚饭的进食情况，觉得基本能保持平衡，准备返程。人年纪一大，运动时感受最明显的就是膝盖，尤其是下山时。宋威紧了紧鞋带，开始向下跑。

她拐第一个弯时，眼前的路变宽了，视野也相应地开阔了，可以望见远处的清北市区已是万家灯火。又拐了一个弯，路的前方就是公园一进门的宽阔广场了，能看到一些零星的人影。这是一个三岔路口，两条上山的路在这里汇到一条大路上来。

宋威调整下呼吸，突然听到身后响起了追赶的脚步声。刹那间，宋威肾上腺素水平迅猛提升，当过兵的人的警惕性几乎已成为身体的一部分。她不愿意承认恐惧，更不能在不摸对方底细的情况下流露出恐惧，这是一种心理战，是当过兵的人都会有的经验判断。

接近公园大门口的广场了，鞋底与路面产生剧烈的摩擦，发出"刺啦刺啦"声。背后的脚步声也急促起来，宋威似乎已经听到了沉重而克制的呼吸声。那种呼吸声像是一种野兽发出的，宋威仿佛闻到了野兽张开的大嘴中随着喘息喷出的恶臭。

就在一刹那，她脑海中出现了一个方案：绝不能让身后的人追上自己！多年的事业成就促使她选择了这个方案。是啊，当兵正营级，转业后干到副处级，她下海两年就成为清北当地知名企业家，公司马上就要上市了。

自尊心，或者说多年累积的迎接挑战的自信心，让她拼尽了全力。只是，现在她来不及遐想更多，因为，那个人追上了她！她脑海中甚至想象出，此刻身后那人正伸出双手，准备紧紧卡住自己的脖子！

"啊——"她的心已经到了嗓子眼，身后那人瞬间越过了自己，像一团黑色的火焰，冲到了前方。当那人冲过去后，她突然松了一口气，是自己多虑了！她瘫软了下来，一屁股坐在公园大门口的广场边，双手撑地，大口大口地呼气，顾不得冷风灌入身体后的难受了。

这时，她闻到了香水的味道，隐隐约约，飘浮在空气中，应该是刚才那团超越自己的黑色火焰留下的味道，似乎有些熟悉。

· 6 ·

火车犹如一条巨蟒，钻进一个山洞——二爷山隧道。这条铁路隧道长7400米，隧道通过地区的岩性主要为混合片麻岩、混合花岗岩、含绿色矿物混合花岗岩。"咕咚咕咚"的隧道回音，提醒盛大雷即将进入这座他不想回到的城市。

火车呼啸一声，冲出了山洞。一切并没有变得豁然开朗，阴沉的天空下是这座老工业城市颓废的一面，铁轨两旁破旧的居民楼和废弃的工厂随处可见。

清晨6:58，火车停靠清北站，盛大雷走出车厢，气温明显要比青岛低几摄氏度，已经有了秋天的萧瑟。一股熟悉的味道扑面而来。每座城市都有自己独特的味道，只是常住在这里的人不会察觉。这里不是盛大雷的家乡，但于他有着特殊的意义和记忆。

盛大雷最不想来的就是这座城市，离开这里不过两周多的时间，却恍如隔世。但是，冥冥中他又不可能与这座城市划清界限——他生命中关系最紧密的那个人还躺在这座城市中的某张病床上，生死难料。

火车站地处清北老城区，人流密集。盛大雷和丁海琳出了站，远远地就看到老刘站在人群外的路边，倚着侦查大队那辆黑色捷达轿车。暗红色的山寨版"鳄鱼"T恤衫掖在笔挺的警裤里，边缘已经磨损的一条黑色的人造革警用腰带，再搭配那双布满网眼的黑皮鞋，完全是军警职业装和乡镇干部风格的混搭。

清北的经济发展水平排在全国后一半，但清北人普遍舍得在穿着打扮上花钱，尤其喜欢购买奢侈品。从金链子、貂皮大衣这些本土产品，再到劳力士、江诗丹顿、路易威登这些奢侈品牌都很流行，当地人热衷于投资自己的外表，并乐于在这方面炫耀、攀比，显然老刘不是这一路。

老刘身边的那辆捷达轿车，盛大雷也是再熟悉不过了，从去年来挂职起，他就时常开着这辆车子出去跑东跑西。侦查大队这辆捷达跑了至少50万千米，停放在废车场估计都很难引人注意，各种烟味儿和方便面味儿浸染了车内每一寸空间。

盛大雷小学时跟着父亲去长春时，曾经路过一汽大众工厂，男孩子都是对车有浓厚的兴趣甚至痴迷的。后来他到了北京，家里的车子很多，他最喜欢开的还是德国车。

捷达（Jetta-MK1）是德国大众汽车集团在中国的合资企业——一汽大众汽车有限公司生产的汽车品牌，于1979年在欧洲上市。1991年12月5日第一辆国产捷达在长春一汽大众轿车厂组装下线。从此，捷达在二十多年的时间里，累计销售超过350万辆，有"神车""中国家轿第一品牌"的美誉。

刑警队的车子像是一个阅历丰富的老战士，衰老而坚持，沉默而淡然。刑警蹲点抓人可不是车到人擒，有时候在车上一待就是好几天，这辆车子既是座驾也是家。

盛大雷上次开这辆车子还是一个月前，也就是8月1日那个大雨倾盆的凌晨，奔赴离奇的杀人案现场。他清楚地记得车子浑身是毛病，在泥泞坎坷中前进，不停地呻吟和怒吼，像是多处负伤的老战士行将退伍还不屈不挠。盛大雷一直都不明白，市局刑侦支队侦查大队作为最重要的一线业务部门之一，装备为何这么陈旧和落后。

车窗外的路人面色凝重，老年人刚刚结束锻炼，拎着从早市买的菜向家的方向踱步；成年人则行色匆匆赶往单位；孩子背着书包，满脸不情愿地向学校挪动。

"大雷，谢谢你回来。"老刘先开口了，右手把着方向盘，左手摸出一盒烟向后摆一摆。盛大雷没有接，眼睛看着窗外，沉默不语。

他不是因为老刘才回到清北来的，他是因为宗队的那个电话才回来的。电话里的那些质问振聋发聩："你被停职了就可以干等着你爸爸死吗？你被停职了杀人犯就停止杀人了吗？你被停职了就彻底放弃自己了吗？"

宗队很少对盛大雷用这样严厉的口吻，但也只有宗队可以毫无顾忌地批评盛大雷。盛大雷不会生气，最多会有一点委屈，好像孩子被自己崇拜的成年人批评后的那种感觉。盛大雷不想让宗队失望，毕竟这个世界上值得自己信赖的人越来越少了。

路过清北市公安局时，盛大雷难免有物是人非的感觉。这种感觉在8月13日那天也曾有过，那天刚巧是七夕。那天早上他从青岛火车站出来，路过青岛市公安局时，想起了四年前的夏天。当时的自己还是警校大学生，和大学舍友满怀憧憬地到青岛市公安局实习报到，意气风发，理想远大。

只可惜，时间改变了一切，尤其是人。物是人非是时间常理，自己当初觉得始料未及也只是因为太年轻。还有警察这个职业，跟某些人有宿命的纠缠，譬如盛大雷自己。

车子在清北市公安局正门口路过，在下一个路口转了一个弯，钻进邻近的一个胡同里，停在了一栋陈旧的居民楼前。这种楼在中国十分常见，尤其在东北老工业基地。

1955年，在赫鲁晓夫执政时期，苏联要求在住宅建设中精简节约材料。于是苏联开始兴建5层标准小户型住宅楼，这种楼就是后来被人们戏称的"赫鲁晓夫楼"。当时的中国借鉴苏联经验，在全国推广这种类型的楼，只是在中国被称作了"筒子楼"。

这是清北市公安局的单身宿舍，去年国庆节后，盛大雷从公安部挂职锻炼到清北来，就一直住在这栋楼的2单元402。楼顶的这套33.8平方米的房子，一室一厅，还有独立卫生间和厨房。按照挂职锻炼的时间算起，还有一个月就满一年，也就是说这套房子名义上此刻还是归盛大雷使用。

盛大雷没打招呼就开门下了车，抬腿迈进楼洞。楼宇陈旧，楼道里充斥着腌辣白菜和排骨炖土豆的味道，虽然不像有的楼道里贴满各类小广告，但许多楼梯拐弯处也堆着各类杂物。登上顶楼，打开油漆斑驳的木门。他直奔卧室，看到窗台上那盆小红豆杉还"健在"，不禁放下心来。

二爷山原始森林中的红豆杉是世界上公认的濒临灭绝的天然珍稀植物，在地球上已有250万年的历史，是植物活化石。这棵小树没有枯萎的迹象，还发出了几枝小芽，从褐色的枝干上伸展出来，整整齐齐的浅绿色，很鲜嫩。

照料完红豆杉，盛大雷才转身打扫房间。折叠桌上的玻璃烟灰缸里，烟头像凤梨一样层层叠叠。盛大雷把烟头倒进厨房垃圾桶，打开水龙头清洗烟灰缸。这个巴掌大的玻璃烟灰缸还是这间宿舍前任住户留下来的，清洗过后显现出缸底印刻的警徽，警徽下方有"庆祝清北市警察协会①成立三十周年"字样。

他把厨房、客厅和卧室的窗子全部推开，将屋子里里外外打扫了一遍。卫生间没窗，而且比屋里其他房间地面高出至少30厘米，那时候的老楼都是把便池埋在地下的，所以卫生间地面要为蹲盆留出埋固的高度。这也给他这种身材的人洗澡制造了困难。

盛大雷弯着腰，冲完凉，擦擦头发，撑着洗漱台，弓着身子盯着镜子里的人。他好久没有认真打量自己了。肤色暗淡，之前饱满的双颊现在向下凹，两眼浑浊无光，胡子拉碴。

一个月的睡眠障碍，一个月的食之无味，一个月的烟酒过度，塑造了镜子

---

① 国家、省（直辖市、自治区）、市等分别设立的警察协会是由公安机关人民警察及其社团组织为主体组成的非营利性社会团体，是联系社会各界、协调警察公共关系的桥梁，是了解人民警察诉求、为其提供法律政策服务的渠道，是开展公安理论研究的阵地，是推进人民警察公益事业发展的社会力量。

里的形容枯槁。盛大雷钻出卫生间，走进卧室，仰面摊到床上，双脚踩着床尾厚厚的羊绒地毯，深深地陷进去。这条地毯是这套房子里最贵的物品，还是他刚到清北来时，父亲托公司的下属带过来的。

盛大雷双手兜在脑后，发现枕头下有硬物，摸出来一看是一本浅黄色封面的书——当年毕业时宗队送给自己的——《繁复世情，璀璨江湖》。在197页的右下方书页折了角，旁边还写着几句话。

书中那个章节是对金庸《射雕英雄传》中郭靖与拖雷兄弟情谊最终无法善终的心理分析。波浪线画的那些话写道："结义兄弟也好，朋友也好，感情有时候并非禁不起时间、金钱、权力的考验，而是禁不起所谓'是非'的考验。"

盛大雷的心脏好像被这句话紧紧攥了一下。他强忍心痛，继续看当时自己画出来的话："每个男孩在儿时都有自己内心的江湖，但是不懂得现实的残酷。这就好像郭靖和拖雷的感情，彼此付出一腔真心，互把对方安危记在心上，一起哭，一起笑，同甘共苦，风里来雨里去，但当政治的'是非'开始进入两个人纯洁的感情世界，再加上'民族大义'与'父命难违'的道德伦理之间的冲突与矛盾，最终好像被打上了一道死结，双方都走到了无路可走的地步。"

最后一句"双方都走到了无路可走的地步"下方的画线力透纸背。那一夜自己翻看到这个章节时，好像看到了写给自己的一则寓言。

文学总是来源于生活，小说总是与现实惊人地相似。盛大雷把书盖在脸上，陷入了深深的梦境，梦里有青春，有信任，有欢笑，有汗水，有泪水，有崭露头角的骄傲，还有被人利用和欺骗的愤怒……

· 7 ·

"你今天不去跑步了吗？"丈夫边收拾碗筷边问道。

"今天跟券商谈了一整天，下个月上会排队。"宋威答非所问。

宋威看着丈夫进出忙碌五味杂陈。谁能想象当初集团军大比武第三名的尖兵，现在天天戴着围裙在家里围着媳妇团团转。虽然她这几年做企业做得成功，但是家里一直没有雇用人。宋威和丈夫都是当过兵的人，做家务得心应手，加上丈夫转业后在市残联上班，基本上不加班，自然承担起了家务事。

时代变了，男主外女主内的传统逐渐被打破。虽然宋威感激丈夫对自己无微不至的照顾，但是这不代表她会觉得丈夫大腹便便比当年的八块腹肌要好看。或许是因为两个人一直没有孩子的缘故，宋威觉得自己愧对丈夫，但是丈夫这种无条件地包容自己的态度，有时候又会让宋威觉得很没有意思。

她明白，是自己太有抱负，太不珍惜了。但是，人生难道不应该一直保持一种昂扬激情的状态吗？否则把日子重复过成了一天，有什么意思呢？宋威有时候感激丈夫的理解，但是又恨其不争，当年在军队时的他可不是这样。

"别给自己太大压力，咱们现在已经很好了。"丈夫解下围裙，从后面环抱住宋威。

宋威下意识地收了收腹，双手扶着丈夫的双臂，觉得他说的那句话与其说是安慰，不如说是不上进。她低头瞟了一眼丈夫的胳膊，当年紧致的肱二头肌如今已松弛得看不出轮廓了。不知怎的，她脑海中又想起了昨晚去二爷山跑步的经历，近期自己神经有些紧张，总感觉有人在后面拿刀追着自己。或许后面拿刀追着自己的不是具体的人，而是事业上的竞争对手，是岁月不饶人的步步逼迫，是逆水行舟一着不慎便会满盘皆输的压力，是军队养成的只能打胜仗的人生习惯。

打拼，革命事业要打要拼，个人事业同样也要打拼，感情难道就不需要打拼了吗？看看其他转业的女战友，也都是朝九晚五地上班领一份稳定的工资，其余时间就在家相夫教子，当过兵的人吃过苦，也禁得起平淡。但是宋威就是不甘心，当年在部队从来不服男兵，军事演练时，有例假也坚持卧在冰天雪地间，一卧就是几个小时，不能生孩子估计也是因为在那个时候要强留下的病根。

"今晚就别去跑步了吧，在家歇一天。"丈夫吹了吹热气氤氲的玫瑰花茶，试了试水温，递给宋威。

宋威近来最喜欢喝玫瑰花茶，不是有个词叫"铿锵玫瑰"嘛，就像杯中的玫瑰花瓣，在温水的浸润下，慢慢舒展开来，在水中红得鲜艳。但是她越来越懂得在关键时刻不能掉链子，打过仗的人都知道"功亏一篑"意味着什么。现在这个时候，自己能掌握的就是革命的本钱——身体，这也是提高自身魅力的重要资本。

宋威喝完茶，换上一身大红色的哥伦比亚冲锋衣，这是今天券商刚送她的礼物，寓意公司即将上市，红红火火。红色，图个喜庆吉利，只是宋威忘记了，红色还代表着另外一个意思。

她接过丈夫递过来的灌满温水的水壶，别在腰上，下楼，开车，直奔二爷山原始森林公园。

此时，白天的溽热已被山风掠去，盛大雷独自坐在二爷山公园一进门广场边的长凳上。他不知道昏睡了一天的自己为何会来到这里，好像冥冥之中有种召唤与吸引。

去年10月来清北后，他就喜欢上了二爷山公园。

二爷山形成于1200万年前地质造山运动，从山脚到山顶垂直高度两千余米，气候也相应地有垂直变化，有中温带、寒温带和高山亚寒带三个气候带。

清北曾是女真人的聚居地区，女真人又是满族人的先人，清朝建立后，康熙皇帝曾专门到过二爷山，可惜没有留下什么遗迹。

在这座古老而神秘的大山脚下，盛大雷意识到平日里的烦扰连汪洋大海中的一道涟漪都比不了。

盛大雷不是一个擅长哲学思考的人，但是他觉得在二爷山可以让自己的心静下来，或者说只有在这里才有听见自己内心最深处呼唤的可能。

盛大雷面前的这片广场所在的地方原先也是一片茂密的原始森林，在1958年掀起的轰轰烈烈的"全民大炼钢铁运动"中被砍伐殆尽，后来二爷山公园就在这块仅有的光秃秃的地方建了公园广场。

盛大雷眼前仿佛出现了熊熊燃烧的简陋的炼钢炉，如同他从梦境中醒来时看到的最为激烈的一幕：那是一场有预谋的追捕，导致了一场出乎意料的车祸，那辆熟悉的奔驰车碰撞、燃烧，突然爆炸，火焰照亮了黑夜，也焚烧了他的心……

他选择在停职期间去青岛，其实就是一种逃避，而且他自己也觉得是一种以委屈的名义而实施的名正言顺的行为。但是，远去青岛并不能解决任何问题。宗队的那番质问，提醒了他现在最应该做的事情：追查事情的真相，洗刷父亲的冤屈，也为自己正名。

这个世界真是复杂，就好像白天艳阳高照，一样会有阴影处；此刻暗夜降临，一样会有光亮，天上有星星，地面还有路灯。

"啪！"盛大雷点上一根烟，看着远处几个小孩子在一起嬉戏打闹，周边的父母关切地呼唤着孩子的小名。盛大雷面对这种温馨的家庭场景，无法克制自己的羡慕与黯然。

夜幕四垂，月亮率群星攀爬上天空。广场上的人越来越少，小孩子们都被父母领回了家。孤独不期而至，好像此刻的山风和暗夜把盛大雷从头到脚包裹起来了。盛大雷觉得自己好像被人群遗弃了，在刚刚过去的几个月里，他经历了什么，直到三周前他才明白了个大概。

曾经衣食无忧的自己，只顾一腔热情地扑在爱情上，虽然后来失去了爱情，但是他依然衣食无忧，他又把所有的热情投入到侦破案件中。现在他才逐渐明白，原来所谓的衣食无忧不是凭空得来的，而是要付出代价的。为了自己的衣食无忧，不知道父亲付出了怎样的代价。

盛大雷把烟盒中最后一根烟吸完，把烟头在烟盒里捻熄，朝着长凳不远处的垃圾桶踢去，烟盒碰撞了一下垃圾桶口，跌落地面。

太长时间不踢球了，脚法都生疏了。盛大雷起身，走到垃圾桶前，捡起被捏瘪的烟盒，送进垃圾桶。

这时，一个火红的身影还在林荫道中奔跑。这世界上总是有令人钦佩的有毅力的人，不论年纪和性别。

·8·

运动与艺术没有区别，几日不练，水准就会跌落。盛大雷认为自己或许也该恢复训练了。

他边向公园大门口走，边用手机约车，等了好久才有司机接单。网络约车也是今年才进入清北，还是新生事物。盛大雷喜欢尝试新事物。黑暗中的手机屏幕光亮清晰，显示车辆距离公园还有3.7千米，他得等一会儿。

自己这趟回来算不算是知其不可而为之？盛大雷在二爷山公园门口左右徘徊、焦虑。从去年来清北挂职，每次遇到疑难案件或烦心事，盛大雷都习惯来二爷山公园走一走。

　　公园偶有人还在往外走，都是走向右侧的停车场，公园大门口两侧东倒西歪的都是自行车。怎么会有这么多人骑车子来，却不骑车子回去呢？盛大雷觉得奇怪。或许是骑了车子来，到公园玩一圈累了就约车回去吧。盛大雷正在胡思乱想时，司机打电话来，盛大雷一抬头看到一辆黑色的帕萨特从路口拐了过来，打着双闪。

　　"您好！是去朝九晚五酒吧吗？"司机是本地人，按照约车公司的规定例行公事。盛大雷"嗯"了一声，漫无目的地望向车外黑魆魆的世界。车子拐向大路时，盛大雷好像看到一个人从公园里出来，在那堆自行车中找了一辆。还是有人体力好，能骑车来还能骑车回。

　　车子从黑暗的郊区往人类聚居的霓虹世界驶去，仿佛急于逃脱。

　　朝九晚五酒吧已成为这座城市的时尚地标。虽然不是周末，依然满座。盛大雷挤进浮躁激烈的人群，年轻男女"嗨嗨"地叫喊着。哪座城市都有纸醉金迷的人群，他们都喜欢黑夜出动，他们都属于夜的熟客。有人端着酒杯，从吧台前的高凳上离开，他赶紧坐过去。

　　盛大雷很喜欢坐吧台旁的高凳，因为这种高度的凳子与他的身高匹配，会让他的腿舒展开来。他两脚呈外八字踏在地面上，点了一杯青岛啤酒。低落的情绪暂时散去，这就是酒精给人带来的好处！

　　酒吧里在放《谍影重重》的原声主题曲，起伏不定的节奏烘托出波谲诡异的氛围。说来也有意思，马特·达蒙主演的这个系列的电影，盛大雷直到工作后才在一次培训的闲暇时发现，他喜爱得一发不可收。

　　这是讲一个间谍寻找自己身份真相的故事，在这个过程中他不断地失去所爱的女人……盛大雷现在想来，发觉电影和现实如此相似。

　　背景音乐结束，酒吧里忽然安静了下来，两名跟盛大雷年纪相仿的男子体格健壮，没有摇滚青年的怪异发型，分别抱着吉他和贝斯走上台，开始演唱。

　　"追上嫌疑人追不上爱人的高跟鞋，磨得发亮的警服包裹着沧桑岁月"，这句歌词吸引了盛大雷的注意力。"理想照进现实真的不容易，沉默的功勋模糊了满身疲惫伤痕"，这句直接让盛大雷入了迷。

台上这两名男青年难道也是自己的同行？盛大雷抬头仔细打量，却瞥见身边的一个长发妙龄女郎频频望向自己。当两人眼神对焦时，女郎一手拂起头发，一手端酒；当她把酒杯送到唇边时，边饮酒，眼睛却边从杯沿儿直视盛大雷。

盛大雷当然知道这是什么意思。盛大雷曾经成过女人的猎物，一度对这种女人心生抗拒，甚至是畏惧。工作后，他发现这类女人好像具有攻击力和侵略性，实际上往往又最容易成为被害人。

盛大雷想起一个月前自己被停职前遇到的那个奇怪的案子，被害人会不会也是这种类型呢？那个受害者也是一位女性，名叫李翘，26岁，清北一家民营外语培训学校的口语教师。

李翘比较符合大众审美，高挑个头，挑染的酒红色长发。流利的外语让她在清北随便可以找到工作并赚到钱。她热爱生活，算得上兴趣广泛，喜欢旅游，爱看《007》和福尔摩斯那类侦探悬疑小说。

确切地讲，李翘已经不能算是纯粹的本地人了。因为除了出生在清北，15岁她就跟着一个比她大十几岁的男人离开了清北，中间或许偶尔回到清北。其他时候她都在外地的各个城市。直到25岁，也就是她死亡前的半年多她才再次返回清北。

李翘的家庭情况，简而言之就是常见的那种不幸：从小父母离异，母亲跟人跑了，父亲再娶，继母恶毒。等到稍微大些她才明白父亲和继母是"毒友"——吸毒之友。

她半年前回到清北时，她的父亲早已吸毒过量身亡。李翘回来做什么？在这座充满痛苦回忆的城市，她既无遗产可继承，也谈不上有落叶归根的老人心态。

盛大雷在案发当晚刚好替人值班。现在想来，那晚充满了许多现在依然难以言喻的预兆和信号，还有许多不为人知的叵测阴谋。

先是7月31日下班前，父亲又来电话问是否请好了第二天的假，盛大雷笑答早提前一周就请好了。挂了父亲的电话，盛大雷开始简单收拾办公桌，准备下班。这时，他接到侦查大队大队长老刘的电话，说是家里有急事，脱不开身，问了队里其他几个领导，都无法替自己值今晚的班。

侦查大队工作性质特殊，每晚都必须有一名大队领导值夜班，从晚上8点到第二天早上8点。来清北的这段时间，老刘像对待自家孩子一样照顾盛大雷。尤其是在夏璋和盛大雷发生分歧时，老刘总是站在盛大雷这一边。与其说是偏袒，不如说老刘跟盛大雷是一类人。

盛大雷盘算了下时间，估计父亲第二天也得早上才到，就答应了老刘。盛大雷给父亲打电话，电话关机了，于是就发了一条短信。

后来盛大雷才明白，那天老刘找自己替班，是有预谋的，或者说是有意为之，绝非偶然。

如果当初自己没有答应值那个班，事情会不会就朝着另外一个方向发展呢？盛大雷不知道，现在也不知道。

他怨自己对很多事情不够敏感，平日里破案的天赋在那天不知道跑到哪里去了，之后他又接到的那个电话应该引起自己的警觉的。

那晚10点刚过，他又接到公安部刑侦局值班员的电话。这是同一天里第二次打到盛大雷的办公室座机，例行公事般地询问盛大雷挂职的情况。

事后盛大雷才明白这个电话是为了确定当晚自己在队里。盛大雷莫名其妙地刚挂上部里的电话，手机就响了起来。盛大雷的父亲盛坤突然打来电话，电话里什么都没说就挂断了，他打过去就无人接听了。

8月1日是盛大雷的生日，当时他一直以为父亲是专程来清北给自己过生日的。现在回想起来，那或许只是父亲来清北的目的之一。

·9·

当时的盛大雷在清北刑侦界已声名鹊起，办过的几个案子令同行印象深刻。按照他的经验，应该发现这些电话之间或许是有某种神秘的内在联系的。就在盛大雷坐在办公室里，试图在脑海中建立这两个电话之间的联系的时候，一声惊雷，紧接着闪电瞬间在夜幕中劈开一道道裂隙。

全局指挥部凌晨开始部署特殊天气人身财产安全保障工作电视电话会议。电视电话会议结束后，盛大雷夹着笔记本回到自己办公室。

伴随着一个个惊雷，又有电话响起！就是这第三个电话，打断了盛大雷的思考，也或许是突然的雷雨转移了他的注意力。第三个电话的到来让他没有时间再去思考之前的事情。

第三个电话打到了隔壁侦查大队值班座机，值班内勤接电话后，跌跌撞撞地跑过来推门报告："派出所电话来，清朗别墅发生命案，要求刑警支援！"

对于一个人口不足300万的三线城市而言，发生命案并不常见。盛大雷看了一眼手表：12:45。他披上警服外套，戴上帽子，带上另外两名当晚值班的队员，冲出大楼时，外面瓢泼大雨。盛大雷带人冲进雨夜，发动了队里的捷达，路上又向领导汇报了情况，并通知法医队等相关人员。

密集的雨水拍打着车窗，好像在暗夜中有无数看不见的魔鬼试图冲进来。

清朗别墅，是清北市这几年开发的高档小区之一。房子都是独栋欧式建筑，跟青岛八大关的老房子有些相似。盛大雷赶到现场时，小区院子里警灯闪烁，给密密麻麻的雨线染上了一层赤白和柠檬黄。现场已经拉起了橘色警戒线。几个警务人员都披着黑色的警用雨衣，好像中世纪的一个个修道士，在大雨里穿梭。

盛大雷撑着从车后座拿出的黑色大雨伞，派出所所长摘下雨衣上的帽子，凑到伞下，趴在盛大雷耳旁，大声喊着说明情况：凌晨12:30从市局110指挥中心转过来一个报警电话，报话器传出所里值班员报告，清朗别墅有人报案，发现一具女尸。根据报警人提供的信息，他们立刻出警。

盛大雷跨越警戒线，在所长的引导下，走向陈尸现场。据保安介绍，这个小区实行封闭式管理，晚上11点整交接班时，保安发现小区正门口到西南角的三个监控录像都不正常，具体说就是失去了监控画面。

值班保安调试了一会儿，未果，于11:15向领导报告了监控录像故障的情况。物业经理一方面给监控设备公司打电话要求派员前来修理，另一方面要求当晚值班的保安员每隔半小时巡查一遍正门口到小区西南角这片区域。监控设备公司工程维护人员到达小区的时间是11:40。

保安也严格按照领导要求，于11:00—11:30冒雨巡视了一遍失去监控的区域，一切正常；12:00—12:30应该再次巡视了一遍这个区域，因为天气原因，保安没有按照之前的巡视方案，而是简化了路线，在小区中间的道路上走了一圈，12:20就提前回到监控室。这时工程维护人员已经修理好了系统，故障原因是一根连接线磨损导致内金属折断。

当时，维护人员和保安坐在屏幕前，随便聊了会儿天。维护人员抽了一根烟，凑到其中一块刚维修好的监控视频屏幕前，指了指屏幕上的一个点，问了一句："这是什么？"

两个保安凑上前仔细端详，西南墙角拐弯处的一棵大松树下好像站着一个人，而且还在小幅度地摇晃。

其中一名保安立刻奔出去。几分钟后，保安室的保安和维护人员都听到了一声恐怖的尖叫，值班室的报话系统响起刚才出去查看的保安员的声音："快快，快来人！有人死了！"

死的人就是李翘，当时的场景现在还深深地印在盛大雷的脑海里。当时已是盛夏，枝繁叶茂的大松树下，吊着一个姑娘，双手被捆在身后，嘴巴半张，看不到舌头，长发被绳子捆在一根粗树枝上，两脚勉强着地，鞋子已经不见了，因为有巨大而茂密的树冠遮挡，白色连衣裙上方还留有许多血渍，下颌和胸口有三对对称的伤口，脖子周围有一圈血洞。导致李翘致命伤的凶器是什么，至今没有被发现。

当盛大雷绕到女尸身后，弯腰端详捆绑手腕的绳索并琢磨其特殊打结方法时，发现她的左手腕上戴着一块百达翡丽腕表！也就是被称作"手表中的蓝血贵族"的奢侈品牌。盛大雷的父亲有一块该品牌的男表，当时是从欧洲买回来的，折扣价50多万元人民币。

百达翡丽重质不重量，慢工出细活儿，追求完美，现在每年的产量只有5万块，品牌诞生到现在180年也不过生产了50多万块表。盛大雷下意识地低头看了一眼自己手腕上的爱彼表，跟李翘的腕表对了一下时间，分秒不差。盛大雷还记得百达翡丽的广告词是："没人能拥有百达翡丽，只不过为下一代保管而已。"

看被害人的容貌应该还很年轻，应该还未婚。

盛大雷盯着女尸无力下垂的腕上的那块腕表，黄金和钻石散发出的都是钱的味道。她是做什么工作的？这么昂贵的腕表依然在，说明凶手不是谋财。

由于突如其来的大雨，除了那些伤口，尸体裸露出来的其他部位都呈现苍白色，连嘴唇都泛着青光。突然一道闪电，挂在树上的尸体的眼球好像突然亮了起来，同时被风猛吹而向前晃动了一下。盛大雷的汗毛也竖了起来，下意识地向后退了一步。

据法医队的现场勘验，死因是下颌和胸口被尖锐物体刺穿，血液喷溅，死亡就在一瞬间。刑侦支队长也来到了现场，大家冒雨分头勘查现场，分别发现西南墙角有一片爬藤有被扯断或蹭断的枝叶，由此初步判断应该是犯罪嫌疑人从此处把李翘运进院子，并制造了现场。关于李翘是死之前还是死之后被挂在松树上的，还有待进一步的研判。

盛大雷绕出小区，沿着小区外墙走到西南角，雨悄然停了。就是那一刹那，除了树枝、屋檐上的水滴向下坠落的声音外，整个天地安静了下来。

盛大雷看到马路对面是一个巨大的人工湖，没有任何监控录像。小区监控设备在当时出了故障，这一切都显得准备得那么充分。她是自己"爬进"别墅区的，还是被人"运进"别墅区后再杀死的呢？

一切都令人不适，也令人不安。并不仅仅是因为那个奇特的命案现场，还因为待盛大雷回到刑警队，他的人生才开始真正遭遇一场无法预料的厄难……

· 10 ·

那名长发女郎走过来时，她双眸中赤裸裸地刻着"欢迎勾搭"四个字，肉色丝袜包裹的长腿有意无意地蹭着盛大雷的膝盖。酒吧真不是邂逅真情的地方，盛大雷有过教训。他把膝盖调整了一个方向，低头喝酒。女郎盯着盛大雷手腕上的那块表，显然有些吃惊，这更坚定了她搭讪的决心。

"害羞啊！"长发女郎直了直腰，嗔怪道，"我不是你想的那种人。"

盛大雷还是不说话，掏出一支烟，"啪"的一声，长发女郎递上点燃的火机。盛大雷盯着摇晃的小火苗，有些不知所措，他一直都不知道如何应对特别主动的女人。

台上的两名歌手已经谢幕，消失在后台。"啪"的又一声响，已经燃起的火焰旁又燃起了一簇火苗，一只皮肤白皙的手掌握着另外一个火机递到盛大雷的烟前。

今晚这是怎么了？盛大雷攥着火机的左手都是汗，无奈地慢慢抬头。

是丁海琳。她身体前倾，短发俏皮地从双耳后面溜到前面。"亲爱的，不好意思，我来晚了！"

丁海琳不顾长发女郎投过来刀子般犀利的目光，只是朝着盛大雷微笑。她的笑没有威胁力，甚至还带点儿鼓励。

盛大雷把烟凑到丁海琳的火机前，用力吸了一口，烟头红红地闪烁起来，再抬起头。丁海琳突然娇嗔一声："别动！"她小心翼翼地把盛大雷鼻梁上的创可贴揭了下来，然后用右手小拇指轻轻把创可贴粘连在皮肤上的一点胶渍揉去，这才又温情地端详着盛大雷，并满意地点点头。

长发女郎已经冷哼而去，丁海琳把火机还给身后桌的客人。

"事情进展得怎么样？有新消息吗？"盛大雷明知故问，顺便打量了一下。丁海琳换了一件白色衬衣、蓝色牛仔裤和白色旅游鞋，真是酒吧里的一股清流。

"队里现在像是无头苍蝇！"丁海琳无奈道，脑海中浮现出夏璋故作镇定地指挥与部署的情景。丁海琳抽回神志，瞅着盛大雷的鼻梁，创可贴已经被揭掉，结痂部位颜色变浅，应该会很快痊愈。

"喝一杯？"盛大雷向调酒师招招手，他知道她一定对自己做了许多功课，否则不会到这家酒吧找自己。

已是凌晨，酒吧里人更多了。盛大雷让出自己的座位给丁海琳，自己胳膊支在冰凉的玻璃吧台上，斜站着，在手机上搜索刚才乐队现场表演唱的那几句歌词。这才发现他们果真是一个由警察组成的原创乐队——南里乐队。南里！中国人民公安大学的校址就在北京木樨地南里一号，不会是自己的校友吧？

"当时怎么就确定李翘案是系列杀人案的开头？"丁海琳的婉转潇洒与她的直率尖锐居然毫不违和。

"我当时就把信交给了队里，讲了我的推测！"盛大雷干了杯中酒，放下手机道，"没人信我，可能当时已经把我当成了嫌疑人！"

丁海琳杯中酒多，但她也干了，提议道："这里吵，我们出去走走吧！"从丁海琳来青岛找自己开始，盛大雷就知道自己很难拒绝她的要求。她的要求不具备威胁力，跟其他那些对自己主动的女人不一样，但是她的要求很像一种无法抗拒的东西，盛大雷只能想到"命令"这个词。但是她并不会给人带来被控制的不适，只是让你很难拒绝。出了酒吧，两个人沿着街道慢慢走。

"仪式感是处心积虑的表演。"盛大雷小心措辞道。

"如果某人或所有人看不到，他就会继续'表现'。"丁海琳推测道。

"我觉得他想表演给某人看！"盛大雷继续说，"如果明天再死一个人，这就绝对不是我自作聪明了。"

"应该是今天！"丁海琳歪头看着盛大雷，盛大雷倏地觉得她跟之前自己心底最深处的那个人的身高差不多。为了遮掩自己的走神和遐想，他顺口问了一句："只能等？"

"我们去广场吧！"丁海琳指了指马路对面的萨满广场，刚才进酒吧前广场舞大妈们早已鸣金收鼓回家了。

盛大雷低头看了眼手表，再一抬头，丁海琳已经大步流星地过马路了。盛大雷欣赏她的大步幅，当然这意味着首先要有腿长且直的优势。只是现在好像并不是意乱情迷的时机。

清北是萨满教的发源地之一，前些年申请了省级非物质文化遗产，然后就建了这座广场。广场的中央是一尊近4米高的萨满巫师的造像，坐落在1米高的方形石坛之上。

所有被神话的人，都要体现出高高在上的权威感，譬如宝座高悬的皇帝、宗教场所的神像以及眼前这尊萨满巫师造像。

在青岛的时候，丁海琳就已经把上周的人命案知无不言地告诉了盛大雷。清北水泥厂废弃的厂房，8月26日，也就是上周一早上8点准时爆破。

按照惯例，爆破前要排查厂房内部，确定没有任何人员。早上5点，爆破公司就派员对即将爆破的厂区进行了地毯式排查。新中国成立后不久建立的水泥厂占地面积巨大，好在爆破公司之前根据设计图纸，安排好了排查方案，排查队员按部就班。不到一个小时，排查基本结束。排查队员例行公事结束工作，大家在厂区外300米处的爆破队指挥点报告情况时，爆破队指挥员突然指了指厂区大门口旁边的一栋水泥房屋，询问队员是否检查过。

因为这栋水泥房屋并不在设计图纸上，应该是后来加盖的，严格来讲，这栋房子并不在厂区内部，所有的排查小组都没有被安排去排查这栋房子。爆破队指挥员看了看表，距离原定爆破时间还有一个小时，便安排其中一组排查员去检查那栋房子。两个排查员嫌爆破队指挥员多此一举，磨磨蹭蹭地走向厂区大门。

水泥房子应该是后来专门做通信传达使用的，倚厂墙而建，朝向厂门一侧是巨大的窗口。排查员凑上去，发现窗玻璃早没有了，几根宽木条从里面把窗子封上了。门在相反的一侧，两人绕过去，发现门居然上了锁。好在是明锁，年纪小的排查员从墙脚捡了一块碎砖，三下把锁敲落，顺势一脚把门踹开了。

晨光照进黑魆魆的房子，两人仿佛看到阳光照不到的黑暗里有个人影，喊了两声，没人回应。年纪大那个的在门口里面的墙壁上摸到了电灯开关，试着反手摁下开关，灯没亮。这不奇怪，厂房废弃很久，早已断电多年。

这时报话器里传来爆破队指挥员的催问声，年轻的排查员打开手机手电筒，先进了屋子，年纪大的排查员随后跟进。两人慢慢靠近那个人影，随着两人眼睛逐渐适应黑暗。那个年轻的排查员手机灯光先照到了一个人的脚，然后向上照，一个悬吊于屋梁上的年轻女尸的背影彻底吓呆了两名排查员。

两人没敢绕到前面看尸体的样子，就连滚带爬地逃出了水泥屋。也不能怪他们胆小，因为那个尸体的死法跟清朗别墅女尸的死法几乎一模一样。头发被绳索吊在屋子的顶梁上，双手被捆在身后，双脚勉强着地，脖子一圈都是伤口，致命伤是下颌与胸腔之间对称的三对创伤。

凶器依然没有找到，根据伤痕鉴定，"水泥女"脖子周围那圈小血洞还有下颌与胸腔上的三对更深的创伤几乎是同时出现的，这一点与李翘的法医鉴定也完全相同。

什么凶器可以同时造成这些致命伤？现在依然是一团疑云。

这具水泥屋女尸的身份现在依然没有被查证，成了一起无名女尸案，侦查大队把这具女尸暂称为"水泥女"。

· 11 ·

夏璋没有蠢到极致，他主动推翻了自己之前的判断，认为8月26日的"水泥女"案与8月1日李翘案或许有关联。他一方面组织侦查大队主力全力以赴地翻看之前积压的悬案，寻找类似的作案手法，另一方面又借调其他队里的力量查阅这些年刑满释放人员的档案资料。

他之所以大海捞针，是因为现场连一枚指纹、一根头发、一个脚印……这类常规的现场证据都没留下，或者说在刑警展开调查前就已经被全部处理干净了。

法医给出检查结果："水泥女"生前并没有被性侵。夏璋认为作案者如此冷静缜密，想必是个老手，保不准是这个废弃屋子的"常客"。

侦查大队至少有一个人没有按照夏璋的指示以常规方法去看待这起案子，虽然这个人资历很浅，又是初来乍到。但这恰恰就是她的优势——不会被旧有的思维捆绑住——这个人就是丁海琳。

她翻看技术队现场拍的所有照片，她没有从被挑选出来研判为"有用"的照片看起，而是反其道而行之，从那些被淘汰的边角料看起，然后她发现了那间屋子墙面室内涂鸦的几张照片。

她调出照片的电子底版，放大细看，然后立刻独自去了一趟"水泥女"的案发现场。即使她是下午到水泥厂门口那个废弃的值班室的，站在房子门口，她也能感觉到房子里透出来的阵阵阴气。

她记得现场调查报告写明了："水泥女"是背朝屋门悬挂，她面朝着被木条封上的窗框。丁海琳打着手电走到那扇窗户前，发现墙面上有许多零乱的字迹，还有涂鸦。她看窗框上遗留的碎玻璃，裂口处遍布尘埃，可见，玻璃被砸碎很久了。但是，那些封着窗框的木条中有一根看起来很脏，切口却是崭新的。她仔细端详这根不起眼的木条，发现它上面共有四根钉子，这些钉子比其他木条上的钉子新，而且型号也不同。

她掏出放大镜，凑近木条，一点一点地查看，在木条一个不齐整的切面发现了一缕纤维。她小心翼翼地把纤维装进证物袋，又小心翼翼地撬下这根木条，翻过来一看，上面有红章印，可以看到一组编号——"0903"。

回到刑警队，她把发现的那缕纤维与吊在"水泥女"头顶的绳索材质进行比对，结果完全相同。她立刻在会上把这个发现提了出来。夏璋先是对她的擅自行动表示皱眉，紧接着宽容地笑道："凶手的绳索在屋子里留下痕迹很正常，这无非说明他在作案时可能趴在窗框的木条上向外张望，观察屋子周围是否有人。"

当丁海琳把木条后面的那组数字提出来时，老刘想起了盛大雷曾经跟他提到一封信里也有一组数字。当老刘试图把丁海琳发现的新线索和盛大雷当时提到的那封信联系到一起时，夏璋的笑容迅速消失了，嘴角一歪，表现出了一种不屑，直接转入下一个话题。

丁海琳看到夏璋的表情就明白了，多说无益，他根本不会重视自己发现的线索。但是她看到会上老刘的表情时，她想，老刘，还有那个盛大雷，或许才是自己的志同道合者。

正是从那时起，她下定决心找出案件的真相，并不只是为了证明自己的能力。对于知己，她有独特的嗅觉。对于为人处世，她有独立的思维。就像当年在军校里，她遇到过一个特别的人曾经对她讲过一个与爱迪生有关的故事。

科学家尼古拉·特斯拉在21世纪才算真的出了名，原因是作为第一款在全球销售的无人驾驶新能源汽车，特斯拉的品牌名称就是向这位当年在世时并不那么著名的科学家致敬。特斯拉曾给爱迪生"打工"，爱迪生承诺在特斯拉帮他改进发电机后支付他5万美元，然而爱迪生欺骗了特斯拉，特斯拉愤而辞职。

爱迪生发现直流电后，电器得到广泛应用，而同时电费却十分高昂，所以经营输出直流电成了当时最赚钱的生意。1885年，脱离爱迪生公司的特斯拉，遇上西屋公司负责人乔治·威斯汀豪斯，并在其支持下于1888年正式将交流电带给当时的社会。

中国学生学习的各类教材中的爱迪生是一个勤奋而伟大的科学家，其实他还非常善于商业运作，很有经营头脑，甚至为了个人利益对技术推动社会进步设置障碍。

为了打击特斯拉的交流电，爱迪生以交流电电死狗、猫等动物为由让大众对交流电产生危险的印象，最后甚至参与电椅的研发。尽管爱迪生极尽所能地打压，但事实证明，交流电才是适合社会所需的供电系统。如今交流电已经成为工业和社会供电的主流，已成为现在社会的生活必需品。

丁海琳当时在军校的课堂上听这个人讲这个例子时，不管这个故事的真实性有多大，她都确信这个人是一个真正自信的人。因为没有多少老师愿意讲述这种不要迷信权威的生动例子。也正是在这位老师的指引下，丁海琳开启了对人生的一种崭新的认识和体验，并经历了幸福与痛苦的心路历程。

· 12 ·

据联合国国际劳工组织估算，每年世界上都会有250万人口失踪，当然失踪原因很多，其中也包括像"水泥女"这样被杀害了却无法确认身份的人。

盛大雷朝着驶来的出租车横切右臂时，对丁海琳说："我现在查不了案，你知道的。"

"你当参谋，具体的事儿我来！"丁海琳给盛大雷拉开后车门时递给他一个档案袋，问道，"你为何回来就去二爷山？"

丁海琳看着盛大雷那辆出租车扬长而去，静止在原地。

出租车穿过市政大道，笔直向西，在立交桥上转个弯，下桥后停在了一栋崭新的白色高楼前。盛大雷下车，盯着楼顶的红十字霓虹灯发了会儿呆，夹着档案袋，拾级而上，进楼。

丁海琳乘坐另一辆出租车前往郊区，司机听了目的地，心里犯了嘀咕。但是从后视镜看看车上这位年轻貌美的姑娘，他仿佛下了决心，踩下了油门。

盛大雷穿过比清晨菜市场还热闹的急诊大厅，上了电梯，直升五楼。重症监护室外的咨询台趴着一个小护士，只能看到白色的护士帽和年轻的辫子。盛大雷悄声经过酣睡的小护士，走向走廊的尽头。走廊两侧都是对称的病房门，一模一样，只有门上的数字不同。还有一点不同，就是只有0514病房门口摆了一张凳子，黑色人造革的圆形凳子面、三条银灰色的金属腿支撑着上面一个四仰八叉的协警，协警轻轻打着鼾。

盛大雷走到门口，隔着门玻璃向里面看，病床上躺着的人被包裹得像一具木乃伊，仅露出的两眼也紧闭着。如果不是身上连接的各种管线和反映在旁边检测仪器屏幕上规律起伏着的红白绿色的电波线，看不出一点生气。

这个人是盛大雷从小眼中的参天大树，稳健、坚强、睿智、成熟，值得信赖。在这棵大树的遮蔽下，盛大雷几乎没有经历过什么苦难。即使经历了挫折，回到这棵大树旁边，风雨如晦的世界也会被隔离开。大树不应该躺下，大树应该挺立。盛大雷期待眼前紧闭的眼睛睁开。有一秒钟，他甚至一度产生幻觉，那个人真的突然睁开了眼睛，隔空望着自己。

现在盛大雷知道那双眼睛还隐藏着许多自己不知道的秘密。盛大雷记得这双眼睛上次望着自己时，有绝望，有恳求，还有来不及诉说的无奈。虽然那是隔着屏幕，回放当时的现场录像时看到的，但他确信那个眼神是投向自己的，即使当时自己不在现场。

那一瞬间仿佛定格在了盛大雷的脑海中，包括随后发生的剧烈爆炸与腾空的火焰，录像在那一刹那也被热浪烘烤得震颤不止。而当时，盛大雷正在冒雨赶往清朗别墅陈尸现场的途中。到现在为止，盛大雷依然不知道当时那一眼的含义，一切依然是谜。

公安部、北京市公安局和清北市公安局已布局四年，来探查一个庞大犯罪集团的真相，而了解真相的关键人物现在躺在重症监护室里，生死难料。盛大雷这次回来，是强迫自己也是鼓励自己，努力揭开遮蔽着自己生活的秘密。

整层楼能听到两个声音，一个是距离盛大雷很近的协警的打鼾声，另一个是远处某个房间里的水流声。不对！还有一个声音——脚步声！虽然这个脚步声很轻、很谨慎，但是盛大雷能够感觉到，声音是从开着门的楼梯间传来的。盛大雷屏气聆听，那个脚步声却消失了。这座建好不到一年的大楼是清北现在最现代化的医院，虽然外表光鲜亮丽，适合拍《急诊室的故事》那种言情剧，但是楼梯间却像很多现代化的大楼一样，只是简陋的水泥面。

盛大雷迅速悄声走向楼梯间，下到二层就听到了一楼的杂乱人声。盛大雷经过一楼，继续向下。一层到地下一层的楼梯明显比其他楼层要长，盛大雷出了楼梯间向旁边一闪，绕到一辆黑色奥迪Q7车尾，迅疾蹲下，屏住呼吸。

他从车底盘下看到一双黑色的中帮军用训练胶鞋，上面是黑色的裤子，看不出材质。这双鞋迟疑地小幅度挪动，鞋的主人应该在根据情况做判断，训练有素，然后也向盛大雷藏身的这辆车后快速移动。

盛大雷轻轻地转过车尾，前后一秒钟，那双鞋紧跟着挪到了刚才盛大雷藏身的位置。

盛大雷把档案袋卷成圆筒，说时迟那时快，一个闪挪，起身把圆筒指向了那双鞋子主人的后脑勺。"不许动！"盛大雷怒喝一声。这是当年在公安大学就训练成习惯的配套动作和嗓音，震慑力从未失效。果然，蹲在车尾的那个男人双手举起来，不敢回头。

"什么人？"盛大雷气势撼人。

"自己人！"

"说！"盛大雷的嗓门惊人，在地下车库里嗡嗡回响。

"盛大雷，别冲动！证件就在屁股口袋里。"

盛大雷正要弯腰，手机突然振动起来。盛大雷没去掏手机，而是用空着的左手从那人裤子口袋里掏出一个夹子。他太熟悉这个夹子了，因为他也有一个，只是三周前连同配枪都上缴了。漆黑的亚光皮，比身份证大一圈，这是他的职业通行证。

盛大雷左手大拇指撬开夹子，上面是金属质地的金色麦穗，包围着一圈藏蓝色，正中心是国徽，国徽的下面是金山岭长城。下方是一个相貌平常的证件照片，照片下面显示此人姓名为"吴新年"，再下面写着"公安部刑事犯罪侦查局"，最下面是一串六位数的警号①，编排特点跟盛大雷之前的那个一样。

这个叫吴新年的人转过身，盛大雷确定自己在局里从来没有见过此人，也没听说过此人，估计他是自己来清北挂职后入职的。盛大雷一言不发，把证件扔到那人怀里，瞪了那人一眼，转身而去。

手机持续振动，盛大雷向停车场出口的斜上坡走去，接起电话。

"我比对了这两个案子的情况，数据分析还真是有些值得寻味的细节！"电话那头的人兴冲冲地说道。

"你把情况都发我手机上吧，我一会儿回家看。"空气里都是医院的消毒水

---

① 警号相当于警察的"身份证"，一名警察一个警号。一般情况下，一个警号从警察入警时分配，一直跟随一名警察到退休。公安的警号为六位数字，前两位区分省份。

味儿，盛大雷走出地下车库，深吸了一口气。

· 13 ·

在回家的出租车上，盛大雷已经用手机翻看了收到的比对数据和线索。进了家门，他立刻打开电脑，开始搜集资料。

时间不知不觉地流逝，盛大雷觉得自己脑海中的千头万绪有了一些不明显的连接点，只是这些连接点还需要进一步的证实。手机突然响了，是丁海琳的电话。

"当时寄给你的那个信封，与清朗别墅物业公司免费赠送给业主的信封是同一批次，那是他们当初定制的！"

盛大雷眼睛一亮，在黑暗中沉默，他已确定这个丁海琳非同一般。

丁海琳又试探着问了一句："是不是已经晚了？"

盛大雷看看电脑日历上显示的已是9月3日凌晨3:58。

盛大雷在黑暗中点点头，没有出声。

"队里给我打电话，我一会儿给你打过去！"丁海琳口吻紧张了，这是盛大雷跟她认识以来第一次感觉到。或许，不幸已经发生了！

果然，几分钟后丁海琳打电话来，言简意赅：凌晨12:01，市局110指挥中心接到报警电话，一名女子求救，自称有人要立刻杀自己，其他什么信息都没说就挂断了电话。

到了凌晨3:35，有两名青年报警说在二爷山公园发现一具女尸。盛大雷根本不用问就知道，这起命案一定跟自己今晚在电脑上查的这两个案子有关联。

盛大雷赶到二爷山时，已是凌晨4:47，公园门口停着五辆警车。盛大雷从出租车上下来，一个年轻警察怀疑地盯着他，从头到脚地打量，对着挂在右肩膀上的对讲机讲了一句话，手扶着警用装备上的枪套，向他走过来。从其中一辆警车上又下来一个年轻警察，也加紧步伐，向这边靠近，形成夹击之势。盛大雷站在一棵银杏树下的阴影里，撇撇嘴，苦笑。同行把自己当犯罪嫌疑人已经不是头一次了。

"自己人！"丁海琳从公园里面出来，挥挥手中的手机，向这边跑来。

那俩年轻警察看着丁海琳，转回警车附近。盛大雷跟着丁海琳进了公园，穿过广场，沿着山坡向上走。

"宋威，44岁，11年兵龄，转业回来在市城建局工作，六年前下海，企业风生水起。"丁海琳摘下警帽，夹在臂下，继续道，"平日里不怎么应酬，一般在家吃饭，饭后开车来这里跑步。丈夫是当年的战友，婚后无子。昨晚饭后，宋威照例出去跑步，10点没回家，打电话能通但没人接。11点她丈夫就向当地派出所报案。派出所例行公事。"丁海琳补充道，"她一般9点前一定会回家的。"

盛大雷知道兵龄超过十年的人难免会有一些终身坚持的习惯，比如时间观念、生活规律。他也清楚公安部门处理家人报失踪案件的流程，基本上不会立刻展开搜寻，因为大多数报案家里失踪的成年人，十几个小时后就会出现。当然，也有人因为错失搜寻的最好时机，再也没有出现，彻底消失在这个世界上。

"凌晨三点半左右，两个在公园里偷松果的青年发现了尸体，用手机报了警。"丁海琳交代完基本情况，递上一套技术队的白色衣帽、鞋套、口罩和手套，小声说，"他也在！"

盛大雷心领神会，换上全套衣服。尸体所在的树林是公园山路的拐弯处，拐弯处堆积着一些沙石和水泥袋，路沿儿外面的泥土上有沙泥围成的一个圈子，里面还有没用完的水泥。此处正在修理路基，但还没完工。

树林里人影幢幢，手电和专门的照明灯光线穿插着。七八个人在四处搜寻什么，三个穿着隔离服，戴着帽子、口罩的人昂着头围成一圈。

"尸体就在那里！"丁海琳指指前面法医队三个人所在的位置。

盛大雷走到近前，一个月前的清朗别墅离奇女尸案的现场仿佛重现，无非换了一具尸体：一个穿着红色冲锋衣的中年妇女被吊在树枝上，双手被捆在身后，瞳孔在灯光照射下呈死灰色，最后的双眼定格显现出她死时难以置信的情绪，当然还有她死前最后时刻的惊恐与绝望，嘴巴半张，面无血色，简而言之，死状与李翘和"水泥女"完全一样。

盛大雷站起身，抬头看着四周的松树，旁边一棵松树的树枝折断了。他继续绕着附近的树观察，发现还有一些松树的树枝有折断的迹象，个别树下还有大小不一的松果。

法医队的三个人中的一个起身，去远处叫来了夏璋，询问是否应该把尸体运回队里进一步解剖。

"地表证据基本取完就把尸体取下来。"夏璋果断指示。

听到夏璋的声音，盛大雷蹲着，没有抬头看，脑海中立刻显现出一副无所不知、装腔作势的模样。

"警察亲人，我俩能回家了吗？知道的全都跟您讲了！"两名男青年中那个高个儿说道。

"是啊，警察同志，我们就摘几个松果！我们赔钱！但我们俩真的没看到其他人啊！"矮个儿那个补充道，两人脚边还放着一个装垃圾的大黑色塑料袋，看样子里面装的是松果。

"闭嘴！你们俩有重大嫌疑！"夏璋不耐烦地吼道。他急匆匆地走上人行道，用力跺了跺脚，想把鞋上沾的泥土抖下来，有一块泥却死死地沾在他的左鞋跟上，"真他妈见鬼了！"夏璋用力地把鞋跟在路沿儿上蹭。

"昨晚你们俩来过这里吗？"盛大雷小声问俩青年，很客气也很温和。

高矮青年双目交流，矮个儿的迟疑着说："说实话，你们别把我们偷松果的事儿罪加一等啊！"

盛大雷点点头。

"昨晚来过，就是昨天我们俩看到松果多，才商量今天天没亮之前来摘，都怪我俩嘴馋！"

"你们俩昨晚几点来的？"盛大雷继续问道。

"也得10点多吧，当时山上都没人了。"矮个儿的回忆说，求证般地看看高个儿。

"得10点多了，咱俩出门骑自行车时过10点了。"高个儿笃定道。

盛大雷想起昨晚自己是在这个时间过后离开二爷山公园的，当时公园里几乎空无一人了。

"都带回队里吧！准备撤！"夏璋在远处吼道，像一个指挥千军万马的将军。

俩青年心不甘情不愿地被民警带着向山下走，矮个儿抱怨道："我们这算是好人好事吧！我们不报警，你们还不知道这儿有尸体呢！"

盛大雷从其他民警手中拿过一只手电筒，然后开始在四处寻找什么东西。感觉到处没有自己要找的东西，盛大雷眉头紧锁，弓着腰，继续寻觅。

他知道这次一定跟之前的两起杀人现场一样，凶器不在现场。他寻觅的是另外一条线索——凶手故意留下的线索。

过了一会儿，四个人抬着担架从树林里走出来，尸体裸露出来的脸部皮肤在月光下透出金属的灰光。

突然，"嘎"的一声，一只乌鸦从山顶惊起，大家抬头看，乌黑的身影从大圆盘一样的月亮前掠过。盛大雷突然发现一条横幅挂在路边的两棵大树中间，因为挂的位置高，所以刚才一直没有人发现。"地球能满足人类的需要，但满足不了人类的贪婪"，副标题是"严格执行和落实《中华人民共和国森林法》"。

"这部法是什么时候颁布的？"盛大雷问道。

抬着担架的人愕然地停住脚步，不知道这是个什么问题。

"1984年9月20日！"丁海琳把手机搜索的结果告诉了盛大雷。

"看来你们或许还有17天的时间去拯救另外一条人命。"盛大雷话音未落，夏璋已经站在他的面前，面带嘲讽地微笑道："哟，这不是盛部长嘛！这是微服私访呢，还是乔装打扮玩无间道呢？"

· 14 ·

盛大雷回到宿舍时已是早上7点，他窝在小卫生间里冲了个热水澡，身心提醒自己必须睡会儿觉。上了床，他却又翻来覆去，睡不着，脑海中都是接连发生的杀人案的场景与细节，索性取出档案袋里的资料，重新看起来。"水泥女"的尸体照片角度全面，细节清楚。

水泥厂爆破时间是8月26日早，法医推断"水泥女"死亡时间为8月26日凌晨12点到凌晨1点。

盛大雷闭上眼，从8月1日凌晨李翘之死，到8月26日凌晨"水泥女"之死，再到9月3日凌晨宋威之死，一座人口不足300万的城市有三位女性连续被杀，这是一起足以引起轰动的大案。

盛大雷闭上眼睛，试着让自己的身体放松下来，不去想这三名死者之间的相同或相似点，只是漫无目的地在自己明明灭灭的脑海中游弋。

当时李翘案初步研判时，盛大雷和其他老刑警针锋相对。往正面理解，这种情形在刑警队时常出现，是头脑风暴过程中必经的讨论与辩论环节；往反面理解，则会发现是经验丰富的老刑警与天赋过人的年轻刑警之间的理念冲突。

应该说盛大雷刚到队里时，以老刘为首的老刑警们又惊又喜。公安部刑侦局的优秀侦查员居然才22岁，更令人意外的是这个高大威猛的小伙子毕业于中国人民公安大学，之前清北市公安局尚未有过一名公安大学全日制毕业生。

老刘他们这批老刑警中的核心力量基本上都是当年侦察兵转业过来的。他们眼中的盛大雷，生活简单，热情乐观，一副大孩子气，就像当年他们在军队戏称的"娃娃兵"。后来老刑警们发觉，这个"娃娃兵"在工作上有一股子倔劲儿，尤其在讨论案子时专注而严肃，从来不会谦虚，但他的许多意见事后往往被证明恰当而准确。

开始大家对盛大雷的专业素养和天赋很是欣赏，有人甚至带有称赞意味地给盛大雷起了一个绰号——邦德雷。但是后来他们慢慢地又对他蔓延出一种不适感，最后发展成了一种反感。原因很简单：没人愿意被同一个人不断指出自己的不专业，何况是一个初来乍到的"娃娃兵"。

盛大雷在公安部工作才一年多，对于机关人际关系谈不上谙熟，对于公安基层的情况更是一无所知。大二结束的那年暑假他曾在青岛市公安局实习，当时老民警只是把他当"学生兵"，他处理的也都是派出所零七碎八的日常琐事。

在清北刑警队里的处境，与在青岛大不相同。如果盛大雷作为公安部"领导"，只是因为某一起案子下来"指导"，那大家没啥感觉。当他要长期在这里工作，时不时地"指导"大家，大家的自尊心就开始作祟。尤其是在盛大雷来之前被周围的人仰望为明日警界之星的夏璋。

夏璋在处理人际关系时可不像盛大雷那么简单幼稚。他从小成长于当地官宦世家，对于体制内的各类规则了然于心。虽然他当年成绩不佳，未考上"共和国高级警官的高级摇篮"——中国人民公安大学，但是一路读省警校，进公安厅，下派挂职，自己肯努力，加上岳父庇佑，算得上顺风顺水。

地方公安部门不比北京这种一线城市的，基本上是地方警校的天下。夏璋的岳父也是省警校毕业的，他们那一代的省警校毕业生现在基本位居整个省的中高层领导岗位。

盛大雷虽毕业于公安大学，但父亲是商人，对于官场他一窍不通，加上从小锦衣玉食，从来没有真正地扎根于社会基层，对于世事之繁复没有切身的感受。

起初，夏璋也并非不想结交盛大雷，反而是盛大雷并不喜欢他。盛大雷看不惯夏璋的假谦虚与真小人做派，这人让他想起自己在大学时认识的某个学长，那人也是把庸俗的官场规则直接并轨到感情世界和生活中来。

俗话说，强龙不压地头蛇，时间久了，夏璋对盛大雷也没了耐心，用他私下里说的话就是："我巴结得着他吗？省厅的干部，人事、财政都是省里管！"

夏璋对盛大雷的态度变化非常明显，从一开始偶尔称呼"盛部长"还带有一丝恭维的意味，后来只剩下嘲讽的含义。

人都是现实的，慢慢地，盛大雷也察觉到了自己在队里的处境在变化。之前，队里加完班，晚上吃消夜都喊着盛大雷，后来有一次大家好像都忘记喊他了，再后来这种"偶然"的次数多了起来。

盛大雷试图去探究原因，原因也逐渐如同退潮后海边的礁石，棱角明显地凸显出来。每次讨论案子，以前大家争先恐后地发言，现在，大家都不发言，低头看手机，都等着盛大雷发言。盛大雷也是年轻气盛，盘算还有一个季度就该满一年了，自己还得回北京，也就懒得再费尽心思做什么解释或补救了。

有的人适合在社会土壤中生根发芽，有的人适合在柴米油盐中打滚，老话讲的"男怕入错行"，其实也包含着个性与工作环境不匹配的因素。

盛大雷开始压抑个人意见，但眼见侦破方向被带得进入了错误的方向，最终还是会忍不住一吐为快。他并没有觉得自己是侦破天才，但天赋确实是有的，这种天赋就是一种"感觉"，建立在对人情世故知道得少，反而思想被约束得也少的基础上。这种"感觉"也是由于在年纪轻轻见过世面，又读过一些书，从国际化城市再回望三线城市时的高屋建瓴。

盛大雷记得大四毕业前夕，北京市公安局便衣总队一位老民警到公安大学来给毕业生做报告，传授经验。老民警中专文化，浸淫京城便衣反扒系统三十余年，创下了响当当的名号。

老民警语言表达能力一般，在讲台上提及最多的词就是"感觉"。他坦承自己也不知道是从什么时候开始突然就有了感觉。这种感觉就是站在王府井大街的人海中，周围熙熙攘攘，他能一眼定位隐藏其中的那些扒手，无论扒手当时的表情是多么淡定和悠闲，看上去或许只是问路的外地游客，或者携手同游的情侣，甚至是背着书包的学生。他就是能感觉到扒手的气场，那是一种对身体磁场的神奇捕捉能力。

当时的盛大雷，听不太明白那个老民警说的"感觉"到底是个什么东西，甚至觉得老民警词不达意，认为老民警或许盛名之下，其实难副。直到他来清北后，突然感觉憋了很久的一股气疏解了出来，就好比坐在课堂上持续四年听老师采用各种生动的教学手段授课，然后又到公安部这个顶级大师课堂上耳濡目染了一年多，还有多次跟随秦臻副局长到各地指导督办大案，心里有了不少心得，着急下手尝试，终于抓耳挠腮地等到了在江湖里大显身手的机会。

清北就是盛大雷的江湖。一切想法都有了施展的空间和土壤，从无意中协助刑警队破的一起案子开始，他打通了一个"脉门"，业务上豁然开朗，也明白了当年老民警说的"感觉"是一种怎样的感觉。

那件事情，就发生在他刚到清北的第二周。

· 15 ·

那起案子在盛大雷接触之前，在当地很是轰动过一阵子。当地一所知名的贵族小学一位十岁的小姑娘放学后失踪。刑警队把所有与小姑娘有关的人员调查了一遍，没有发现任何有针对性的作案动机。小姑娘周边的人的作案嫌疑被一一排除。时间长了，此案被归为疑似"流动人口拐卖儿童案件"，搁置了起来。

盛大雷刚到清北，队里也没给这位从公安部下来的年轻高才生安排什么任务，只是让他跟着同事多看、多听、多学。其实也是因为他们还不了解他们眼中的这个娃娃兵，不知道该怎么用。

盛大雷闲来无事，翻看积压案件材料，对这个小姑娘的失踪案件产生了浓厚的兴趣。

他翻看了大量的调查和访谈材料，还调取了走失当天的录像。失踪当天，清北盛夏暴雨，人们都打着伞，小学生都穿着校服，所以这个小姑娘在下午5点从学校大门走出时就混入了监控录像中千篇一律的"雨伞"的海洋。

小姑娘本人披着学校统一配发的透明雨衣，当时出学校大门的学生也特别多，当天来接孩子的家长特别多，开车的也多。校门口的停车位有限，许多车子都停在校门口不远处。

虽然小姑娘的父亲来接孩子了，但是因为路况原因迟到了十五分钟。他到达学校门口时，那里已经没有人了。他以为孩子或许被其他家长顺路载回家了，便立即返家。

盛大雷一帧一帧地放大看，那天从5点到5点15分的画面里出现了花花绿绿的各种雨伞，颜色最多的是黑色雨伞，无法确定小姑娘是被哪一把雨伞接走了，然后又被这把雨伞遮挡着离开了监控录像的监控范围。

当时小姑娘的同班同学都没有留意她是被谁接走的。盛大雷查看调查记录时发现，无论是亲属、老师还是同学，对小姑娘的评价都是纯真善良、有爱心。

有同学回忆说小姑娘经常给家庭条件一般的同学带零食；有同学回忆说一起逛公园时小姑娘主动把地上的垃圾扔进垃圾桶；有同学回忆说经常和小姑娘一起给流浪猫喂食……

盛大雷在一个值班的夜晚，反复地翻看镜头画面，一个细节引起了他的注意，继而又发现了相关联的另外一个细节。

第一个引起他注意的细节是一辆夹杂在镜头右下角的机动车辆中的三轮车，三轮车后面带自制的银灰色铁皮车厢。第二个细节是一把巨大的黑伞遮挡着一双大人的鞋子和一双孩子的黑皮鞋，先是走到这辆三轮车的铁皮车厢旁停留了几秒钟，然后那把黑伞遮挡着一双大人的鞋子走向车头。车头在镜头之外。

盛大雷放大那双大人的鞋子，确定那是一双没有穿袜子的黑皮鞋，而且裤腿挽了起来。一所贵族小学的家长接孩子，怎会用自制三轮车呢？一所贵族学校的家长不会如此不注意形象，即使是雇的用人也不至于如此寒酸和随意吧？

对于这个问题，盛大雷有亲身的经历。自小生活在大富之家，一直到上大学前，他读的都是贵族学校。他从来没有见过同学里谁的家长或家里的用人会开这样的车子，或许，假设，穿着的问题还是偶然吧。

盛大雷在随后的几天里，一一询问小姑娘失踪那天来接孩子的人的出行工具与打扮，没有一个符合录像里那个开着三轮车、光脚穿皮鞋的情况。

清北的智能城市建设尚处于起步阶段，社会治安监控录像没有全面覆盖，盛大雷还曾听到同事抱怨公安局宿舍院子里的监控录像时常出故障，更别说其他地方了。总而言之，那辆车子彻底消失在了滂沱大雨中。

盛大雷彩印出那辆车子的照片，在学校附近四处打听，给学校对面小卖部的老板看，给附近的交通警察看，给居委会大妈看，大家都说没见过这辆车子。

盛大雷拿出清北地图，以这所小学为圆点，逐步放大半径，向学校周边扩散查问。调查半径达到3000米时，盛大雷一度要放弃了。那天傍晚，他站在路口，茫然地抽着烟，想想过去一周的辛苦调查，眼见着希望越来越渺茫。重要的是他把自己的判断告诉老刘他们时，老刘说这起案子当时是夏璋负责的，得跟夏璋说一声。盛大雷直接找了夏璋，当时两人还是初识，关系还算不错。

夏璋说这起案子发生时，自己也是刚来清北，被老刘临时指派负责这类"小案子"，现在自己已经不管人口失踪的案子了。夏璋还推心置腹地建议盛大雷有空合作办几起"像样子的大案子"。

"小案子"和"大案子"这两个词从夏璋嘴里说出来的时候，盛大雷突然觉得很反感。

何为大？何为小？哪起案子对于当事人不是大案子？小姑娘也是一个活生生的生命啊，说没有就没有了，被人遗忘了就成了"小案子"了，这是什么道理？盛大雷决定单干，坚持己见。

一切都在那个黄昏的偶然中逐渐露出了真实面目。

那个黄昏，盛大雷下班后又按照自己在地图上画的，在一个更大的圈的外围一个点上，拿着照片东寻西问，无果。

盛大雷准备穿过一个坡路下方的马路，到对面的小超市买瓶水，看到一个收废品的老人蹬着一辆老式的三轮平板车，在坡下蹬得很吃力。显然老人当天的收获颇丰，废纸壳堆在车斗里，高得颤颤悠悠。

盛大雷二话没说，走到车后，双手抓住后车斗，两腿蹬地。老人深皱的眉头舒展开来，加劲儿蹬了几圈车轮，三轮平板车顺利上了坡。老人感激不尽，下车答谢。

"大爷别客气!"盛大雷不好意思地摆摆手,正要离去时,突然脑海中有个念头一闪而过,他从裤子口袋里掏出了照片递给老人。

老人举起照片,定睛细看,笃定道:"这是柳荫街那片儿收废品的老谢头的车子!"

盛大雷打了一个激灵,问清楚方向和老谢头的情况,感激而去。后来,案件侦破。

老谢头独居在一个废弃的小院里,院子里有流浪猫、狗聚集。小姑娘的尸体被从院子的墙脚下挖出来时,现场许多民警都落泪了。

原来老谢头有恋童癖,准确地说,他是典型的攻击型恋童癖——用各种残忍和变态的手段来蹂躏女童的某些器官,还强迫女童满足他的各种下流的要求,通过不正常的性行为来发泄畸形的情感。

老谢头的富有也出乎所有人的意料,简陋的小屋子里,吃的、用的东西都是高级的,海参、冬虫夏草这些滋养品堆满了一个柜子。旁边柜子里还摆着许多造型别致的老物件,看来一辈子收废品也捡了不少贵重东西。老谢头垂头丧气,一直低头喃喃自语,说着谁也听不懂的话,就好像是疯了一般。

好在,一切证据都显而易见,即使没有老谢头的供词,司法程序也并不受影响。

这是盛大雷在清北崭露头角的开始,受到了当地各类媒体的追捧和热议,他也因此案荣立了人生中的第一个二等功并获勋章。

盛大雷的破案天赋并非昙花一现,在随后陆陆续续的大小疑案中,他都显示出了不同寻常的直觉和令人刮目相看的身手。他越来越确定:自己是当刑警的料!

夏璋觉得盛大雷的"英明"就好像是故意出自己的丑,让自己成为众人眼中的"蠢蛋"。就在盛大雷破获那起小姑娘被害案一个月后,夏璋也荣立了自己警察生涯中的第一个二等功。可惜人们对他的关注仅限于表彰大会当天上台领奖时的掌声,还有当晚喝庆功酒时的祝词,过后人们不管是否喜欢盛大雷,都自觉不自觉地关注着盛大雷。

人心难测,自古如此。

这次，老刘他们不惜动用北京那边的关系，在盛大雷停职接受调查期间，依然派丁海琳到青岛找盛大雷回来，可见眼下的案子是多么棘手，否则怎会让老刘他们放下不愿承认的偏见呢？

当不得不解决的问题势如山倒时，面对残酷的现实，虚妄的自负与自尊也不得不放在一边。

· 16 ·

窗帘没有拉合，天色泛白。

盛大雷干脆起身，走到窗前，把绿色的窗帘归拢到两边，生机勃勃的小红豆杉好像从舞台帷幕后面登台亮相。

他伸个懒腰，颈椎"吱嘎"一声微响。

在青岛的那两周，他经常失眠，有几次躺着看天花板，什么都不想，瞪着眼到天亮。还有两回在海滩上疯狂奔跑，直到筋疲力尽地瘫在沙滩上。

盛大雷是感性的，尤其对女性，但这并不意味着他对女性一无所知。儿时丧母，大学"失身"，然后失恋，盛大雷的过去，与女性的关系都不持久。或许正因为这种不持久，反而让他现在能够保持距离看待女性。

盛大雷想起躺在医院重症监护室里的那个男人，他是否隐藏着自己母亲离世的秘密与真相？还有那个曾让自己"失身"的女人，现在想来也非十恶不赦，不可饶恕。

世间的人都在寻找爱，只是为了获得爱用的方法不同，走上极端时会不择手段地抢夺和占有，去四处捕获填补内心黑洞的热血猎物。

盛大雷此刻不由得想到自己的初恋——大学的那个她。她现在还好吗？还是那么任性吗？她在国外还是那么横冲直撞吗？她现在是否已经有了新男友？

这次去青岛，盛大雷把那年夏天自己和她在青岛走过的轨迹又走了一遍。甜蜜的痛苦、失去的无奈，令人感悟，也让人成长。

盛大雷拎起一瓶二爷山矿泉水，仰着脖子，咕嘟咕嘟喝下去。他能感觉到自己大口吞咽矿泉水时喉结的上下蠕动，还有清凉的水流从口腔一路下行，连成一条侵彻心肺的水神经。

李翘和"水泥女"死的时候，感觉到的应该是一条混乱的血行之路——大口吞咽自己上涌的血水，还有血水外溅时受异物阻碍，逆行回胸腔。那是什么"异物"呢？

盛大雷把空矿泉水瓶捏得噼啪响，他举起瓶子，看着扭曲变形的瓶体，眼前浮现出的是两具死状相同的女尸，还有宋威，她的死与前面两具女尸有关联吗？那么，这个关联是什么呢？

现在看来，能确定的唯一关联应该是冲着自己来的，盛大雷觉得从那封信开始，一切黑暗势力都在朝着自己袭来。他恍若进入了另外一个世界，灵魂出窍，在另外那个玄幻神秘的世界里飘浮，东张西望，寻找蹊跷与关联。

床头柜上的手机突然响起，盛大雷打了一个激灵。

"我在楼下，咱们谈谈吧，你开条件！"老刘的声音里也满是疲惫。

盛大雷拿着手机，走回窗前，望着楼下那辆满身病痛的捷达轿车里那个还有一年多就该退休的老警察。

老刘不是坏人，也不是庸才。当年他在部队当侦察兵，立功无数，虽说没读过多少书，但工作负责，是这个时代真正称得上有奉献精神的刑警。

老刘转业到清北市公安局时，当时的领导是打算让他去后勤部门干的。虽然后勤部门不累，没有危险，朝九晚五上班还能照顾好家庭，提拔也不慢，但是这种安排或许说明领导对转业干部并不器重。

是啊，时代发展太快，从警的门槛都是大学生起步了，军队来的往往让人觉得没专业底子。

老刘的心气高，坚持要求到一线，甚至提出来要干自己的侦查老本行。他如愿以偿了。他风风火火地干出了不少业绩，立了不少功，也得到了许多荣誉称号，但是从现实角度看他又很失败。从当年来刑侦支队当侦查大队指导员，混了十二三年，级别没提，职务上扶了个正，当了大队长，还是最累的侦查大队大队长。当年顶替他去后勤的那个转业干部现在已经干到后勤处处长了。

这种经历，盛大雷不到基层很难了解。盛大雷本科毕业，22岁就已经进了公安部，部里面起步就是科员，三十啷当岁的副处长哪儿都是，三十多岁的正处长也不鲜见。盛大雷觉得，或许这就是当初老刘对盛大雷表面上爱护，其实心里并不认可的原因。后来盛大雷才知道，就在自己来清北前的一个月，原本喊了好多年要提拔的老刘还是没上去，空缺的刑侦支队副支队长被市局政治部一个空降的年轻人给占了。

盛大雷跟那个年轻的刑侦支队副支队长算是有共同语言。那人上下左右都处得很好，即使是对竞争对手老刘，他也是一口一个"刘哥"地叫着、敬着，来了刑侦支队无非分管着支队办公室工作，凭借之前在市局的资源为支队谋了不少实惠，大家都无话可说。谈到这个人，盛大雷就联想到了夏璋。

老刘没有表现出对年轻竞争对手的忌妒或排挤。这些年他也习惯了，都这把年纪了，走仕途以证明自己成功的雄心早已消失，退休前能弄个副调研员①，也就算是职业安慰奖了。

盛大雷没邀请老刘上楼，而是自己下了楼，坐到副驾驶座位上，和老刘一起吃着老刘带来的热乎乎的馄饨。

老刘先开口道："这个案子，你需要哪些人？"

"先说说那个吴新年，"盛大雷盯着老刘质问道，"什么意思？"

老刘摸出一盒烟，递给盛大雷一支，回答道："因为你爸的那个案子。"

"啪"的一声，盛大雷点燃火机，盯着火苗两秒钟，才给老刘和自己分别点着烟，深深吸了一口，道："我爸现在都这样了！"他凝神看着车窗前方，楼洞里有小孩子被爸妈数落着拉出来，被拖着去学校。

"你知道的，你爸这个案子是公安部和北京市局办的，清北只是配合抓捕。"

"我现在在停职期，办案合法合规吗？"

"小盛，你停职不代表你一定有错误，而且作为一名还具有警察身份的公民，为老同事们提供一些帮助，这样说可以吗？"

"名不正，言不顺！"盛大雷深吸一口烟，想起昨晚夏璋的嘴脸，愤愤不平道，"我现在没有侦查权，做案子不行！"

"为了这件事，市局经省厅也专门请示了部里面，部里面也跟北京市局那边沟通过了。大家希望你发挥特长……"

"那别让那个吴新年跟着我！"盛大雷血涌上了脑门儿。

---

① 副调研员是中国公务员职务的一种，属于综合管理类非领导职务序列。普通地级市公安局大队长是正科职务，副调研员相当于不担任领导职务但是行政级别上调了半级。

"好，这事儿我试着跟上面沟通一下。先说说你需要我给你提供哪些支持吧！"老刘带有一种长辈对晚辈怜惜的眼神看着身旁这个年轻人。

"丁海琳吧，我有什么具体要求，都会跟她讲！"盛大雷开门，准备抬腿下车。

"小盛！"老刘叫住盛大雷，道，"你去青岛的第二周，有一位姑娘来清北找过你，说是你的大学同学……"

盛大雷一条腿在车外地面，另外一条腿僵在了车里。他静止了几秒钟，把车里的腿也抽了出来，轻轻关车门前，说了一句："丁海琳跟我说了。"

他突然觉得老刘跟去年自己刚认识时不一样了，满面倦容，精力明显也没有以前旺盛了，呈现出了老态。

他什么时候开始变成眼前这位平凡而疲惫的老人的？是从最后一次晋升副支队职位失败后吗？好像是从自己去年来的时候他就眼见着日衰一日。

盛大雷关上车门，头也不回地上楼去了。

· 17 ·

盛大雷承认面前的姑娘很美，这种美跟警校女生类似，或者说警校女生的气质与眼前这个姑娘是一脉相承的：飒爽英姿，刚强中流露着细腻与敏感，尤其是眼前认真工作的表情透出的执着与勇毅。

"她很漂亮。"丁海琳一页页地翻看着案卷，老刘走后没多久，她就搬着一堆东西来了。

"谁？李翘？"盛大雷走出卧室，问道。

"前段时间来找你的那个姑娘。"丁海琳没有抬头。

"你为什么来清北工作？"盛大雷不想跟她谈那个姑娘。

丁海琳不吭声，继续翻阅手头的材料，但是盛大雷知道她心不在焉。

"因为男人吧？"盛大雷第一次跟丁海琳谈到这个话题。这种故事他知道得太多了，为了爱情，放弃回家乡工作的机会，投奔爱人。

"算是，也不算是。"丁海琳显然不想继续这个话题。

盛大雷盯着客厅里的白板，上面张贴着许多照片，里面一团乱麻。白板支架旁摆着三个透明的塑料收纳箱，都是与案件相关的材料。桌子上又多了一台黑色的IBM电脑，旁边各有一台打印机和碎纸机。

盛大雷在卧室里昏睡了一个上午，宿舍客厅就被她变成了专案组办公室。盛大雷看着电脑旁摆着一条泰山烟，拆开一包，准备点烟，四处张望火机的位置。

"下回你当我面抽烟时，最好征求下我的意见！"丁海琳皱眉头，扔给盛大雷一个打火机，把已经洗刷干净的烟灰缸推上前。

给我买条烟就可以教训我了吗？盛大雷腹诽着，却把烟摁在烟灰缸里，问道："宋威尸检报告出来了吗？"

"出来了！"丁海琳递上一摞纸，然后摁下手机录音免提递给盛大雷，"法医队的电话录音。"

"死者头部以下的位置有多处创伤，也是致命伤，下颌与胸口两对对称的伤口，脖子周围一圈……"

到底是什么凶器呢？盛大雷皱着眉头向丁海琳看去，发现她正拿起那本《繁复世情，璀璨江湖》气定神闲地翻看，手机里的录音传出宋威的死亡时间："死亡时间估计在午夜11点到凌晨1点……"

看来三起案件死因完全相同，而自己就是在宋威死亡时间前不久离开二爷山公园的，而且凶手使用的应该是同一种凶器。

"宋威的头发里发现绳索微量物质，与前两起案件使用的绳索材质相同……"丁海琳低头说道。

录音只有几分钟，听完录音，盛大雷开始看尸检报告。

"那片树林里的树木都是新栽不久，负荷不了宋威的体形和体重……"丁海琳依然低头，冷不丁说了一句。

"所以有几根折断的树枝。"盛大雷喃喃自语。

"时间定了的，不能改。"丁海琳右手呈开枪状，撑着右额头。

"对，凶手追求完美。"盛大雷提炼丁海琳的观点。

"这本书挺有意思啊，尤其分析郭靖母亲和杨康母亲这章……"丁海琳好像看上了瘾。

"你们还有17天时间了。"盛大雷提醒道。

"嗯，是我们。"」海琳头也没抬，气定神闲地翻了一页。

· 18 ·

"或者，你是舞蹈演员？"那个男人的眼睛隔着酒杯闪着贼光。

"哈哈，你都是这样跟女孩子搭讪的吧？"吕澜把一头秀发捋到肩后，喝了一口酒，仰起的下巴和光亮的额头满满的青春光彩。

吕澜今年25岁，在清北的两家舞蹈培训学校兼职做教师。她还曾在这家朝九晚五酒吧里做过舞娘。

"你真美！"男人的赞叹好像是从心底涌出，他穿着整齐的黑衬衣、黑西裤和干净的黑皮鞋，这种天气还穿着长袖衬衣到酒吧来，跟吕澜平日在酒吧遇到的搭讪的男人不一样。

"你是跳芭蕾舞的吧？"男人继续这个令吕澜开心的话题。

吕澜不喜欢面前这个男人。前天在酒吧遇到的那个忧郁的高大男子才是她的菜，可惜他有女朋友了。吕澜心里微微叹息一声，对面前的男人敷衍道："是的，整个清北市能教芭蕾舞的老师只有三个人。"

这座城市里有许多家长想让孩子读舞蹈学院，而且跳芭蕾舞，那意味着高雅。而清北能教芭蕾舞的另外两个人，一个今年已经四十多岁，还有一个正在孕期。

"跳芭蕾舞时脚尖点地，疼吗？"男人好奇地问道，顺手拿起桌上的芝华士15年给吕澜倒上。

"刚开始练的时候肯定疼啊，所以没有几个人能坚持下来！"吕澜的眼神回到了儿时初学芭蕾舞的时光，迷离而感伤。

"那你们训练的时候，是不是头发被吊起来，会让脚轻松一些？"男人追问道。

"你怎么会有这种想法？！"吕澜像看见了一个怪物，道，"头发被吊起来，怎么旋转啊？头皮得多疼啊！"

"可能不疼呢！你又没有试过。"男人表情认真，不像是在开玩笑。

吕澜刚才的快乐突然消失了，取而代之的是一种寒冷的恐惧感。面前这个男人的眼睛好像两个黑洞，深不见底。

"时间不早了，我该回家了！"吕澜作势看了看手腕上的粉红色卡地亚手表。

"卡地亚 Crash 腕表，表壳尺寸 38.45 毫米×25.5 毫米，精制手动上链机械机芯。18K 玫瑰金表壳上镶嵌 149 颗明亮式切割圆钻，圆珠形表冠，镶嵌一颗明亮式切割圆钻，矿物水晶镜面，18K 玫瑰金表链……"男人好像在背诵说明书，吕澜惊讶地抬头看着他。

"这块表是在法国买的吧？"男人眼神一直盯着腕表。

吕澜打了个冷战，仓皇起身，道："我有事先走了！再见！"说完仓促地向酒吧门口走去，好像害怕那个男人跟着自己一样。

"再见！"男人脸上突然绽出笑容，看着吕澜的身影消失在酒吧大门外，自言自语道，"我们很快就会再见面的。"

他拎起芝华士圆扁的瓶体，"咕嘟咕嘟"几口喝完，起身离去。

"我刚才在朝九晚五碰到了一个变态！"吕澜坐在出租车上，心有余悸地回头看刚才那个男人是否追了出来，继续跟闺密在电话里倾诉恐惧，"他特别可怕！说的话不正常！而且他居然知道我的表是在巴黎买的！"

闺密在电话那头安慰，吕澜语无伦次道："不可能是巧合！这款手表清北都有卖的！我觉得他盯上我很久了！你今晚能来我家陪我吗？我害怕！"

闺密显然很为难，只能叮嘱她回家关好门窗，并保证自己手机保持通畅，吕澜随时都可以联系到自己。吕澜知道今晚闺密要和男友共度春宵，也就没再勉强。出租车向城郊驶去，吕澜不断回头张望，发现一辆黑色的摩托车刚才就出现在后视镜里，现在依然还在。

清北市这些年的房价在三线城市中居上游。吕澜购买的这套小公寓距离二爷山不远，位于城市的边缘地带。小区共分三期，吕澜住的是一期，二期正在销售，三期正在建设。即便是已经售罄的一期，现在的入住率也并不高。

吕澜的心怦怦地跳，她指示出租车司机开进小区。一期的三栋高楼伫立在黑魆魆的小区里，仿若三个俯视人间的巨人。车子开到楼下，吕澜下车前再次回头看，没有再见到那辆摩托车，这才稍稍定了心，赶紧下车进楼。

　　接近午夜，吕澜冲进其中一部电梯，摁了数字，眼睛望着电梯门上方，跟着默念数字："1，2，3……13，14，15……"

　　电梯在16层停住了，电梯门开了。奇怪！怎么会这样？吕澜不可思议地望着电梯门上方的数字屏幕，着急地按电梯上行按钮，同时盯着电梯口是否有人进来。好在，电梯口一直没有人进来。

　　吕澜咬咬牙，把高跟鞋拎在手上，跑到电梯间旁边的楼梯，向上狂奔。她双腿修长且有力，速度很快，楼梯间每层拐弯处地面墙角都有绿色荧光的紧急出口指示标。

　　"17层，18层，19层……"刚才在第17层地面不知什么异物扎痛了左脚，吕澜忍着疼痛，心里默念着。还有3层就到家了！

　　突然，攥在手里的手机响了，铃声在整个应急通道的空间里刺耳而尖厉地响了起来："你是我的小呀小苹果儿，怎么爱你都不嫌多，红红的小脸儿温暖我的心窝，点亮我生命的火火火火火火……"

　　平日里可爱搞笑的歌曲，现在听来怎么那么像刚才酒吧里的男人举着麦克风贴在自己耳边唱歌！可怕的旋律紧促地缠绕着吕澜，吕澜看看屏幕，是一个"未知来电"，她继续向上跑，同时接起了电话。

　　"你奔跑的样子一定很美！"那个男人的声音从吕澜的手机里传出来的时候，就好像他趴在她的耳边说话。

　　"你到底要干什么？！"吕澜双腿发软，瘫倒在狭窄的台阶上，眼前的绿色生命通道标志上奔跑的小人是不是很像现在的自己——仓皇失措？！

　　"就是跟你道声晚安！"

　　"晚安！晚安！晚安！"吕澜控制不住地哭出了声，挂掉电话，抬头看看上方的台阶，她已不知道自己是否还有力气爬上这最后的两层楼梯，更不知道距离自己不到6米高的那套78.5平方米的房子还是不是自己最安全的避难所。

热乎乎的液体进入身体，立刻不感觉冷了，再嚼着鲜嫩的肉，饥饿感立刻被驱散。

"今早老刘来找我时，就给我带了一碗这家的馄饨。"盛大雷其实还是感动于老刘记得自己爱吃这家的馄饨。当初来清北，第一次品尝清北最有名的这家小吃，也是老刘带自己去的。一天吃两顿馄饨，盛大雷也不厌烦。

"如果我们假设李翘和宋威互相认识呢？"他边吃边说道。

丁海琳点点头，心里盘算着明天从哪里开始从头捋一遍两人的生活轨迹，嘴上却道："那个共同的致命伤呢？或者说那个杀人工具呢？到底是什么东西？"

"你上学时也学犯罪心理学和变态心理学吧？"盛大雷把碗中的美食一扫而光，身子向椅子后面一靠，问丁海琳。

"我们军校没开变态心理学，但有犯罪心理学选修！"丁海琳也咽下自己碗中的最后一只馄饨，从口袋里掏出一小包纸巾，拿出一张，对称扯成两半，其中一半递给盛大雷。

"就好比习惯把纸巾对半分，节约使用，这都是集体生活培养的习惯之一。这个人的杀人习惯也一定有根源。"盛大雷瞅着丁海琳把印着米奇的纸巾包塞回裤子口袋，想起自己以前也喜欢卡通人物。

每个人都有童心，只是随着成长，童心都被隐藏了起来，甚至被抹杀而变得世故或者扭曲而变得邪恶。

"连续杀人犯也可能抱着游戏的态度。那个杀人工具或许就像他的玩具。"丁海琳看着盛大雷从裤子口袋里摸出一把零钱，结了账，起身走向路边。

盛大雷伸手拦下出租车，绅士地给丁海琳拉开了车后门。

"去酒吧？在北京养成的休闲习惯吧！"丁海琳看着窗外明灭的灯火。

盛大雷没有回应，却想起了北京，工体的酒吧、后海的酒吧，在那里自己经历了青春期的故事。他还想起了上次在朝九晚五酒吧遇到的那个乐队，后来上网查到那个南里乐队的三名成员果真是自己的公大校友。他当即把那个乐队所有的歌曲都下载到了手机上，首首有共鸣。

出租车开到酒吧一条街，转弯，直奔清北老城区。车子在清北大学门口停下时，丁海琳还有些惊讶。

"厉宁，清北大学考古系教授，这是我来清北挂职时交下的好朋友。"盛大雷一边带路一边说着自己在清北大学的经历。穿过校门里一条长而幽静的林荫道，两旁高大粗壮的白桦树，显现出这所大学的悠久历史。

"这是张学良当年在东北建设的几所高校之一。"盛大雷每次步入校园，就像回到了自己的学生时代。

他走到一座水泥外墙体的三层旧楼房前，打了一个电话，然后带着丁海琳进楼。两人穿过铺着长条红漆面地板的走廊，沿楼尽头的水泥台阶上楼。二楼没开走廊灯，走廊两侧的窗外投进月光。再就是右手边第三个房间开着门，房间内的灯光在门前映出一片斜矩形的光区，一个人站在光区中，脸部却在阴影里。

那人挥手，声音喜悦道："大雷！"

丁海琳和盛大雷跟着厉宁走进房间。进房间前，丁海琳看到房门旁边墙上挂着一块金黄色的牌子，上面刻着黑色阳文："清北大学非物质文化遗产研究中心。"

"那块牌子是应景的，是我过去几年里研究的主要方向。"厉宁转过身来，站在吊灯下的他难掩睿智与潇洒，一副金丝眼镜的后面是淡定而深邃的眼睛。

"我第一反应是一种酷刑工具。"厉宁向两人招招手。

盛大雷和丁海琳站到他两侧，桌上摊满了各种草图、书籍和资料。

"人类对于酷刑的想象力超乎我们对自己的估计。"厉宁挑出了几张图片，手指着道，"从中国奴隶社会到封建社会，酷刑的创新层出不穷，比如车裂、凌迟、宫刑，这些都是我们耳熟能详的。"

"相比较而言，西方宗教黑暗时期的酷刑出现得较多，原因不言而喻。"厉宁又从一本摊开的笔记本中抽出一张图片，图片原本就是手绘图，然后又被翻印了。

图片里站着一个女人，被缚在一根柱子上。下颌和胸腔之间上下抵着一对双头叉子，好比是将两把叉子的柄焊在了一起，而焊在一起的柄又连在一个铁齿项圈里，项圈对内都是金属利刃。

"受刑人的脑袋上下左右都不能动，人类坚持这个动作的极限在吉尼斯世界纪录上没有出现过，但是根据生理学的常识判断，应该坚持不了两个小时。"厉宁客观冷静，好像在课堂上讲代数方程式。

"只要第一次动脑袋，无论是前后左右，都会被项圈上向内的利刃刺穿肌肉，人体会条件反射地向痛点的相反方向晃动……"厉宁的话让丁海琳觉得自己脖子上的汗毛痒痒的。

"然后一发不可收拾地四处躲避疼痛，结果是哪里都痛，在慌乱的挣扎中被刺穿颈部、气管或胸腔，最后的结果都是死。"说到这里，盛大雷觉得自己的胸口和脖子都产生了痛感。

"这种酷刑是针对什么人的？"丁海琳问道。

厉宁的眼睛透过镜片发射出金属般的光芒，似乎还带有一丝赞许，缓缓道："这恰恰就是问题最关键的所在！"

丁海琳看着厉宁严谨的表情，明白他不是在卖关子，而是他确实还不知道问题的答案。

"或许相似，但应该不是这个东西。"盛大雷脑海中一直在努力重现杀人现场。厉宁找出的那张图片里的酷刑工具虽然在外形上跟清北系列杀人案中的作案工具类似，但是那种结构一瞬间导致人死亡一定还要借助某种外力，否则按照物理学和生物学的原理依然讲不通。

· 20 ·

"你还没说是怎么认识厉宁的呢。"从教学楼出来，丁海琳换了一个貌似轻松的话题，她想从刚才惊悚的想象世界里摆脱出来。

"踢球呗！"盛大雷边走边抡起右腿，做出了一个标准的开球动作，"那时候刚来清北，没什么朋友，刑警队的人忙，我住的离清北大学又不远。"

"真看不出他这么年轻就当教授了！"丁海琳对厉宁的博学很赞赏，显然每所大学里都有这样令人钦佩的老师，她就遇到过一位。

好老师都带一种气质，丁海琳觉得那种气质稳定但不迂腐，开放而不荒诞，遗憾的是现在大学里的好老师好像越来越少了。

"你以为都跟老刘似的？！"盛大雷也不知道自己怎么说出了这么一句话，他对老刘的感情很复杂，既为他的从警仕途不顺遂感到可惜，又为他没有得到晋升而心生报复性的快感，虽然盛大雷不愿意承认自己的内心如此阴暗。

"不要轻视任何你不了解的人！你根本不知道别人背后的难处和痛苦，还有付出的代价！"丁海琳的反应出乎盛大雷的意料。

丁海琳才认识老刘多久？从报到那天算起，一个月零三天？盛大雷不想跟她吵，也没有反唇相讥，只是沉默地走。

"刘队是个好人，起码算得上是一个好警察，提拔快慢跟水平高低往往并不成正比。"丁海琳觉得自己有责任为老刘说些什么。在这一刻，她甚至觉得自己像是在教育学生一样要跟盛大雷辩扯清楚这个问题。

盛大雷听到丁海琳这句话，其实也后悔自己刚才说出了那么一句狭隘的话。他想起自己在公大读书时的队长——宗队——宗翰海。

"比如你当年上学时的宗队！"丁海琳说出了盛大雷的内心所想。

"宗队现在怎么样了？"盛大雷惊讶于丁海琳准确地说出了自己的念头。

"宗队不带学员队了，转岗做老师了。在青岛跟你通电话那天是你们公安大学开学，他已经是老师了。他之前给你打了无数电话，你手机一直关机。我去青岛找你前，老刘请示各级领导时，也担心做不通你的思想工作，最后还是有人想到了宗队！"

难忘师恩，对于宗翰海，盛大雷从来没有过任何怀疑，即使在自己经历了被兄弟出卖、被校友利用和被战友联合蒙骗后，他也从来没有改变对宗翰海的态度。

"宗队有句话我特别钦佩，"丁海琳自顾自地回忆道，"'社会对你不公时，最能检验你的道德水准。'"

这像是宗队说的话。盛大雷还记得当年自己刚入校时，宗队开中队会时讲过他的一句座右铭："外在融入主流，内在保持独立。"

现在看来，知易行难，社会是最厚的一本书。两人走到清北大学的校门口，看着偶尔进出学校的大学生，盛大雷想起了自己在公安大学的那四年，现在都不知道是幸运还是劫难。

"关于厉宁说的这个刑具，你怎么看？"盛大雷言归正传。

丁海琳摆弄着手机，抬头看着盛大雷道："刑具是施刑人强加给他认为有罪的人的。"

"她们都有罪吗？"

"起码他认为她们都有罪。"

"我们暂且称这个'罪'为'错'吧！"

"我有种感觉，我们还是忽略了一些细节和联系。"丁海琳笃定道，"我给咱俩一人约了一辆车，你回你家，我回单位，各自再查一遍材料！"

"不着急，今晚还有一个朋友我们没见呢！"盛大雷大步流星地迈出校门，向右拐去。

"这个朋友住得离这儿远吗？"丁海琳准备取消约车订单，抬头问道。

"不远，照咱俩这速度，十分钟吧！"盛大雷头也不回地向一个黑魆魆的棚户区一样的地方走去。

· 21 ·

每座城市都会有这样的角落：肮脏、阴暗、陈旧，充斥着腐朽的味道。这些地方在电影中总是垃圾遍布，涂鸦四处，鱼龙混杂。这些地方往往也是人们认为不安全的地方，或者说是一般人不太愿意去的地方，尤其是在晚上。

盛大雷带着丁海琳走进的胡同就是这样的。建筑都是殖民地时期的风格。这些往日或许浮华的建筑被岁月揉碎了外衣，斑驳的墙面、凹凸不平的地面，凸显出历史的痕迹。

盛大雷在胡同深处的一栋带尖顶阁楼的二层小楼前停下了脚步。丁海琳抬头看去，整栋楼的窗口都是黑漆漆的。盛大雷按下门铃，楼下的大铁门"吱"的一声弹开了一条缝隙。他推门而入，拾级而上，丁海琳紧跟其后。

整栋楼里没有电灯，也没有人生活的迹象。两人都打开手机手电筒，上了二楼。通往阁楼的楼梯很矮也很窄，盛大雷要躬身屈体才能上行，脚下的木质楼梯腐朽欲坠。

丁海琳好像看到眼前有一对绿色的眼珠飘过，顿时出了一身冷汗，正盘算要不要跟盛大雷说时，右脚踩到了一个软绵绵的东西，她尖叫一声，汗毛直竖，一把抓住盛大雷的衣角。

盛大雷转过身，照向丁海琳，丁海琳正在用手机照她自己脚下。一团黑乎乎、毛茸茸的东西在丁海琳脚下匍匐不动。

"一只死老鼠。"盛大雷哂笑道。

这时，盛大雷头顶前方的窄小木门"吱嘎"开了，放出了一片光，随之阁楼光线中间又被一个巨大的阴影占满。

"天王盖地虎！"阴影道。

"宝塔镇河妖！"盛大雷严肃地对答，紧接着他和阴影同时爆发出欢快的大笑。

这是丁海琳见到盛大雷后第一次听到他爽朗的笑声。她跟着盛大雷大跨几步，进入阁楼时，脚边蹿出一只大狸猫，"喵"的一声蹿进了屋。

"之前真以为你再也不回来了！"刚才的阴影是一个清秀的小伙子，剃着光头，抱着那只大狸猫。

"估计是你们家阿迪又给你带礼物回来了，放在门口啦！"盛大雷站在阁楼的中间尖顶处才能舒展身体，笑着看丁海琳。

那只叫阿迪的大狸猫卧在主人怀里，狐疑地盯着丁海琳，好像能看到她的心里去。

"琳姐，警花！李超特，我哥们儿，秘密挖掘者！"盛大雷两臂交叉，朝两人扬了扬头，口吻还是罕见的愉快。

丁海琳出乎意料于盛大雷对自己的介绍，"琳姐"这个词也第一次从他嘴中进出来。

李超特两手托起阿迪，低头对大狸猫温柔地说："阿迪，快叫琳姨好！"

丁海琳看着阿迪，不知道自己是否该凑上去抚摸两下表示友好和爱护，但是看到阿迪并不友好的眼神，她矜持地点点头作罢。

"你发现了什么？"盛大雷弯腰，双手撑着膝盖，低头看桌上的笔记本电脑。

"先说李翘和宋威吧！"李超特把阿迪放到地上，坐回电脑前。

"两个人有一周的时间同时都在北京，而且物理距离很近。"李超特噼里啪啦地敲打着键盘，不断闪出的页面信息显示：去年8月1日到7日，宋威在北京大学参加一个短期的企业家培训班，李翘刚巧也是在北大西门一家叫作"静止"的酒吧做招待。

又是8月1日，这个日期再次出现，丁海琳偷偷地瞟了盛大雷一眼，他不动声色。

"我跟酒吧老板联系过。他说，李翘人漂亮，外语又好，性格也看不出什么特别。老板说，去年8月7日晚上上班期间，她不辞而别，过后再也没有回去上班。按照其他信息显示，李翘应该是在那天之后的某个时间又回到了清北。"李超特继续敲打键盘，翻看各种页面道，"再说宋威和'水泥女'，至少现在可以确定的是宋威曾经有意拍下水泥厂的那块地，但是最终放弃了。"

"宋威不是做房地产的吧？"丁海琳第一反应道。

"去过北京798艺术区吗？"李超特反问道。

"去过！"盛大雷和丁海琳异口同声，对视一眼。

"宋威的企业是做军用装备的，准确地讲是做弹药箱的，这跟她过去当兵和后来在政府任职的部门都有关联。"李超特停下手中动作，转过身来，看着盛大雷和丁海琳道，"但是她还投资入股了两家文创企业。"

"你是说，当初她想拍水泥厂那块地，是想在清北复制一个北京798艺术区？"

李超特提到的位于北京朝阳区酒仙桥街道大山子地区的798艺术区，原为原国营798厂等电子工业的老厂区所在地，随着各类艺术家的进驻和各类艺术生活产业的加盟，现在已经成为北京都市文化的新地标。

"有何不可呢？清北已经申请下来了萨满非物质文化遗产，加上之前的金朝历史、日本殖民历史，完全有条件建立一个历史文化综合区。"李超特的这番话像是政府官员讲的。

"水泥厂临近二爷山原始森林保护区，那里也是萨满教的发祥地之一。"丁海琳补充道，脑海中浮现出刚才在清北大学见到的厉宁办公室门口挂的那块"清北大学非物质文化遗产研究中心"的牌子。

李超特接着说道："还有一些交集，我一并都说了，你们自己筛选。宋威的母亲原先是清北第二小学的语文老师，1995年退休时，李翘还在那所小学读六年级。"

盛大雷从口袋里掏出烟，给自己点上，深深吸了一口，下意识地看了丁海琳一眼。

丁海琳的嘴角向着李超特撇了撇，似乎在问："这是何方神仙啊？"

盛大雷还没来得及回答，李超特叫道："你们俩来看看这张照片！"

盛大雷和丁海琳分别从李超特的脑袋两侧凑近电脑屏幕。屏幕上的照片被放大，一群衣着时尚又不失品位的中年男女举杯庆贺，其中第一排赫然就有宋威。

"宋威不是重点，你们看这儿！"李超特不断点击照片的右上角，逐渐放大，合影人群背后的远处有一个女子茫然地看着镜头外的某处。

"很像李翘啊！"盛大雷惊讶道。

"就是她！"丁海琳肯定道。

"这就是去年宋威在北大学习结业当晚，培训班同学在静止酒吧聚会的照片。"李超特得意地打了个响指道，"这是我从宋威他们培训班同学的微博上找到的！"

这时房子外面传来警车鸣笛的声音，在午夜传得很远，渐渐地又远去，最终消失了。

· 22 ·

"你近来怎么不发微博了啊？"闺密问吕澜。

吕澜坐在咖啡馆门前的太阳椅上，呆呆地看着萨满广场上的雕塑。

高大的雕塑身披彩塑大氅，鎏金的花边衬托胸前三目怪兽，怪兽张着血盆大口，白森森的牙齿在午后阳光的照耀下反着光。萨满脸蒙黑色面巾，只露出一对黑色的眼球，双耳后好像各自插了一把彩扇，扇面舒展开来，要不是隔着脸庞，合起来就是一个完整的圆形，头顶戴的帽子像是特制的王冠，王冠由一圈双头戟围绕连接而成，顶部是尖顶高耸的黑色帽子。

"我觉得他每天都在我身边。"吕澜挪开目光，四处张望，捧着咖啡杯的双手微微颤抖。

"你报警了吗？"闺密的建议也只限于此。

"报了，但是警察说我可能是神经衰弱。我知道他们是什么意思，他们肯定觉得我是'被害妄想症'！"吕澜的声调尖锐了起来，引得邻桌的客人侧目。

"那晚过后他出现过或者又联系过你吗？"闺密追问道。

吕澜神经质地快速摇头，喃喃道："但我知道他就在我身边，随时都会出现……"

闺密看着吕澜惊恐而呆滞的眼神，关切道："要不我陪你去医院看看，或许是这段时间太累……"

吕澜正视着闺密，伤心欲绝道："没想到，你也会这么认为……"话未说完，起身离去。

闺密惊讶地坐在那里，看着吕澜摇摇晃晃地转过街角，掏出手机，拨通电话道："她已经入戏了……"

"已经让110指挥中心核查上个月8月26日之前两天所有的报警记录了！"这是早晨老刘进侦查大队办公室说的第一句话。

丁海琳正坐在电脑前，头也没抬地答道："刘队，您能组织人核查今年的失踪人口系统，与'水泥女'比对下吗？我明天一早就和盛大雷去趟北京。"

"还有，捆绑尸体头发的绳索来源有些眉目了，是过去查干湖渔民结网用的，材质和结绳手法完全一样。"老刘说完这句话，丁海琳转过椅子来，看着老刘，然后看看手表，道："来得及，我和盛大雷去一趟！"

"查干湖？"盛大雷惊讶地对着手机喊道。

"没错，就是你的老家——吉林松原的查干湖！"丁海琳边开车边打电话道，"我马上到楼下了！"

盛大雷挂断手机，从窗口转过身来，又想起昏迷不醒的父亲，心情复杂。松原是他的家乡，也是他人生最初的心痛之地。

车子驶出清北市，直接转向大广高速公路——中国国家高速公路网编号G45。清北距邻省下辖的松原280多千米，去年来清北挂职时盛大雷就有回家乡看看的计划。这个计划因为刑警队工作忙，一拖再拖，一直拖到7月31日，父亲盛坤打电话说来清北看儿子，打算第二天一起回老家看一看。

盛坤是开车来清北的，按当时电话里说8月1日才到清北的话，那一定是遇到了什么事情，让他把行程提前了。也就是说未到午夜时，盛坤已经下了高速，进入了清北市区，跟踪和抓捕的行动小组当时应该已经开始行动了，估计北京警方的车辆是从北京一路跟过来的……

"多少年没回去过了？"丁海琳把着方向盘，目视前方无尽延展的高速路问道。

"十二年了。"盛大雷看着东北广袤的农田和延绵起伏的山脉从窗外掠过，前尘往事涌上心头。

"批准你在车上抽烟。"丁海琳从反光镜中看到了盛大雷凝重的面容。

盛大雷没有立刻点烟，他眼前浮现出家里一直珍藏的那张老照片。父亲抱着小小的自己，戴着墨镜，面容肃穆，动作僵硬，好像还有一些紧张。母亲面露慈爱，身子温柔地靠在父亲的身旁。小小的自己虽然在父亲的怀里，却伸出胖乎乎的小手，紧紧地攥住了母亲的一根小手指，眼睛没有看镜头。他还想起小学毕业前，妈妈因为一场离奇车祸离世，后来自己跟着父亲去了北京……

车子从松原高速路收费口下来，直接前往查干湖。查干湖，蒙古语为"查干淖尔"，意为白色圣洁的湖，是中国十大淡水湖之一，吉林省内最大的天然湖泊，大部位于松原市下辖的前郭尔罗斯蒙古族自治县境内，处于嫩江与霍林河交汇的水网地区，是霍林河尾闾的一个堰塞湖。

查干湖渔业资源丰富，自辽、金以来，历代帝王都到查干湖"巡幸"和"渔猎"，举行"头鱼宴"。这一带江流泡沼星罗棋布，银鱼穿梭，水草肥美，雁鸭栖集，沿岸林木蓊郁，田野芳草葳蕤，风景如画，是辽、金、元几代帝王巡幸游乐的渔猎之地。

前郭尔罗斯蒙古族自治县是吉林省唯一的蒙古族自治县，其县城与松原市共处一城，是松原市政治、经济、文化的中心。

查干湖在望，当地派出所电话也打到了丁海琳手机上："小丁啊，我是老刘的战友老杜！你们到查干湖了吗？"

丁海琳根据老杜的电话指路，一路绕着湖边开车。途中各地牌照的车子都有，显然都是自驾游的观光客。随处可见的当地渔民，大多身材健硕，红光满面，脸上洋溢着心满意足。

"毛腿沙鸡！"盛大雷喊了一声，手指着车窗外湖畔飞过的七八只飞禽。

"我们小学上自然课时，老师带我们来看过！"盛大雷惊喜道，离开家乡后他就再也没见过这种动物。

丁海琳顺着他手指的方向，看到几只鞋子长短的飞禽，大小似家鸽，尾甚长而尖，翅亦尖长，通体大都呈沙灰色，背部密披黑色横斑，头部锈黄色，腹部有一大块黑斑。不一会儿它们都隐入了树林。

车子绕过一片枫树林，查干湖派出所的两层白色小楼出现在前方。一个跟老刘风格极其类似的老民警站在派出所院子门口大幅挥手。丁海琳停好车，跟盛大雷下车，三人寒暄了几句，丁海琳二人便跟着老杜去食堂吃饭。

"跟老刘说了，你们来了也是白来！找那种绳子的出处，跟大海捞针没啥区别！"老杜边说边带着俩年轻人坐在派出所食堂的一个小包间里。饭菜都已上桌，不奢侈，但很丰富。

"知道拦不住你们俩，下午还得去跑，中午就不喝酒了！我们食堂师傅做菜是一绝，尤其是做鱼！你们俩多吃点儿！"老杜招呼着坐下，带头吃起来。

"嗯，是小时候的味道！"盛大雷对红烧查干湖胖鱼头赞不绝口。

"小盛是松原人？"老杜高兴地看着盛大雷狼吞虎咽。

"嗯，小学毕业前都在松原，后来我爸去北京工作，就搬走了！"说到爸爸，盛大雷放下了筷子。

"那你家原来住在哪一片儿啊？"老杜热情地追问。

"油田职工大学家属院那片儿。杜所，要不一会儿咱们去原来那个绳索厂看看？"盛大雷提议道。

警察都吃饭快，风卷残云，而且不浪费。饭毕，三人起身，老杜驾车带路，盛大雷开车跟随。

这个所谓的绳索厂是典型的前店后厂，厂主自家也在后院。十二年前这家人突然连夜搬走了，之前也没在工商局登记，最多算是当地知名的个体户。当地人都说这家人祖上三代都是当地渔民，顺便编点儿绳索卖给其他渔民。

"喏，现在房子都快塌了！"老杜指了指凹进查干湖的一处平房院落，也没有左邻右舍。

房门的锁早不知被谁撬开了，屋里面一片破败，到处都是垃圾便溺，杂草丛生。丁海琳不禁联想到水泥厂门口的那间屋子。盛大雷穿过房子的后门，进入后院，里面草长虫跳，地上还散落着当年用剩下的一些木材和渔网。

"就是这种绳索！"丁海琳扯出一堆零乱的旧渔网，举起收口相对较粗的那根绳索。

"当地多少人还会编这种绳索啊？"盛大雷接过丁海琳手中的绳索查看，问题却抛向老杜。

"要说会编这种绳索的人，我们没统计过，也没法统计！"老杜叉着腰说，"再说，现在谁家没有年轻的孩子啊，都给家里从网上买绳索，便宜还耐用！"

"这家人搬走前，这种绳索有库存吗？"盛大雷问道。

"这个没听说！谁打听这事儿啊！"老杜大大咧咧地说道。

丁海琳瞥见盛大雷微蹙的眉头就知道，他最不喜欢，也最难接受的，恰恰就是一些老民警的想当然和面对细节的粗糙。

尽管如此，盛大雷还是没抱希望地问了一句："咱们当地有一种类似捕猎或者说捕鱼的工具是一个项圈向内都是利刀，还连接着一根两头各有三个尖头的叉子的吗？"

"你说的这是什么东西？"老杜深度困惑的眼神堵住了盛大雷继续解释的欲望。

· 23 ·

"要不要顺路回家看看？"丁海琳从副驾驶位置伸手摁了摁喇叭，向另外一辆车上的老杜告别，之后若无其事地问了盛大雷一声。

"下回吧！"盛大雷把着方向盘，凝视着窗外的查干湖，湖面辽阔，碧黑色的湖水上好像浮现出儿时跟着爸妈摇船打鱼时的情景。

欢乐远去，家破人亡。当车子穿过松原市区，即将驶上高速路时，盛大雷忍住没有回头再看一眼这座城市。"物是人非"真是一个准确的词汇，城市还是那座城市，依旧沉闷，甚至有些落后，但当初生活在这里的家人却都不在了。

　　清北二爷山国际机场正在建设中，两人须前往最近的长春龙嘉国际机场。高速路在辽阔的天穹下纵横交错，在广袤的东北平原上逶迤。老捷达在120迈的速度下轻轻地抖动，车体的某个配件一直在发出"呼呼"的"喘气声"。

　　丁海琳打电话向老刘简短报告了查干湖一行的情况，并得知8月26日凌晨12:01，市局110指挥中心接到过一个通话时间只有13秒钟的报警电话。

　　丁海琳把查干湖绳索厂的照片发给老刘，老刘把那个报警电话录音发了过来。丁海琳打开免提，手机声音调到最大，和盛大雷一起屏气倾听。电话接通后的前三秒只能听到值班民警的服务套语，但是还没说完，第四秒就被拨打电话的人打断。对方好像是被勒住了喉咙的年轻女性，说话很吃力，像是在吐气，费时三秒钟说了毫无意义的三个字——"救救我"。接下来的两秒只有喘息声，最后一秒钟，仓促地迸出了一个字"你"，然后电话就被挂断了。

　　丁海琳盯着手机屏幕，盛大雷也没说话，两人心中的疑问是一样的：这个"你"应该是对面前的凶手说的。

　　盛大雷打了下方向盘，车前方两层扁平的白色机场大楼上方竖着两个红色大字——长春。车子拐进停车场，两人拎包下车，向大楼走去，盛大雷突然说："不对，这个报警电话不对！"

　　"因为跟李翘和宋威那两个报警电话不一样，措辞不同。"丁海琳也想到了这一点。

　　"对，一个严谨的连贯杀人犯不允许有任何差池，就好像不允许完美的艺术品上出现任何一点瑕疵。"盛大雷说完，停在自动门前，点上登机前的最后一支烟，看着丁海琳，好像在等她表达观点。

　　"如果是同一个凶手，那么意味着'水泥女'是一个失败的作品，没有完全按照既定安排完成。所以不像李翘和宋威那样，死之前报警，立刻出警，警察到达现场时人已死亡，这才是凶手愚弄警方的成功之举。"丁海琳把盛大雷手中的半截香烟抢过来，丢进灭烟筒，转身迈进了机场大楼。

南方航空CZ6167次航班用的是欧洲空中客车公司设计生产的A320型飞机，窄体，单通道，也是这个机型打破了美国垄断客机市场的局面。

盛大雷和丁海琳并肩坐在一起，机餐实在简陋——一袋装有十几粒花生米的小食，一个网球被压扁后大小的面包。

"估计能准点降落。"丁海琳望着舷窗外灰黑色的云层。

"没有事故的情况下。"盛大雷冷不丁地说了一句，招来邻座乘客不满的眼光。

"你能不提这个话题吗？！"丁海琳语调不高，但是严厉，这是盛大雷第二次听到丁海琳用这种口吻说话。

"人们都不喜欢听不吉利的话，其实吉不吉利，跟人们的期望之间毫无关系。"盛大雷好像在向周围的人说教，其实也是在向丁海琳解释。

他还记得，三年前的7月28日，一架巴基斯坦蓝色航空的空中客车A321型客机，航班编号ED202，从土耳其起飞经停巴国南部城市卡拉奇，然后再飞往首都伊斯兰堡。在距离伊斯兰堡马巴德国际机场仅1000米航程时飞机撞山爆炸，起火燃烧，机上146名乘客及6名机组人员全部遇难。当然，这个旧闻，他不会向周围的人复述。何必故意再招人烦呢？

"何必故意招人烦呢？"丁海琳丢出一句话，低头翻看椅背袋里的航空杂志，一打开就是"航空公司可以带你直飞夏威夷"的标语。杂志图片上的美图充斥着美食、美景和美人。

"有时候你说的话，不像你现在的年纪该有的。你大学时一定不是现在这样！"丁海琳想起看过的盛大雷大学时的照片，还有档案，里面还有毕业时，公安部来政审他，师生对他的评价，都是"正直""善良""热情""团结同学"之类的词汇。

盛大雷闭着的眼皮跳了一下，没有说话，丁海琳一度以为他睡着了。

"你有多喜欢青岛？"丁海琳翻了一页，随口问道。

盛大雷闭目沉默。

丁海琳盯着杂志上的一段话，念道："旅行能催人思索。很少有地方比在行进中的飞机、轮船和火车上更容易让人倾听到内心的声音。我们眼前的景观同我们脑子里可能产生的想法之间几乎存在着某种奇妙的关联。宏阔的思考常常需要有壮阔的景观，而新的观点也往往产生于陌生的所在。"

　　她意犹未尽地感叹道："飞机上的杂志居然引用了阿兰·德波顿的话……"

　　"那你何不安静地思索一会儿呢？"盛大雷的这句话让丁海琳突然觉得身旁这个只有23岁的青年如此令人讨厌。即使他经历过什么复杂痛苦的过去，无缘无故地令身边人感到不适也确实不是有教养的表现。

　　丁海琳有些后悔和盛大雷一起出差了，她甚至有预感这次北京之行不仅谈不上顺利，甚至会有很多不快。她在飞机从高空下降时打定主意，之后自己才不会拿热脸去贴冷屁股，而盛大雷的心情随着飞行高度的逐渐降低，也逐渐沉落低谷。

▷　第二部

羊啊，鹿啊，鸟啊，其实都有神性，它们比人更有灵性。人啊，容易自作多情，却从来不知道自己能否配上自己想要的。有一种人因为聪明，所以总会自投罗网。他们想捕获猎物，最终自己却成了猎物，还不自知。其实，何必着急呢？慢慢地来，看着猎物一步步靠近陷阱不是更有意思吗？当然了，还要给他们一点诱饵，让他们憧憬，让他们渴望，让他们难以自拔。

世界那么大，知识那么多，人类能够掌握多少呢？自诩有天赋的人，自诩依靠努力就可以获取幸福的人是多么可笑！如果你洞悉了世间的真理与规律，你会发现强者越强，弱者必死。

世界上还有一种伟大的艺术，就是专门给愚蠢的人类设计游戏，让他们在开心的玩乐中走向堕落，走向死亡。

· 1 ·

飞机在空中飞行了两小时整，21:20准时降落在灯火萦绕的首都机场T2航站楼的3号停机坪。

盛大雷呼吸了一口轻度雾霾，距离上次回北京已隔三个月。当时自己回公安部述职，跟领导和同事嬉笑寒暄的场景恍若昨日。出了机场，两人按照计划打车先去北大西门附近的宾馆，放下行李，就直奔静止酒吧。

静止酒吧的老板是一个不知名的老摇滚乐队的贝斯手，圈里称他为"长毛"。长毛年近50岁，玩摇滚半辈子，如今走入佛系风格。虽说自己玩的是摇滚，但是现在酒吧没再走摇滚路线，主打静吧。

丁海琳和盛大雷找了个靠近门口窗边的小桌坐下，女服务员抱着酒单过来。丁海琳顺便跟她聊了几句，她显然是刚刚来的，并不认识李翘。

盛大雷听凭丁海琳自作主张地点了两杯青岛啤酒，四处打量着酒吧里的人。因为不是周末，晚上11点钟了，酒吧里只散坐着几拨人。三个老外，笑声开朗，一看就是附近高校留学生；一对男女，看模样和年纪，男的比女的至少大一轮，两人正在窃窃私语，姑娘咻咻地笑着，显然被拥有丰富阅历的中年男子的甜言蜜语打动了；几个单独坐在吧台前的人，表情各异，心事不同，各自喝着酒。

服务员把啤酒端上来，盛大雷问道："老板在吗？"

"长毛哥，有人找！"服务员转身叫了一声，吧台旁一个背身而坐的光头男子转过身来，起身走过来。

"您找我有什么事儿吗？"长毛摸摸自己光溜溜的脑门，显然他想不起来自己是否认识面前这两位客人。

"您好！我们是公安局的！"丁海琳掏出警官证，还没来得及打开证件，长毛突然夺门而逃，盛大雷和丁海琳条件反射地拔腿追赶。

深夜的北大西门人稀车少。长毛迈开大步狂奔，依稀能看出当年在舞台上玩儿贝斯的身手。但是，他不可能跑得过盛大雷和丁海琳，一个读警校时就以身手矫健、体力惊人著称；另一个读军校时技能过人，不让须眉。不到50米，盛大雷就按住了长毛的右肩，一个倒背，一瞬间把长毛按倒在地，右膝顶住长毛的腰。

"警官，我今天没吸！真的没吸！"长毛嘴巴贴地，吃力地侧过脸来告饶。

丁海琳蹲下，问道："我们是找你了解一个人的情况。"

"我谁都不认识，都是从路边偶尔遇到的人那里买的，而且我已经一个多月没买过了！"长毛鼻涕流了出来，显然盛大雷把他钳制得痛不欲生。

"我们是找你了解李翘的情况。"丁海琳道，仔细观察着长毛的表情。

"哎呀，她啊！您不早说！"长毛身上痛，但是还是舒了一口气，轻松了下来。

盛大雷松开膝盖，搀着长毛的胳膊，半扶半提地让他站了起来。丁海琳站在长毛左边，跟盛大雷夹着长毛回到酒吧里。

几个客人和刚才那个服务员站在酒吧门口惊讶地看着他们仨走回来，坐回刚才的座位。长毛挥挥手叫服务员给自己拿来了一杯啤酒，咕嘟咕嘟喝了下去。盛大雷也喝了一口啤酒，刚才兔起鹘落，前后不过五六分钟，他已经听到自己的心脏怦怦跳了，缺乏锻炼，身体素质下降得很明显。

长毛又把服务员和后厨的人分别叫过来，经过一番盘问，丁海琳和盛大雷大概了解了李翘的情况。

李翘是去年8月1日午后自己主动上门应聘服务员的。又是8月1日！盛大雷心里犯了嘀咕，自己的生日怎么这么特殊？！因为那天是建军节，好多军人和退伍军人聚会，酒吧生意很兴隆，人手明显不够。长毛打量和观察李翘的言谈举止，当场拍板让她立刻上班，月薪定为6000块钱，不管吃不管住，每月三晚的休假。

李翘每天都是晚上8点来上班，凌晨1点左右下班，一切都很正常。直到8月7日晚上，酒吧被北大的企业家培训班包场后，李翘忽然不辞而别，连一周的工资都没要就消失了。

根据酒吧工作人员回忆，李翘话不多，工作也算勤快，英语好，能跟外国客人流利对话。她是清北人，之前做过导游，据说还专门带过外国来中国的旅游团，收入不菲。被问到为何放弃高薪的导游工作来应聘酒吧服务员时，她自己说，是因为近期没有接到团，所以想打临时工。没有人知道她住在哪里，也没有人知道她是否单身，也不知道她跟谁有密切的交往。

去年8月7日晚上包场的情景，酒吧里的一些工作人员还记得，但是看着宋威的照片却都没什么印象了。盛大雷和丁海琳确实也问不出其他的话来，喝完杯中酒，付了酒钱，给长毛留了自己的手机号码就离开了。

出了门口，街景萧索，寂无行人，两人顿感失落，不会这次来北京一无所获吧？

· 2 ·

忽然，一个小姑娘拦在盛大雷面前，仰头恳求道："哥哥，您的女朋友真漂亮，买朵花吧！"

盛大雷尴尬地一笑，正要张口解释，丁海琳已经掏出钱。

丁海琳从小姑娘怀里的花束中挑选了一枝含苞待放的玫瑰，鼻子凑上去闻了闻，笑道："小姑娘平日都在这里卖花吗？"

"对啊！我家就住在马路对面。"小姑娘很认真地回答道。

丁海琳灵机一动，问道："你常来这个酒吧卖花吗？"

"他们不让我进去，我只能在这片儿的街上卖花。"小姑娘看了看酒吧，长毛正隔着窗玻璃望着她，她赶紧收回目光。

"你见过这个姐姐吗？"丁海琳掏出照片给小姑娘看。

"认识！认识！这个姐姐可好了！去年夏天经常把我剩下的花都买走！"小姑娘显然对李翘印象深刻，然后不无遗憾地说，"可惜这个姐姐只买了我一周的花，我就再也没见过了！"

"你最后一次见她是什么时候，你还记得吗？"丁海琳问道。

"就是有一天晚上，她从店里出来，看到我但没买我的花就着急走了。"小姑娘眨眼回忆道。

"之前她见到你都买你的花，就是你最后一次见到她时，她没有买花？"盛大雷显然对这个细节很感兴趣。

"是啊！可能姐姐家里有急事吧！当时我看到有个叔叔一直盯着她，姐姐过马路时，那个叔叔就跟在她身后一起。"

"什么叔叔？之前你没见过吗？"盛大雷抢在丁海琳前面追问。

"没见过！就是最后见到姐姐的那晚见过那个叔叔。"小姑娘笃定道。

"那个叔叔长什么样子你还记得吗？"丁海琳热切地望着小姑娘的眼睛。

小姑娘仰头看着盛大雷一会儿，道："那个叔叔长得很高，穿着黑裤子、黑上衣，晚上还戴着黑色太阳帽和墨镜。"显然小姑娘对这个男人的打扮记忆犹新。可惜，她对那个男人其他的情况一无所知。

小姑娘看着丁海琳失望的表情，突然又想起了什么，道："那个叔叔胳膊上好像文着一把叉子。"

"什么样的叉子？"丁海琳看到了一线希望，弯下腰来，热切地注视着小姑娘。

"你确定文的是一把叉子吗？"盛大雷双手撑着膝盖，也弯腰热切地注视着小姑娘。

小姑娘变得不那么确定了，说道："应该是一把叉子吧，当时路灯下看不太清楚……"

"哪条胳膊还记得吗？"丁海琳温柔地握住小姑娘的右胳膊，鼓励道。

"就是这条胳膊！"小姑娘低头看看丁海琳握着自己胳膊的手，回答道。

"我们最近查了清北市和清北附近几个地方的失踪人口，倒是有七个符合'水泥女'的年纪和身高特征。清北本地的两个人排除掉了，因为发型和脸型不吻合，差异很大。其他五个人我们正在继续排查。"老刘给丁海琳打电话时，丁海琳和盛大雷正在步行回宾馆的途中。听老刘的口气并不抱希望。

"绳索厂呢？"丁海琳问道。

"绳索厂的老板当时从查干湖走的时候很仓促，邻居跟他赊账的钱他都没要，是带着老婆和15岁的女儿夜里走的。因为当时公民身份证信息没有联网，直到现在都没有再出现过这一家三口的任何身份证使用过的信息。"老刘的意思就是绳索厂一家三口消失在了社会管理控制网之外。

盛大雷让丁海琳向老刘要了那五个女性的信息，然后转给自己，他又立即转发给了李超特。

"这个案子公安部知道吗？"盛大雷发完微信，问丁海琳。

"知道。"丁海琳认为盛大雷明知故问，她快步走进了快捷酒店的大堂。

盛大雷进大堂门之前，回头瞥了一眼。

"部里什么态度？"盛大雷按电梯按钮。

"你说什么态度？是他们同意你回来办案啊！"丁海琳气呼呼地进了电梯。

两个人默默无语，盯着电梯数字变换。

"叮"的一声，电梯门开了，丁海琳先跨出电梯。

"你觉得那个黑衣男人是谁？"盛大雷站在丁海琳房间门口问道。

"还用说吗？肯定跟李翘离奇出走有关，保不准跟宋威也有关系。"丁海琳回答完，就关上了房门。

盛大雷走进隔壁自己的房间，没有插卡取电。他反手关门，迅速地趴在门上，透过猫眼向外张望。

猫眼外面的走廊里没有人，盛大雷只能看到对面走廊墙壁上挂着一幅廉价的《蒙娜丽莎》的复制挂画，画中神秘女性透过他房间门上的猫眼微笑，陈旧的红地毯上还有几个烟头烫的黑洞，跟这幅名画很不搭。盛大雷转过身，摸黑走到窗前，从窗帘侧面向楼下望去。

这个房子临街，跟宾馆正门一个方向，楼门前有两棵大树。街对面就是北大的校园，校墙外偶尔有路人匆匆而过，还有一个人倚着墙抽烟。

隔壁的丁海琳脱下鞋子，也站在房间窗前，看着对面的北大校园，还有学生三三两两地在路灯下穿行。

她拿起手机，拨打了一个电话："能不跟我们俩了吗？"

对方说了什么话，她的语气变得严厉起来："疑人不用，用人不疑。我能感觉到有人跟踪，他能感觉不到吗？"

紧邻的隔壁房间窗帘旁的盛大雷，看到街对面那个抽烟的男子正在接打电话，不过十几秒钟，他就挂了电话，到街边拦了一辆出租车，扬长而去。

· 3 ·

盛大雷睡得很不踏实。他看到床头柜上的电子表显示时间是00:37，闭上眼睛，梦魇不断。

梦中，他自己化身为绳索厂主人的女儿，绳索厂主人变成了自己的父亲盛坤，还有自己儿时记忆里的母亲。三人在黑夜里匆忙上了一艘小木船，向查干湖的湖中心划去，夜凉如水，水深难测。不一会儿自己又化身为尾随李翘的那名男子，梦里男子的容貌居然是父亲盛坤的模样。突然间自己又跟着父亲开车去救母亲，到了一处陌生的所在，像是一个深深的洞穴。盛大雷看着母亲在水泥池中越陷越深，他惊恐地呼喊，叫父亲来帮忙一起用绳索把母亲拖出来，回头却发现父亲坐在车子里笑。然后车子突然爆炸，父亲的笑容消失在火焰中。焦急的盛大雷再转过身来，发现水泥池子的中央只有几个泥泡，母亲已经没入泥中，不见了。自己手中攥着一根绿色的绳索，就在这个时候，警铃骤响。

盛大雷在黑暗中睁开眼睛，那一瞬间他不确定自己身处何地，床头柜上的手机不停地振动着。

"李翘和宋威还有一个交集。宋威去年从北大学习结束后，第二天，也就是8月8日去了大同，我找朋友核实过她当天的机票……"李超特的声音从电话那头清晰传来。

盛大雷坐起身来，继续听李超特的发现："李翘在外语培训学校兼职的网站上可以查到，她曾经写过一篇她游览大同云冈石窟的英文游记，作为英文写作课的例文。李翘是今年春节后的3月才回到清北的。这篇文章是她入职这所学校前不久写的，所以她去大同的时间肯定是在今年3月之前。"

挂了电话，盛大雷看看时间，还不到凌晨1点，也就是说刚才他做的漫长的梦，不过才20分钟而已。

窗帘缝隙透进来外面路灯昏黄的光线，盛大雷睡意全无。

微信提示有新信息，盛大雷翻看，是丁海琳发来的："'水泥女'右脚鞋子的鞋垫下面发现砂岩，是火山浮石，目前可知来源是以下几个地方：黑龙江五大连池、吉林的长白山、内蒙古的哈拉哈、山西的大同。"

盛大雷的眼睛一亮，知道下一步该去哪里了，但去之前还有许多功课要做。

· 4 ·

早上，盛大雷和丁海琳按计划去了一趟北大，走访了当时承办企业家培训班的光华管理学院的相关老师和班级负责人。事先有过电话沟通，学校老师都很配合，但除了能够提供的材料和一些零散回忆外，都没有什么特别的。

盛大雷翻看宋威当时在班上结业考试的论文，题目为《论中国传统文化与现代经济价值》，内容其实在讲如何让中国过去的历史遗产在经济社会焕发生机，文中还以二爷山为例，说可以把物质文化遗产项目和旅游项目相结合，把历史宝库与文创基金结合，等等。盛大雷把论文复印了一份，丁海琳把当时和宋威同班的同学的联系方式复印了一份。

两人向校外走，路过未名湖畔。博雅塔屹立百年，湖边的年轻面孔来了又去，去了又来。

"中午我回趟公大。"盛大雷恨不得赶紧离开北大校园，当年令他"失身"的那个人就曾在这个校园里名噪一时。

丁海琳点点头："我在北大校园转转，顺便下午挨个给宋威班里同学打个电话。"

盛大雷并没有进公大校园，而是和一个人在学校不远处的"贾三灌汤包"吃了碗羊肉泡馍。

当这个人走进饭店时，盛大雷的眼眶湿润了。过去这一个多月发生的事情彻底改变了他的人生，这些没有击垮他，但是见到这个人，盛大雷好像突然又变成了孩子。

"你小子，瘦了啊！"这个人胡噜了一下盛大雷的脑袋，然后和盛大雷热烈有力地拥抱。

"宗队，您也瘦了！"盛大雷嘴中的宗队就是当年他在公安大学读书时学员队的队长宗翰海。

"你小子跑我们青岛老家去喝啤酒了？"宗翰海调侃道。

"喝几杯？"盛大雷顺杆儿爬。

"当然！服务员，二十个羊肉串、六瓶啤酒、两碗泡馍，牛肉的双饼，羊肉的单饼！"宗翰海对服务员说完，转过头来说，"怎么样，可以吧，你来牛肉双饼？"

"没问题，宗队！"盛大雷在宗翰海面前特别乖，仅有的遗憾是这里只有燕京啤酒，那个南里乐队有首歌唱过："没有丰富泡沫的燕京……"

"叫我宗老师！"宗翰海笑得特别灿烂，盛大雷如沐旭阳。

"宗老师好！"盛大雷叫"宗队"顺了口，突然改起来还真有点儿不习惯。

"哎！案子办得怎么样？他们现在全指望你呢！"宗翰海充满了自豪。

"现在不好说。"盛大雷心里想："要不是因为您，我才不会接这个案子呢！"

"大雷，你已经不是学生了，做事不是为了老师或谁，你自己认为对，就去做！"宗翰海口气一转。

"以前上学的时候，不知道您受了那么多委屈，为何还要坚持积极工作。现在我自己遇到了类似的经历……"盛大雷点头说。

"去面对，别逃避！"宗翰海举起杯。

"为什么世界上开始看着好的事情后来都会变糟糕？"盛大雷抿了一口苦涩的啤酒。

"婆婆妈妈！这种话都是以偏概全，自怜自艾！要都是你这种情绪和态度，那没人能干好警察了！"宗翰海说着，杯子一碰，仰头干了。

宗翰海拿起一个羊肉串道："刘队我不认识，但那个夏璋我了解一二，跟你尿不到一个壶里。"

宗翰海找过夏璋当时在公大读在职研究生的指导老师，导师对这个学生也没有多深的印象，评价也是只有六个字——自我感觉良好。

丁海琳在路边买了一个煎饼馃子，边吃边步行前往中关村。如果说边走边吃东西不文明的话，那肯定不适用于当过兵的人，更何况是特种兵。

其实丁海琳的老家浙江是没有煎饼馃子的，但是她心中的他每次在北京吃煎饼馃子时，总会跟她说自己家乡的煎饼馃子多么美味。

他不是贪吃的人，但是他是热爱家乡的人。他当时吃的是一种乡情，丁海琳现在吃的是一份回忆与思念。

北京的煎饼馃子和清北的不是一个味道。比较而言，北京的煎饼馃子最多只能算是简约版，先摊煎饼后放鸡蛋，加一片薄脆和一小包生菜叶子，刷点儿酱；清北的煎饼面和鸡蛋打在一起，一起摊成饼，然后土豆丝、豆芽、黄瓜丝、豆皮、金针菇、香肠等都可以加进去，可谓内涵丰富。

丁海琳回忆起过去的点滴细节，慢慢向中关村走着。当年她在昌平的女子特警学院读书，因为管得严，难得出来几次也没到过中关村。

她这次去中关村的目的很简单：宋威那期企业家培训班的班长是中关村一家企业的CEO，刚才与那人通了电话后，对方非常热情地邀请她到公司面谈。

中关村明代起为太监坟场，因明清时期太监多在此建庙宇和养老的庄园，也因当时人称太监为"中官"，故称此地为"中官屯"。新中国成立后选择这里建了中国科学院，觉得"中官"二字不好，才改名为"中关村"。经过二十多年的发展，中关村已成为中国科教智力和人才资源最为密集的区域，周围的清华、北大等高校和中科院等科研机构不计其数。

丁海琳在摩肩接踵的中关村区域穿行，直奔海龙大厦。到了公司前台，丁海琳在秘书的引导下，见到了这位名叫鲁大民的CEO。他如此年轻，而且高大偎傥，谈吐不凡，可谓一表人才，淡淡的香水味儿得体自然。

鲁大民的公司是一家做导航定位系统的高新技术企业。公司设计简单，总裁办公室也都是透明玻璃间，看到公司员工的表情就知道他们都很喜欢鲁大民，在这家公司工作顺遂积极。

鲁大民也惊讶于丁海琳的年轻漂亮，气质不凡。两个人谈了一些关于北京天气、北大校园和创业的话题，无不透露出一种默契和共鸣。进入主题后，鲁大民也没有让丁海琳失望，提供了一些有意思的细节。

宋威实际上是他们班上年纪偏大的，而且学历不显赫。短暂的一周学习时间里，宋威显现出的最大特质就是军人的执行力和意志力，这一点也是丁海琳最能理解的。

宋威曾经邀请鲁大民去过清北，鲁大民是在今年的"七一"建党节那天到清北的。当时宋威带着老同学去清北博物馆和二爷山森林公园游玩，并征求老同学对自己计划投资文创产业的意见。

丁海琳想起了在李超特那里盛大雷的推测。宋威跟丈夫很恩爱，鲁大民他们在清北的那三天，宋威夫妇都是一起陪同。鲁大民当时还拿撒切尔夫人做比喻，调侃说："每个成功的女人背后都有一个支持她的男人。"丁海琳对这个问题则有不同意见，她认为不是每个男人都会支持女人的职业理想。

鲁大民从清北回到北京后，宋威和鲁大民通过几个电话，发过几条微信，无非是咨询一些企业管理的问题，再就是让鲁大民推荐券商。宋威当时正在全力以赴准备公司上市。

鲁大民今年30岁，两年前公司就已经是新三板上市企业，丁海琳感慨这是一个商业精英辈出的时代。实际上，宋威和鲁大民已成为非常好的朋友，甚至算得上知己。人与人的相知不仅依靠时间的累积。宋威在清北这样一个小城市做事业的艰难不见得愿意跟身边的人说，而遥远的同学则让她可以放下顾忌。

鲁大民和丁海琳为宋威惋惜、痛心。当丁海琳起身告别时，鲁大民流露出了不舍，坚持要自己开车送客。丁海琳委婉却坚定地谢绝了鲁大民的好意，在鲁大民的热切目光中离去。

· 5 ·

告别宗翰海，盛大雷沿着校门口的昆玉河步行向西，来到玉渊潭旁边的一个小区，这里是他曾经的家。

盛大雷的门禁卡依然能使用，他乘坐电梯上楼。电梯门打开的一刹那，虽然他心里有准备，但是当看到两个盖着红印的封条赫然交叉出现在家门上时，还是当头一棒。盛大雷满腔愤怒，用力地撕下封条，试着用钥匙开门，门应声开了。

家里面一片凌乱，才短短一个多月没人住的大房子，灰尘厚积，随着他的走动，尘埃飞舞，呼吸如同吃土。卫生间地面的瓷砖上有凌乱的脚印和污渍，马桶水箱盖也被掀开了。

盛大雷跟着父亲盛坤搬到北京当年就住进这套房子了，今年刚好满十二年。这套房子现在的市值已超过了两千万元。虽然父亲的事业确实在北京越做越大，但盛大雷始终认为当初父亲举家搬迁到北京，根本原因应该是想远离东北，远离松原那个爱妻骤然离世的伤心地。

盛大雷的卧室也被翻了个底朝天，墙架上的那些玩偶惨不忍睹。哆啦A梦、忍者神龟、变形金刚、圣斗士和七龙珠人物都身首异处。他看到熟悉的每一样小物件，都是回忆。

他们检查得够彻底！

盛大雷呆呆地站在床尾，看着床头那张全家福，照片上的母亲慈爱地看着已经长大的盛大雷微笑，无声无息。他的眼眶再次湿润，紧接着滚烫的泪水模糊了视线。盛大雷跪在地板上，上半身伏在床尾，号啕大哭。

盛大雷伏在床尾一动不动，感觉心力交瘁，脑海中一片空白地趴着，就像儿时在母亲的怀抱里。

盛大雷支起脑袋，再次看着床头的照片，照片里母亲的慈爱难掩靓丽，父亲的威严难掩温情。他觉得哪里不太对，但是他就是说不出哪里不对。盛大雷慢慢起身，缓缓走到床头，探身凝视着照片，上下打量。

他突然起身，把相框取了下来，盯着挂相框的那根钉子看了几秒钟，然后用力拉那根钉子。把钉子拽下来后，放在手心，他心里猛然一跳。这是一把钥匙，只是钥匙柄埋进了墙体，墙体外只有很小一截钥匙梢，不仔细看会理所当然地认为它是一根钉子。

不可能啊！相框是当年盛大雷自己在北京宜家四元桥店买回来的，自带铆钉，那根钉子是他亲手钉上去的，照片也是他亲手挂上去的。

眼前的情况答案只有一个：有人把钉子换成了这把钥匙。而能做这件事的只能是他的父亲盛坤。盛大雷突然对父亲产生了怀疑：他为何要这么做？一定是有什么秘密不为他所知！这把钥匙一定是打开一个秘密的关键。

父亲真的只是一个大企业家吗？公安部和北京市局过去几年的侦查真的是捕风捉影吗？盛大雷愣愣地看着躺在自己手心里的这把银色的钥匙，思考着。

盛大雷举起钥匙，吹去钥匙缝隙里的墙灰，对着窗外照进来的夕阳仔细端详。这应该是一把保险柜的钥匙。盛大雷起身，去父亲的书房，保险柜已被强力撬开，里面空无一物，盛大雷用这把钥匙试着插进钥匙孔，不匹配。这把钥匙究竟是开启哪把锁的？这把锁在哪里？他把钥匙拴到自己的钥匙串上，关门离去。

盛大雷想起父亲出事时的录像，确定了一点。父亲之所以用这把钥匙替换那根钉子，一定是希望有朝一日自己能发现，而且这把钥匙锁着的秘密事关重大。另外，父亲从北京去清北找自己之前，已经意识到危险逼近，否则不会如此处心积虑地给儿子留下这样一个线索。盛大雷还想去自家在西郊的别墅看看，但是时间来不及，只能作罢。

盛大雷到机场候机室时，一眼看到了一大片矩阵般椅子上那个穿白衬衣、牛仔裤的姑娘——自己何时开始喜欢这种穿衣风格的姑娘的？丁海琳正在低头发微信，眉眼之间的惬意已经说明了她内心的愉悦。

今天的丁海琳与盛大雷过去一周相处的那个人好像判若两人。现在的她很放松，没有任何戒备。

盛大雷的观察和判断没错，丁海琳跟鲁大民聊天令她倍感愉悦。这也是她许久没有过的轻松和舒畅。从鲁大民公司离开后，她的微信就没有歇息过。鲁大民的微信头像是他正在大海上冲浪的照片，背景看上去应该是在夏威夷那类海外度假胜地。鲁大民浑身上下只有一条火红的短裤，双腿扎实地踩在舢板上，双臂舒展开来，乘风破浪。

丁海琳之前听朋友讲过，自信的男人无论是做事业还是谈感情，都是勇往直前，不屈不挠。鲁大民就是这种自信的男人，根本不掩饰爱憎，直接出击。

虽然这种类型的男人有时候带有攻击性，但丁海琳很欣赏。当她抬头看到盛大雷时，不自觉地拿来比较。两人外型都是帅气的，鲁大民稳重，盛大雷生猛。事业上，两人在不同领域，各有建树。但是，两个人的气度和胸襟还有些差距，当然这一定是与男人的年纪和阅历有关系。

盛大雷发现丁海琳直勾勾地看着自己，似乎察觉到她在拿自己跟谁比较，立刻手足无措，讪讪地在旁边找个空座坐下。

"我怎么会拿盛大雷来比较呢？"丁海琳想到这个问题，脸倏地有些发热，之前她还曾拿心里的那个他跟盛大雷做过比较。

她收起手机，把下午已经通过电话包括和鲁大民见面了解的一些情况跟盛大雷简单地做了说明。两人讨论了各种线索凑到一起的各种假设和可能，商量了下一步的调查安排。商量过程中有几次两人眼神相碰，旋即同时向后侧了侧身子，保持距离。

工作就是工作，工作关系仅仅是工作关系。

· 6 ·

"秦局，我这工作还继续吗？"吴新年面对着屏幕请示。

屏幕上并排坐着两名中年男子。左边的年纪稍长一些，面色白皙，戴着银灰色框眼镜，身穿三级警监的制服，藏蓝色警服里面的白衬衣在屏幕上特别耀眼；右边的面色黝黑，眼神犀利，身穿一级警督①的制服。

"当然继续。"屏幕里的三级警监就是公安部刑侦局副局长秦臻，他面色肃穆，口吻不容置疑。

"盛大雷的反侦查能力很强……"吴新年好像在抱怨。

"反侦查？他本身就是侦查员出身，又一直干刑警。"屏幕里的一级警督是北京市公安局刑侦总队副总队长李爱国，他显然对盛大雷更为了解，"他这次回北京，也可能对我们是帮助。"

---

① 人民警察实行警察职务等级编制警衔，担任行政职务的人民警察实行下列职务等级编制警衔：1.部级正职：总警监；2.部级副职：副总警监；3.厅（局）级正职：一级警监至二级警监；4.厅（局）级副职：二级警监至三级警监；5.处（局）级正职：三级警监至二级警督；6.处（局）级副职：一级警督至三级警督；7.科（局）级正职：一级警督至一级警司；8.科（局）级副职：二级警督至二级警司；9.科员（警长）职：三级警督至三级警司；10.办事员（警员）职：一级警司至二级警员。

"清北这边刘大队好像不是太配合我的工作。"吴新年显然很看重自己在公安部工作的分量。

"新年，我们要摆正自己的位置。老刘这个人我知道，心里都是工作，不搞什么关系。他现在手头上的三条人命案要破，可用的人只有盛大雷。"秦臻停顿了几秒钟，继续道，"盛大雷现在还算咱们局里的同事，并不是犯罪嫌疑人，这一点你也要有清醒的认识。"

"昨天他回了趟玉渊潭那边的家，带走了那把钥匙。"李爱国担忧道，"或许只有他知道那把钥匙到底是开哪把锁的，盛坤毕竟是他父亲。"

"盛坤现在怎么样了？"秦臻放下喝了一口水的保温杯。

"报告秦局，医院说他可能随时会醒来，也可能永远醒不过来。"吴新年的目光被那个水杯里漂浮的红枸杞吸引了过去，想起了老刘也时常泡枸杞水喝。

"盛坤有重大嫌疑，但现在我们也无法断定他就是罪魁祸首。现在他原来的助手从云南潜逃出境，我们正在通过驻外使馆警务联络官协助抓捕。"李爱国歪过头，好像在向身边的秦臻请示。

"这件事情，国合局①那边上周已经按程序展开此项工作了，但是关键还是要靠你们北京市局抓紧时间搜集证据。"秦臻侧脸对李爱国点了点头。

"秦局，现在的问题是，盛大雷帮清北刑侦破案，停职令就不作数了吗？"吴新年显然为自己在清北的工作任务堪忧。

"新年，我重申观点，你认真听，过后自己体会。一是要继续监控盛大雷，但不能打扰他协助刘大队破命案；二是盛大雷如有任何行动与他父亲的案子有关，你都要第一时间上报，如遇紧急情况要及时处置；三是公安工作跟你以前在部队工作不一样，必须原则与灵活相接，尤其不要教条。"秦臻说完话，伸手拿起一个遥控器。

"是！"吴新年对着屏幕一挺胸脯，那一刹那，屏幕闪了一下，屏幕上的两个人消失了，只剩下蓝色的空屏。

吴新年看着屏幕映照出来的自己，拍着脑门儿自言自语："这些话怎么说了跟没说一样啊！"

---

① "国合局"，全称为中华人民共和国公安部国际合作局，也称国际刑警组织中国国家中心局。国际刑警组织中国国家中心局一直与国际刑警组织总秘书处及其成员国中心局保持密切合作，共同预防和打击跨国犯罪。

"盛大雷失控了怎么办？"李爱国负责侦查盛大雷的父亲盛坤的案子已近三年，当初也是他指派盛大雷的结拜兄弟潘东接近盛坤的。

"盛大雷虽然来部里工作时间不长，但我不认为他会牵涉他父亲的案子。"秦臻显然对自己的属下很有信心，他看人从来没有走眼过。

"秦局，他在停职期间，手机一关就擅自跑青岛去了，无组织无纪律是有的！"李爱国对于盛大雷这种任性表示担心。

"爱国，按说盛大雷还是你公安大学的小师弟，你们警校生最讲感情。你把盛大雷最信任的师兄安插到他父亲身边刺探情报，我是有不同看法的。"秦臻又喝了一口水。

"情与法冲突时，我们必须站在法律这边，这也是当年我在警校读书时，老师教导的。"李爱国拎起脚边的水壶给秦臻的水杯加满水道，"警察都要有大局观，我们也是为了工作。"

"警察也是人啊！《论语》中说'子为父隐'就是讲的人性。我对你们当时的这个策略持保留态度。"秦臻敲敲水杯，对李爱国帮自己加水表示感谢。

"叫他回清北协助办案，还需要他在公大的队长帮忙打电话才行，这性格也是够特别了！"李爱国苦笑道。

"人无完人，尤其是咱们刑警，做事都滴水不漏，天天看领导脸色行事，考虑人际关系和谐办案，那还有戏吗？"秦臻显然有自己坚持的意见。

"希望这个盛大雷不辜负您的期望吧！"李爱国抽出一支烟，询问道，"秦局，允许抽支烟吗？憋好久了！"

秦臻笑着点点头，拿着水杯，起身离去。

· 7 ·

"你听说这段时间总有美人儿被吊死吗？"那个男人神神秘秘地跟吕澜说。

吕澜捧着手机，眼前浮现出那个人阴恻恻的黑眼球，她抬起头看着卫生间镜子里的自己，脸部因为惊恐而扭曲变形。

她不敢不接他的电话，因为他告诫过她："如果你不接我电话，我会让你后悔一辈子。"

他每次打电话来都是用"未知号码"或者网络电话。虽然吕澜也把一些有关他的电话录音后放给派出所的民警听，但是他的电话内容又确实没有什么具体的内容，民警每次都只是善意地提醒她，下回他再打电话来立刻把电话给民警。可是，这又怎么可能呢？他打电话根本不定时。

有几晚吕澜害怕得睡不着觉，她就去派出所大厅的凳子上坐着。她多希望那个时候那个人打电话给自己啊！但是那个人像是全面监视着她的生活，每次电话来都是她一个人的时候。

"她们被诅咒、被惩罚，死得很惨，但还不足以赎罪，神惩罚罪人的脚步还没停。"那个男人好像在告诫吕澜，"你知道脖子和胸腔同时被刺穿的感觉吗？"

吕澜不寒而栗，哭着问："你到底要做什么？怎么才能放过我？"

"我不做什么，我只是关心你！哈哈哈哈……"那个男人笑得阴险疯狂。

这一次，吕澜终于看到派出所民警的表情变得凝重，不再像之前看自己的眼神像是看一个神经病患者了，看来今天的电话录音发挥了作用。

值班民警拿着吕澜的手机转身进去。吕澜坐在窗前度日如年，不时地扭头看着派出所外面黑魆魆的夜色，好像担忧随时会有魔鬼冲进来，把自己从光明里拖走，拖进深不见底的黑暗。

吕澜隐隐约约地听民警在里屋打了几个电话，然后走出来，把吕澜手机还给她说："您先回家去，明天一早我们会有专门的办案民警登门拜访。"

吕澜觉得今晚值班的年轻民警特别亲善，好像喂自己吃了100颗定心丸。终于有警察关注自己这件事了，自己终于被保护起来了！吕澜对值班民警连连鞠躬，说了十几个"谢谢"，把手机捧在胸前，走出派出所。她知道今晚自己一定可以睡个好觉了，明天天亮了，警察一来，那个人很快就会被抓住。

吕澜朝着家里的小区走，穿过一个路灯照射的范围，她还要穿过黑暗的一段路才能走到家。她太高兴了，没有听到身后有窸窸窣窣的声音，更不可能看到身后那双放射出幽光的眼睛。

盛大雷和丁海琳乘坐的飞机降落长春龙嘉国际机场已是深夜11:45。返程飞机整整晚点一个小时。两个人向停车场走去，打开手机，噼里啪啦的都是提示信息。

老刘在11点左右一连发给丁海琳好几条语音微信，大概意思是，他一小时前接到刑侦支队办公室电话说，一个郊区派出所报告了一起电话骚扰事件，报案女性的电话录音明确显示骚扰人提到了吊死人等相关情节。

当晚值班的大队领导是夏璋，他已亲自带队前往派出所。老刘把这段录音发到了丁海琳的手机上，随后还发了派出所当晚值班民警的姓名和电话，包括报案人姓名、电话和住址。

盛大雷和丁海琳站在车前，屏气倾听那段电话录音。听完录音，两人立刻上车。盛大雷把油门踩到底，旧捷达发出痛苦的呜呜声，勉力支撑。

丁海琳在副驾上直接联系那个派出所的值班民警，自报家门后，告诉他立刻带人去吕澜家，立刻！

民警愕然，回答说："刚才侦查大队夏队打过电话说，这事儿不用派出所管了。"

"我×，这个时候还抢功！"盛大雷忍不住骂出了声。市局大院距离吕澜家的距离，至少比当地派出所远30千米，派出所距离吕澜家步行也不过几分钟！

高速路路牌出现了"清北，18千米"，盛大雷恨不得再加速，但是车速已经达到了极限。

丁海琳的手机响起时，盛大雷的心莫名地一沉。是老刘打来的电话，说夏璋刚才带队去吕澜家扑了空，现在正在联系技侦部门定位吕澜手机的位置，展开搜查。

"赶紧通知当地派出所，全员在吕澜家附近搜索！派出所对自己辖区最熟悉，会判断出哪里存在监管漏洞！"盛大雷探过头，对着丁海琳的手机喊道。

老刘那边挂了电话，盛大雷深深地叹了一口气，摇摇头道："来不及了！"

"按说咱们还有十五天时间啊！"丁海琳不可思议道，"难道那条横幅上的时间线索不是他想留给我们的？"

"很有可能！或许我们忽略了其他什么线索！"盛大雷在脑海中极速搜索那晚在二爷山现场的信息，包括路边水泥袋子上的出厂日期和其他的数字信息。

不应该啊！凶手留下的信息一定是唯一的，而且是有具体指向性的！盛大雷还来不及厘清思路，车子前方已经是夜深人静的清北市，下了高速路，两人直奔吕澜家。

导航显示还有2000米到达目的地时，老刘电话打过来说派出所民警全员出动后，在吕澜家小区正在建设的三期工地发现了吕澜。

听到吕澜重伤但未死亡时，盛大雷和丁海琳同时松了一口气，面面相觑，不知道这是不是值得庆幸。

· 8 ·

盛大雷和丁海琳赶到现场时，工地里的照明灯都已打开，如同白昼。

"盛部长风尘仆仆啊！"夏璋抽着烟，斜睨着盛大雷，捎带着瞥了一眼丁海琳，转头望着远处忙碌的人群，感慨道，"感谢技侦部门的兄弟们给力！迅速发现了被害人的手机位置……"

盛大雷一言不发，直奔忙碌的人群。谁知夏璋一个健步冲到他的面前，张开双臂，好像在足球场上拦截盛大雷运球。虽然他在球场上从来都不是盛大雷的对手，但是这次，他显然掌握了控制权，胜券在握："盛部长，您留步！这里是命案现场，您现在无权进入！"

盛大雷眼中喷出火来。他特别瞧不起这种在面对别人的生死时还在斤斤计较平日里的得失的人，这种心胸狭隘的人怎么配当警察？！

"大雷！"老刘叫住了试图用力推开夏璋的盛大雷。盛大雷回头看看老刘，读懂了他目光中的含义，愤愤而去。

夏璋的声音从盛大雷身后飘来："盛部长别动我们队里的车啊，现在开队里的车都得是有执法权的人啊！"

丁海琳看着盛大雷双手紧握拳头扬长而去，想追上盛大雷，但还是克制住自己，转身向现场走去。夏璋正要叫住丁海琳，老刘走上前，拍着他的肩膀，示意他到一边来，有话要说。

其实，侦查大队根据技侦部门定位赶到这片工地时，派出所的一名协警已经用手电筒照到混凝土的搅拌车斗露出的一把长发。民警们协力把吕澜从混凝土中拖出来，公安医院的救护车立即把吕澜拉往医院，现在正在急救。应该说幸好盛大雷和丁海琳的反应及时，派出所民警也动作迅速，否则再晚上一会儿，后果难料。混凝土的搅拌车附近有许多凌乱的脚印，其中应该也会有犯罪嫌疑人的。想必他是发现有人找到了这里，来不及等到吕澜死就仓皇逃离。

丁海琳跟刑侦支队技术队的同事叮嘱，务必采集齐全现场所有鞋印和其他证物。连夜调取工地工人鞋印，一一排查，想来也能很快会有结果。

丁海琳从其他民警那里借来手电筒，围着混凝土车前后左右里外地照来照去。在哪里？那组数字在哪里？丁海琳找不到，看着身边的民警渐次收队，心里的阴影面积越来越大。

"找数字呢吧？"夏璋得意地点上一支烟，说道，"我之前就研判过，那些个数字毫无根据，盛大雷收到的那封信搞不准是哪位小朋友戏弄他的，他还当真了！"

丁海琳听他说完，继续拿着手电筒四处寻找。

"海琳，你刚到清北来，跟对人比做对事更重要！"夏璋语重心长道，"如果做的还是错事，那可没有回头路啊！"

丁海琳扭头笑道："夏队，这么晚了，您还得回队里连夜开会吧！"

丁海琳所在的大队办公室，归老刘分管，老刘还在现场。夏璋听出了丁海琳的弦外之音，冷哼一声，昂首挺胸而去，心里暗道："一当过兵的毛丫头，连天多高、地多厚都没数！"

· 9 ·

盛大雷走出工地好远才拦到一辆出租车。出租车在空荡荡的大街上行驶，整座城市还没有醒来。盛大雷在宿舍小区门口的路口等红灯时，看到一个老婆婆穿着环卫工人的蓝色套装，套着橘红色的马甲，佝偻着腰扫地，在凌晨的寒风中瑟缩，那么单薄。

她有孩子吗？她的孩子知道她在从事这么劳累的工作吗？她是孤寡老人吗？她为何孤零零地过活？这个世界上还有这么多不为人知的人为了生活奔波忙碌，甚至承受着不可想象的负担。他自己却好像总是活在激奋中，高兴的时候得意扬扬不可一世，挫折当前就抱怨、烦躁。

昨天中午宗翰海说得对："去面对，别逃避！"

你是个有担当的男人吗？盛大雷扪心自问。回到宿舍，他开灯，穿过客厅时看到地面上凌乱的资料和贴满照片、画满线条的白板。还有一条拆了封的泰山烟，孤零零地躺在桌上。

盛大雷取出一盒，拆封，点上一支，站在白板前吸了一口，不得不感叹丁海琳的字很漂亮，也很有力度。丁海琳成熟、干练、睿智，是非常好的搭档。她有气度，比如她厌恶抽烟，但是知道盛大雷戒不掉还给他买烟。

一支烟还没抽完，盛大雷就三下五除二，双手风卷残云般地把白板上的照片和其他纸片儿全都扫下来，用板擦把白板擦得干干净净，白板架子"吱嘎"乱抖。

盛大雷整理脑海中杂乱的线索，在白板上写字、画圈、连线。一口气完成后，他又点了一支烟，叉腰站在白板前端详，犹如在创作一幅画作，对一些细节稍作修改，这才满意地掐灭烟头，倒头就睡。

丁海琳敲门时，盛大雷也没搭理，昨晚他从现场回来就关了机。丁海琳看没人应门，就自己拿备用钥匙开门进了屋。她站在白板前端详了一会儿，便走到盛大雷的床头，低头看着一动不动的盛大雷，说道："我也觉得吕澜和前面三起案子没有关系。"

盛大雷依然没动，像是一个闹脾气的小孩子，装睡。

"李超特那边有什么信儿吗？"丁海琳问道。

盛大雷还是一声不吭。

"你总不能跟夏璋那种人斗气，就忘记自己的责任吧！"丁海琳有些生气了。

盛大雷一掀被子，一骨碌翻身，下床，赤脚站在丁海琳面前道："李超特说那五个可能性比较大的失踪女性中有一个叫张景芳的，去年一直在山西大同的一家户外用品商店做销售员，今年3月才应聘到清北的一家户外用品商店做销售！"

"也就是说她去年8月8日也在大同。"丁海琳若有所思道。

"张景芳是松原人，27岁，之前在多个地方商场的户外用品商店担任销售员，店名叫探秘者！"盛大雷情绪激动地说道。

"然后呢？"丁海琳对盛大雷的脾气视而不见，继续问道。

盛大雷想到了自己口袋里的那把钥匙，眼睛瞅瞅地毯上的裤子，没好气道："你擅进男生宿舍我不管你，但是请你不要穿鞋踩在我的地毯上！"

丁海琳突然很想笑，怎么盛大雷气急败坏起来这么幼稚？她退后一步，从地毯上挪开了脚。

"大同要去，清北本地的线索，包括袭击吕澜的犯罪嫌疑人，都需要立刻展开调查！"丁海琳脑海中已经初步显现出眼下的调查路径和工作方案。

"松原呢？谁去？再说了，你有权力决定吗？"盛大雷质问着。

丁海琳毫不退让，也不示弱，坚定道："刘队可以决定！"

"老刘！他自己什么处境？他能决定，我会有这样的处境吗？！"盛大雷觉得自己太委屈了，蹬裤子时好几次都没蹬进去。

"再说说那个吴新年！还有多少个吴新年？啊？在北京的时候你以为我什么都不知道吗？"盛大雷摊牌。

"这些人都跟我没有关系，我跟他们也不一样。我就是来破这个案子的，他们冲着你来，是北京派来的。"丁海琳明人不做暗事。

"老刘可以，让他去跟上面说去，让他去协调，把那些监视我的人都撤掉！如果信不过我，我现在就退出！"盛大雷动了气，眼睛喷火，左右晃动着手腕，用力系上腰带。

"好！我跟你一起说去！现在就去！"丁海琳说走就走。

盛大雷站在原地，看着丁海琳站在门外，向下看着楼梯，一言不发。

"盛大雷啊盛大雷，千万要控制好自己！你已经长大了，不能再像小孩子一样闹情绪了！昨天在北京时宗队怎么跟你说的啊！你怎么又忘了？！"盛大雷的心里有个人在提醒他。

"闹情绪不解决问题，冲动是魔鬼啊！"宗翰海还说过这句话，直击盛大雷的脑门儿。

站在门外的丁海琳看到楼梯拐弯处露出一个脑袋，正在向上张望，是市局政治部的那个女警察。丁海琳看那个女警察好奇的表情简直忍受不了，干脆直直地瞪过去，那个女警察脖子一缩，不见了踪影。

· 10 ·

　　全中国的派出所全年365天不停工，刑警队同样如此。盛大雷跟着丁海琳来到市局。8点多钟，市局门前车水马龙，盛大雷在过去的一个多月里从来没有进过清北市公安局的院子。刑侦支队在主楼旁边的一栋二层小楼里。小楼有些年头了，和楼门口的那棵大松树一样陈旧、沉默。

　　盛大雷进楼时，楼里的人见到他时显然有些惊讶，有的人甚至像对待一个怪物一样好奇地打量着他。从他第一次头戴公安部光环空降到这里，大家热烈欢迎，到后来因为破获悬案而声名鹊起，再到后来他因为避嫌父亲的案子而被停职，不到一年的时间里，盛大雷从公安部派来的高才生、前途无量的警界之星变成了犯罪嫌疑人的儿子、被停职接受调查的警察……

　　盛大雷路过会议室时，隔着门听到夏璋正在对昨晚的案情做分析和判断，他尖厉的声调透过会议室大门传到走廊上："啊！昨晚我们几个兄弟彻夜未眠！今早把大家都叫来，刚才我也说明现在的重点了！听明白了吗？"

　　盛大雷皱皱眉头，他听到夏璋的声音就可想象他的表情与动作。不知道警队里为什么会有这样刚愎自用、自诩英明的人！

　　丁海琳在前面敲了敲201办公室的门，门应声而开。老刘看到盛大雷气势汹汹，居然有一些尴尬。他看着已经坐到桌对面的年轻人跟自己的儿子年纪差不多大，心情复杂。

　　"刘队，从我来清北，我就很感激您！虽然我平时叫您老刘，但是我是把您当作前辈来敬重的！即使队里有同事对我有看法，您也一直很维护我，这些我都知道。这次您把我从青岛叫回来，也是对我的信任，这些我都知道！"盛大雷这架势是打算把心底的所有话全都倒出来。

　　老刘没有打断盛大雷，知道他马上就要提到那个敏感的问题了。那个问题是老刘对盛大雷感到愧疚的唯一的一个点。

　　"北京那边监控我父亲，包括我，您是什么时候知道的？"盛大雷直视老刘，有一种得不到答案不罢休的架势。

"你是警察，明白纪律要求。确切地讲，我也是你父亲到清北来的途中得知……"

"7月31日白天？同时也要求监控我，对不对？所以明知道我父亲来清北给我过生日，但是您依然让我替您值当晚的班，是不是？"

"是！"

"好，刘队，我信任您！我父亲的事情，责任不在您，虽然我曾感情用事，认为您应该善意地提醒我的……"

"大雷，后来发生的事情始料未及。你爸的车爆炸并不是我们搞的。"

"您说的话我都信！关于李翘的案子，案发后我给您报告过我的判断，但是您不以为然……"

"不是我不以为然，当时是上面的意思，让你立刻停下手中所有的事情，我也被叫去配合调查了！"

"抱歉，我不是偷听，你们的门没有关紧。"夏璋推门而入，笑容堆满脸庞，问道，"刘队，该开早例会了吧？"

盛大雷默不作声，低着头吸烟，老刘站起来道："小夏，你先去。我这儿还有点儿事儿说！"

夏璋关上老刘办公室的门，心里很不爽，倚老卖老，什么"小夏"，冷哼了一声。

趁着空当儿，丁海琳道："我现在觉得，我们彼此间的信任存在问题，这不利于我们齐心协力地侦破这个案子。"

"所以，咱们三个人要把话说开。思想的问题解不开，事情也做不好。"老刘盯着盛大雷，掷地有声道，"大雷，我觉得，无论你父亲的案子的真相是什么，老刘我从来没有怀疑过你，这是其一。其二，我和海琳现在都想全力以赴地把眼下这个系列杀人案破了，在这个问题上我有决心排除万难。"

"盛大雷，我觉得你不要把两件事情混为一谈。你父亲的案子我不了解，但眼下的案子已经迫在眉睫！"丁海琳脑海中想起自己在军队里时，哪里会有人跟领导拍板抱怨，命令下来就必须执行！

"大雷，你现在还是公安部的人，在清北刑侦支队的挂职期也没满，让你参与这个案子我们也是逐级请示过领导的！希望你能发挥自己的特长……"老刘放缓语气，热切温和地看着盛大雷，眼前这头好斗多毛的小狮子真像自己年轻时。自己的儿子当年也是这样，想到这里，老刘的眼神突然暗淡了。

"我这算戴罪立功？"盛大雷扫视老刘和丁海琳。

"你有罪吗？停职代表着什么？代表着还没有结论！我相信你！从来没有怀疑过你！"老刘说着说着就有些来气了，软的不行来硬的，"你是一名人民警察，中国人民公安大学毕业的高才生，公安部最年轻的优秀刑警。人生的大风大浪多了去了，你必须去面对！"

老刘举起桌上的保温杯，喝了一大口水，意犹未尽道："你这种承受不来委屈，动不动就闹情绪谈条件，觉得全世界都欠你的心态，要不得！"

盛大雷呆坐着，一言不发。但是从老刘多年带兵的经验判断，他知道自己已经触动面前这个年轻人了。

"你这样跟夏璋有什么区别？他急功近利，你急于抱怨委屈？这都是什么大格局、大胸怀？"丁海琳激将道。

"你要是我亲生儿子，我非扇你耳光！"老刘说出这句话就后悔了，下意识地看了看丁海琳，但是覆水难收。

然而，恰恰是这句话，让盛大雷很感动。

工作这两年多来，身边的人都是说自己好的，真假难辨，只有亲人才会说这话。而自从母亲去世后，连父亲都多少年没对自己说过重话了，更别说打自己了。

"没有那么多时间可浪费，我们现在必须兵分三路：一路去大同，一路去松原，一路在清北，所有线索必须同时推进！"老刘的语气刻不容缓。

"刘队，我替盛大雷问了吧！咱们现在能不能信任他一个人出去办案？"丁海琳期待地看着老刘。

"能！完全能！我后年就退休了，以后有人追究起来，我担这个责任！我要是胆小怕事至于现在过成这样吗？"老刘站起来把胸脯拍得砰砰响，他的胸脯里塞满了难言的委屈，还有毅然的担当。

"你也听到了！如果刘队这样表态还不能令你满意，那我也没话可说了！枉费宗队当时跟我把你表扬得跟真英雄似的！谁知道老师是否也有看走眼的时候!"丁海琳恨其不争地看着盛大雷。

盛大雷愣了半天神,平复情绪用了两分钟,再抬起头时说道:"还是刘队盯着清北的事儿吧,我去大同,你去松原。"他的眼神在询问另外两个人的意见。

"我去大同吧。去年休年假时我曾跟战友去旅游过,还算熟悉。"丁海琳看盛大雷的态度有转变,立刻也变得积极主动。

"按盛大雷说的办吧!松原近,你一个姑娘家的尽量别出远门。"老刘立即表态,丁海琳默认这个安排。

老刘把桌上的材料向前一推,道:"这是昨晚吕澜案子现场勘验的初步报告,现在人还在重症监护室没醒。"

又一个人进了重症监护室!盛大雷拿着报告走出办公室时,一度怀疑自己是不是丧门星。

他目光直视,向走廊另一半的楼梯口走去,将身边人的目光视若空气,边走心里边暗问自己:"盛大雷啊盛大雷,你是不是贱啊?别人说想把你当儿子一样地打,你居然感动了!"但是转念又想起宗翰海说过的那些话,他心态平复了下来。其实,他要的就是这样亲密无间的态度,即使是责骂,那也是真真切切的情感。

· 11 ·

中午的时候,整个侦查大队依然忙碌。根据查检吕澜家小区的监控录像,发现了一个可疑人物。一屋子人围在电脑前,眼睛一眨不眨。

监控录像上显示,在9月5日午夜12:19,吕澜从一辆出租车上下来,神情慌张地冲进楼,反复地按电梯,然后又仓皇地转向电梯间旁边的紧急通道。这时,一个黑衣人跟了进来,此人戴着一顶黑白相间的格子帽,进了楼,没走电梯,直奔紧急通道。

后续的监控录像再出现这个人时,已经是早上9:17,依然是吕澜背着包,从电梯间出来。此人从下一趟电梯出来,依然戴着那顶黑白格子帽,前后间隔时间不到两分钟。

9月6日夜里11:10，吕澜从辖区派出所离开时，派出所门口对面马路的监控录像上再次出现了这个黑衣人，那顶黑白格帽子压得依然很低，看不清楚脸。

夏璋大喝一声："此人一定就住在吕澜家附近！你们几个跟我走！"

夏璋带着两个人直奔吕澜家所在的小区，找到保安经理，要求把小区现有保安全部叫来，然后让保安经理去找一台投影机来。

因为小区二期正在销售，三期尚未建成，所以小区保安现在仅有9人，高高矮矮的并排站在物业中心的一个简易会议室里。夏璋看着他们衣冠不整、状态懒散，恨其不争地喝道："你们军训过吗？懂什么叫站军姿吗？立正！"

他转身指着大屏幕上投影出来的黑衣人照片，问道："有谁见过这个人吗？"

"我好像见过。"一个站在最左边的矮个儿保安提心吊胆道。

"确定吗？"夏璋走到保安面前，音调又提高了八度。

"这顶帽子我见过！而且是一个男的戴的！"保安鼓了鼓勇气，肯定道。

夏璋眼睛一瞪，喝道："赶紧说！在哪里见到的？"

保安吓了一跳，战战兢兢地说："他好像就住在一期。我值班的时候见过。"

夏璋指着自己的两名下属，吩咐道："你们俩带着这个保安，跟着经理去核查业主信息！务必把这个人给我找出来！"

"警官，我们这里没有业主的照片。"保安经理赶紧说。

"你们这物业是怎么管的？！现在小区业主遇害，差点儿死了！我们来查案，你告诉我没有照片就把我们打发了？"夏璋眉头一挑，指着保安经理的鼻头说，"我不管你用什么办法，现在必须给我找出这个人来！"

夏璋卷起左臂衣袖，看了看手腕上的电子表，命令道："现在快11点了，限你中午12点前给我找出这个人来！"

保安经理被逼无奈，急中生智，调出当时一期售楼处的录像来。当时售楼处的监控录像有两处，一处在售楼处门口大门上方，另一处在选房签约的桌子上方。两名民警把保安们分成两组，各带一组，弯腰细看两段录像。小区一期是今年五一开盘，好在开盘当天就售罄，所以录像只须看当天的。

从监控录像里看，售楼处可谓金碧辉煌：巨大的水晶吊灯，光可鉴人的浅灰色大理石地砖。5月1日早8点，吕澜就已经在闺密的陪伴下在售楼处外排队，10:11排到她选房。但是一直到下午4点，一期宣布售罄，也没有发现那个神秘的男子。

两名民警向夏璋报告时，夏璋没有立刻表态，掏出一支烟，放到嘴里，保安经理敏捷地双手捧着火机给他点上。夏璋深深地吸了一口烟，又慢慢地把烟雾吐出来，紧锁着眉头，冥思苦想。

抽了有半支烟的工夫，他灵机一动道："查查样板间开放时吕澜来看的录像。"

保安经理得令，立刻折回，调取前一天的录像。两名民警依然各自带着刚才分组的保安，凑到电脑前开始查看。

保安经理心里暗暗叫苦，样板间在楼盘开售前两周就开放了。每天早上8点到下午5点，查看十四天的监控录像得是多大的工作量啊！所有来看房的人，都要先进售楼处大厅，然后从前台处右转去样板间。当看到4月30日下午不到3点吕澜的身影在录像中出现时，保安经理暗暗地松了一口气，查了一天的录像就有收获真是意外惊喜！

"你们看那个人像不像？"一名保安指着录像中的一个快进中一闪而过的男子喊道。

夏璋也被保安的喊声吸引了过来。民警把录像倒退回去，慢放。这时，他们发现吕澜进入售楼处大堂时，有一名刚从样板间出来的黑衣男子的目光跟着吕澜的移动而移动，并紧跟着她再一次进入样板间。

那名男子脸型偏瘦，穿的黑色衣服与神秘男子的衣服一模一样，都是黑色的夹克。夹克衫的领子都竖着，这件夹克衫的口袋处有一枚显眼的黄色金属纽扣。

吕澜在样板间里待了十几分钟，再次出来时，跟着闺密边说边向外走，显然她对样板间很满意。而那名男子也跟随着出来，一直到三人都消失在售楼处门口的监控录像的范围外。

"抓取一张脸部清晰的照片，对照第二天售楼处的购房录像，比对清楚！"夏璋一声令下，盯着被民警抓出来的一帧照片。

随着鼠标点击放大，那个男人的模样清晰地展现在大家面前：年纪大概40岁，地中海发型，两眼呈三角形，上下嘴唇都薄但宽，典型的吹火嘴。

最终在比夏璋指定的时间晚了一个半小时的情况下，众人查明了这名男子的身份。在售楼当天，他也是一早跟吕澜一起在门口排队，两人中间隔着三个人，从录像上看他的目光一直没有离开吕澜。吕澜的闺密无意中回头，应该是看到了他，但是她的反应是翻了翻白眼。

吕澜选房时，那名男子抻着脖子看吕澜选的是哪套房子，然后排到他的时候他也选了一套房子并交了订金。他选的房子跟吕澜选的户型完全一致，只是低了一层，也就是说吕澜家的地板下面就是这个男子家的天花板。

保安经理查阅购房记录，迅速找出了此人姓名、手机号码和银行卡号。这人叫夏彬，对于这个人的姓，夏璋显然非常不满。夏璋照着那个号码打过去，手机不在服务区。他攥紧右拳，用力挥动右臂，在空气中带起一小阵风，道："快，跟我走！"

一行人迅速向一期的院子跑去，夏璋边跑边问："小区里房子的门能开吗？"

"如果业主没……没换锁的话，应该能！"保安经理上气不接下气。

夏璋扭过头，看了保安经理一眼。保安经理反应过来，赶紧解释道："这个不关我们的事，开发商为了节省成本，所以门锁——"

夏璋一挥手，示意保安经理闭嘴。一行人赶到吕澜家的垂直楼下，一出电梯就放轻了脚步，悄悄地靠近夏彬购置的那套房子门前。

夏璋掏出手枪，示意保安经理上前敲门。保安经理气喘吁吁，心神不安，他又指示保安队队长上去敲门。保安队长敲了好几遍门，没人应。夏璋示意保安经理上前看看门锁。保安经理哆嗦着凑近门，弯腰查看门锁，很快就抽身回来，赔笑道："警官，他没换锁！"

"小声点儿！"夏璋翻了一个白眼，道，"找工具，撬门！"

"快去，拿撬杠去！"保安经理转头命令保安队长。

保安队长飞奔而去，飞奔而回，手里多了一根"J"形钢撬。夏璋又瞪了保安经理一眼，保安经理赶紧上前，配合保安队长一起撬门。三下五除二，门"吱嘎"一声开了！夏璋示意两名民警打个配合，一起进去。

屋子里，除了床外，没有任何家具，显然夏彬并不在这里生活。

"×！"夏璋脱口而出。

一名民警赶紧先跑出去发动车子，另外一名民警则在夏璋的果断指示下，边走边联系队里，要求立刻登录人口信息网，把此人的信息迅速发过来。

车子开出小区没多久，队里查到的信息就发了过来：夏彬，1976年生人，今年38岁，家住清北市中山路9号院，2001年有过短暂婚史，无子，2003年离婚，同年因为猥亵罪被判刑六年，2010年出狱，现在显示是无业状态。

夏璋带着两名民警直奔夏彬的住址。这个院子是个大杂院，门口墙上用红油漆刷满了东倒西歪的"拆"字，触目惊心，让人联想到武侠小说中描写仇家灭门前都会在房子大门和墙上写满"杀"字。

夏彬不在家，隔壁老太太说已经有一段时间没见他回来了。他前段时间跟政府签了拆迁协议，获得近100万元的补偿。院子里厕所的味道很大，地面也不平整，到处垫着砖块和木板，污水四处流淌。这里原先住着七户人家，现在只剩两户了。

夏璋试了试脚下的一块砖，然后爬上了夏彬家门口的杂物堆，弯腰隔着窗户向屋里张望。屋子里光线昏暗，但是还是能看出有些日子没人住了。

夏璋找来当地派出所的人，在居委会工作人员的监督下，强行开锁进入。屋子一打开，一股子潮湿的气息裹挟着说不清楚的臭味扑面而来。

夏璋遮掩口鼻，带头进了屋。进门是厨房，窗台下摆了一张餐桌，桌上和桌下有几个空啤酒瓶，再往里面就是卧室了。卧室床头墙上张贴着许多女性的裸体照片，照片应该是从黄色杂志上剪下或网上下载打印出来的。

一名民警对着墙面拍照，夏璋被闪光灯刺了一下眼，眯着眼问身后的属下："李翘和宋威，还有'水泥女'，是不是都是长发啊？"

两名民警努力回忆，然后对视一眼，齐声答复："夏队，是长发！都是！"

夏璋皱着眉头，看着墙上那些摆出各种姿势的女郎，千篇一律，都是长发。

"那不是吕澜吗？"一名民警指着照片墙靠下的位置喊道。

夏璋低头一看，靠着墙的枕头上方露出一张照片的一半，确实是吕澜。应该是夏彬在某处偷拍的吕澜，照片上的吕澜正在抚弄长发，整张脸都向上倾斜。

夏璋把右手向后一伸，道："手套！"

民警说："技术队还没到，现在没有手套。"

夏璋从口袋里掏出一张面巾纸，覆盖着手掌心，然后垫着纸巾抽出了那张照片。那张照片没有被粘在墙上，下半部分是吕澜颈部以下的位置，穿着大红色的低胸连衣裙，照片是侧面远拍的，高耸的乳房和手腕上金灿灿的手表非常显眼。

"色狼！这是判少了！给队里打电话，现在就把他当年的案卷给我调出来，我一会儿回去就要看！"

侦查大队里一派繁忙景象，丁海琳问内勤发生了什么情况。

"找到跟踪吕澜的人了！有案底，猥亵罪判过六年！"内勤眼睛盯着电脑屏幕，显然在查找什么。

丁海琳把传真件拿起来，捋整齐，翻看着这名叫夏彬的男子的照片确实让丁海琳立刻想起了"色情狂"这个词。

传真件上黑白照片中的夏彬，眼神中赤裸裸地透露着淫荡。丁海琳知道人群中有一小部分人天生拥有过度的性欲，性行为和性反应异常性增加，表现为极度性欲亢进，整日沉湎于性冲动，并以性放荡作为生活的中心内容，为获得性满足可要求同一切可能的性对象性交，如所求不能满足，则可能不断地手淫。

色情狂一般并无明显的器质性或精神性疾病，而是一种性心理畸变的状态，形成原因比较复杂，通常是在某种环境基础上发展起来的，如在有些人中间，常有因看过某种色情小说或电影，甚至有过某种性行为而得到同性羡慕的现象，这极易使这些人发展成一种盲目的、不受社会以及生物学限制的异常性欲亢进。

夏彬有吸毒史，当年长期尾随两名花季少女，并分别在两个夜晚暴露生殖器官，强制对两名少女进行抠摸、搂抱、亲吻等行为。

丁海琳曾经看过相关的研究报告，知道造成性欲亢进的疾病种类很多，某些器质性的神经、内分泌疾患可在病程中表现性欲亢进，如颞叶病变、脑梅毒、脑肿瘤、垂体瘤、甲亢等均有可能出现性欲亢进，并可引起色情狂表现；还有研究指出使用大量性激素和毒品也可能引起症状性色情狂，如过量应用睾丸酮、大麻叶或可卡因均可能引起即时性欲亢进。

这时，夏璋风风火火地走进来，一把夺过丁海琳手中的传真，左右开弓，一边翻看手里的资料，一边命令："你们现在立刻给我调查他的行动轨迹！"

丁海琳没有出声，默默地走出去。

她一点儿都不认为这个夏彬就是杀害三名女性的凶手。三名被害女性的尸检没有任何被性侵的迹象，对于一个色情狂来说，控制住了自己有欲望的女性，怎么会没有任何性举动，怎么会去制造出人意料的杀人现场呢？明显的动机不同。这完全是两起案子，丁海琳很确定。想起刚才夏璋的大张旗鼓和故作总揽全局的表演，她只能苦笑。

· 12 ·

大同是山西省第二大城市，位于山西北部大同盆地的中心、晋冀蒙三省区交界处、黄土高原东北边缘，实为全晋之屏障、北方之门户，是历代兵家必争之地。

大同古称云中、平城，曾是北魏首都，辽、金陪都。境内文物古迹众多，其中最为著名的便是云冈石窟。大同火山群是我国华北地区唯一保存完好的第四纪火山群，已知火山30余座，在全国各火山群中名列榜首。

大同市公安局刑侦支队和云冈石窟景区派出所的民警一同到火车站接了盛大雷。在车子向云冈石窟开的途中，他们介绍说云冈石窟去年接待游客117万多人，比2011年的77万人增长了52%。现在旅游旺季还没过，预计游客比去年又有了大幅增长。

这两位民警在介绍大同情况的同时，不断提到前段时间刚刚调走的市长，满怀感念，感念这位市长在大同任职期间的作为。虽然盛大雷对政治人物并不那么关注，但是遇到同行赞扬一地的主政官也确实罕见。三人到了云冈石窟景区，负责安保的景区负责人将他们引导进办公室。

"我们这里是1961年被国务院公布为全国首批重点文物保护单位。2001年被联合国教科文组织列入世界遗产名录。2007年被国家旅游局评为首批国家5A级旅游景区。"景区负责人边介绍边给三位来客泡上茶。

"您跟盛警官介绍下我跟您说的那件事儿吧！"景区派出所的民警直奔主题。

"我们这里现在管理比较严格，前年春天就更新了票务系统，现在是将智能芯片嵌入纸质门票中，用于快捷检票和验票。其核心是采用RFID射频识别技术、具有一定存储容量的芯片，将这种芯片和特制的天线连接在一起就构成了常说的电子标签。不用本人的身份证购票就进不了景区。"景区负责人如数家珍，他拿出一张打印出来的单子，递给盛大雷道，"这是去年8月8日的游客宋威进入景区的购票和检票记录，信息显示，当时和她一同购票进入景区的人员可能是以下人员。"

盛大雷接过打印的单子，看到2012年8月8日下午4:26宋威购票，跟她同时间现场购票的还有两个人。也就是说2012年8月8日下午4:26，有三个人同时购票。

盛大雷看着另外两个人的身份证信息，都是山东淄博人，一男一女，男的1985年出生，女的1983年出生。

"我确定过，这两个人是夫妻，当时那个时间是来云冈度蜜月。"大同刑侦支队的刑警补充道。

"这三位游客进入景区的时间是比较奇怪的，我们景区完整游玩下来至少需要一个半小时。"

"我来之前给您提供的另外两位女性，是否也进入过云冈景区呢？"盛大雷问这位刑警，他指的是李翘和张景芳。

"有查到这两个人的记录吗？"刑警问景区负责人。

"我们的门票系统是去年3月采用的，之前的购票记录没有身份证信息。门票系统投入使用到现在，另外两位女性没有进入景区的记录。"景区负责人回答道。

之后，景区负责人带着盛大雷进入景区，景区派出所民警回所里上班，大同刑侦支队的刑警则在办公室打了几个电话，帮助盛大雷联系和落实几个相关事宜。

云冈石窟是中国四大名窟之一，被誉为中国古代雕刻艺术的宝库，气势宏伟，数量众多的造像按照开凿的时间基本上可分为三个阶段：第一个阶段的"昙曜五窟"气势磅礴，造型别致，具有浑厚、纯朴的西域情调；第二个阶段的石窟则显现出精雕细琢的温婉，装饰也显得缤纷华丽，显示出复杂多变、富丽堂皇的北魏时期的艺术风格；第三阶段的窟室则明显规模变小，人物形象清瘦俊美，是"瘦骨清像"的源起。

景区负责人讲解道："云冈石窟形象地记录了印度及中亚佛教艺术向中国佛教艺术发展的历史轨迹，反映出佛教造像在中国逐渐世俗化、民族化的过程。云冈石窟是石窟艺术'中国化'的开始。云冈中期石窟出现的中国宫殿建筑式样雕刻，以及在此基础上发展出的中国式佛像龛，在后世的石窟寺建造中得到广泛应用。"

盛大雷随着景区负责人的速度，快步游览。石窟造像令人惊叹，游客如织，盛大雷脑海中却盘旋着问题：宋威来这里做什么？是什么人约她来的还是她自己要来的？宋威来这里是完成一个心愿还是来完成一个任务，或者是寻找一种感受或感悟？

景区负责人热情地邀请盛大雷在第五窟的佛像前拍照留念。他虽不热衷于拍照，但盛情难却。拍完照片，盛大雷转过身来，望着世界闻名的云冈石窟第五窟。

这座洞窟呈现椭圆形的草庐样式，洞窟分前室和后室。从前室走进后室，立刻感觉空间高大宽敞起来，中央的一尊大佛两腿盘坐，17米高，为云冈石窟的第一大佛。

"这尊大佛着褒衣博带，通肩袈裟，头顶为蓝色的螺髻，佛像面部轮廓清晰，白毫点朱，细眉长目，鼻准方直，双耳垂肩，给人以一种端庄、肃穆、慈祥之感。由于后世为了积功德造福，对这尊巨佛像涂了厚厚的泥装，再塑了金身，已经看不到原始的北魏石雕的形态了。第五窟的佛像布局为三世佛，中央的坐佛为释迦牟尼佛，左边为过去佛，佛像的右边立佛为未来佛，由于这尊佛身上泥装的脱落，人们才得以目睹原始的北魏石雕艺术的风采。"幸好有景区负责人的解说，盛大雷才能从专业的角度体会佛像艺术的特质与精髓。

因为是周末，游人如织，盛大雷在人声鼎沸中安静地仰望佛像，灵光乍现，想起了宋威的论文题目，随即想起清北广场上的萨满塑像，问道："云冈石窟跟萨满教有什么关系吗？"

"拓跋鲜卑原本崇尚萨满教，不信佛法，后来接受佛教，才修建了云冈石窟。"景区负责人双手一摊道，"再详细的情况就太专业了，我也不明白了！"

盛大雷想到，满洲人的祖先女真人，也曾信奉萨满教，直到公元11世纪。

中华民国以前，萨满教一直在中国东北甚至蒙古地区大范围流传。清朝皇帝把萨满教和满族的传统结合起来，运用萨满教把东北的人民纳入帝国的轨道，同时萨满教在清朝的宫廷生活中也找到了位置。

宋威来自萨满教所在的城市，来到萨满教曾经盛行的地方，她和其他被害人的死法又很具有宗教色彩，宋威本人又很关注传统文化，这其中是否有什么内在联系呢？

景区负责人接到电话，说有点儿工作上的事情需要处理，他便指了一个方向，建议盛大雷去看看云冈博物馆。云冈博物馆坐落在云冈石窟景区内西端，半地下建筑，大跨幅拱顶呈大写意式的忍冬纹样，馆前下沉式广场由数道放射状砖壁式通道环形围绕。

盛大雷刚要进入云冈博物馆，手机响了，他刚接起来，又一个电话打了进来。

· 13 ·

"吕澜醒了，我们根据她的描述，先做了犯罪嫌疑人模拟画像——"老刘话音未落，盛大雷已经敏感地察觉出了什么，追问道："不是同一个人吗？"

"当时夏璋还没把夏彬照片传过来，等传过来想给吕澜看时，她又昏迷过去了……"老刘的话音未落，盛大雷再一次追问道："你觉得是同一个人吗？"

"不像！"老刘的语速缓慢，但不迟疑。

盛大雷着急接另外一个电话，刚要挂老刘电话，老刘又说话了："吴新年问我你的去向，我含混过去了。你自己小心。"

盛大雷没有吭声地点点头，内心一阵复杂的感激。他接起了丁海琳的电话："已让张景芳的家人辨认过'水泥女'照片，就是她！她从松原油田职工大学夜校毕业，在松原打过一段时间零工，后来在五年前突然跟家人说想去大同工作，开始父母没同意，但又管不了她。据邻居说，张景芳是有了男朋友，是跟着男朋友去的大同……"

"她突然要去大同，具体时间是何时呢？"盛大雷打断丁海琳问道。

"哦，他家人的说法是2008年，查干湖开湖后……"丁海琳在电话那头翻记录本的声音从手机里传过来，仿佛也掀开了盛大雷的记忆。

2008年，那真是令人印象深刻的一年。那一年的夏天，就是盛大雷大一结束后的暑假。他和潘东那届学长以及同学在宗翰海的带领下，一起在北京航空航天大学的体育馆担任北京奥运会举重场馆的安保志愿者。也是那一年的秋季开学，盛大雷在参加吉林老乡会时听说，查干湖冬捕被国务院批准确定为国家级非物质文化遗产，查干湖旅游区也被文化部确定为国家级非物质文化园区。

查干湖开湖就是冬季冰雪渔猎，早在辽金时期就享有盛名。虽然岁月更迭，查干湖冬捕的神奇、神秘与神圣依旧。盛大雷还记得儿时跟着爸妈一起去看开湖，令他最惊奇的就是"祭湖醒网"仪式上要跳萨满舞，也就是俗称的跳大神。

厉宁那里提供的信息也印证了盛大雷之前的模糊印象：萨满跳大神时一般是一主一辅两人。边击鼓，边唱，边舞，两人交叉走圆场，舞步轻慢。神附体后，主萨满放下单鼓，在另一萨满击打的激烈鼓声中，双脚高跳，重踏，又向左、右两侧做平步连续转，技巧高者可连转百圈以上，有时还要双鼓、刀等神器。跳大神的萨满戴有鹰、神树等饰物的法冠，内有红衬裙，外罩带有许多条飘带的法裙，从腰部两侧向后围腰坠有许多面大小不同的铜镜，左手持单鼓，柄端缀有小铁环，右手持榆木鼓槌。舞动时饰物叮当作响，彩裙随舞蹈飘动。

盛大雷记得中学老师讲过，查干湖"祭湖醒网"体现的主要是自然崇拜。游牧文化中最初的宗教就是萨满教，信奉自然崇拜，认为万物有灵，"醒网"体现的就是灵魂观念，认为渔网有意志和感情附着。

盛大雷对于儿时第一次在查干湖看萨满舞时的印象是，冰天雪地的季节里，整个人好像都被冻透了。尤其是萨满面具上露出的黑洞洞的眼睛与盛大雷当时忽闪忽闪的眼睛在空中相遇时，仿佛穿越了时空，现在依然让盛大雷浑身冰凉。

"你在听吗？"丁海琳电话里提高声调，"我还顺路又去了一趟上次那个绳索厂，绳索厂后院有个地下室，被人用杂物遮掩住了，加上荒草丛生，很不容易发现。"

"有什么？"盛大雷迫不及待地问道。

"里面有当时库存的一些绳索！材质与杀人案现场的绳索一致！"丁海琳也

掩饰不住有所突破的喜悦，道，"但是，这个地下室明显有人进入过，但是无法确定有多少人是好奇闯入或误入，但确定的一点是我们要找的那个人应该进入过。"

真是重大发现！丁海琳确实是个好搭档！盛大雷挂掉丁海琳的电话后，低头翻看手机上老刘发过来的犯罪嫌疑人的模拟画像：瘦削长脸，两眼细长，鹰钩鼻子，双唇紧抿。

老刘还发来一段补充文字："年纪30～35岁，身高170～172厘米，普通话标准。"

虽然盛大雷明知模拟画像或许可以勾画出犯罪嫌疑人一半以上的体貌特征，但是不可能传神，然而盛大雷还是盯着此人眼神，脑海中浮现出一系列的形容词：冷酷的，藐视的，野心勃勃的，渴望的，谦卑的……

这个人应该不是夏彬，那是自己想要找的那个人吗？盛大雷出发来大同前，独自去了一趟吕澜家小区的工地，事发现场已经被警戒线圈了起来，盛大雷四处寻找查看，无果。

· 14 ·

盛大雷从云冈石窟出来，大同市局刑侦支队的刑警又陪着他走访了张景芳在大同工作过的户外用品商店。商店老板是一个小青年，肤色白皙，戴一副眼镜，不像户外运动爱好者。

"景芳来我这儿应聘的时候，我这儿已经有一个售货员了，不缺人手。她主动找到我们店，对工资要求很低，就是说自己很喜欢户外运动。"小老板坐在冷清的店里，望着玻璃窗外的行人，回忆道。

"那时候店里生意确实不错，景芳在这里工作得确实很卖力，没多久之后那个售货员就主动辞职了，景芳在我这个店里待了整整四年，直到去年冬天说想回家工作了。"小老板瞅了瞅盛大雷手中的烟，盛大雷主动递上一支。

小老板深吸一口烟，继续说："其实，我想，那只是一个借口吧，毕竟现在实体店生意真是不好做了，这个店里所有的活儿我一个人做也足够了。"

盛大雷打量着这个店里琳琅满目的户外服饰和各类装备，站起来随意转转，问道："她在这里四年有男朋友吗？或者其他什么交往密切的朋友？"

"男朋友？没听说。她平时在店里从早上9点干到晚上9点，偶尔请假也是出去跟这里的一些户外爱好者一起吧！"

盛大雷站在收银台电脑后面的照片墙前，仔细端详。照片里的人都有专业的户外装备，笑容灿烂，在山峰或谷底，还有攀岩的，林林总总，但是照片里都没有张景芳。

"这些照片都是谁拍的啊？"盛大雷问道。

"都是他们那些户外爱好者拍的，我看见比较好的就留了下来，有的是他们送给我的。"小老板回答道。

"这个位置原来有照片吧？"盛大雷指着大小不一的相框拼凑出一个长方形轮廓，中间一个相框大小位置的墙漆特别白，显然之前被相框覆盖过，现在照片连带相框都消失了。

"对！原来那里有一张照片，里面是景芳跟她几个户外爱好者姐妹的合影！"小老板回忆道。

"你还记得照片里有几个人吗？"盛大雷转过身来，问道。

小老板愣了一会儿，仔细梳理思路，道："好像是四个人，景芳站在最右边。其他人的模样根本没法记住，应该还有两三个女的和一个男的……"

"那是在哪里拍的呢？"

小老板转了转眼球，努力回忆道："好像是一座山，背后很多树……"

"哪座山？"

"那我哪里知道啊？又没写山的名字，只能看到他们身后的树林子！"小老板求救般地看着大同刑侦支队的民警。

一连串的发问后盛大雷意识到自己的口吻太过急躁了，于是他放缓语速，又给小老板递上一支烟，问道："这张照片是何时挂上的，又是何时被取走的啊？"

"挂上的具体时间我真记不得了，我这块照片墙大部分都是景芳弄的。刚开始我觉得特别好，仔细看了每一张照片，当时是没有她跟人合影的那张的。好像是去年吧，或者是前年，她换上了这张照片，我也是无意中发现的，当时也没在意，随便问了一句，她就说是跟朋友们拍的。什么时候取走的？应该也是她从我店里辞职走时带走的吧！"

"她走后，你跟她有过联系吗？"盛大雷没抱希望地问了一句。

"我也奇怪，她走以后就再也没有出现过，也没再跟我联系过。其实我们四年里相处得很愉快……"这个问题显然困扰小老板很久了。

离开大同大半年了，怎么可能脚底还有大同火山的沙砾呢？唯一的答案只能是她之后又回过大同。

盛大雷离开大同前，去了一趟大同火山群。地球上的火山大多呈中心式喷发形成的火山锥，如果根据物质成分的不同与外观结构形态的差异，可以将它们大概分为穹窿状、岩渣、盾形和层状四种基本类型，大同火山群则把这四种基本类型全部包括了。

大同火山群处于平坦宽广的大同盆地东翼和桑干河中游的河谷地带，一个个火山锥犹如地底幽灵突兀而起，显现出威武与神秘。这是一个庞大的火山家族，按照时间推算，属于第四纪火山运动的遗存。资料显示，大同火山群是由30余座完整漂亮的火山锥体的死火山组成，不规则地散落在约900平方千米范围内。

现在人们把火山当作一种壮丽的自然景观欣赏和赞叹，却往往会遗忘当年活火山喷发时带来的种种恐怖的灾害，甚至有一些国家与地区把活火山的不时躁动与喷发作为一种稀有的旅游观光资源供游客猎奇。

为了加强对大同火山群地质遗迹的保护和开发利用，国家已于2012年12月批准山西大同火山群国家地质公园命名的申请，保护措施中最重要的内容之一就是防盗挖——火山上的浮石可被用作制砖的原料，在火山群方圆数十千米有大大小小的砖厂。

盛大雷站在火山观景台上放眼望去，还可以清晰地看到机械痕迹的残破断面，有的山体延伸出的几个火山熔柱几乎全被削平了。

想来古人面对这些庞然大物心存敬畏，甚至在一些火山顶建寺庙，而今人对于大自然的敬畏心越来越少，反而予取予求，掠夺成性。

面对广袤沉寂的火山群，盛大雷突然觉得自己在天地间特别渺小，以前有这种感觉还是那年大三结束的暑假，跟着大学舍友去昆仑山和可可西里的时候。

· 15 ·

夏璋布置完抓捕夏彬的指令，才看到根据吕澜醒来时描述的犯罪嫌疑人的模拟画像。当他安排人带着夏彬的照片去医院让吕澜指认时，吕澜又陷入了昏迷，至今未醒。

"该醒的时候不醒！"夏璋坐在办公桌后，双腿架在桌面上，左手举着犯罪嫌疑人的模拟画像，右手举着夏彬的照片，左看右看，像夏彬，又不像夏彬。

这时，有民警来报告线索：夏彬的手机开机了，信号显示在西郊的一个废旧汽车回收厂。废旧汽车厂？夏璋的眼睛一亮，仿佛天机降临。

读警校时他记得老师讲过，事物之间普遍存在着联系，能否发现其中的联系就要看一个人的直觉和判断力了。

夏璋跳起身，对着民警严肃道："立刻召集外勤，有多少人带多少人，咱们现在就去！带枪！"

夏璋从队里带了五个人，上车就联系当地派出所把废旧汽车回收厂的地形图和其他相关情况发过来，路上又紧急通知另外一个中队派员增援。想了想，他还是不放心，又给派出所和那个中队的负责人各打了一个电话，简而言之，就是强调不要打草惊蛇，他没到场谁也不要轻举妄动。

好久没有这种挥斥方遒的感觉了！这是夏璋最喜欢的感觉——紧张，指挥有力！他们赶到废旧汽车回收厂时，铁门从里面反锁上了。技侦部门的人员和派出所的领导已经等候多时，指着屏幕上的一个红点说："就在这儿！"

夏璋看着屏幕点了点头，一切很快安排妥当。派出所所长刚想补充几句，夏璋已经带着三名民警翻上了墙头，紧接着跳进了院子。院子里的地形很简单，两侧是一些废旧车辆，中间道路50米的尽头就是一间平房，那个手机号码显示就在那间屋子里。

夏璋与民警们悄无声息地靠近了那间屋子。距离屋子还有10米远时就听到了里面传出的呻吟声和喊叫声。夏璋身后的民警相视一笑，都是成年人，自然明白这种声音意味着什么。夏璋面色严肃，慢慢靠近屋子，把耳朵贴在木门上，呻吟声更加清晰。

一名女性的呻吟声音，还伴有一名男性的喘气声，粗重、急促。

夏璋站起身，一脚踹开门，双手持枪，大喊一声："不许动！"其余几名民警也都持枪冲了进去，把一间屋子挤得满满当当。只是，他所站的房间里，什么都没有，通往里间还有一道铁皮门。显然刚才的声音是从那道铁门里面传出来的。铁门里面传来一阵女人的惊呼尖叫，伴随着仓促的杂声。

夏璋示意队里体形较大的那名民警上去破门，铁门应声而倒。

夏璋一个箭步冲了进去，映入他眼帘的是一个床垫子上的裸女，她扯着一截毯子挡在胸前，披头散发，失控尖叫。

夏璋迅速四顾，发现屋墙上有一扇窄窄的窗子大开，窗子距离地面有两米高。夏璋退后几步，正准备助跑的右脚后跟踢到了杂物，他摔倒在地。

"快快快，抓人！别管我！"夏璋指着那个窗口跟属下嚷道。

夏彬没能跑了，被派出所的民警抓住了。当时夏璋部署时，派出所所长想提醒他那间屋子可能会有后窗，需要后面部署警力包抄，但是没来得及说，只好自己带人补位。

夏璋恨恨地盯着在地上蜷成一团的夏彬，他双手被手铐背到身后，浑身上下只有一条红内裤，呵道："你倒是跑啊？"

"警官，我干啥了？！"夏彬仰着脸叫冤，眼泪、鼻涕都流了出来。

民警把夏彬带回队里，夏璋亲自审讯。

"干什么事儿了，自己说吧！"夏璋给自己点上一支烟，心里提醒自己要冷静。

"我没嫖娼！我发誓，那是我女朋友！"夏彬信誓旦旦地说道。

"女朋友？别给我耍什么猫腻！你之前犯的事，你以为我不知道？！"夏璋用力地拍了下桌子。

"我改过自新了！我重新做人了！"夏彬委屈得恨不得现场飙泪。

"你看看这是谁，认识吗？"夏璋把一张照片扔在夏彬面前的小桌上。

夏彬双手被铐在椅子扶手上，探过身，看了一眼照片，立刻激动道："你擅闯民宅！"

"民宅？你那是狼窝！"夏璋叼着烟，换左手攥拳，用力地敲打桌面。

"我喜欢她怎么了？我又没怎么着她！我家墙上还挂着日本女优的照片呢！这犯罪吗？！"夏彬理直气壮。

"你说，昨晚是不是你要杀她？"夏璋用手点了点吕澜的照片。

夏彬大叫回应道："杀她？我为什么要杀她？你在说什么？"

"你放老实点儿！你不仅想杀她，之前还杀过其他人吧！"夏璋眯着眼，一副你知我知的表情，他抽出一支烟递到夏彬面前，语重心长，"抽根烟吧，敢做就要敢承认啊。"

夏彬身体往椅背上一靠，居然出现了大义凛然的神情，朗声道："我好色，我承认！但我从来没有杀过人！"

"你吸毒吧？"夏璋又抛出新的问题。

"以前吸过，在号子里面戒了！"夏彬反问道，"吸毒和杀人有什么关系？"

"你别敬酒不吃吃罚酒！"夏璋把刚才递出去的烟插回烟盒，起身道："我给你一点儿时间考虑！"

不等夏彬说话，夏璋转身出了审讯室。一名女警已经站在这间审讯室门口了，下巴朝着另一个审讯室抬了抬，说："夏队，隔壁那个女的说自己是他的女朋友。"

"真好意思！"夏璋甩下一句话就走了。女警尴尬地站在原地，脸上一阵红一阵白。

· 16 ·

盛大雷从大同回到清北，直奔清北大学。

厉宁递给他一本书，书很陈旧，不是公开发行的，土黄色的封面上只印着书名——《关于萨满教与世界宗教的关系调查》。

书的腰脊上还贴着2厘米宽、3厘米长的贴纸，贴纸外面是一圈3毫米宽的红色粗线，里面则是一条红色的细线，中间空出来的位置应该像图书馆的其他藏书一样有索引编号的，但是因为年岁久远，当年手写的编号已模糊不清。

"这是我导师去世前送我的一堆旧书中的一本。"厉宁扶扶眼镜,补充道,"按书的内容分析,应该是日本人编写的。"

盛大雷翻开书的封面,翻看着厉宁折角的一些页面,边看边听厉宁介绍。早在日本发动全面侵华战争前,就已经派出专家对中国东北的萨满教进行了深入的调查。这些调查翔实,具有很高的研究价值。

当时日本官方主要是外务省文化事业部在推动这些调查研究,而当时日本民间组织也多有自发研究相关项目的人员。这些大小不一的项目组里也有中国人兼做导游和翻译,并协助做了一些文字整理工作。这本书应该就是那个时期的作品,但是现在还无法考证作者的真实身份。

盛大雷被书中一段刻意画线的文字吸引住:"据康德二年(1935年)清北警察局的调查,二爷山一带山村,发生四起萨满巫师惩罚触怒天神致人死亡的案件……警察局派出侦缉队缉拿萨满巫师一人,自称是白衣尔甚氏族世袭萨满……查获凶器一把……"

书中还根据当时警察局的警察描述,用一句话描述出了凶器的模样:一个长柄两端各有三个锋利的尖头,长柄中间部分被固定在一个铁环上,铁环向内是一圈短而锋利的尖头。

"就是这个东西!"盛大雷惊呼道,然后又自言自语,"但是又是怎么用这个东西杀人的呢?"

"我们暂且管这个东西叫'双头三叉戟'。我查阅了萨满教的其他研究文献,都没有查到相关的记录。但是我跟二爷山当地的一位老采药人请教过,他说他年轻的时候在二爷山采药,在当地的堂子里见过这个东西。"厉宁眼球上布满血丝,看着盛大雷眼神中的疑惑,补充道,"堂子就是萨满的祠堂。"

"你或许得去市档案馆查下当时的警察局记录,看看有没有其他的相关资料留下来。"厉宁建议道。

"可以借我这本书吗?"盛大雷起身,准备走。

"当然可以!"厉宁肯定道,"但是要保管好,这是原件。"

"明白!"盛大雷感激地向着厉宁双手合十,鞠一躬,转身出门,又折回来问道,"那个二爷山的老采药人叫啥啊?怎么才能找到他?"

"大家都叫他'老李头',在二爷山山里面独居,村民应该有知道的,这还是前天我去二爷山散步时遇到他聊天得到的信息。"

下楼后，盛大雷给老刘打电话："新中国成立前清北市警察局的档案是在市档案馆还是清北市局的档案室？"

"应该是在市档案馆，局里很早之前就已经把新中国成立前的档案都转交市档案馆了。"老刘回答，并贴心地问道，"市档案馆需要找人吗？"

"真得你出马，给我开绿灯！"盛大雷抱着胸前的旧书，眼前燃起希望之光。

与此同时，夏璋在办公室里，关起门来，坐在椅子上，闭目养神。

不应该啊！夏彬太有作案动机了！

这些变态的心理哪里是正常人能理解的！为了满足畸形的欲望，什么事情做不出来？

夏璋从小就疾恶如仇，这也是他立志读警校终身从警的原因。当一名惩恶扬善的好警察是他的志向！

这时，有人敲门，夏璋粗声粗气地说了一声："进来！"

内勤忐忑地走进来，报告："夏队，有一个坏消息和一个好消息……"

"讲正题，别绕弯子了，都什么时候了！"夏璋气不打一处来。

"坏消息是吕澜醒过来了——"

"怎么受害人醒过来了成坏消息了？你还有良心吗？！"夏璋吼道。

"不是，夏队，她看了夏彬的照片，说袭击她的那个人肯定不是他。"内勤也不想顾及夏璋面子了。

"早不醒，晚不醒……"夏璋嘴巴一撇，眼睛瞪了内勤一眼，等待另外一个好消息。

"还是西郊那个派出所，说他们根据犯罪嫌疑人的模拟画像，发现了可疑分子！"

"早干什么去了？昨天在他们辖区他们没发现，这会儿我回来了，他们又有新发现了！"夏璋一度怀疑是不是这个派出所的人在跟自己开玩笑。不爽归不爽，他还是又带上两名民警，驱车前往这个乡镇派出所。

"前段时间，我们这里做例行入户调查时，发现镇上的一家人出租了一间房子给这个人。"派出所所长坐在驾驶员位置上，指着停车位置马路对面的一个胡同说，"那个房间从这个胡同进去，右手边的第三个院门口。"

"这几天发现这个人的踪影了吗？"夏璋急切地追问，眼睛打量着狭窄、凌乱的胡同口。这里是一片棚户区，违建很多，政府刚下决心今年要彻底整治和改造这片地区。

"就是从你们队里下发各派出所核查那个人开始，那个人就再也没出现过。"所长继续道，"但是我们并不确定是他在外面没有回来，还是就一直藏在这个院子里不出来。"

"房东呢？"夏璋问道。

"给房东打个电话，叫过来，让夏队跟她直接说！"所长扭头跟副驾驶位置上的管片儿民警指示。管片儿民警打了一个电话。不一会儿，一个胖乎乎的中年妇女从胡同口走了出来，站在胡同口四处张望。

"蠢货！别让她站在那里张望！赶紧让她过来！"夏璋脱口而出，所长和管片儿民警都不知道他骂的是谁。

管片儿民警又打了个电话，胖女人低头接了电话，装作若无其事地过马路，从车后面上了车，车上立刻充斥着一股子劣质香水和汗味掺杂产生化学反应的特殊味道。

"这是市局刑警队的领导！"管片儿民警扭头用下巴朝后点点，介绍道。

夏璋嫌弃地挪挪身子，背靠着自己这侧的车门，问道："那个人叫什么名字？"

"他说自己叫刘三！"胖女人翻翻白眼，回忆道。

"你确定是这个人吗？"夏璋把电脑合成的人像图递到胖女人面前。

"应该是他！之前警长让我看过好几遍了！"胖女人示好地朝着管片儿民警确认道。

"你多久没见过他了？那个院子里还见过其他人进出吗？"夏璋忍不住反手降下一点儿车窗，问道。

"我刚才跟他说了！"胖女人用下巴指了指管片儿民警。

"我今天一直在外面跑社区，一个小时前她才跟我说这个情况。"管片儿民警补充道，然后对胖女人说："别啰唆了，赶紧跟领导说清楚！"

"领导，他在我这儿住两周了，每周300块，平日里也没怎么见他进出这里。上次见他好像是三天前了！"

"5号那天？具体什么时候见他的？穿着什么衣服？进门还是出门？"夏璋一口气问道。

胖女人翻着白眼努力计算日期，用力地点点头道："对，就是5号那天，周四！说来奇怪！我是在市里的商场门口看见他的！他穿的跟我之前见到的也不一样……"

"哪个商场？穿的怎么不一样？"管片儿民警问道，夏璋白了他一眼，嫌他插嘴。

"就是市里的那个万达广场。我闺女不是马上要出国了吗，我陪她去那里买衣服！里面的衣服可真贵……"胖女人看到夏璋不耐烦的表情，赶紧说，"他就是穿着一身黑色的衣服，头发弄得也挺干净的，皮鞋锃亮，看起来年轻了好几岁！"

"他平时穿得很邋遢？"夏璋问道，脑海中一转，又问，"看起来年轻了好几岁，你确定是同一个人吗？"

"哎，肯定是他！他胳膊上文着刀子，手腕儿都露在外面！"胖女人得意道。

"文身？刀子？"夏璋很惊讶，他想起李翘和宋威的致命伤来了。

"他不是好人吧？"紧接着胖女人又小声自问自答，"我看也不是好人！"

"不是好人你租房子给他？身份证也不登记？我怎么跟你们要求的？！"管片儿民警呵斥道。

"这片儿都是出租房，谁登记身份证了啊？再说，他给我个假身份证，我能看出来吗？"胖女人嘟囔道。

· 17 ·

丁海琳往队里走时，发现队里的同事都在呼啦啦地往停车场跑。

她抓住队里的一个同事询问，同事说了句："夏队没说啥事儿，就通知我们小组去抓捕！"

丁海琳觉得夏璋紧急指示特别行动小组，一定是跟袭击吕澜的嫌犯有关。

她站在楼下正在寻思，掏出手机刚要打电话，无意中抬头，看到老刘正站在办公室窗后，冷冷地看着楼下。当老刘看到丁海琳时，眼神对了一下，微微地摇摇头，转眼消失在窗口。

"你在哪儿呢？"丁海琳问道。

"我正要找你呢！"盛大雷压低声音道，"我现在市档案馆，你过来接我一下！晚上咱俩还得一起去找趟李超特。"

"档案馆？"丁海琳刚要问，电话已经被挂断了。她去开那辆老捷达，出了市局大院，突然想起早上有快递员打电话说有快递，她当时让快递员把包裹放传达室即可。

她又把车倒回来，向着传达室值班员招招手，值班员认识她，捧着一个长条的包裹，热情地帮她装上车子。

清北这些年虽然经济发展速度不快，但有两样东西的增长速度一点儿不亚于一线城市：一是房地产，二是机动车辆。清北人喜欢开大车、开好车，已成风气，满街的路虎和丰田。

档案馆是这两年新建成的，一同建成的还有市图书馆。附近在建的还有一大一小两座建筑，大的是市博物馆，小的是萨满非物质文化遗产纪念馆。上一届市政府做规划时，应该是没有计划建萨满纪念馆的，但国家把萨满列入非物质文化遗产名录后，这届政府见缝插针地在规划图纸上挤出一块儿地来。由于工地本身就是在规划图纸上后加的，占地难免捉襟见肘，工地外围也就自然占用了一部分行车道，导致门前的这条路只有一侧能够通车。

丁海琳借着塞车的时间，回头把后座的长条包裹打开，褐色的纸箱里包裹着一个精致的纯白长条盒。她打开长条盒，里面用红丝带捆绑着七朵白玫瑰！丁海琳并不是第一次收到异性送玫瑰花，但是收到如此精美的白玫瑰还是头一回。七朵白色玫瑰，高心卷边，花形优美，叶片浓绿。丁海琳忍不住，把花束从盒子中捧出，闭眼细嗅，比红玫瑰更清淡幽香。

丁海琳把花束放回盒中，顺便取出盒底的卡片。纯白的卡片上，只写了一个人的名字——"鲁大民"。丁海琳反复端详着龙飞凤舞的三个字，字体遒劲，不失潇洒，真是字如其人。这时后面的车子直按喇叭，丁海琳才发现车龙已经动了起来，她赶紧发动车子。

丁海琳一路龟行，到了市档案馆时，院子的大铁门紧闭，显然已经下班有些时候了。她给盛大雷打过电话后，回头把卡片放回盒子，盖好盒子盖，低头发了一条感谢的微信。

那边很快回复了一个笑脸，紧接着又发一句："你出差回清北了？"

丁海琳发送："回来了，欢迎有空再来清北，请你吃饭！"

鲁大民回复："我随时有空，就怕警花不要太忙！"

丁海琳发送："不会！你若来，我一定抽出时间！"

鲁大民回复了一个吐舌头的小鬼脸。

盛大雷从档案馆大楼的台阶上下来，抱着一个档案袋。他走到门卫室，解释了几句。门卫给开了小侧门，盛大雷三步并作两步，跨上了车。

"想起以前做大学毕业论文查资料来了！"盛大雷兴致挺高。

"有新发现啊，连档案馆都钻营到了！"丁海琳笑道。车子一头扎进一条颠簸的工地道路。

"真是饿了！咱俩吃饭去吧！"盛大雷的肚子应景地咕噜咕噜叫了两声，他尴尬地拍拍瘪下去的肚皮。

丁海琳笑着点点头，心中有了主意，也不言语，直接朝着目的地驶去。车子开到一家饭馆门前。饭馆门脸不大，黑色木质牌匾上书四个金粉字——"江南人家"。

"尝尝我的家乡菜吧！"丁海琳停下车对盛大雷说道。

两人一起进了饭店。店面不大，菜香弥漫。

靠墙的小桌都被矮墙隔开，人坐下，刚好看不到隔桌的其他客人。丁海琳没征求盛大雷的意见，也没看菜谱，直接报了几个菜名：海宁菜炒毛豆、海宁缸肉、清汤越鸡、砂锅鱼头豆腐，外加两个嘉兴肉粽。

等菜的时间，盛大雷连说带比画地讲着自己在大同的调查，还有厉宁发现的线索以及当天下午在市档案馆发现的历史资料，这个过程中他还咽了好几口口水。

第一道菜是海宁缸肉，端上来时盛大雷垂涎三尺，直叫服务员先上碗米饭。他迫不及待地下筷子夹肉，连呼好吃。也难怪盛大雷爱吃这道菜，此菜选用拳头大小的一块薄皮下肋五花猪肉，辅以红枣、稻草、粽叶，肉香叶香交织、色泽红亮、酥而不烂、油而不腻、味醇浓香、入口即化。

丁海琳介绍着陆续上来的家乡菜的做法，看着盛大雷狼吞虎咽，心里却在回味刚才盛大雷的一番话。

李翘、张景芳和宋威之死皆是萨满教的旧时刑具"双头三叉戟"所致，袭击吕澜的人并没有使用"双头三叉戟"。但是，李翘、张景芳和宋威死时都是被吊着的，袭击吕澜的嫌犯也提到了"吊死"的细节，而且他试图击晕吕澜后将其扔进混凝土搅拌机中的水泥斗里，如果不是警方及时赶到，吕澜很可能会被凝固在水泥中，窒息而死。

如果是同一个凶手，不排除凶手原本想把吕澜用"双头三叉戟"杀死并吊起来，但是因为种种无法得知的原因才仓促地把吕澜丢进搅拌机就逃窜了。

假设盛大雷的设想是正确的，那么盛大雷收到的那封信中提到的支票数码后四位确实是指8月1日，如果丁海琳在张景芳死亡的屋子里发现的那根木条上的四个数字是指9月3日，那么李翘被吊在清朗别墅的现场应该有一组被忽略的数字。

现在暂且假设盛大雷看到的宋威死亡现场树上挂的宣传横幅《森林保护法》指明9月20日是凶手故意留下的线索的话，那起码还要重新回到李翘的陈尸现场寻找一组被忽略的数字。还有一个疑问：如果袭击吕澜的嫌犯并不是其他三起杀人案的凶手，那他又是如何知道"吊死"这个细节的呢？

大快朵颐的盛大雷抚摩着肚皮，看着对面托腮冥思苦想的丁海琳，问道："当你遇到难题想不通的时候，你会怎么办呢？"

丁海琳不假思索道："散步，做些运动。"

盛大雷朝着丁海琳挤挤眼，道："我会喝点儿酒。"

"你的意思是咱们到酒吧喝酒去？"丁海琳把二人的方法合二为一。

"Bingo！"盛大雷打了个响指。

"那车子呢？"丁海琳说的这队里的车子虽然没挂警牌，但毕竟是公务用车。

"队里不是还有一把备用钥匙吗？"盛大雷顽皮地举起自己的手机，示意道，"给队里的内勤打个电话，找协警帮忙开回去呗。"

他边说着边把手里的资料折叠，塞进外套的口袋里。

· 18 ·

盛大雷和丁海琳走进朝九晚五酒吧时，旁人都以为二人是情侣。郎帅女貌，女郎还怀抱一束白玫瑰，这束白玫瑰在清北不多见，无论是因为人，还是因为花，都没少招旁人注目。

"一路上也不肯说是谁送的，送花人不会埋怨我今晚占用你的时间吧？"盛大雷打趣道，眼睛下意识地向台上看了看，上次那个乐队没有来。

丁海琳小心翼翼地把花斜放在旁边的空椅子上，大方地笑道："如果他人在清北，我当然不会陪你来这里！"

"你当初就是为了这人来的清北？"盛大雷猜测送花人的身份。

"不是！你不要胡乱猜测好吗？"丁海琳这句话旁人听来倒好像是娇嗔。

"好好好！听你的，我不八卦了！"盛大雷摇摇头。

"酒来了，你要开始头脑风暴啦？"丁海琳笑问盛大雷。

盛大雷觉得今晚丁海琳笑得特别多，两人你来我往地喝了几杯啤酒，案子的事情倒是没谈多少，聊得净是彼此在警校和军校时的趣闻旧事。

不知不觉，夜已深，酒吧里的人不但没变少，反而越来越多。刚才还算安静的音乐也渐入高潮，节奏感越来越强，客人们逐渐拥向吧台旁的舞池。

丁海琳去洗手间时，盛大雷发现她放在桌上的手机屏幕亮了起来，振动不停，显现出一个人的名字——鲁大民。盛大雷看看手表，已近11点，这个时候，鲁大民给丁海琳打电话，难道是有什么线索吗？盛大雷正在纳闷儿，丁海琳已回到座位前，手机已停止振铃了。

"那个鲁大民刚才打你手机来着。"盛大雷提醒道。

"是吗？"丁海琳惊喜地拿起手机，边回拨边向酒吧门口走去。

盛大雷扭头看看舞池里尽情摇摆的男男女女，想起自己在北京第一次去工体酒吧的情景来，包括后来自己又跟当时心爱的女孩一起去的第二次……

"盛大雷，这是鲁大民！"丁海琳再回来时，身后跟来了一个英俊的青年。

"哦,你好!"盛大雷愕然,转瞬热情地握手,并招呼服务员再拿酒和杯子来。他之前听丁海琳简单地介绍过鲁大民,如今一见,果真一表人才。

"今天是张爱玲的忌日,来干一杯!"鲁大民提议道。

"张爱玲的忌日?"丁海琳惊讶道,脑海中想起了那捧白玫瑰。

"爱情是盲目的,没有什么值不值得的问题。当你爱上一个人的时候,你还会理性地思考吗?如果是,那只能说明这不是爱情!"鲁大民声情并茂,认真地看着丁海琳说了一句,"张爱玲说的。"

"酒吧里听文学课,有意思!"盛大雷打趣道,他目测鲁大民个头至少有1.88米,虽然文质彬彬,但是身体并不孱弱,熨帖的白色POLO衫勾勒出结实的胸脯和鼓起的胳膊,一看平日里就注重运动健身。

盛大雷和鲁大民碰杯,两人同时发现彼此戴的腕表都是爱彼。虽然这个牌子在中国的知名度不像劳力士、欧米茄和江诗丹顿那么高,但是在注重生活品质的人群中的认可度很高。男人撞表不像女人撞包那么尴尬,反而生出一种惺惺相惜之感。

盛大雷不记得在哪本书里看到的,说名字里带"大"字的人格局都不会太小,起码心胸都不会太小。这句话在鲁大民身上也得到了印证,没有几分钟盛大雷就跟他热火朝天地聊到了一起,这就是盛大雷一直所谓的"磁场",人与人之间的感觉。

鲁大民比盛大雷大七岁,未婚。盛大雷觉得鲁大民跟宗翰海很像,热情、博学。人就是这样,遇到投缘的人,会忍不住把此人与自己曾经熟悉、喜欢的亲友做比较,越比较越愿意去发现更多的相似点。鲁大民显然也很喜欢盛大雷,毫不避讳地说自己是临时起意来清北的。

丁海琳当然是感动的,刚从北京回清北的她心算了下时间,知道鲁大民该是如何毫不迟疑地下定决心来到清北的。她觉得自己对鲁大民的第一印象没有错:积极、直率,关键是有才。他的谈吐和潇洒是不多见的,丁海琳在他身上也发现了与她心底的那个人的相似之处。

盛大雷不是没经历过情场的人,他看出了鲁大民和丁海琳两人眼神中的火热。盛大雷伴着酒吧里突然响起的《谍影重重》的主旋律,找了个借口要先走,跟鲁大民喝了一个满杯酒,挥手而去。

· 19 ·

已过凌晨，出了酒吧，耳根清净，夜风一吹，酒意消退。

盛大雷招手拦了一辆出租车，说明目的地，就戴上了耳机，用手机播放南里乐队的另外一首歌——《疲惫日子里的温柔梦想》，旋律涌进耳道，歌词扯动心弦："时间他悄悄改变了什么，不再有横冲直撞的力量，如今习惯了彷徨……"

自从上次在朝九晚五酒吧听到现场演出，盛大雷一直念念不忘。这段时间，下载到手机里的南里乐队的歌陪伴着他。音乐是一种无须介绍的共鸣渠道，盛大雷能体会到这支原创乐队歌曲想表达的心境，其中有警校生才能体会的惺惺相惜。播完一首歌，自动跳到下一首歌，依然有能直击盛大雷心房的旋律与歌词，一首接一首，不知不觉，车子也到了目的地——清朗别墅。

值班保安恰好是他8月1日晚出警时在岗的保安，显然还记得他，两人热情地相互打了个招呼。盛大雷走进小区大门，左转，沿着院墙向西慢行。

过去了四十天，重走旧地，恍若隔世。四十天前发生在这里的事情虽历历在目，但在盛大雷的脑海中更像是曾经看过的电影中的场景。当时来这里时，暴雨倾盆，人员喧闹。此时，万籁俱寂，偶有虫鸣。

盛大雷走到当时发现李翘的那棵大松树下，小区里的路灯照不到这里。

盛大雷打开手机手电筒，踩着厚厚的草皮，绕着当时吊着李翘尸体的树枝，左看右看，展开双臂，尝试抱着树干，发现自己的臂展无法环抱这棵大树。他绕树三周，仔细端详，然后穿过草地。出了这片草地，是三栋别墅，最近的这一栋距离那棵松树有50米远。

盛大雷记得自己当时走访了这三栋别墅：65号别墅长期无人居住，另外两栋别墅倒是都有人在，但都表示夜深早已入睡，没有听到什么异响。他站在第一栋别墅前，用手机照着眼前一两米的距离，绕着别墅走了一圈，别墅被茂密的冬青树紧紧围绕，除了别墅门前小院门外，没有人进出的地方。三栋别墅皆如此。

盛大雷尤其留意了三栋别墅外墙体的楼牌号和信箱，信箱上没有任何数字，楼梯正门都整齐地贴着显眼的楼号，分别是"65栋""66栋"和"67栋"，显然怎么组合都跟时间无关。

盛大雷走到当初墙上爬藤断枝的西南墙角，还是能看出那块缺枝少叶，比其他部位稀疏。他当时就不太相信尸体是从这里运进来的，即使监控录像坏了，也没人敢保证从外面向墙里面运尸体时不会被路过的车辆发现，而且地面没有重物落地的痕迹，除非至少两个人里应外合，但是盛大雷觉得这种可能性微乎其微。

一直到现在，盛大雷也不认为这几起杀人案是两人或多人合力完成的。为什么这么认为，他还没有找到客观的依据，但是他就是这么认为的。他相信自己的直觉。

盛大雷路过院门口，向保安挥挥手。出了别墅区大门，沿着院墙继续向西，走到西南拐角时，他停下脚步，再次打开手机手电筒，仔细照着那片爬藤外侧，但枝叶没有明显的稀疏，虽然他记得当晚来这里查看时发现地面上确实有折断的枝叶。

盛大雷穿过马路，站在人工湖旁，放眼眺望，湖面黑魆魆的，即使偶有晚风拂过，也只是泛起一阵波纹，然后便陷入平静。

凶手是怎么把尸体运到这里来的呢？就算是要把尸体运到院子里，总不能背着尸体走到这里来吧？最合情理的推测是开车运尸。但是这个拐角偏偏没有摄像头，这个拐角在几百米外又延伸出三条分岔路，其中一条分岔路也没有摄像头。

盛大雷点上一支烟，站在人工湖旁，突然想到今天下午在市档案馆查资料时看到松原查干湖的萨满与清北二爷山的萨满是同一支。

难道冥冥之中真的有鬼神，从湖上运尸？盛大雷为自己的异想天开感到恐惧，夜风轻拂，汗毛竖了起来。他掐灭烟，返回马路对面。他走向三岔路口，前后张望，准备拦出租车。

一辆车子迎面驶过，大灯晃得盛大雷睁不开眼，他眯着眼，抬手遮蔽刺眼灯光，顺便回头看看身后是否有车。突然，有什么东西出现在他身边驶过的车辆的大灯照射下，一闪而过，迅疾又隐藏于黑暗中。

盛大雷停下脚步，顺着刚才那一瞬间车辆大灯照射的方向定睛看去，他看到了马路斜对面的一根电线杆。

那根电线杆上好像印着什么东西。盛大雷再次过马路，走到那根电线杆下，打开手机手电筒，沿着电线杆向上照射，身高1.91米的他，也得踮着脚，才能依稀看到一组油漆刷的数字。

"0……8……"盛大雷继续吃力地辨认道，"2……"

就在辨认到"2"的时候，手机突然没电，关机了，电线杆后面的那个数字再次没入黑暗中。盛大雷虽然不能确定第四个数字是"6"，但是他心里知道，那一定是"6"！

兴奋之余，又有一辆车打着大灯，一掠而过时，光线清清楚楚地照出了第四个数字——确实是"6"！

· 20 ·

盛大雷在三岔路口遇到一辆出租车，拦车回家，在家里待了一个小时，给手机快速充电，给李超特发了几条微信。李超特的回复非常及时，这在盛大雷的意料之中。有的人注定在夜晚才更忙碌，头脑也比白天更敏捷，譬如李超特。盛大雷和李超特相识其实还不足百天，说来也像是戏剧里精心设计的桥段，显得偶然而有趣。

今年6月21日，也就是夏至那天——盛大雷参与了一起针对小姐的系列抢劫案的侦查工作。那天，盛大雷记得特别清楚，因为就在同一天还发生了一件震惊全球的事件。

这是从治安支队转过来的案子——一个系列抢劫案，转到刑侦支队按说也不归侦查大队管，但因为前一晚因一个小姐在抢劫过程中受重伤，案件性质升了级，才转到侦查大队来。

盛大雷那天一早就把几起类似的抢劫案汇总起来，一是锁定犯罪对象都是小姐；二是抢劫人都是蒙面持刀，单独行动；三是画出受害人从业地址、被抢劫地点和住址之间进行地理分析，很快画出了一个重点排查区域。

李超特居住的那栋旧楼就被划在重点区域的核心。确切地讲，他所在的那条胡同刚好从盛大雷画出的犯罪轨迹地图上重点区域的中间穿过。那条胡同里的"牛鬼蛇神"皆被这次行动赶到了阳光下。

能说清情况的，签字走人；说不清情况的，就被划入了嫌疑人的圈子。这片区域最后划出了五个嫌疑人。

盛大雷拿到名单，先是查看关于这五个人的背景调查。果真，在国泰民安的时代，难免也有社会阴暗的存在。五个人中有三个吸毒人员，一个因为盗窃刑满释放，还有一个就是李超特。

档案里的李超特厌学、逃学，紧接着在少管所待过几个月，原因就是沉迷网吧，没钱上网就抢同学的钱。一般人会觉得李超特嫌疑很大，当然警察的专业判断更直接——惯犯。

盛大雷没武断下结论，他并非想在这样的问题上独树一帜。他按顺序与五个人一一谈话，谈到第五个，也就是李超特时，盛大雷记忆深刻。

"当时被关进少管所是什么感觉？"

"以后再也不犯这么低级的错误了！"李超特显然真的非常后悔，还有对自己过去愚蠢的不屑。

"高级的错误就可以犯？"

"高级的错误起码不会这么容易被发现。"李超特的回答颇有些哲理。

"你当时沉迷网吧是为了玩游戏还是看那种片子？"盛大雷接着问道。

"我跟他们不一样，我是为了发现秘密！"李超特谈到这里，眼神亮了一下。

"秘密？什么秘密？"

"比如，你的秘密。"盛大雷听到李超特的这句话，再配合李超特自信骄傲的表情，他有点儿相信眼前这个同龄人了。

"你知道斯诺登吧？"李超特察觉到了盛大雷的兴趣。

地球人怎么会不知道斯诺登？就在这一天，这个美国人占据着全球所有媒体的头条。

1983年6月21日出生于美国北卡罗来纳州的爱德华·斯诺登（Edward Snowden），曾是美国中央情报局（CIA）的技术分析员，后来供职于国防项目承包商博思艾伦咨询公司。就在这个月早些时候，《卫报》和《华盛顿邮报》刊登了斯诺登披露的美国国家安全局关于棱镜计划（PRISM）监听项目的秘密文档，他立刻被美国政府通缉，事发时他已在香港，随后飞往俄罗斯。

2013年6月21日，是斯诺登30岁生日，他再次向《卫报》披露了英国"颞颥"秘密情报监视项目。这个项目是由英国政府通信总部负责实施的情报监视项目，简而言之，这个项目，就是政府通信总部对承担全球电话和网络流量的光缆系统进行秘密监控，不但拦截和存储下海量的个人通话记录、电子邮件存档、上网历史痕迹等数据，还将其与美国国家安全局共享。

"你是说，你可以像斯诺登一样？"盛大雷想起"网络黑客"这个词来。

"我对政治和政治人物毫无兴趣！"李超特信誓旦旦，潜台词是说，政府不必担心，警察不要害怕。

"那你对什么感兴趣？你都挖掘谁的秘密？"

"比如，你们现在想寻找的这个抢劫犯。"李超特盯着盛大雷，仿佛看他是否能够接受这个挑战。

"或许我们可以试试！"盛大雷在公安大学读书时就听网络信息侦查的老师讲过，电脑天才的诞生很大程度上与所受的教育无关，更大程度上是与天赋有关。

小姐抢劫案的破获，不全是李超特的功劳，但是他确实发挥了重大作用。

说来也简单，他破解了所有被害人的手机，把所有人的行动轨迹和规律与盛大雷当时划的那个重点区域里所有人的行动轨迹和规律做出比对，很快就锁定了最早被划为嫌疑人的五人之外的一个人——专门为各个酒吧和夜总会送酒的面包车司机。

通过那次尝试，两人开始合作，合作破案，只是盛大雷在明处侦查，李超特在暗处支持。

李超特乐于在暗处，他有一次认真地跟盛大雷说，这种感觉就像是"隐蔽战线，有宠辱不惊、不为名利的成就感与存在感"。

按照现在流行的说法，李超特应该被称作"数据分析师"，但盛大雷将他称为"秘密挖掘者"，李超特对这个称呼很满意，认为这个称呼比之前有人称他为"鼹鼠"要更显技术流。再后来，两人成了朋友。

· *21* ·

给李超特发完微信，盛大雷还给丁海琳发了两条微信，但丁海琳没有立即回复。盛大雷想了想，笑了，拿起手机，穿上外套，约了一辆车，此时已近凌晨1：30。

盛大雷出了院门口，点上一支烟，看看手机。丁海琳还是没有回复信息。或许是无聊，或许是有意，他第一次主动点进了丁海琳的朋友圈。

李超特跟盛大雷讲过，朋友圈是大数据中的一环，若根据一个人完整的大数据，最基本地可以推测出此人毕业于什么学校、做什么工作、常去哪里、有什么爱好、有没有结婚、有没有外遇、有没有房、有没有车、现在是外出度假还是在家待着、实际收入是多少，等等。

丁海琳从军人转警察，特警转刑警，自我保护意识自然极强。她的朋友圈人不会多，都是熟悉的人。她的朋友圈里一两个月只发一条状态，或者是转发一首歌，或者是转发一篇文章。

近半年可见的朋友圈里，丁海琳只发了三条状态，最早的一条是4月5日00:27分享了一首歌——*Time to Say Goodbye*（*Con te partiro*）。

这是一首意大利语跨界音乐，丁海琳转发的是1996年改编原曲后，莎拉·布莱曼（Sarah Brightman）与安德烈·波切利（Andrea Bocelli）在德国拳王亨利·马斯克（Henry Maske）的告别拳赛上的合唱版本。

盛大雷按下播放键，旋律响起，莎拉·布莱曼的天籁之音与安德烈·波切利古典抒情的男高音完美演绎了这首歌，歌曲的最后两人合唱：

> 我将与你同航
> 在那越洋渡海的船上
> 在那不再存在的海洋
> 我将与你一起再让它们通行

我将与你同航

我将与你同航

我将与你同航

我和你

　　盛大雷熟悉这位出生于当时的民主德国的拳王亨利·马斯克。这位拳王在1988年汉城奥运会男子拳击比赛中摘得75公斤级桂冠，五年后东、西德统一，他又获得了次重量级IBF世界冠军的腰带。1996年11月23日，这位拳王的告别拳赛输了，但是输得坦坦荡荡。

　　盛大雷在公安大学学习散打和拳击时，课余看过许多拳王的经典赛事，其中亨利·马斯克在拳击赛场上表现得宛如一名工程师般理性，在拳击比赛中如此有礼貌、有教养，还那么帅气，任谁都会难忘。

　　想来丁海琳转发这条朋友圈时应该已经面临转业，就要告别多年的军人生涯吧，那是她激情燃烧的岁月吧。盛大雷忍不住在丁海琳的这条朋友圈下面点了赞。点完赞，盛大雷突然想到4月5日是清明节，赶紧取消了刚才点的那个赞。

　　旋律刚结束，出租车已到，盛大雷告诉司机目的地，又翻看丁海琳的第二条朋友圈状态。居然是8月3日5:06分享的另外一首曲子，是电影《海上钢琴师》中的一个插曲——*Playing Love*，丁海琳分享的版本是大提琴家马友友（Yo-yo Ma）与配乐大师埃尼奥·莫里康内（Ennio Morricone）合作演绎的。之前从没关注过大提琴的盛大雷，也被这首旋律的怀旧、怅惘和思念深情所打动。

　　或许这是丁海琳为了爱人刚到清北的感受吧，盛大雷这样想。大提琴曲结束后好一会儿，盛大雷看到，丁海琳大约两小时前，也就是9月8日23:59分享的一首歌曲居然是*Extreme Ways*，这是马特达蒙主演的系列电影《谍影重重》的主题歌，由美国创作型歌手毛比（Moby）演唱。

　　盛大雷很熟悉这首歌，听到第三遍前奏响起，第一段歌词唱出：

再次踏上无尽之路

朝向生疏未知远方

破坏一切重新来过

我将我的一切

沿途抛诸窗外

……

出租车停下，司机提示他已到达目的地。盛大雷来不及细想丁海琳为何会分享这首歌，就付款下车了。

这是他此次回清北第三次踏入这个地方——二爷山原始森林公园。

此时公园除了大门口的几盏灯光，还有皎洁的月光。

盛大雷猫在大树下的黑影里，观察了下公园四周，找了一个没有监控录像的墙角，快步走过去，翻墙进了公园。

盛大雷沿着广场旁的树荫，快速来到宋威尸体被发现的那截拐弯路段。路面基本修整好了，只余一些废砖和几个水泥袋，潦草地堆放在山路拐弯处。

警戒线以尸体被发现的位置为核心，向外一直扩展到山路边，扯了一个不完整的圆圈。盛大雷跨进警戒线，尸体已被移走，原地只留了一个有水泥残留物的土坑。

盛大雷站在原地，回忆当晚自己来到现场时，宋威的尸体被吊在树上，脚尖点着水泥礅子，面北，朝向山路。他从北面开始，用手机手电筒开始一点点排查。他没有放过任何一棵树或者一块石头，但是就是没有任何发现。折腾了一个小时，盛大雷看看手表，已近凌晨3点。他有些焦躁起来，回到原点，打量现场几平方米的地方，想着自己到底忽略了什么。

突然，盛大雷的手机响了起来。他接起电话，丁海琳的声音从手机里清晰地传了出来："你去二爷山了吧？看看水泥袋子上有没有数字！"

她的提醒仿佛是一道闪电，照亮了盛大雷的脑海。

盛大雷没有挂电话，直接转身奔向树林外，走到修路剩余的杂物堆放处，拎起水泥袋，用手机仔细地寻找。

水泥编织袋上有三组数字：一组是执行的标准号"GB175-2007"，一组是净含量"50kg"，下面是厂家联系电话"32008888"！

"不对，都不对！"盛大雷对着手机摇头道。

夏璋带队，在刘三租住的房子周围布控。傍晚他让房东胖女人以收房租的名义去敲院门，但是无人应答。当她试图用备用钥匙开院门时，发现院门从里面反锁上了。

　　等夏璋把抓捕现场部署好，已过午夜，院子里透出微弱的灯光来，但无声响。

　　夏璋开始犹豫是否应该开始行动，因为不确定刘三是否有同伙。假设刘三不在院里，强行进入很可能会被晚归的刘三发现，打草惊蛇；假设刘三在院里，但也不确定他是否持有枪支、炸药等危险物品，很可能会对民警造成生命威胁。

　　时间缓慢地流逝，夏璋已经感觉到队伍里有了烦躁情绪。犹豫再三，他决定还是采取行动，派两名特警队员，尽可能悄无声息地翻墙入院。

　　他看了看手表，时间是3:18，他觉得这是个很吉利的时间，于是下达了指令。

　　特警队员从隔壁院子攀爬入院。两名特警一前一后，悄声落地，呈斜八字，静止不动，让眼睛适应院子里的光线和情况。

　　行动前，他们俩已经认真研究过这个院子的构成：院子门正对的房子，中间是厅，连着西侧的卧室，房门在中间那间房，正房西侧是厨房和储物间，东侧是厕所。

　　两人猫在厕所旁边，侧耳细听，对视一眼，打了个手势，表示对面厨房和储物间没有声响。两人轻而快速地转移到正房门口两侧，灯光是从正房左侧屋子里的窗帘后透出来的。一人右手持枪蹲在窗下，守着房门，另外一人也是右手持枪猫到有灯光的屋子窗下，耳朵贴在墙面上，没有听到任何声音。

　　两个人在夜色中对视了一会儿，使了个眼色，守门的那名特警微微昂起头，透过门玻璃向屋里张望。月光照进门玻璃，里面摆着一张桌子和两把椅子，桌上、桌下东倒西歪地摆着几个二爷山白酒的瓶子。再看亮灯的那间屋子，门半开着，露出一张床的床尾，灯光是从门后照射出来的，床尾挡住了灯光，所以床边地面很暗。

　　这名特警仔细端详那片黑暗的床边地面，因为他觉得有什么东西在那里，大概过了几秒，他确定那是一双穿着皮鞋的脚。

守门的特警朝窗下的特警扬了扬下巴，左手大拇指向房门指了指，窗下特警竖起左手大拇指，点了点窗户，守门特警点点头，两个人彼此领会了意图。

守门特警再次举起左拳，先是竖起食指，再竖起中指，紧接着在放下食指的同时竖起了无名指和小指，两人一点头，同时跳跃起来。

守门的特警一脚踢开房门，破旧的木板门发出一声爆裂声，随之倒下，与此同时，守窗的特警左肘尽全力撞破窗玻璃，碎玻璃还没有落地，人声已经发出："不许动！警察！"

两名特警，一名身子隐蔽在卧室门旁的墙后，手枪指着屋里地面上的人，另外一名身子紧贴着窗户旁边的外墙，手枪从被破坏的窗口向下指着地面上的人。地上的人，脸朝下趴着，一动不动，毫无声息。闯进屋子的特警双手持枪指着那个人的脑袋，高腰胶鞋踢了踢那个人，那个人依然没有反应。那名特警觉得踢那个人时的脚感不像是在踢一个人，而像是在踢一块沉重的木头。

屋内的特警弯下腰，窗外特警的持枪方向也随之下沉，屋内的特警突然右膝下沉，死死地顶住地上那人的腰部，右手的枪顶住那个人的后脑勺，另外一只手迅速摁住那个人的脖子。

那个人依然不动弹，屋内特警发现不对，立刻把摁着对方脖子的手，转移到此人脸部鼻腔处，然后抬头朝窗外的战友摇了摇头。

窗外特警再次侧身扫视院子里的每一个角落，确定没有任何声响，对着右侧肩头的报话器通报："目标已死。"

他没有像之前执行类似任务时说："任务完成！"因为他不确定如此兴师动众地发现一具尸体算不算是完成任务。

"任务完成！嫌犯畏罪自杀！"夏璋第一时间对老刘以及支队长和分管副局长报告。

这可是奇功！之前的命案一并破获，在没有人员伤亡的情况下抓获嫌犯，虽然这名嫌犯只是一具尸体，但那应该也是在警方布下天罗地网后自觉无处可逃才选择了自杀吧。

屋里屋外都是警察，法医做完现场鉴定，尸体被拉走，除了留下两名协警看院外，其他人陆续撤离。

夏璋兴奋得睡不着！连夜组织人员开始撰写报告，他的脑海中已经浮现出自己再次立功，上台领奖的情景，如果运气好，这次估计能立一等功。

公安部令第66号——《公安机关人民警察奖励条令》——其中第二条"对成绩显著，有重大贡献和影响的，可以记一等功"——这句简单的话，夏璋在读警校时就背得滚瓜烂熟。

一等功奖励要报公安厅批准，这可真是为自己半年后回省厅工作开了头彩！为保万无一失，夏璋又给岳父发了条微信。电话就不打了，老爷子早上醒来看到就行！

各大媒体会不会来采访自己？自己应该如何应答？夏璋脑海中开始排戏：记者如果问案情侦破细节，他就回答："现在尚未结案，具体情节无可奉告！"表情一定要淡定，最好脸色凝重，行色匆匆；记者如果问起自己是如何侦破此案的，他就回答："这不是我一个人的功劳，是我们整个清北刑警共同努力的结果！"不行，应该说"是我们整个清北公安共同努力的结果"！如果记者还有其他问题的话，自己最好再顺便感谢下警校所有老师的培养，还有省厅和市局领导的信任与关心！

夏璋的头脑从来没有像此刻这么清醒过，他突然觉得自己成熟了，因为面对如此大的功劳，自己没有在同事面前露出一丝笑意和得意，别人看到的他还在兢兢业业地做案件的收尾工作！

夏璋下意识地回头看看身后墙上的那个二等功奖章，它在日光灯的照射下熠熠生辉。不知道一等功奖章什么样子，更大、更辉煌吧！来清北这一年宵衣旰食，天道酬勤，夏璋感慨不已。

他的视线越过材料堆积如山的办公桌，落在两米开外的那张空桌子上。那张桌子原先是盛大雷的办公桌，已经空一个多月了。

夏璋突然又觉得自己变得不再那么计较了。人非圣贤，孰能无过？盛大雷虽然不成熟，但毕竟还不算是一个坏人。夏璋被自己的宽容与大度再次感动，人越往高处走，越要有胸怀，这是家里长辈对自己从小的教育，今天他刚开始懂得其中的道理。

· 22 ·

盛大雷听到丁海琳先是敲门，然后钥匙捅进门锁，开门走进来。她应该是看到自己躺在床上熟睡，所以顺手拿起水杯给窗台上的红豆杉浇水。

"我可没有那么开放，第二次见面就发生什么。"丁海琳浇完水，端详着红豆杉，开口道。

闭着眼睛的盛大雷突然觉得有些脸红，昨晚他出发去二爷山前给丁海琳发的第一条微信的开头是："知道不该打扰你，但是……"

之前他跟她谈工作，从来没有这么客套的开场白，丁海琳显然明白了他突然的开场白下的潜台词。

"整个队里现在都洋溢着乐观和喜悦之情。"丁海琳显然是从局里来的。

"他们抓住那个人了？"盛大雷一骨碌坐了起来。

"何必表现得这么激动？你知道那个人不是我们要找的那个人。"丁海琳转过身来，双手向后撑在窗台上，望着盛大雷道，"我觉得只有你的判断从开始到现在才是对的。"

"先说说抓住的那个人的情况吧！"盛大雷套上长袖T恤，然后在被窝里蹬上裤子。

"先说吕澜，如果我跟你说，咱们俩都见过她，你会吃惊吗？"丁海琳的问题让盛大雷怔住了。

"而且是在朝九晚五酒吧里见过的！"丁海琳提示道，因为她背光，看不清她的眼神。

"见过？"盛大雷跳下床，赤脚站在地毯上系腰带。

"你从来没把我当女性吧？"丁海琳的问题又让盛大雷一怔，这都哪儿跟哪儿啊！

"难道你们公安大学的男生从来都不避讳女生吗？还是说你对自己的身材过于自信？"丁海琳的问题让盛大雷哑口无言。

丁海琳的话题转变得真快，她转身向客厅走去，扔下一句："你回清北第一晚，跟你搭讪的那个！"

盛大雷走出卧室，看着桌上摆着的馄饨，心里一暖。

丁海琳指了指卫生间，然后把塑料袋里的馄饨端出来，把筷子的塑料套摘下。盛大雷去卫生间，关上门，小声尿尿，快速洗漱。

这家清北小吃店的馄饨真是合盛大雷的口味，甚至可以说是他吃过的最好吃的馄饨，三鲜馅儿：猪肉、木耳和虾米。不用想破脑袋地发明新品类，一种口味做成经典就能吊住客人一辈子的胃口。

"我今早在队里见到了吕澜，她去队里辨认尸体。"丁海琳说到这里，盛大雷停下了正准备舀馄饨汤的勺子。

"夏璋他们昨晚抓回来的那个人确实是袭击吕澜的人，但他们抓回来的是一具尸体，现在的验尸报告显示他是在喝了两斤多白酒后又吞下了大量的安眠药，自杀身亡。时间大概在袭击吕澜的第二天，也就是前天凌晨2点到3点之间。"丁海琳看着盛大雷双手举碗喝下最后一点儿汤底。

"现在只知道那个人叫'刘三'，估计不是真名，身份还没核实。吕澜跟他也是在那个酒吧认识的。"丁海琳边说边把盛大雷面前的一次性碗、筷、勺子都装进塑料袋。

"就是宋威死的那晚？"盛大雷立刻想到了关键点。

"我们只能推测宋威死的时间点是9月2日晚11点到9月3日凌晨1点，再具体的时间就无法确定了。"丁海琳继续道，"我们查了那晚朝九晚五酒吧对面路口的监控录像，吕澜准确的离店时间是12:01，紧接着刘三也在3分钟后离店。"

盛大雷心里盘算了下朝九晚五酒吧到二爷山的距离，即使刘三马不停蹄地飞驰而去，总感觉有些仓促，时间太赶。按照宋威平日的夜跑规律，那个时间她应该早已回家，难道她在二爷山被控制了很久才被杀？

现在无法断定刘三是不是骚扰完吕澜后又立刻去杀害了宋威，但眼下无法排除这个嫌疑，更何况他已经死了。

关键是，如果说刘三当时因为被人发现，没来得及对吕澜痛下杀手的话，那现在他身亡的现场也没有发现那把特殊的凶器。

刘三是连环杀人案的凶手的可能性太小了！

"你发现的那根电线杆，我今早去单位前还去看了一眼，拍了照片，刚才也联系了市政管理部门。那些个电线杆是三年前他们安装的，那根的编号恰好是'0826'。"丁海琳把手机推到盛大雷面前。

"现在让刘队跟支队长直接提我们的意见，乐观吗？"丁海琳显然已经考虑过各种方案。

"夏璋一旦提交了结案报告，咱们怎么办？"盛大雷忍不住抛出了这个必须面对的问题。

"他现在已经把成功的喜悦成功地传染给了全队，估计持不同意见的只有你和我，再加上刘队。"丁海琳说出了盛大雷早已料到的状况。

"还好我们现在还是三人行，没有孤家寡人。"盛大雷叹口气。

丁海琳坚定地看着盛大雷，道："我们俩还是应该按着自己的思路查下去，不过也就剩十天了！"

盛大雷很高兴，高兴当初是丁海琳来青岛找自己的，高兴自己跟老刘选择了丁海琳作为搭档。

"你回队里，看看尸检的进一步结果，我还得抓紧时间把市档案馆的材料看完。"盛大雷站起来伸了个懒腰。

丁海琳跟盛大雷又对了下思路，出门而去。

盛大雷坐在电脑前，拿起手机，发现就在刚才李超特发来了三条微信。

秘密挖掘师一定有新发现！盛大雷兴奋地翻看微信，第一条就让他既震惊又兴奋：昨晚那根水泥杆的原材料生产商和宋威尸体下的水泥生产商都是同一家，就是张景芳尸体被发现的那家老水泥厂停产前的产品。

当盛大雷看到第二条微信时，心脏猛地一跳，差点儿跳出喉咙，紧接着又沉到了谷底：他收到的那封诡异的信件中提供的支票丢失声明，刊登于2001年元旦那天的《清北晚报》，那家名为"清北合共贸易有限公司"的公司是那张丢失的支票的所有者，这家公司在刊登支票丢失声明后的第二个月就注销了登记。但其最大的关联客户是当时的松原市春湖贸易有限公司，该公司的法人代表是盛坤。

盛坤也就是盛大雷的父亲，而那家松原市春湖贸易有限公司就是盛坤携盛大雷搬到北京前在老家的公司。

　　一阵风从窗外吹进来，盛大雷额头上的汗水被风一激，他不禁打了几个哆嗦。

▷　第三部

人类的愚蠢就是自认为聪明，或者认为总有人聪明得可以洞察天际。他们错了，这个道理得由我来告诉他们。世俗里所有的成功，还有自信，其实都是自欺欺人，都是演戏，那都不是真实的，不过是愚蠢的人类自以为是。

愚蠢的人群中出现一个稍有脑子的人，就被人奉为天才。何其可笑？难道他们就接收不到冥冥之中的指引吗？难道他们就察觉不到我已经给了他们多少次机会来发现真实？

有些职业的人把自己当神，有些人卑微得连人都不配做。他们被欲望淹没了，却美其名曰那是理想、是梦想、是感情，其实那些全都没有存在的必要和道理。

我想再跟你们玩一会儿，不能奢望棋逢对手，能陪我开心一会儿也不错！他们白天、晚上地琢磨我，有的人自以为自己是神的代言人，其实不过是沽名钓誉，我对世情的考察与理解哪里是凡夫俗子和那些装神弄鬼的人废寝忘食就能弄明白的？！

不过，这些牺牲品的含金量太低。我要在游戏结束时玩一个出人意料的、警醒愚蠢的人们的动作，当然，那依然只是一个游戏。其实，这个游戏原本是不用我来主导的，只是他们把上次的游戏给终止了，所以，我只能从头再来。

· 1 ·

这个世界上，每个人都有秘密，但是知道这些秘密的人除了当事人自己，还包括某个角落里的互联网数据分析师。在网络中、在机器语言里，每个人不是只有个名字、一个地址和一串简单的设备识别符。在网络世界里，每个人的每个行为轨迹都会被记录在案。就像科学家通过实验探究物质的本质，社会学家通过观察洞悉人类的特点，数据分析师则通过程序研究人的行为和心理特征，有的数据分析师将其工作形容为"人性实验"。人的物理概念早已被技术改变，定义我们的不仅是身份信息或者账户与密码这些简单的信息，还包括我们的兴趣爱好、情绪态度、行为习惯。也就是说，即使我们在互联网上采取用新的名字、换新的头像这类伪装手段，机器也能轻而易举地鉴别和识破真相。简而言之，数据记录下的我们所有的习惯与痕迹可以准确形成我们另一个身份特征。

在互联网的数据世界里，每个人每次使用手机的任何一个功能，实际上都在成为机器洞悉和了解我们的原始材料，也是进一步训练人工智能更加理解人类的经验依据。那些曾经貌似高深玄奥的人生命题，譬如我们是什么样的人、我们喜欢什么样的人、我们想要选择什么样的生活等，这些问题的答案实际上都可以从我们手机的联系记录、搜索痕迹、社交聊天记录和手机传感器里一一找到。

隐私已经是一件"算法上不成立"的事件，越来越多的数据科学家确信这一点。但大多数人只是以为自己在分享数据，但并不知道自己正在分享的不只是自己知道的那些，更不知道这些分享将意味着什么、会带来什么。

听一个数据分析师讲述数据搜集和挖掘过程，就像见证一场悬疑推理，这就是李超特最感兴趣的事情。

李超特讲过他一个曾在一家互联网公司任职的朋友说的情况，盛大雷才知道每个人在App里都不会掩饰自己什么样的人，而App把这些看在眼里：比如，你不会骂领导，但会匿名在一些论坛上散播这个领导的八卦；你不会"出柜"，但会在网上搜索润滑剂并订购；你不会跟人说荤段子，但看到丰乳肥臀的美女照片还是会点进去；你不会支持盗版，但看到价格三位数以上的正版软件时，还是会去搜索下载盗版的……

而李超特的朋友在这家互联网公司的工作，就是利用大数据算法进行推荐。每天在工作的时候，他能够看到全体用户在App上的行为轨迹信息，包括电话、地址、搜索记录、每一屏交互行为，等等。

李超特还告诉盛大雷一个新的概念——全量数据。它是一个网络用户在网络上的所有数据，经过分析，可以极其精准地描述用户的特征，比如他的身份背景、行为习惯、兴趣爱好，甚至每天的情绪起伏和喜怒哀乐，一切的一切都可以从网上的行为痕迹里推测出来，这才是对个人隐私的最大挑战。

随着技术优化，现在甚至不需要成为专业人士，就能洞察真相。李超特为了让盛大雷迅速理解，举了一个美国新开发的运动健身软件的例子，通过分析App所提供的跑步热力图，就能轻易推测出美军驻伊拉克军事基地的具体位置和兵力部署。因为这个软件实时追踪用户的位置数据，以高亮形式呈现在地图上，而在战乱地区又恰恰当地用户极少甚至没有，当一定数量的美国士兵集体行动或活动时，热力图上就会呈现异常明显的行动路线，通过这种比对和分析，美国军事基地的方位、出勤规律、巡逻路线也就不再是机密了。

当然，盛大雷脑海中出现的则是自己在警校时参加军训、支援北京奥运会安保，包括组织警力实施抓捕行动时，这一切其实都很可能被某个居心叵测的数据分析师发现。

任何事物都有两面，数据技术的善意使用则可以为人类提供无限美妙的可能。技术挖掘用户数据，让人感到隐私受到威胁，但同时也能曝光那些封闭信息的官僚机构和组织，譬如斯诺登，就是用技术的方式打破侵犯公民权利的官僚机构的隐蔽性，让数据在公众面前完全透明。

被自己称为"秘密挖掘师"的李超特实际上就是一名数据分析师，他名不见经传，但是会因为兴趣使然，而帮助盛大雷去寻找杀人凶手在网上的各种蛛丝马迹。盛大雷甚至想到了自己在清北扬名立万的那个案子，如果不是巧合，那个从不使用手机、电脑等互联网产品的老谢头会被抓住吗？这个时代，最难被发现的犯罪分子或许不是对高科技得心应手的人，而是那些对高科技从不触碰的人吧。

盛大雷坐在李超特那间十几平方米的黑暗阁楼里，喝着李超特给他泡的铁观音，听着李超特眉飞色舞的讲述，看到他不断噼里啪啦地在电脑键盘上敲击着演示，他不知道该说什么好。

盛大雷突然冒出这样一个念头：未来的某一天，警察会被李超特这样的电脑天才取代？现在各国公安也都开始增强网络警察的力量，这是不是就是一种大势所趋，甚至成为终极结果？

从李超特家出来，盛大雷脑海中不仅被那些科技新名词和新趋势所填满，并开始重新认识自己的父亲，根据互联网上的数据分析重新认识自己的父亲。

2001年，盛坤带着盛大雷，举家搬迁到北京。

公安部，或者说北京市局，是从何时开始盯上父亲的？或者说，如果是这两年才盯上的，那他们现在掌握的信息是不是会比李超特的还全面呢？

这一切都是未知数。而这个未知数的决定因素在于负责父亲这个案子的警察团队里是否存在一个具备李超特这样的技术控，而且能够把表面看起来毫无关联的信息整合出价值惊人的情报结论。

在中国人民公安大学作为中国最高警察学府里，盛大雷竭尽全力回忆，也不记得见过或听说过这样的人。

盛大雷无法想象刚才李超特给自己看的那些信息都是属于自己父亲的，或者用李超特的话就是"你们家的"。

盛大雷知道父亲富有，但是不知道如此富有！

李超特点开他搜集整理的一份资料显示：北京春秋集团只是盛坤掌握的诸多公司中最明显的一个，也就是说现在查到的盛坤注册的二十多家公司相互间投资或占股，眼花缭乱的会计手段和投资理念，最终勾勒出一个庞大的商业帝国。

盛大雷看到电脑上显现出的几乎横跨世界版图的公司构成，突然觉得自己对财富的理解不过是雾里看花，对父亲富有的了解也不过是冰山一角。

"你父亲甚至是开曼一家银行排名第六的股东，在香港拥有一家投资机构，业务涉及航运和海运，我能查到的还有这些……"李超特当时给盛大雷展示了泰国一个海岛的开发，还有保加利亚一个露天矿产的开采，嘴上还说着其他，"你父亲在北京有酒店，在云南有制药厂，在天津有贸易公司，在松原有一家渔业公司……"

· 2 ·

丁海琳再到盛大雷家里时，桌子和两把椅子被拖到了屋子中央，靠近窗的地方又多了一块板子，原本狭小的客厅现在更显得逼仄。

这块板子比靠墙的那块大，所以挡住了一部分窗户，站在屋子中央只能看到这块板子上写着两个大字——"勿翻"，后面是巨大的叹号。

防君子不防小人，具体讲，这两个字和一个标点符号只是提醒一个人的——丁海琳。丁海琳无声地笑了笑，倚着桌子，仔细端详原先那块白板，逐渐陷入了脑海中的世界。

盛大雷在上面写写画画，其实梳理出了以下几个案件的关联点：

一、杀人凶器——双头三叉戟——萨满行刑工具——松原查干湖和清北二爷山，包括山西云冈，都曾是萨满流行的区域。

二、水泥——李翘尸体面对的水泥杆和宋威死时脚下的水泥都来自张景芳尸体所在的水泥厂，这家水泥厂盛坤曾经有过股份，后来宋威也曾想收购。

三、大同——李翘和宋威都曾在去年8月7号后去过，张景芳也曾在大同长期工作，辞职后又回过大同。

四、杀人预告——7月31日收到神秘来信，信中的支票遗失声明中显示的支票号最后四位是0801；8月1日凌晨，李翘死时面对的墙外水泥电线杆上的编码是0826；8月26日张景芳死时面对窗口上的木条背面印着0903；9月3日宋威尸体斜上方的横幅暗含时间是9月20日，但这次跟之前三次明确表示日期的方式不同。

盛大雷在宋威尸体是否暗示下一个杀人日期是"9月20日"上面打着一个巨大的问号，这个问号也是丁海琳心里的问号。

"为什么前面三个日期都是明确的数字，到了这次反倒不明确，还需要猜呢？是凶手提高了对我们的挑战难度吗？"盛大雷从卫生间出来。

"对于这个凶手，我们也应该有些基本判断了。"丁海琳回头给自己倒了一杯水，说道。

"第一，这个人认识我，起码跟我有宿仇旧怨，从第一起案子开始他就冲着我而来；第二，这个人应该是一名男性，胳膊上有匕首状文身，当然也可能是临时性文身，宋威和李翘在北京时他也在，张景芳合影里的那个男人，我们假设与他也是同一个人；第三，这个人跟萨满教有关系，起码熟悉萨满的一些传统，所以他是本地人或者松原这片儿的人的可能性很大；第四，这个人的反侦查能力极强，他三次杀人都注意到了躲避监控录像，现场采集不到毛发、指纹、脚印，而且他应该体力极好，杀人时基本上都是单独行动，对于李翘尸体的运送和杀死宋威这样体形的老兵不是件容易的事；第五，这个人认识刘三，或者说刘三认识这个人，所以关于女尸上吊或者水泥杀人这些问题，刘三应该都是从这个人处得到信息的……"

"刘三认识真正的凶手。"丁海琳喝了一口水，赞成盛大雷的判断，给走过来坐下的盛大雷倒了一杯水，他的水杯是马克杯，上面印着一只哆啦A梦，屁股着地，捧腹大笑。

"那么，刘三是他杀的吗？"盛大雷左手举杯喝了一口水，端详着白板，道，"我们假设是他杀的刘三，那动机无非是希望刘三来背黑锅，刘三一死，警方会认为之前三起命案的真凶就是他了。另外，还有一个问题，凶手会不会继续杀人？"

"这不像这个人的行事风格，他每次杀人都故意留下下次杀人的日期，说明他要跟你周旋，斗智斗勇，他想挑战以你为代表的警界精英！"丁海琳的想法也引起了盛大雷的共鸣。

但是"警界精英"这个词从丁海琳嘴中说出时，盛大雷还是觉得不好意思对号入座。

盛大雷迟疑了一下，道："我还有一个疑问：他杀李翘、宋威和张景芳是偶然选择的，还是这三个人有某种关联，所以有杀她们的共同原因？"

"如果他是为挑战你而来，那这三个死者跟你又有什么关系呢？"丁海琳盯着盛大雷的眼睛问道。

盛大雷没有正视丁海琳，低头把马克杯里的水一饮而尽。丁海琳确定盛大雷喝水时，眼睛瞥了窗口那个白板一眼，或许他已经有答案了，起码是有些线索了，可能还在思考。

盛大雷点上一支烟，道："根据1935年清北警察局的调查，二爷山一带山村发生的四起萨满巫师杀人案，凶器与我们发现的杀死三名被害女性的凶器基本可以判定是相同的。市档案馆材料中涉及这四起案子的案卷遗失，能找到的是当时一些当地小报的新闻报道，现在显示当时被害的四人皆为女性，但原因警方并未公布，也没有看到那名萨满巫师判刑的任何资料。"

"是简单的模仿还是有直接的关联？"丁海琳的口气明显前轻后重。

"模仿是犯罪的常见模式，但是如此处心积虑地模仿，应该还是要表达具体的信息。"盛大雷做出了进一步的大胆假设，"或许他是为了惩罚我，杀死这些女性不过都是达到他这个目的的手段。"

"我不认为你是在自作多情。"丁海琳起身，绕到桌子的另外一边，扶着白板，探身去把窗子开得更大。

她转身时，无意间发现那块不想让自己看到的白板后面的画线和图案一点儿都不比原先的那块儿少，她确定自己还看到了许多数字，其中就有"0801"这组数字。

"现在关键是9月3日宋威死后，他下次行凶是哪一天呢？如果是你猜的9月20日，那也只有11天了，不，应该是只有10天了！"丁海琳脑海中浮现出夏璋乐观与自傲的笑容，迟疑道，"万一后面不会再有人死呢？"

"一定还有！"盛大雷笃定地回答道。

丁海琳知道他现在没有百分之百的证据证实这个判断，但是她就是相信他。

"我们还是应该一起再去一趟二爷山。"盛大雷看看丁海琳。

· 3 ·

二爷山是中国满族的发祥地之一和萨满文化的圣山之一。二爷山的"二爷"就是萨满祖先，二爷山最早见于中国3800多年前的文字记载中，《山海经》称"不羁山"，北魏称"金太爷山"，金始称"二爷山"。

随着清北萨满文化在2008年10月进入中国非物质文化遗产名录，加之二爷山植被垂直景观进入国家自然遗产地名录，如今，二爷山已被确定为国家级自然保护区和联合国"人与生物圈"自然保留地。

二爷山可以被追溯为清王朝的崛起地之一，也因此被作为清朝的"龙脉"加以封禁，1940年划归伪满洲帝国间岛省管辖。现在的二爷山管委会也在五年前升格为省管单位。

白天的二爷山国家森林公园本地人少，外地人多，还有一些慕名而来的国外游客。丁海琳和盛大雷一起到二爷山管委会时，管委会的安保科科长在公园门口接上二人。

管委会位于公园大门广场西侧坡路的拐角，坡度较大，平日里健身的人都是跑东侧路线，也就是宋威出事的那条路线。管委会所在的这条坡路地面崭新，俨然是新铺设的。一栋二层高的白色房子从茂密的树林中露出头。

"因为那起案子，晚上来公园玩的本地人少了很多。"安保科科长神情严肃，带领二位来客进了楼。

会客厅在一进楼门右转的待客室，里面坐着一位头发、胡须花白、面色红润的老大爷，颇有些仙风道骨。

"您来了。"安保科科长显然很尊重这位老人，引荐道，"这是我们二爷山森林公园的元老李大爷！"

"李大爷，您好！"盛大雷和丁海琳问候道。

"这是咱们市公安局刑侦大队的办案民警！"安保科科长介绍道。

李大爷眼神沧桑，认真地看了看面前的两位年轻男女，盛大雷脑海中突然一动，脱口而出："您就是'老李头'……"

"呵呵，对，我就是'老李头'！"李大爷笑容可掬。

"我听清北大学的厉宁教授提起过您，说您是二爷山的民俗专家！"盛大雷主动上前握手。

"呵呵，跟小厉比不敢称专家，我年轻时一直在二爷山打猎，见过一些老人、老事儿！"老李头的手大而粗糙，像老松树皮。

盛大雷正要问那个"双头三叉戟"的事儿，老李头回头跟安保科科长说："你们新修的路，不要再挪那些老树了！树挪死啊！"

"这个不归我管啊，但我一定跟领导汇报。"安保科科长赔着笑，"这不都是为了中秋节大活动嘛！"

"中秋节？哪一天？"丁海琳脑海中的某个细胞跳了一下。

"下周四，19号！所以整个公园都在赶着整修啊！"安保科科长回过头跟丁海琳说。

"19号！"丁海琳和盛大雷同时脱口而出，对视一眼，丁海琳抢先问道："中秋节为何选在二爷山的公园里搞活动啊？"

"萨满的传统祭祀日啊！萨满信仰多神，古代人们把各种自然物和变化莫测的自然现象与人类生活本身联系起来，对它们敬仰和祈求！万物有灵啊，那些老树啊——"老李头对刚才提到因为修路而被挪开的老树很是心疼。

这时，安保科科长的手机响了，他出去接了个电话，几秒钟折回来，赔罪道："您三位先聊着，门口保安和游客有矛盾，我去处理下！"说完便匆匆离去。

"萨满是人与神之间的中间人，也是人与神之间的传话人。现在的年轻人不懂啊！"老李头从窗口望出去，看着窗外茂密的树林，继续感慨道，"山上的树不能乱动，路不能乱修！"

"李大爷，那个双头三叉戟，有什么讲究吗？"盛大雷微微弯腰，虚心请教。

"那个不叫'双头三叉戟'，那是神让萨满惩罚人的圣物。"老李头眼神飘忽，仿佛回到了很久远的过去。

"杀人的也能叫圣物吗？"丁海琳显然不太接受。

"圣物就是圣物。对的人用圣物惩恶扬善，错的人用圣物为非作歹，那也是这个人的问题。"老李头收回目光，看着丁海琳道。

"枪本身没有是非对错，一个道理。"盛大雷赞同老李头的观点，继续请教，"犯了什么样的错误，萨满才会用圣物惩罚人呢？"

"所有恶行都可以被惩罚。"老李头肯定道，"所有萨满仪式，归根结底都是在表达神的创造与复活。"

"那您最后一次见到这个圣物是什么时候呢？"盛大雷给老李头倒了一杯水，递上前。

老李头摆摆手，示意不喝水，走到窗前，道："我是甲子年——鼠年出生的，7岁的时候就跟着我爹进山打猎……那年日本人刚开始出现在清北……"

"您是1924年生人？！"盛大雷和丁海琳吃惊道，这意味着眼前这位精神矍铄、身体康健的老人已经89岁了，但看上去不过才七十多岁。

老李头点点头，继续望着窗外，指着远处道："以前在另外那条上山路上有一个堂子，就是前些时候死人的那个位置！"

盛大雷和丁海琳再次对视，丁海琳问道："您就是在那个堂子第一次见到圣物的？"

"是的，我记得很牢！当时我爹跟我说，原来清北有两把圣物，有一把被日本人偷走了，就剩了那一把，挂在堂子的墙上。"老李头愤愤道。

"那您见到的那一把后来哪里去了呢？"盛大雷望着窗外树林那头的方向。

"那把在堂子里的圣物曾经失踪了一个多月，清北死了四个姑娘。"老李头回忆往事，眼睛眯了起来。

"警察局当时调查没有结论，您知道……"盛大雷脑海中又开始浮现出自己在档案馆看到的那些只言片语。

"当地人都说是日本人杀了那四个姑娘，所以警察局不敢断案抓人……"老李头恨得鼻孔直出气。

"怎么能断定堂子里剩下的那把曾经失踪的圣物是不是杀人凶器呢？"丁海琳看到楼下安保科科长匆匆走近。

"堂子平日里没人看，当地人都不敢偷里面的东西，怕遭天谴。日本人杀人如麻！敢干啊！"显然老李头对日本人恨之入骨，他继续道，"那四个姑娘被杀死后，那把圣物又回到了堂子的墙上，日本人就说有人偷走了那把圣物杀了人，杀人后又放回了堂子。"

"这种可能性存在吧……"丁海琳试探道。

"不可能，剩下的那把圣物一定是日本人偷去，杀了人送回来嫁祸给我们中国人。当时山上的萨满就是这样认为的……"

"山上的萨满？！"盛大雷和丁海琳齐声惊呼，刚返回的安保科科长也吓了一跳。

"二爷山上有萨满，他们不住堂子里，而是在山里面，代代单传。"老李头笃定道，而且逻辑十分清晰，"萨满当时在东北很有威信，日本人想把他们的神和信仰强加给我们中国人。"

"那萨满的后代呢？现在去了哪里？"盛大雷忍不住问。

"不能说了！不能说了，不能说了……"老李头嘟嘟囔囔，好像陷入了癫狂的世界。

"他就这样，有时候清醒正常，有时候神经兮兮。"安保科科长对有些惊讶的盛大雷和丁海琳解释道。

"上周那个人死的地方原有的堂子何时被拆掉的？"丁海琳先回过神来，问安保科科长。

"'破四旧'的时候，红卫兵给拆的，后来还发生了好多奇怪的事情。"安保科科长解释道，"我也是听家里老人说的。"

"什么奇怪的事情啊？"盛大雷有种不好的预感。

"当时拆堂子的红卫兵中有四个女的，后来都离奇地死了：一个淹死了，一个从楼上摔下来死了，一个在武斗中被打死了，还有一个疯了，冲进二爷山里再也没有出来，据说是让虎狼吃了。咱们这山里现在还有猛兽呢！"安保科科长仿佛为了证明自己话的真实性一样，道，"刚才就是两个小青年背着野营工具说要去深山里面扎营，被门口保安拦下了！现在的年轻人不知轻重啊！"

· 4 ·

"1935年死的第四个姑娘就是中秋之夜死的！"出了管理处，盛大雷低声对丁海琳道。

丁海琳觉得颈部的汗毛竖了起来，山风一吹，凉飕飕的，小声问道："那个疯了冲进山里的女红卫兵不知道是不是也在中秋节……"

"得拿事实说话！怪力乱神的事儿不能当真。你去查一下第四个死的女红卫兵的情况，我去趟清北大学。"盛大雷说完，就要扬长而去。

"我载你一段吧？"丁海琳不想独自在密闭的车里回味刚才的故事。

"那先陪我去趟手机城吧！"盛大雷上了车说，低头扣上安全带。

丁海琳往市区开车，盛大雷透过后视镜看到身后50米远处停车场上的一辆黑色车辆也悄悄发动。

盛大雷进入手机城，几分钟就出来了。丁海琳发动车子向清北大学方向驶去，余光看到盛大雷正在摆弄一部老式的黑色诺基亚手机。丁海琳心知肚明，现在的电池和机体合一的手机，即使在关机状态下也可被公安技术侦查部门监控和追踪，原来这种老式手机卸下电池后，技术侦查部门就无计可施了。

到了清北大学，盛大雷在校门口下了车，余光没有看到刚才尾随的那辆黑车。

盛大雷饶有兴趣地站在足球场外看几个男学生踢球。几分钟后，他脱了外套，只剩白色跨栏背心，奔上场和学生们踢起球来。好久没踢球了！动作虽然生疏，但是应付眼前几个人还是不在话下。盛大雷过人、带球，再过人，反反复复，不断赢得场外的叫好声，聚集围观的人多了起来。

一个男人竖着衣领，隐藏在人群中，只露出帽子下的半张脸，那张脸盛大雷见过。

盛大雷心里冷笑一声，凌空一脚，球进了！趁着大家鼓掌叫好的空当儿，他向场外走去，拎起外衣，健走如飞，走向教学楼。

盛大雷走上二楼，从楼梯口左转，看到一间教室里一对男女学生在前排并肩上自习，便轻声开了后门，进去旋即躲在门后的墙角，轻轻把门合上，身子紧紧贴着墙面。

不过几秒钟，一张脸突然出现在教室后门玻璃上，那张脸平淡无奇，满是焦虑。坐在前排的那对情侣刚回过头来，后门玻璃窗上的脸就消失了，这对男女惊愕地看着盛大雷。盛大雷把右手食指竖在嘴唇中间，侧脸隔着门玻璃看着那个人向前一间一间教室寻找去了，这才轻轻旋动门把手，从后门出来，轻轻把门再次合上。

这时，走廊另外一头的那个人好像听到了什么动静，猛地回头，但是身后走廊里什么人都没有。这时，盛大雷已经沿着原路，从楼梯下楼，出楼，直奔清北大学的后门，抬手拦了一辆出租车。

"松原，去吗？"盛大雷整个身体都塌在后座上，不时地扭头看着车后窗外的情况。

出租车司机透过后视镜看着这位年轻强壮的乘客，总觉得他有些鬼鬼祟祟，犹豫了一会儿道："送你去火车站，坐火车去松原又快又便宜……"

"不用打表，包你车，一天，2000！"盛大雷转过身来，伸出两根手指，好像预示着胜利。

"就一天？"司机不太敢相信，扭头问。

"对，今晚就回来！"盛大雷摸摸口袋，用手在口袋里捻了捻钞票，心算了一下道，"先付你600元订金，回来再给你1400。"

"好好好，不急！"司机从盛大雷手里接过六张百元大钞，心中暗喜，其实这些钱已经完全够从清北到松原往返车费了。

"您是有急事吧？"司机讨好地聊天。

"嗯。"盛大雷显然对这些废话没什么兴趣，闭上了眼睛。

司机尴尬地笑笑，透过后视镜打量着这个出手阔绰的年轻人，怎么看他都不像是坏人，倒像是跟家里闹别扭离家出走的富家公子哥，也就放心地往松原驶去。

半小时后，车子上了高速，因为是周末，车流密集。盛大雷居然在轻微的颠簸中深深入睡。

梦里，他乘坐着一只小船，在暴风黑水的查干湖中起伏，雨水劈头盖脸地落下来。

盛大雷努力睁开眼睛，遥远的前方水波之上伫立着一个身穿黑衣、头戴金冠、脸戴魔鬼面具的人，是妖，还是神？

梦里的盛大雷突然明白了，那是萨满！不知道是小船在漂向前，还是萨满在漂向船，两人就是越来越近。盛大雷发现萨满越来越高，高得像一座小山，眼看着萨满俯下身体，巨大的面具就要贴到身体后倾躲避的盛大雷时，突然，萨满消失了，小船到了一座山前。

盛大雷下了船，沿着仅有的一条蜿蜒至山谷里的小路跋涉，穿过布满荆棘的树林，突然豁然开朗，脚下是漫山遍野的堂子，俯瞰，没有人和人影。盛大雷继续沿着小路下行，好像看到这条山路的前方还有四个身穿绿色军装的女战士，她们鱼贯而行，默默不语。

盛大雷想张嘴喊，但是怎么都喊不出声，整个山谷里静悄悄的。这时，天色突然黑了下来，就在一瞬间，整个世界就陷入了黑暗，盛大雷恐惧地藏在一块山石后面。

原来是刚才那个巨大如山的萨满，整个山谷上空都是那张巨大的面具，黑魆魆的嘴巴如同一块巨大的磁石，前面的三个女红卫兵像三个大头钉一样被直直地吸入了那个黑洞，最后一个女红卫兵紧紧抱住一棵树，大声地呼号，但是盛大雷听不到她的声音，只是远远地看到她张着圆圆的嘴巴，还有穿过黑暗投递过来的求救眼神。

黑暗骤然增加浓度，盛大雷失去了视线，就是一刹那，天色大亮，晴空白日，萨满消失了，红卫兵也没了影踪，他刚才看到的山谷里的一座座堂子，如今变成了一堆堆乱冢。

那些乱冢的造型跟其他的墓碑都不一样，盛大雷定睛细看，它们都是大小不一的"双头三叉戟"，乌黑的质地，朝地的三个尖头都扎在地里，鼓起的坟包向外流淌着浓浓的红血，朝天的三个尖头上也都是血渍斑斑，两头有尖头的柄中间固定着一个个铁圈，只是铁圈朝内的不再是一把把锋利的尖头，而是一把把钥匙……

突然脚下剧烈震动，身后发出巨响，盛大雷扭头向后上方看去，身后是一个高耸入云的火山口，冒着烟，一刹那天崩地裂……

· 5 ·

"兄弟，醒醒！到松原了，咱们具体去哪个地儿啊？"司机停下车，点上一支烟，转身想摇醒盛大雷。

盛大雷下意识地握住一只向自己伸来的手，擒拿格斗课上的动作在潜意识中熟练应用了。

"哎"的一声，司机痛叫一声，盛大雷猛地睁开眼睛，只见司机的已经被自己从驾驶座反扭着，脑袋已经被摁在了自己膝盖上，双手却像飞机一样朝后翘起，其中一只手上夹着的香烟还在冒着缕缕青烟。

"对不起，对不起，大哥！"盛大雷赶紧松手。

"大兄弟，你这是练过啊！我这胳膊不会废了吧！"司机的眼泪迸了出来，他带着哭腔，左右看着自己两条胳膊。

盛大雷满面抱歉，脸红，搓着手，不知说什么好。

"您快指示咱们去哪儿吧！"司机把烟头扔到窗外，活动着肩膀和胳膊。

"查干湖墓园。"其实这不是盛大雷之前的计划，但是突然就说了出来。

司机摆弄着手机导航，自言自语道："真是见鬼！"

车子到了墓园门口，司机在门口等候，盛大雷抬腿下车。

"这是要下雨啊！"司机抬头看着天空乌云迅速蔓延。

今天不是什么特殊的日子，陵园里的人很少。盛大雷在门口买了一束白菊花，捧着向墓园深处走去。

查干湖墓园依山傍水，在当地算得上是风水很好的老墓园。其实所谓依山，不过是沿着一个小土丘而建，面向查干湖。这几年墓地生意非常兴隆，这个墓园里的墓地几乎都被卖出去了。加之查干湖被保护了起来，再圈地扩建墓园的可能性几乎为零。一排排墓碑犹如梯田上整齐插着的秧苗。

盛大雷一直爬到土丘顶，也是这块墓园最贵的一块地。在最高一排的西侧倒数第三块墓碑前，他停下脚步，把墓碑前的黑石上的浮灰拂干净，轻轻地把那捧白菊花摆在上面，然后慢慢地在墓碑前跪下，抬头看着墓碑中央那张黑白色的照片。那是他的母亲，他十二年没再见过的母亲。

照片里的母亲温婉地抿嘴，似笑非笑，但那眼神生动得好像是活的，与盛大雷的眼神相互凝视。盛大雷脑海中什么欲求都没有，心里满满的都是思念，思念他英年早逝的母亲。

忽然，盛大雷感觉脸上凉飕飕的，抬头望去，稀疏的雨点从无尽的苍穹垂落，紧接着电闪雷鸣，雨点变大，变得密集，噼里啪啦地拍打在他的身上和墓碑上。照片里的母亲如同在笑着流泪，但是温柔不变，依然看着雨帘后的儿子。

盛大雷站起身，不舍地离去。十二年了，他已经十二年没有回来扫墓了。他和父亲好像不约而同地选择回避谈这个问题，都想把伤痛留在岁月里。但是盛大雷知道父亲还给母亲在北京八宝山买了一块墓地，那里是每年母亲忌日自己和父亲都会去缅怀的地方。

盛大雷感觉冰冷的雨水冲刷着自己灼热的面庞。就在他要转身离去时，他突然觉得这个地方有些异常。眼前的墓碑无裂纹、无疤痕、无色线，色调均匀，结晶颗粒的大小一致，可以看出是同一块石料上切取的。但是，墓碑后侧有一块石料的颜色虽然也是纯黑，但是纹路明显与墓碑其他部分不同，如果不是下雨洗刷后是看不出来的，也是因为盛大雷的身高可以看到墓碑后方才发现其间细微的差别。

盛大雷绕到墓碑后，发现那块石料与周边的石料接缝处的水泥也比旁边其他的接缝新得多。这块石料长约30厘米、宽约20厘米，好像一种特制的砖。

盛大雷的心怦地一跳，他蹲下身，用手轻轻抚摩那块石料，谁知接缝处根本不是水泥，两手抠住石料两侧，石料有些活动。

盛大雷抹了把脸，摸了摸口袋，掏出钥匙串，用较大的那把钥匙轻轻地撬动接缝，几下，石料已经被撬动得比紧邻的石块高了半厘米。雨一直下，手指上的泥很快就被冲洗掉，盛大雷两手托起那块黑砖，这才发现这块砖厚度近10厘米。

当盛大雷把黑砖轻轻放到旁边时，原来位置的底部显现出一个黑色金属盒子的轮廓来，盒子盖闪现出光泽。盛大雷的心怦怦跳，他双手并用，从坭坑里把金属盒子取了出来。这只盒子很沉，像一个微型的保险箱，严丝合缝，正前方有一个小钥匙孔。盛大雷拿出上次在北京家中意外发现的钥匙，捅进去，左右试着旋转，咔嚓一声，盒子盖弹开，翘起来5厘米宽的缝隙。

盛大雷深深呼吸了三次，左手遮挡着盒子上方的雨，右手掀起盒子盖。他有预感，埋在自己母亲墓碑下面的这个盒子里的秘密一定是一个巨大的秘密。

· 6 ·

"你在哪里呢？"老刘打电话过来时，盛大雷已经回到出租车上。

刚刚他像落汤鸡一样抱着东西上车时，司机再次用语言和表情表达了各种不满，反复强调自己的车子昨晚才刚里外清洗过。

"有事吗？"盛大雷觉察出异样，老刘一般给自己打电话都是开门见山，从来不啰里啰唆先打听这些。

"你在什么地方呢？能来局里一趟吗？"老刘的声音在车外的雨声中显得遥远，还有疲惫与无奈。

盛大雷立刻想到了自己在清北大学甩掉的那根尾巴，心里大概猜出了原因。

"晚上吧，我现在有点儿事儿。"盛大雷着急挂电话，含糊道。

"松原的路我不太熟，你多看着点儿啊！"司机满腹情绪。

盛大雷赶紧挂断电话，但是他知道电话那头一定听到了司机的这句话。不过，没关系，他这次来松原的目的地很快就要到了，盛大雷给司机指路。

泥泞中，车子油门不减，司机想赶紧完事儿，打道回府。车子到了松原人民医院，盛大雷进楼时，看到门口有专门装雨伞的塑料袋，便扯下两个套在了手中的箱子上。

他向问询台问清楚了地方，然后乘坐电梯到五楼，辨认着科室的名称，走到了走廊尽头一个安静的拐角处，牌子上写着"档案室"三个字。

盛大雷敲门，很快出现了一个戴着眼镜的胖老太太。老太太显然很惊讶，会有人来找自己。估计她是医院的临时工，也没有穿白大褂。盛大雷说明了自己的身份和来意，老太太不耐烦地说要请示下院领导。

她刚拿起座机话筒，盛大雷已经看到在只有10平方米左右的屋子里仅有的一张桌子上摆着一台老式的黑色联想电脑，屏幕定格在一个男女对话的场景，看来这份工作在医院中还是很清闲的。

"阿姨，您上班看电影好像不太对吧！领导知道吗？"盛大雷客气中含着威胁。

老太太扶扶眼镜，手中的话筒略垂下来，按了三个键的手指也悬在了空中。

"你们这些年轻人哪里知道我们这个年纪的老人找份工作有多难！看你也不容易，我就帮帮你吧！"老太太把话筒扣回原位，站起身，绕到椅子后面墙角前的一扇小门，从口袋里掏出钥匙，开锁，开门，进入了库房。

盛大雷坐在电脑前，迅速打开网页，给李超特发了一封邮件，又即刻退出网页，站回原位。这时，老太太已经从档案室里出来了，抱着一个褐色的档案盒，嘴里嘟囔道："你只能在这里看，不能带走，否则我就要向领导报告了！"

盛大雷把档案盒直接摊在桌面上，快速地翻阅里面的档案资料，直到最后一份档案才让他眼前一亮。他摊开这份档案，趁老太太不注意，拿出手机迅速地拍照，然后把资料合上，插进那一大摞资料中，放回档案盒，递还给了老太太。

盛大雷说完谢谢，转身离去，上了车，催促司机赶紧回清北。

车子开出医院门口，刚刚转到马路上，他就看到斜对面一辆警车冲破雨幕，溅起水花，一路飞驰，盛大雷从反光镜中看到那辆警车开进了医院。

李超特收到盛大雷的邮件后，在清北大学门口等了近一个小时才接到盛大雷，帮着盛大雷把余下的1400元车钱结了。

清北这边到了傍晚才开始星星点点地下起雨来，现在已近9点，雨势也骤然变大，路上几乎没有行人了。

· 7 ·

两人爬上阁楼，阿迪竖着蓬松的大尾巴，颠儿颠儿地跑到门口欢迎主人。盛大雷这次回松原，就是为了寻找网上没有的资料，他把刚才在医院拍的照片传到了电脑上。

李超特递给盛大雷一副医用手套，然后自己坐在电脑前按部就班地忙活起来。盛大雷打开手套外面的袋子，双手套进黄白色的胶皮手套里，坐在旁边的凳子上翻看那个小盒子里的东西。

他先从盒子里取出一把手枪。这把手枪是中国自主设计开发的新一代自卫手枪，枪体由枪管、套筒、复进簧、套筒座、击发机和弹匣六大部分组成。这也是盛大雷在公安大学射击课上学习使用和练习使用的手枪。

这种手枪功能格外齐全，既有联动击发、空仓挂机、弹匣回闩和弹膛有弹指示等机构，也有安全保险、到位保险、自动保险和射击保险等保险结构。这种手枪的杀伤距离约为50米，如果把射程设定在25米，则可以射穿2毫米厚的钢板、4厘米厚的砖墙、7厘米厚的木板、25厘米厚的土层。

李超特回头瞟了盛大雷手中乌黑的手枪一眼，道："六四式啊！"

盛大雷点点头，把手枪放在身边的一张报纸上。

盒子里还有两本护照，照片上的人都是盛大雷，这张照片应该经电脑高手处理过，看上去就是盛大雷本人，但是又跟盛大雷本人的照片有些微的差距。

盛大雷分辨出修改过的照片使用的应该是自己大学毕业时的照片的底版。

上面的一本是褐红色封面的泰国护照，护照上盛大雷的名字是巴颂·乍仑蓬。

下面的一本绿色封面的护照，即使是盛大雷这个大学里学涉外警务专业的都没见过——瓦努阿图共和国（The Republic of Vanuatu），盛大雷的名字成了努契·阿德。

李超特凑向电脑屏幕，念道："瓦努阿图共和国位于南太平洋西部，属美拉尼西亚群岛，由83个岛屿（其中68个岛屿有人居住）组成。"

盛大雷盯着护照上红、绿、黑、黄四色构成的国旗，带有黑边的黄色横置"Y"字形将旗面分成三块，靠旗杆一侧为黑色等腰三角形，内有不明含义的图案；右侧为上红下绿两个相等的直角梯形。

"'横置'Y'字形表示该国岛屿的分布形状；黄色象征阳光普照全国；黑色代表人民的肤色；红色象征鲜血；绿色象征肥沃土地上生长繁茂的植物。"李超特指指国旗上不明含义的图案，照着电脑上的解释说，"这是猪牙，象征该国传统的财富，人民养猪很普遍，猪肉是人民日常生活中的重要食品；这个是树叶，叫'纳米丽'，是当地人民信奉的一种神圣之树的叶子，象征神圣、吉祥。"

盛大雷翻看两本护照时，分别发现在最后一页的签名处旁都有一组铅笔写着的号码。

李超特对着两组号码，一一上网查阅，得出结论："泰国护照上的号码是一个泰国注册公司的税号，瓦努阿图护照上的号码是一个银行账户。"

李超特看着呆坐在地上的盛大雷，提醒道："瓦努阿图是全球避税天堂之一，泰国有税号便可规避CRS等全球征税，"他怕盛大雷听不懂，继续补充道，"通俗来说，加入CRS，就要向所有成员国披露所有账号和税号，泰国是需要执行CRS的第139个独立主权国家，执行时间是2022年。在这之前，所有在泰国的资产，不管是用什么国家身份开的、什么国家的税务居民身份，在泰国都不会被发现……"

"是不是真的有问题啊？"盛大雷好像在自问，又好像在问李超特。

李超特给盛大雷递上一支烟，转身继续埋头工作。

两本护照下面是一张照片，照片显然是盛大雷母亲年轻时的半身像，这张照片盛大雷也是头回见。照片上的母亲眼眸水灵，神情飘逸，看上去应该也就十七八岁的样子。

盛大雷出生的时候就记得母亲在家照料自己，跟邻居也很少来往。母亲是做什么工作的呢？盛大雷到了23岁才提出这个问题，他以前居然从来都没有想过这个问题。母亲应该就是大家口中所说的"家庭主妇"吧，但是哪里有家庭主妇会有如此的气质？

"没有任何迹象证明你母亲当时出车祸身亡了。"当李超特做出这个论断的时候，盛大雷怔住了。

在医院档案室翻材料时，盛大雷已经看到资料显示，母亲出车祸那晚，确实住进了医院，但是第二天就被人接出了医院。李超特根据这些线索居然找不到那晚松原有过任何相关车辆事故的证据。

· 8 ·

盛大雷从李超特那里出来，已是凌晨，雨已停。他踽踽独行，站在清北大学的正门口，茫然四顾。一场雨带来了寒意，地面上堆积着薄薄一层落叶，黄色的、绿色的，大的、小的，叶片安静地躺在地面的各个角落，因为浸在水里，被路灯或车灯照耀，闪闪发光。夏天就要过去了。

盛大雷拦了一辆出租车，前往人民医院。他有那么多的问题要问，这些问题的答案或许只有躺在那里的那个人才会知道。

那个人与盛大雷血浓于水，现在显示的材料都让他看上去如此可疑。庞大而无法说明来源的财富、消失而无法证明已经死亡的妻子，让盛大雷这个警察儿子陷于疲惫与迷惘中。

出租车到了医院楼下，盛大雷就察觉到了异样。但是他视而不见，推门下车，穿过熙熙攘攘的门诊大厅，乘坐电梯上楼。

电梯"叮"的一声到达指定楼层，电梯门开了，老刘正冲着门口，右侧是吴新年，左侧是盛大雷不认识的一个男人。那个陌生人一看也是警察，"两杠三"①，他们都是来找盛大雷的，盛大雷知道。

警察身上都是有味道的。比如老刘身上的警察味儿带着浓重的军人气息，吴新年的警察味儿带着自我感觉良好的优势心理，另外那个男人明显长期在公安一线工作，警察味儿里带的更多的是杀气。

盛大雷不知道自己现在算不算是"自投罗网"，他现在根本顾不得考虑这些问题，拨开那个陌生男人和吴新年伸出的阻拦的胳膊，执拗地向重危监护病房走去。

病房门口的守卫比之前多了一个，除了上次盛大雷见过的那个瞌睡的协警外，还有一个年轻干练的小警察。这个小警察警觉地站了起来，双手向右侧腰

---

① "两杠三"是指三级警督的警衔。

间摸去。

老刘在盛大雷身后拦住了试图追上来阻拦盛大雷的两个同行，朝新来的小警察摇了摇头。

盛大雷没有看门口的两个人，而是直接推门进入病房。那个人还是跟他上次来时见过的一样，闭目，安静地躺着，病房里除了连接着各种电线的检测仪器声音外，没有其他的声音。

盛大雷拉过一把椅子，坐在床头，看着包裹得犹如粽子般的父亲，热泪涌出眼眶。两只手紧紧地握住插着针管的大手，那只手是抚养自己长大的手。

盛坤的手掌宽而柔软，指头很长，肉很饱满，盛大雷遗传了这个特点。他感受着那只手掌传递过来的体温，恨不得让自己的心跳带动另外那颗心脏有力地跳动起来。

盛大雷一言不发，默默地坐在病床前，背朝着门，不让人看到自己流泪，他控制自己的身体不要因为抽泣而有任何颤抖。

忽然，攥在自己手心里的手掌微微动了一下，盛大雷以为自己产生了错觉，他努力透过模糊的泪眼仔细端详自己双手中的那只手掌，小拇指确实在微微地抖动。

盛大雷想要大声呼喊大夫，又发现那双从层层纱布中露出来的双眼微微地张开了。这是盛大雷最熟悉的眼睛，那是他来到这个世上最早记得的眼睛，他知道，看到这双眼睛自己就是安全的，是不用担忧的。

盛大雷努力克制住自己的激动，脸憋得通红，他多么想呼叫大夫来，甚至惊喜地呼喊出声，让周围的人与自己分享这一刹那的幸福感。但是，他没有发出一点声音。因为他知道父亲眼神的含义，虽然那只是一个不易觉察的眨眼，但是紧跟着一个细微的眼球的左右滚动，他就明白了：父亲不让他叫人。

盛大雷紧紧地盯着那双眼睛，全副身心仿佛被注入了兴奋剂，他不再像之前那样恐慌、迷惘。

10分钟后，盛大雷觉得自己脸上沾染的泪水已经干涸，这时身后有人敲门，叫了声："小盛，出来吧！"那是老刘的声音。

盛大雷这才缓缓起身，他确定父亲的双眼闭上前给自己传递的信号是让他放心离去。盛大雷低头转身的一刹那，用袖口擦拭了下脸庞，坦然地朝着门口走去。

"刘队，我想跟您谈一谈，如果这几位也是为了我父亲的案子来的话，欢迎一起坐下来谈谈！"盛大雷站在病房门口，反手轻轻关上房门，温和地说道。

<h1 style="text-align:center">· 9 ·</h1>

在回市局的车上，盛大雷和刚才在电梯口等自己的三个人挤在一起，老刘开车，副驾驶空着，吴新年和那个陌生人夹着盛大雷挤在后排。刚坐上车时，盛大雷刚把手插到外衣口袋里，身边两个人就紧张了好一会儿，动作都僵硬了，后来看到盛大雷掏出手机装电池，这才松了一口气。

盛大雷的手机一开机，手机短信提示音就响个不停，老刘发的基本上都是催他回电话的，再就是丁海琳发来的短信。盛大雷要点开短信看内容时，先是左右逼视两人，两人若无其事地扭头看向车窗外，他这才低头看起来。

丁海琳就两个事情：一是当年那四个女红卫兵中，三个确实死于意外，第四个没有任何证据显示确实死亡，最后见到她的是在大炼钢铁时期二爷山的伐木工；二是北京静止酒吧门口卖花的那位小姑娘打电话来说又见到了那晚跟踪李翘的黑衣文身男子。

丁海琳的短信都是下午3点到4点发的，4点之后到现在都没有再发任何信息，因为她知道大家都在找盛大雷。

还有二爷山小学的小豆子用他们老师的手机给盛大雷发了一条短信："大雷老师，节日快乐！您很久没有来学校看我们了，我代表同学们祝您身体健康，工作顺利，保护好自己！"

盛大雷呆呆地看着手机屏幕，想了想，回复了一句感谢，并保证近期就去学校看大家。然后他调出宗翰海的微信号，一个字一个字地输入："宗队，祝您教师节快乐！"

到了市局，一行人进了刑侦支队的会议室。上楼梯时，盛大雷刚好遇到了夏璋。夏璋一改之前的冷嘲热讽，换了一副惊讶又惊喜的表情，好像要上前打招呼，又故作无奈地看看盛大雷身边的人，摇摇头摊开双手，让开了路。

盛大雷很清楚，看夏璋的表情也知道这几天他干劲儿十足，身体里迸发出了巨大的能量和热情，是被成功和即将到来的荣誉激发的。

一行人在会议室坐下，老刘向盛大雷正式介绍那个"两杠三"："这是北京市局刑侦总队的李爱国副总队长。"

盛大雷与那个人隔桌而坐，两人相互凝视许久。盛大雷突然站起身，绕到桌子对面，伸出手，热情道："李总队辛苦了！"

盛大雷的表现出人意料，李爱国起身，握手。他的椅子还在拉扯过程中被碰得向后仰倒，盛大雷眼明手快地帮他扶住。

盛大雷突然表现出来的主动与热情让在座各位不禁一愣。他走到饮水机处，像招待客人一样，给几位各打了一杯开水，摆到他们面前，然后自己坐下，饶有兴趣地观察着对面这几个人。

"盛大雷，这样，我代表部里先说两句吧！"吴新年想化被动为主动。

"您是我来清北挂职后到部里的吧？"盛大雷开口问道。

"说实话，8月1日的事情发生以后，我一直不知道部里包括北京市局对我是什么态度，部里让我停职，想必是为了支持北京市局办案，但清北找我回来协助破案也是经过部领导批准的，北京市局也是知道的，对吧？"盛大雷环顾周边三人，问道。

"大雷，我来把话都挑明吧！"老刘一直都是个实在人，不喜欢这样的氛围，"你父亲涉嫌制毒、贩毒，北京市局已经将多起相关案件并案侦查三年多了，但现在没有结案，也就是说没有任何人能断定你父亲就是罪魁祸首。部里让你停职，确实担心你父子连心，在这个过程中阻挠案件侦查，但是没有任何人认为你被牵扯到你父亲的案子里。"

"这次北京来人是来兴师问罪的吗？"盛大雷挑起一条眉毛，看着李爱国，问道。

"小盛，我应该算你公大的大师兄！我们认为你应该掌握了一些我们还没了解的情况，这些情况应该也都与你父亲的案子有关。"李爱国喝了一口水，口气也趋缓和。

"怎么不让潘东来呢？"盛大雷说出这个名字时，眼泪差点憋出来，要不是刚才在医院哭了一场，要不是刚才父亲给了自己力量，他真怕自己会控制不住。

"潘东现在退出这个案子了，另有安排。"李爱国波澜不惊。

看来潘东还是于心有愧，盛大雷不知心里是否应该感到安慰。潘东是青岛人，也是盛大雷在大学时最信任的学长，后来二人义结金兰。潘东毕业后在北京市公安局刑侦总队工作，盛大雷的父亲盛坤认了潘东当义子，随后刑侦总队发现了一系列毒品案件线索直指盛坤的春秋集团，于是刑侦总队副总队长李爱国便命潘东利用与盛大雷和盛坤的关系协助侦查。

盛大雷过后知道潘东早在一年多前就受命侦查自己的父亲时，痛不欲生，但是他从来不相信潘东是为了害自己和父亲才答应接这个任务的。因为盛坤的昏迷，案件侦查陷入停滞，盛大雷试图联系潘东，潘东迫于种种原因不接盛大雷的电话，仿佛人间蒸发了。后来盛大雷从校友那里侧面听说潘东出国执行一项特殊任务去了。

盛大雷前段时间去青岛住的那所老房子也是潘东原先在青岛的家。他不知道自己是去寻找过去兄弟感情的回忆和证据，还是为了"彻底诀别的纪念"。

"我们现在就想知道你上次回北京，还有昨天去松原，是否发现了一些线索。"吴新年不想再拖延时间。

"我不知道你说的所谓线索是指什么。如果我父亲这个案子在公安部也是挂号的，那部里和北京市局的精兵强将怎么会来问我这个毛头小子？！"盛大雷不满地看了吴新年一眼。

"小盛，我们不是来审讯你的，你也是警察，我们换位思考。"李爱国对于桌对面他眼中的这个愣头青感情很复杂。

"我在全力以赴侦破清北的三起女性被杀案，而且按照现在的线索和证据判断，大概还有不到十天时间，还会有一名女性即将被害。在这个时间点，你来追问我父亲的案子，我觉得时机并不恰当！"盛大雷理直气壮地说。

李爱国望向老刘，老刘喝了口水，道："大雷说的情况属实，我相信他的判断，而且现在留给下一个受害人的时间已经不多了。"

"这个案子不是已经侦破了吗？夏璋把结案材料都上报市局了！"吴新年显然认为老刘在替盛大雷推脱。

"我有不同的看法。"老刘解释说道，"盛大雷父亲的案子现在悬而未决，但是也没有紧迫到这几天的程度，这几天很可能又会有一起命案发生，这不是儿戏！"

盛大雷感激地看向老刘，这个在职场上打打杀杀半辈子从来没有戾过的男人，这个在仕途上一直不顺遂的男人，在关键时刻却能够挺身而出。

"小盛不想说，我也不催促。"李爱国显然对老刘的说法是认可的，他看着盛大雷，解释道，"我这次来清北不是专门来对你兴师问罪的，而是来调查其他相关线索的。这个时候遇见你，也不是行程之中的。"

"既然北京市局这样表态了，那我也跟领导回复一声。"吴新年显然有些不耐烦，他已经在清北待了一个多月，啥进展也没有，还四处碰壁。

"明人不做暗事，你们二位能不能向各自领导汇报，在清北系列命案真相大白之前，不要再监控盛大雷了？"老刘再次明确提出这个要求，盛大雷感动得鼻子一酸。

"我接受您的意见！"李爱国想起上次秦臻跟自己说的那番话来，作为侦办盛坤案的北京市局负责人，他能拍板。

"盛大雷本来就是我们部里的同事，如果领导同意，谁愿意来做坏人啊！"吴新年说的也不是假话。

· 10 ·

盛大雷回到家，没有开灯，借着窗外的夜色，穿过拥挤的客厅，回到卧室，倒头就睡，一夜无梦。

丁海琳正在一个诡异的梦境中战栗。梦里的她觉得自己死了，因为她看到了一具尸体，头发被一根绳索捆绑着吊在一个看不见的黑暗高处，面目狰狞。她从来没有见过这样的自己，胸前和下颌之间支着一把"双头三叉戟"，她见过太多人死，但是她从来没见过自己死。梦里的她开始考虑如何处理后事，甚至安排好了顺序，先通知年迈的父母，再通知原先的战友，连心里一直爱着的那个他的魂魄也来参加追悼会，黑压压的人群都低头站在自己悬挂着的尸体前，盛大雷哭了，还有手捧一束白玫瑰的鲁大民……

丁海琳想让自己从梦中醒来，调动了全部的理性告诉自己这一切只是梦，她用尽了全身力气也调动不了浑身任何一块肌肉，她只能无力地看着自己狰狞的尸体，上面被覆盖上了国旗，沉默不语的人们围成一圈，无声哭泣……

盛大雷躺在床上慢慢地舒展四肢，慢慢睁开眼睛。窗外天色阴沉，下雨了，窗玻璃上雨点流淌下来，犹如一道道泪痕。

盛大雷拿起手机，已经是下午1:55。他起身倚坐在床头，双手兜着后脑勺，呆呆地看着窗外。这样的天气很适合回忆。

有人朝自己笑，自己高兴一天；有人骗了自己，自己就会生气，喝顿酒也就好了。喝酒、打闹、横冲直撞，等等，都是学生时代的任性所为，只是因为年轻。

与工作两年时间里的经历相比，之前真是太天真，那些烦恼现在看来都不值一提。过去的这两年才真是如同一场大梦。自信满满地迈进公安部的大门，带着光环空降清北，工作中如鱼得水，别人可以看不惯自己，但是不敢小瞧自己……

这一切都是表面，等到脆弱的表面被揭开，才发现到处都是疮疤。大学时最信任的学长最终利用了自己，从公安部到清北挂职现在看来都像是一场"调虎离山计"。平日里的同行合力蒙蔽自己，学长甚至是参与抓捕自己父亲的核心成员之一，而父亲如今躺在重症监护室月余……

"咚咚咚……"有人轻轻地敲门。

盛大雷从回忆中回到现实，隔空喊了一声："自己开门进来吧！"他知道是谁。

"来送慰问餐？"盛大雷开口问。

"午餐！还是馄饨，放外面桌上了。"丁海琳回答，人还站在原地。

"我在青岛的时候，你就来过我这儿吧？"盛大雷突然问道。

"嗯，那时候就跟后勤配了钥匙。"丁海琳直言不讳。

"来调查我，还是因为对我有其他兴趣？"盛大雷掀开薄被，站在厚厚的地毯上，蹬上裤子。

"主要是为了熟悉你，因为有预感要跟你合作。"丁海琳背光站着，盛大雷看不清楚她的表情。

"熟悉了吗？"盛大雷站起身，紧了紧警用腰带，趿拉着鞋，往客厅走，自觉地打开桌上的塑料碗，低头吃起了馄饨。

"你该先喝杯温开水再吃。"丁海琳还是白衬衣、牛仔裤，但语调与往日不同。

"你今天怎么怪怪的？昨晚没睡好？"盛大雷喉结一动，咽下一个馄饨，抬头看着丁海琳。

"你今天有空吗？"丁海琳这话问得更奇怪。

"今天已经过去一半多了，剩下的时间还好。"盛大雷低着头，闷声闷气。

"请你看场电影怎么样？"丁海琳的倡议让盛大雷吃了一惊，他霍地抬起头，现在时间都紧迫到什么程度了，还有时间看电影？

丁海琳的表情有些扭捏，她若无其事地看着白板上新贴的资料和新出现的字和图案。怎么两天没见，跟变了个人似的！盛大雷心里纳闷儿。

"我都可以啊！只要刘队别催活儿。"盛大雷端起碗，仰头把馄饨汤喝完，满意地舒了一口气，抹抹嘴道。

"咱俩走到电影院，怎么样？"丁海琳提议道。

真是见鬼了，她今天这是怎么了？盛大雷微微摇摇头，站起来，晃向卫生间道："你稍等！"

盛大雷在洗手间洗澡的时候，发现雨已停，但走着出去不见得是明智的。他从卫生间出来时，看见丁海琳坐在桌前翻看那本《繁复世情，璀璨江湖》。盛大雷从衣橱里挑出一件蓝色的长袖T恤套上。

"能穿白色衣服吗？"丁海琳合上手中的书，歪头问道，表情又变得很认真。

盛大雷无奈地笑笑，找出一件白色的长袖T恤套上，随口问道："刚才看到哪个部分了？"

"杨康与穆念慈这章。"丁海琳已经看到这个章节的末尾，是引用了王小波的一句话结束的："似水流年才是一个人的一切，其余的全是片刻的欢愉和不幸。"

丁海琳轻轻叹了一口气，空气中的香皂味道却让她的情绪得到了舒缓，那种熟悉的味道令她怀念。

丁海琳合上书，抬眼打量盛大雷，建议道："能换条裤子吗？"

"OK！说实话，当年在公大上学时我就不习惯穿警裤，宁可穿作训裤，只是工作了却不再发作训裤了。"盛大雷找出一条灰色发白的牛仔裤，转过身去换上。

两人刚出楼，恰恰遇到当天休息的市局政治部的那名女民警，朝着他们俩嘿嘿一笑。丁海琳礼貌地点点头，盛大雷出了院子才回味过来，刚才女民警的笑很酸。

清北这座城市的历史可以追溯到金代，原是女真人生活的地方，据说清军入关后把这里划为清朝的龙兴之地。只是这座城市在20世纪的国企改革中，逐渐呈现颓势，经济萎靡不振。即使中央采取了诸多振兴策略，清北的整个精神面貌都没有得到根本扭转。这座城市里的年轻人越来越少，虽然近几年房地产热也烧到了这里，但林立的新楼群也遮掩不住这座城市许多陈旧腐朽的角落。

"我爷爷在解放战争的时候，曾经打过清北战役。"丁海琳说出这句话时，盛大雷还是有些惊讶。

"你爷爷是哪里人？"盛大雷想起上次丁海琳带自己吃她的家乡菜。

"山东，荣成。"丁海琳回忆道，"我爷爷还在世的时候，带我回过一次山东老家，那时候我还很小。"

"我以为你是金庸的老乡，浙江海宁人。"盛大雷有点儿糊涂了。

"我爷爷是山东人，在东北打仗，后来南下，定居海宁。"丁海琳言简意赅地解开了盛大雷的迷惑。

"那山东还有亲人吗？"盛大雷听父亲讲过自己的爷爷，当年是从山东闯关东来的东北，定居松原。

丁海琳摇摇头，道："山东还有几个远亲。哎，咱们在这儿看吧！你来挑一场，我请客！"她指了指面前的影城。这是今年元旦才开业的电影院，地处清北市中心最大的商业综合体的楼顶，也是清北唯一一家有巨幕放映厅的影院。

盛大雷喜欢看中国的武侠片和好莱坞影片，赶巧还有10分钟开场的就是《了不起的盖茨比》。

因为还没到下班时间，这场电影观众很少，加上盛大雷和丁海琳两个人，总计也不过六个人，另外两对男女显然都是情侣。

这部电影根据菲茨杰拉德的同名小说改编。放在以前，盛大雷或许会对这部电影感觉迷惑，甚至不知所云，但是今天他坐在电影院里，却完全沉浸于故事中。

男主人公盖茨比希望得到金钱和名誉，但是，他又放不下失去的爱情。他在商界呼风唤雨，但是对旧爱黛西，还是像孩子看见自己心爱的礼物那样，想要紧紧抱在怀中，但又害怕受到伤害，这样的小心翼翼，使他手足无措。

盛大雷看到盖茨比盖的豪宅，看着他的奢华生活，还有他的孤独，不知为何就想起了自己的父亲。

父亲是不是也像盖茨比一样拥有着来路不明的巨大财富，但内心又有着无法填补的情感黑洞呢？

盛大雷想起自己家在北京的那些套豪宅，尤其是玉渊潭公园旁边的那套房子，还有床头挂着的一家三口的照片。

盛大雷看到盖茨比面对已成人妇的黛西时的举足无措与苦不堪言，仿佛自己被代入了莱昂纳多扮演的角色，每一分的痛楚与绝望都是那样痛彻心扉。

盛大雷想起了大学时那些天真的等待、冲动的惩罚、激动的泪水、孤独的夜晚。

盛大雷想控制自己的眼泪，但泪水还是在黑暗中默默滚落，浸湿了他的脸庞和领口。

最悲情的是所有的繁华最终化为过眼云烟，死去的盖茨比被所有人遗忘和抛弃了。

电影的魅力如同音乐一样，可以勾出你心底的弦音，让你进入时光隧道，让你进入幻想世界，让你找寻共鸣，让你哭笑。

令盛大雷惊讶的是，丁海琳的眼睛暴露了她的泪水流得一点都不比他少，即使她在不易觉察的情况下压抑住哭泣的声音并拭干了泪水。

盛大雷不知道丁海琳的眼泪为谁而流，也不知道为何而流。看完电影，两个人坐在影院楼下的音乐串吧，这才是清北当地人最喜欢的饮食。

"谢谢你请我看电影！"盛大雷倒满啤酒道。

"让我接受你的谢意可以，这顿饭得我请！"丁海琳把手中杯子一推，与盛大雷的杯子碰出声响，先喝了。她喝酒的动作很痛快，没当过兵或警察的姑娘很少有这种豪气。盛大雷很欣赏，什么都没说，一口把酒干了。

"发工资了？"

"发了！干公安的第一个月的工资！"

"警服还没发？"

"还没呢！"

"前段时间来清北找你的姑娘，是你喜欢的吧？"丁海琳递给盛大雷两串烤鸡翅。

"曾经是。"盛大雷低头，啃着外焦里嫩的鸡翅。

"你和她还有希望吗？"丁海琳打破砂锅问到底。

"不知道。我现在这种情况，没心思想感情的事。"盛大雷独酌一杯，头也没抬地问道，"能喝白酒吗？"

"可以，我陪你！"丁海琳豪气地招招手，向服务员点了一瓶当地的白酒——二爷山。两人也没换杯子，用扎啤杯均了一斤白酒，频频举杯。

几两酒下肚，盛大雷口中迸出一句："我的生活碎了！"他眯着眼，盯着面前碟子里的花生米，继续道，"我觉得自己是一个不祥之人，生日当天，清北死人，亲爹重伤。还有我认为是亲哥的人，还有周围所有我信任的所谓战友，全他妈骗我！"

"他们也有各自的无奈，比如纪律，比如法律。"丁海琳看着面前这个说他自己"生活碎了"的大男孩，知道这种安慰很无力。

"警察不是人吗？不应该诚实吗？"盛大雷的嗓音突然高了起来，盖过了串吧里的背景音乐和喧哗，吸引来许多目光。

"是人！但不是普通人！"丁海琳斩钉截铁地说，她的双眼或许是被酒精染红了，泪凝于睫，突然说道，"不是只有你懂感情！许多懂感情的人连活着的机会都没有了，你却总是在抱怨！"

盛大雷愣住了，茫然地看着情绪激动的丁海琳，她从来没有如此不冷静啊！

今天是"9·11事件"发生十二周年，难道她是为那些在美国本土发生的恐怖袭击遇难的近3000人鸣不平？不至于如此激动吧？！

丁海琳顾不得擦眼泪，颤抖着把手机递到盛大雷的鼻子前，左手滑动屏幕道："你看！这都是我牺牲的战友！牺牲了！他们都死了！你还活着！"

盛大雷呆呆地看着面前一张张划过的照片，一个个生龙活虎的彪悍战士，笑容灿烂。盛大雷的眼泪又流了出来，举起杯，把杯中剩下的白酒全都灌进了肚子里，像点燃了一条导火索，一路烧向身体深处……

"我告诉你我为什么转业来清北，你想听吗？"丁海琳终于要解释今天她异常举动的原因了。

盛大雷点点头。

"我当时读特警学院，我大一，他是我的教官。军校不让谈恋爱，更不可能允许师生恋。"丁海琳陷入了往事的旋涡，继续说着，"我从来没有见过那么特别的军人！你没见过他大比武时有多么帅气！他热爱音乐，喜欢钢琴、小提琴，爱读书……"

虽然军校的纪律是那么严苛，但是爱情故事本身又是那样简单，在军校里与老师相恋，共处的日子不多。丁海琳记得最后一次与爱人见面时，她已经研究生毕业。他紧紧拥抱着她，信誓旦旦地让她等他回来。

他承诺这次任务回来就打转业报告。之前，他已经跟领导提出了自己的意向，领导也完全理解和支持，按常规安排就是转业回他的老家。丁海琳承诺追随他，愿意今后到他的老家清北工作和生活，与他生儿育女，快快乐乐。

军营里的爱情是稀少的，也是珍贵的。因为无法肆意地挥霍情感，所以额外珍惜在一起的时光，并对未来寄予更高的期望。

"就是今天，去年的今天，他的飞机出事了！那次飞行任务本不是他的，战友生病，他主动承担的！"丁海琳手背擦拭眼泪，泪水从她纤细的手指尖渗出。

"他15岁就考上了大学，只比我大3岁！"丁海琳把哭声压抑在喉咙里，道，"我心里很难过，也很想他……"

盛大雷第一次见到丁海琳泪如泉涌，他相信她心目中的爱人是完美的，绝无任何浮夸的成分，只可惜天妒英才。

盛大雷突然意识到，世上不幸的人那么多，自己并不是最悲惨的。当你自认为自己是世界上最悲惨的人的时候，你还不明白这个世界从来没有缺少过悲伤与痛苦。

盛大雷的泪水大颗大颗地滚落，他唯一能做的就是坐到丁海琳旁边，紧紧地抱住她。

……

与此同时，老刘和老伴儿正在家楼下的路口烧纸，两人此时更显老态龙钟。

老刘的老伴儿抹着眼泪，向火里递一张张软绵绵的黄色的纸，泪眼婆娑道："儿啊，你安心啊！爸爸妈妈都记得你，你在上面要照顾好自己啊！"

老刘在旁边沉默不语，只是拎起一瓶二爷山白酒，绕着烧纸堆洒了一圈。流在心底的眼泪更苦更涩。

· 11 ·

盛大雷站在路边，看着丁海琳乘坐的出租车消失在夜幕中。他从起初陪伴丁海琳伤痛、喝酒，到刚才从店里出来，他越发下定决心，知道自己该做什么了。他再次去了清朗别墅。

林木环抱，这栋房子是清朗别墅区位置最佳的一栋，但是没有人住。盛大雷站在65栋别墅院子外，打量着这座外表与旁边其他别墅一模一样的房子。一模一样的是建造时的图纸变成现实的基础外表，但是这栋房子经过两年多的时间还是显现出了与其他房子不同的特征来。房子所有的窗户都被厚厚的窗帘遮蔽，房前院里的花草也因为缺乏修剪和照料而显得凌乱、荒芜。

这栋房子距离当时吊着李翘尸体的那棵大松树最近，而奇怪的是那棵大松树的枝叶较旁边的其他树木要萎靡得多，树顶的细树枝上的叶子居然已变黄。这个季节，还是松树生长的旺盛期，但是这棵松树好像已经灵魂出窍，余下的躯体也正在死去。

邻居从来没有见过这栋房子有人进出过，在这个高档别墅小区里，还有几栋这样的房子。依靠房地产拉动经济的发展模式在清北也十分常见。物业登记这栋房子的主人原来是清北本地富豪，两年前购置了这栋别墅，并未入住，已于去年全家移民加拿大。

丁海琳反馈给盛大雷的信息是，房子的主人移民后没有任何回国的入境记录，通过与其联系也确定他并没有把这栋房子的钥匙给过任何亲友。

盛大雷绕到房子西侧茂密的冬青丛，找到一个枝叶较为稀疏的位置，手脚并用，强行穿过。进了院子后，他也没有拍打灰尘，猫着腰绕到了房子的后面。

别墅后门是一扇褐色的安全门，盛大雷暗中用肩膀发力，用力顶了顶，门纹丝不动。他放弃了后门，双手抓住后门旁边窗户外的防盗栏，双腿蜷起，斜着踏上防盗栏，然后重复动作，爬上了二楼处于同一垂直位置的露天小阳台。

盛大雷翻身跳入二楼小阳台，拧阳台白色塑钢门的银灰色球体把手，球体晃动了一下但是没能拧开。

这种门锁比楼下防盗门的锁好开得多。盛大雷从口袋里取出一个巴掌大的黑色小盒子，从里面取出一枚大号曲别针，把曲别针掰直，尝试着将曲别针插入球体把手上的钥匙孔，左手扶着球体把手，右手转动曲别针，耳朵凑近把手倾听。

盛大雷听到了熟悉的弹簧伸缩的声音，脸上出现了一丝笑容，锁"咔嗒"一声被打开了。盛大雷侧身进屋。

这间屋子空无一物，空气中有沉积的灰尘味。盛大雷穿过屋子，趴在屋门上倾听了一会儿，这才轻轻打开门，门外是二楼走廊，一层共四扇门，都是紧闭着。

盛大雷探身俯瞰，楼下客厅倒是有一组沙发、一个茶几，还有一组电视柜，都盖着白色的布。在他确定房里没有任何声音时才慢慢地沿着楼梯一步一步地挪下楼。

他检查了一楼各个房间，没有人。盛大雷最后打开一楼的厕所门，用手机手电筒照射上下左右，走到马桶旁，掀起马桶盖，向里面照射，他的心一动。

一年多没人住的房子里马桶里的积水依然很多，按照马桶壁上水渍的痕迹，只比平日里冲马桶后余下的清水的水位低了两三毫米。这说明这栋房子有人来过，而且使用过这个马桶，时间应该也不过是这两个月。

盛大雷又照射洗手盆，发现水龙头与白瓷盆的连接缝隙里有些许泥沙残留，盛大雷用右手食指沾起几颗沙砾，凑到眼前细细查看，然后转身出了厕所。

盛大雷站在厕所门前，再次照射一楼的各个角落，地面十分干净，干净得让人无法相信过去的一年多时间里这里没有人来过。

手机手电筒照到盛大雷脚边时，他发现紧挨着厕所门的房间有一扇白色的门，门的颜色与墙体过于接近，门把手隐藏在门左侧与墙体接触的位置一个不起眼的凹槽里，人的手指可以伸进去。盛大雷伸进手指，轻轻一勾，门悄无声息地打开了。手机手电筒的光线下是一段通往地下室的楼梯。

楼梯依然干净得好像被人擦拭了无数遍。盛大雷小心翼翼地贴着墙壁，猫着腰向下走。

地下室层高不到两米，盛大雷如果不低着头，几乎就要顶到天花板。不仅是高度让他感到压抑，还有无法目测的室内面积挤压着他。除了中间能勉强通过一个人的狭小通道，屋子里的所有空间都被一个个水泥袋堆满了，墙角还有装修余下的一些材料和简易工具。

盛大雷顺着堆积的水泥袋留出的通道，向前走，发现尽头是一段简易的用支架搭起来的楼梯。盛大雷俯身照射，下面不再是一个房间，而是一个地道。

盛大雷甚至听到了一种声音。这种声音他第一次听到还是在青岛实习时。当时他巡逻到一个旅游纪念品商店，好奇地看着一个大海螺。店家当时笑着让盛大雷把海螺的开口处贴到耳朵上，他听到了一种声音，一种遥远的带有海浪起伏的细微的嗡嗡声，就是那种遥远而生动的声音。

盛大雷踩着地道里软软的泥面，那种声音变得更加清晰。他看到地道里有许多凌乱的脚印，但是没有鞋底纹的印子。显然是用特制的鞋套包住鞋子才会出现这种脚印。

盛大雷从裤子口袋里摸出一把零钱，里面最大面额的是一张50元的钞票。他比照着其中一个比较明显的脚印，让钞票的一头跟脚印底并肩齐平，然后用手机拍下了几组照片。脚印的主人应该个头不小，因为脚印的轮廓很大，盛大雷心里做出简单的判断，顺手把钞票塞回裤子口袋，继续沿着地道向前走。

整条地道的四壁粗糙，显然是人工挖掘的，但是很宽敞，盛大雷弯着腰也能顺利通过。越往前走，脚底的泥越松软潮湿，他甚至听到了水流声。整条通道应该是整体在向下倾斜。突然，前方出现了微弱的光，应该是一种自然光，盛大雷加快脚步，他已经看到了地道的出口。

当盛大雷钻出地道出口时，他吃惊地发现自己站在一个巨大的水泥管道中，脚下有10厘米左右深的水流。

盛大雷站在水泥管道的一端。管道出口的底部实际上已经与整个湖面持平，站在这个角度看整个人工湖，有种黑魆魆的压迫感。湖对面高楼林立。

盛大雷反身爬上人工湖堤坝，抬头一看，自己已经身处清朗别墅的围墙外，而自己现在所站位置的马路对面就是之前那根编号"0826"的电线杆旁。

盛大雷掏出手机打给丁海琳，道："海琳，你安排技术队到清朗别墅65号，这里有一个地道……"

盛大雷挂了电话，静静地站在马路边，脑海中开始浮现出一个画面：那个人从下水管道把李翘的尸体运进地道进入65号别墅，再挂到松树下，轻松伪造爬墙运尸的现场，然后原路返回。

8月1日凌晨，当盛大雷冒雨赶到清朗别墅，和其他同事站在树下端详李翘的尸体时，那个人或许正站在65号别墅的窗帘后，冷冷地看着下面忙碌的警察，抑或满意地笑出了声……

· 12 ·

"哈哈！您过奖了！这都是我该做的！"丁海琳从走廊里穿过，路过夏璋办公室门口时，门没关，她又听到了这段时间频繁响起的笑声。丁海琳目不斜视地向前走，夏璋挂了电话，喊道："小丁，你来一下！"

已经走过夏璋办公室门口的丁海琳停下脚步，面无表情，走到夏璋办公室门口。

"来来来，小丁！这段时间太忙，也没跟你好好聊聊！"夏璋起身，绕过自己的那张办公桌，热情地走到办公室门口。

"夏队，有事您指示。"丁海琳挤出一丝笑容。

"坐坐，进来坐！"夏璋指引丁海琳坐到桌旁的沙发上，又去倒水。

"夏队，您别忙了！我不渴。"丁海琳客气道。

"你下一步打算去哪个业务队啊？总在办公室待着也不是回事！"夏璋坐回办公桌后，向椅子后面一靠，给自己点上一支烟。

"一切听领导安排。"丁海琳说这话都习惯了，军人出身，服从是天性。

"老刘明年底也快退了，你以后还得上进啊。你是特警学院的研究生，总不能在清北待一辈子吧！努力以后来公安厅吧！"夏璋吸了一口烟，看上去好像为了丁海琳的前途眉头紧锁，费尽了心思。

丁海琳之前遇到过这种领导，一跟属下谈工作，就立刻摆出一副忧国忧民的脸面，或许这就是官僚嘴脸吧。丁海琳对于这种旁敲侧击、若有若无的问题很憎恶，盘算着是起身离去还是虚与委蛇。

"近来你常去盛大雷宿舍吧？"夏璋的脸在烟雾缭绕中诡异地笑了。

丁海琳想起，有几次从盛大雷宿舍出来，政治部那个女民警暧昧的笑，又想起了这几天自己来队里，有的同事看自己的眼光好像充满了调侃和戏谑。

夏璋见丁海琳低头不语，觉得自己戳中了她的软肋，便把语调放低，推心置腹道："你这个年纪虽然在清北属于大龄了，但是显得年轻，没必要这么着急嘛！"

丁海琳突然觉得恶心，太恶心了！她裤子口袋里的手机振动了几下，几乎与此同时，夏璋办公桌上的奶白色固定电话也响了起来。

夏璋凑上前去，低头看来电号码，突然坐直了，朝着丁海琳摆摆手，道："小丁，你先忙吧！局领导来电话了，帮我把门关上。"

丁海琳关门时，看到夏璋低头对着话筒说着什么，另外一只手捂着话筒。丁海琳掏出手机看看微信，刚才的无故污蔑让她情绪低落，但是看到这条微信，她心情稍微好了些，快步走出市局大门。她远远地看到马路斜对面站着一个人，潇洒地笑着，怀抱一大捧白色玫瑰花。

上次收到鲁大民送的白玫瑰，丁海琳就想起张爱玲说过的那句话："娶了红玫瑰，久而久之，红的就变了墙上的一抹蚊子血，白的还是床前明月光；娶了白玫瑰，白的便是衣服上沾的一粒饭渣子，红的却是心口上的一颗朱砂痣。"

好在，鲁大民并未婚娶，谈不上红玫瑰和白玫瑰什么的。丁海琳很喜欢见到鲁大民，心里很温暖，一种类似于之前男友带给自己的感觉。

"你怎么又来了？"丁海琳接过鲁大民递过来的花束。再刚毅的女人见到爱自己的男人，如果还恰巧不讨厌这个男人的话，都会流露出娇柔的女人味。

"这次在清北待几天，有一个项目顺便过来考察一下。"鲁大民满意地看着丁海琳，笑得阳光。

"你不会打算投资清北吧？"丁海琳拉着鲁大民走到一旁，担心市局进出的同事看到自己。

"为什么不可以呢？公司开过来也不是不行！"鲁大民歪头看着丁海琳，满心欢喜，潜台词是只要丁海琳开心。

"我这几天特别忙，而且要马上出趟差！"丁海琳说的是实话。

"你忙你的，我忙我的，你有空了告诉我就好！"鲁大民通情达理。

新时代的好男人，事业蒸蒸日上，待人接物潇洒体贴。

"你这次来考察什么项目？"丁海琳的脚步朝着公安局宿舍区方向快走。

"想扩大公司的业务范围，看看能不能收购清北当地的一家公司。"鲁大民跟随丁海琳的脚步特别轻松，这也恰恰是丁海琳喜欢他的一个细节。丁海琳当兵出身走路步幅大、速度快，很少有男人能追得上她，当然盛大雷的步幅也很大。

"大民，你先忙你的，我得空一定给你电话！"丁海琳看着马路对面的市局宿舍大院，低头抱歉地说。鲁大民今天穿的是米黄色的卡其布长裤，脚上是一双大号的褐色尖头皮鞋，他应该是埃及脚，而且是大脚，有句话说是脚大走四方，还有句话说脚大的人见识广，善交际。

"好好，你忙你的！我还住在上次那家酒店！你快去忙吧！"鲁大民有意无意地轻轻拍拍丁海琳的肩膀。

盛大雷站在窗台前，看着院门口马路对面的这一幕，心情略复杂。这时，他身后的电脑提示有邮件。他迅速转身。是李超特发过来的邮件，盛大雷打开邮件，眉头越蹙越紧。

丁海琳进门后，盛大雷没有提鲁大民。虽然两个人因为有了昨天的一场电影和大酒，有些尴尬，但是很快就调整得若无其事，起码表面上是这样。

盛大雷接过丁海琳递过来的一张纸，仔细端详着上面的一张电脑模拟人像。

这张画像是一个男人的上半身，一个国字脸的男人，连衫帽挡住脸，再配上一副墨镜，嘴唇也看不出什么特色。

盛大雷没指望从这张模拟画像上找出什么重大发现来，模拟画像师往往会习惯性地询问目击者嫌疑人是"国"字脸、"目"字脸、"申"字脸、"甲"字脸、"由"字脸、"丰"字脸、"甩"字脸，还是"用"字脸。这八种脸型中选一样作为推测颅骨大致轮廓的依据，当然，目击者眼中的胖瘦这些描述不过是"肉与骨之间的距离"问题。

"北京市局帮忙画的，两次都没有看到五官，只能画出脸部轮廓。"丁海琳指着根据卖花小姑娘提供的信息画出的模拟肖像，显然是最常见的"国"字脸，盛大雷也是"国"字脸。

丁海琳指着肖像旁另外一个图案，道："这次是傍晚看到的，所以露出来的一截文身就是'双头三叉戟'的一部分。他在北大西门路过，北京市局也专门派了同志去排查，这几天看看能不能再发现其他踪迹。你觉得是同一个人吗？"

"应该是。"盛大雷从一条烟中的底部掏出最后一盒烟，抽出一支，点上，道，"这个人一定跟清北和北京，包括大同都有关联。"

"你还是要少抽烟，这条烟抽了十天，一天一包啊！"丁海琳没想到自己也落入了这种关心别人的俗套。

盛大雷好像没有听见丁海琳的话，他正在盘算脑海中的一些线索，他心里觉得这个人应该跟松原也有关联。

"你拍来的脚印照片，我们测量后估计此人应该穿44～45码的鞋子。他鞋子外面的鞋套应该是一种厚布。"

丁海琳瞥了一眼客厅窗口的那块白板，又仔细打量对面那块白板，那块白板现在已经被贴满、画满了东西，白板背后的墙壁上也张贴着零乱的照片和资料，盛大雷只是没在墙壁上直接画线、写字。

盛大雷抬头，看着丁海琳正在端详墙面上的资料，主动说："我来说下我的分析吧！"

盛大雷站起来，用手在白板和墙壁上来回比画着，道："我们先假设第四个女红卫兵非正常死亡的话，清北过去有过两次与萨满有关的女性系列死亡事件，一次是1935年，一次是1970年，每次都死了四个人。"

盛大雷停顿了一下，把烟头在烟灰缸中摁灭，继续道："我们假设今年清北也会有四个女性死亡，现在知道的前三个已经死亡，按现在的推测第四个应该会在中秋节那天被害。"

"杀人手法相同，杀人目的现在不明，但是从第一个也就是李翘死开始，凶手就一直在提示我们。"丁海琳站了起来，站在白板的另一侧补充道。

"我们现在知道李翘、宋威和张景芳都曾在去年的8月8日那天在山西大同，我们应该可以推测凶手那天应该也在大同。"盛大雷迟疑了一下，道，"我们现在不知道即将受害的第四个女性是不是去年那一天也在大同。"

"李翘和宋威都是清北人，在北京相遇，可能互相不认识，然后去了大同。张景芳是松原人，之前就在大同工作，辞职后又在同一个时间段返回了大同。"丁海琳继续道，"但这三个人都在清北被害，如果她们的出生地没有明显相似性的话，那起码我们可以推测第四个女性被害人应该也会在清北遇害。"

丁海琳说到这里，想起了什么，继续道："想杀死吕澜的那个刘三，应该有人跟他讲过些什么，而这个人非常清楚杀人案的细节。"

"我们可以继续假设，刘三是在某人的蛊惑下试图杀死吕澜的，而这个'某人'很可能就是凶手本人，这个人也很可能就是杀死刘三的人。"盛大雷边想边说。

"这个人为什么要告诉刘三呢？为什么要节外生枝，多此一举呢？"丁海琳的问题恰恰就是盛大雷想问的问题。

"这是我唯一弄不明白的地方！这个人如果要把吕澜作为第四个被杀目标，完全不必利用刘三。如果说这个人是为了引开警方的注意力，嫁祸给刘三，也完全不符合他的风格。他从写第一封信给我开始，就已经拉开了游戏的序幕。"盛大雷脑海中想起李超特提供的一些信息来，说到这里，戛然而止。

"吕澜在酒吧里主动勾引过你。"丁海琳觉得这个词或许并不恰当，但也懒得再去做过多解释，"也就是说吕澜跟你算是有关系，杀李翘之前又给你寄过信，会不会宋威和张景芳其实跟你也有什么关联呢？"

丁海琳果然没有让盛大雷看走眼，她的猜测恰恰就是盛大雷现在的猜测。只是当这番话从丁海琳口中说出来的时候，盛大雷意识到有些事情并非自己的胡思乱想，很多事情或许真的会令自己不敢面对。

"针对你而来应该毫无疑问了，但是为什么呢？"

盛大雷茫然地摇头。

"你这儿有花瓶吗？"

· 13 ·

老刘总觉得面对盛大雷于心有愧，而对夏璋则是一种不喜欢。年过半百了，什么年轻人没见过！老刘希望自己不要凭借自己的经验随便对年轻人做判断。自从儿子牺牲以后，老刘开始反省自己是否对年轻人过于苛刻。

独生子牺牲前半年曾跟自己谈起转业然后结婚的话题，但因为自己这些年转业到公安后工作并不顺遂，所以他不同意儿子转业。当然，他给儿子的理由是：“年轻人要在军营里多历练。”

孝顺的儿子错过那次转业机会后，过了半年就出任务意外牺牲了。如今面对盛大雷时，老刘难免会寄托父爱。盛大雷虽然不成熟，但是那股劲儿跟老刘的儿子一模一样。盛大雷年轻气盛，做事情有时候会忘记考虑周边人的心情，但是夏璋则是另外一种路数。夏璋做事的目的性很强，基本上是有功劳的事会抢，苦活儿、累活儿、不被领导重视的事不沾。

“有其父必有其子”，不知道是不是放之四海而皆准，老刘想到了今早自己接到的一个电话。那是市局政治部主任打过来的，简而言之就是说，夏璋这次破获的杀人案引起了各级领导的高度重视，不希望听到刑侦支队内部再有“不同意见”。政治部主任正面说的是“要支持年轻人的成长”，潜台词则在暗示老刘退休前的副调研员职位与他对这起案子的态度很重要，因为“上面的领导很关心”。

人情电话，老刘这些年没少接，但大多数是为了老刘手上的涉案人员亲友的托付打过来的。那种电话好对付，法就白纸黑字地摆在面前嘛。然而，为同事表功的人情电话，这真是他二十多年从警生涯里遇到的头一遭。

以前遇到气急败坏的犯罪嫌疑人的同伙的报复和威胁的电话，老刘怕过，但是从来没有妥协过，但是对眼下这个电话他无法简单处理。

其一，老刘虽然支持盛大雷的判断，但是又没有绝对的把握，凭借的全是刑警这行干了多年的经验和感觉；其二，老刘有预感，这起案子如果按照盛大雷和丁海琳的侦破方向，吉凶难卜，后果难料。

老刘没有一丁点儿是为自己的仕途考虑的，年华不再，自己的职业现在已经看到了尽头，与其给自己的职业生涯一个交代，不如给自己的良心一个交代。中国人常说的“画一个圆满的句号”，就是显而易见的不看过程看结果的导向与取向，可惜老刘现在已经不在乎这个了。

其实，在市局政治部主任的这个电话之前，已经有人向自己透露了信息。前晚，老刘和市局里的几个同批转业的老战友一起聚餐。市局后勤处处长，也就是当初接替老刘位置的那个战友，酒酣之际，跟老刘推心置腹道：“咱们当年在军队时，老首长说的话你还记得吗？”

老刘怎么会不记得，其实就是那句尽人皆知的大实话——不想当将军的士兵不是好士兵。

"你知道咱们背了这么多年的这句话是谁说的吗？"老战友右手搂着老刘的脖子，左手拎着酒瓶子给彼此斟满。

"拿破仑！"老战友举起自己的杯子，主动跟老刘手中的杯子碰了一下，继续道，"拿破仑还有一句话你知道吗？不知道就先喝了，喝完我告诉你！"

老刘沉默地喝下了这杯酒，老战友一仰头一盅酒进肚，道："没有机会！这真是弱者的最好代名词。"

老刘乍一听，一时没反应过来这是老战友的话还是拿破仑的话。老刘回忆起那晚战友聚餐，自己按级别只能坐在末座。那位老战友之所以主动坐到自己旁边来，并不是因为当年在军队里时与自己关系亲近，现在想来他话里话外其实都是在暗示老刘支持夏璋。

只是老战友现在在机关做领导做久了，说话也开始点到为止了，也开始搞只可意会不可言传那套了。老刘想起前晚桌上的众人百态，心生悲凉。当年在军队里大家都亲如兄弟，出生入死，同甘共苦，而如今转业地方二十余年，变化令人叹息。

大家坐到桌上，自觉地按照现有的在社会上的级别对号入座，虽说酒桌氛围依然热烈，大家觥筹交错，还叫着当年的绰号或小名，但是从酒过三巡后的自由发挥开始，真实的一面浮出了水面。

领导级别高的、手掌实权的，被敬酒的次数自然多。即使是战友，祝酒词也不乏令人肉麻的恭维话。虽说有的战友并不庸俗，但是在这种场合下也不可能扭转什么风气和局面。这就是社会，改变了你我他，在不知不觉间。

老刘用热水壶往保温杯里灌水，保温杯里的枸杞在水流的冲击下上下翻腾，最终沉浮于杯中。老刘双手握着保温杯，盯着杯中被水浸泡得褪色、肿大的枸杞，很久很久。

他觉得自己就像一颗枸杞子，刚结出果子时是饱满的，然后被军队抹去水分而变得坚硬，进入社会后又被人情礼往浸泡而变得臃肿无力。

他放下杯子，又顺手把桌面收拾整洁。面前只摆着两个档案袋，封面上都没有字，老刘呆坐，沉思，然后把两个档案袋塞进右手边的抽屉里，拿起办公桌上的座机话筒，准备拨号。

办公室门被敲响，老刘还没来得及吭声，门已经开了，夏璋拿着一摞材料，痛心疾首道："刘队，您得看看这个！"

老刘把电话挂上，眉头一挑。

"刘三命案现场的报告！"夏璋翻到其中一页，双手放到老刘面前的桌上，用手指着说："真没想到，我现在还没有跟上面报，就等您指示了！"

·14·

"1，2，3，4……"李超特每数一个数都会用右手中指敲击下电脑桌。

"甭数了，你说吧！"盛大雷一抬下巴，下定决心一般。

"OK！"李超特打了一个响指，显然早就想要这个结果，说道，"这将是一个复杂而漫长的故事，但愿我的猜想没有太离谱，故事或许比我设想的还要复杂。"

"简单说，你查的这些案子，凶手都指向你，而且这些案子非常间接地都与你父亲有关。"李超特显然早已料到盛大雷想到了这些，继续说道。

盛大雷手一颤，烟灰跌落地面，阿迪不满意地"喵"了一声。

"确切地讲，凶手跟你父亲应该是有经济往来，而且时间不短了，指向你或许是表面，最终还是指向你父亲。"李超特端起旁边泡好的方便面，呼噜呼噜地吃起来。老坛酸菜面的油料散发出的味道，无孔不入，不一会儿就充满了整个小阁楼。

"你觉得这个人有什么特征？"盛大雷看着李超特吃了几分钟，又给自己点上一支烟，起身把阁楼顶窗撑开，问道。

"我觉得这人的年纪怎么也得跟你父亲年纪差不多吧，有二十多年的经济往来。"李超特举起紫色的方便面桶，喝了一口汤，回答说。

盛大雷皱了皱眉，他知道那个汤有多油多咸，之前他建议李超特点外卖，比如尝试下馄饨，但是李超特直接拒绝了，理由很简单：不想让人了解你，最好的办法就是尽量少在网上跟这个世界发生任何现实联系。

"他还得对历史文化有所了解，而且跟清北有密切关联。当然了，你们家搬到北京前，这个人肯定跟松原也有关联。"李超特打了个嗝，把方便面桶放在地面上，顺便把盛大雷面前当作烟灰缸的一次性水杯里的烟头都倒进了方便面桶里。

"我只是根据自己的发现做出判断的。你们警察的判断不一定会这样。"李超特招招手道，"我觉得你还是应该来看看这个！"

李超特转过身去，面对着电脑屏幕，打开一个页面。这是一个东北的风俗论坛，在8月13日凌晨2:02一个匿名人发帖讨论："萨满教杀人吗？"

盛大雷记起，自己就是那天离开清北去青岛的，当时被停职，接受调查十二天，什么结果也没有，什么结论也没有，自己负气出走。

"你看，下面这些回复里，有一个叫'独行者'的人回复了两次帖子。"李超特放慢拉屏速度，提醒盛大雷看清楚。

第一条内容是："杀该杀的人。"

第二条内容是："圣物惩罚。吊死示众。"

在这个"独行者"发的这两条内容前后还有几个人问细节，他都没有回话。最有意思的是匿名发帖人对其他答案都做了回复，唯独对"独行者"的回答没有任何回应。

"这个匿名发问的可能就是刘三，而这个'独行者'可能就是凶手。"李超特猜测刘三当时跟"独行者"私下联系了，所以在论坛上就没有必要再单独回应了，两人之间产生了一种默契。

盛大雷的手机突然响了起来，丁海琳来电："刚才松原市局反馈，夏璋发现的那个'刘三'叫刘成三，家里行三，松原长岭县太平山镇三教寺村人，曾因贩毒服刑七年，今年6月从省一监刑满释放，出狱后与家人都没有联系。"

盛大雷简单地跟丁海琳提了刘成三与凶手之前在论坛的关联后，挂了电话。李超特抿嘴笑。盛大雷大概猜到这个奇怪笑容的含义，但还是忍不住问道："你笑啥？"

"一是你果然没有把你父亲跟这些个案子的间接联系告诉她，二是你对她说话的口吻跟上次我见到的大不一样。"李超特边说边慢慢点头，笑容保持不变。

"大不一样？那当然！从陌生到熟悉自然不同！"盛大雷冷哼一声。

"我觉得没这么简单！"李超特接着说，"关于你母亲的事情，我觉得，你若想查清，还是有必要回趟松原，从当年那场车祸查起……"

"哪里来得及？！如果凶手给我留的信号没错的话，还有一周就要死人了！救人要紧！"盛大雷起身，摆摆手道，"我还得去趟清北大学！"

"我发给你的那些银行账目往来的证据，你不要给其他人看！进入那个系统罪可不小！"李超特看着盛大雷高大的身躯钻出自己阁楼的那扇小门，提醒道。盛大雷回头微微一笑，没有回答。

今天天气晴朗，偶有白云飘过，依然算得上秋高气爽。盛大雷加快速度，脑海中盘算着千头万绪，手机振动了两下，他拿起手机打开微信。盛大雷决定暂时放下思虑，让自己放松半个小时。

上次他问丁海琳压力大的时候做什么，丁海琳说的是运动，盛大雷说的是喝酒，其实他很清楚缓解压力的最好方式当然不是喝酒。所以，他打算这半个小时就去清北大学的足球场找厉宁踢一会儿球。

盛大雷到足球场的时候，厉宁已经跟七八个男学生踢起了小场。看着那个黑白相间的球腾空飞跃，在一双双腿脚间碰撞、穿梭，盛大雷突然感觉脚痒痒。他当年可是中国人民公安大学足球队的主力前锋啊！

盛大雷奔跑追逐了几分钟，那种感觉就回来了。他明显感到自己的体力没有以前好了，但是对付清北大学的这些豆芽菜还是不在话下。盛大雷任凭汗水在太阳的逼迫下从体内不断冒出、流淌。迎着风奔跑的感觉真好。

盛大雷投入地踢着球，根本没有注意到自己扔在场地外的外套口袋里的手机在不断振动。

· 15 ·

丁海琳坐在车上奔赴松原，她把副驾驶座位旁的车窗摇下四指宽的缝隙，风呼呼地涌进车里。

东北已有秋天的明显迹象。伫立在高速路两侧的柏树成熟的枝叶在艳阳的照耀下泛着光，像贴上去的一片片金箔。仔细看就会发现有些树叶已经泛黄，盛极而衰，是自然规律。

她出神地想起前几天自己刚去过松原，那次是自己开车，盛大雷坐在副驾驶位。男人都爱开车，因为喜欢征服感和控制感，这些特质在盛大雷身上都没有明显的痕迹。

"这辆车老了点儿！"鲁大民双手娴熟地握着方向盘，凝视着前方。

那是因为他没有见过刑警队的车子。丁海琳转过头来，再次打量了一下鲁大民开来的这辆黑色路虎揽胜运动版的内饰。

"路虎的品牌文化颇有些意思。"鲁大民爱车，对此刻的座驾更是如数家珍，"一是纯正，在了解过去和传统的同时，努力求新，始终走在时代的前面。这告诉我们不要忘本，始终充满追求的热忱和激情，坚持走自己的路，永不回头。"鲁大民说出这一条时，丁海琳心里觉得旁边这个男人或许就是这样的人。

"二是胆识，克服恐惧心理，自信有能力提高对生活的期望值，做事情要有明确的目的，认准目标，勇往直前，虽泰山压顶而其色不改，不达目的不罢休。"说到这一条时，鲁大民用余光看了丁海琳一眼。

"三是超凡，成为大自然的先驱者，既要有平常人的朴素情怀，又要有超脱凡俗的魅力，成为某方面的专家，卓然而立但又平易近人，在任何情况下都能应付自如。"鲁大民一口气说出这番话时，如果不是丁海琳了解他博闻强识，一定会以为他以前干过路虎销售工作。

"你还对什么了解得如此详尽？"丁海琳好奇地问道。

在聊天中，她知道，鲁大民除了有经济投资和企业管理的专长外，还喜欢驾驶、攀岩、心理。虽然社会上不乏优秀的人，但能像鲁大民这么优秀且谦逊稳健的就不多了。

"哈哈，对感兴趣的事情难免会投入精力研究，爱好多一些，人生更有趣，不是吗？"鲁大民指着远处一个服务区问道，"要不要下车休息下？"

车子拐进服务区后，丁海琳下车去洗手间。站在洗手盆前，她洗了一把脸，抬起头，看着面前的镜子，脑海中却是繁复凌乱的证据与线索。

这时，丁海琳的手机响了，是老刘。她接起电话，面色逐渐凝重，最后说了一句："我大概还有80千米到。"

挂了电话，她呆站在原地好一会儿，然后打出去一个电话，问道："现场勘验报告最快什么时候能出来？"

得到答案后，丁海琳掏出纸巾擦了擦脸，走出了洗手间。她若无其事地走向那辆黑色的路虎车，好像刚才既没有接到那个令她震惊的电话，也没打出去那个她迫切需要结果的电话。

车上没人，丁海琳四顾，发现鲁大民正站在一个水果摊前说着什么。她走过去，听见鲁大民说着地道的东北话："谢谢啊！"

他转过身来，手里拎着一塑料袋青提。看到丁海琳就在面前，他愣了下，笑道："给你买点儿水果，车上吃。"

"你东北话说得很地道啊！"丁海琳之前问过鲁大民是哪里人，他说自己是山东泰安人——盛产山东大汉的地方。

"我公司里的东北人带着全公司的口音闯关东！连我也未能幸免。"鲁大民尴尬地笑一笑。

两人上车，还是鲁大民开车。丁海琳一边看着高速路边掠过的广袤田野，一边吃着青提。提子还真是她喜爱吃的水果，上次吃提子还是与男朋友仅有的一次自驾游，去苏州旅行时。当时，两人在苏州租了一辆蓝色的 Polo 车，是男朋友开车，自己坐在副驾驶位上说说笑笑，吃吃喝喝。

丁海琳回过神来，想让鲁大民也吃一点儿，但是看他专注开车不可能腾出手来，如果自己喂他吃，未免显得过于亲近了。她正犹豫间，鲁大民目不斜视道："我不爱吃水果，帮我从后座上拿瓶水喝吧。"

这个男人居然能看到自己心里去，如此罕见，如此体贴。但是想到刚才那个电话，还有自己此行的目的，丁海琳觉得自己的心在往下沉，不知要沉到多么黑暗的深渊里去。

· 16 ·

松原之行非常顺利，丁海琳去了三个地方，拿到了想拿到的东西，也掌握了事情的基本情况。

她去的第一个地方是松原人民医院，见到了档案室那个戴眼镜的胖老太太，到了以后没有费任何口舌就拿到了一份复印材料，并了解了那天盛大雷来这里时的情形。胖老太太之所以态度积极，只是因为陪同丁海琳来的还有院办副主任和保卫科科长。

丁海琳去的第二个地方是油田职工大学家属院所在的街道办。

丁海琳看了下时间，就和鲁大民在路边的一家小饭馆吃牛肉面。丁海琳因为有心事，一碗面就吃了一半，而鲁大民连吃了两大碗。

按鲁大民的身价和品位，平日里应该不会来这样简陋的路边店吃面。但是他吃得津津有味，心满意足，这朴实的一面很是令人心动，这就是生活中真实的他吧。

街道办主任安排了家属院的前任居委会主任一起与她见了面。

丁海琳听着前任居委会主任大伯详细介绍了十几年前的一些旧人往事，并频频低头记录在本。表达一番感谢后，她又在居委会大伯的指引下，进入了职工家属院中的一栋楼，简单查看了位于三层西侧的一套面积96.7平方米的房子。

这栋房子的主人搬进来已经十二年了，热情地张罗留客吃晚饭，在丁海琳的坚持婉谢下才放弃，但一直把丁海琳一行人送到院门口才回去。

丁海琳的最后一站是松原市公安局。公安局刚刚搬到建成没几年的办公区，位于松原市沿江东路2777号，楼的外观是东北常见的政府办公楼，虽然高大，但称不上宏伟，细节粗糙，毫无特色。

鲁大民像去之前那两个地方一样，自己没下车，坐在车里等丁海琳，毫无怨言，毫无倦意。丁海琳心有歉意，但是也确实没办法带着他参与调查，有些事情涉及个人隐私和办案机密。

事情办完，松原市局同志说："快七点了，叫司机一起到食堂吃个饭吧。"

丁海琳心事多，不觉得饿，不想费口舌解释鲁大民不是司机，哪个公安局有能开路虎的司机啊！想了想鲁大民今天陪着自己大半天也没吃东西，她就给鲁大民打电话说在食堂吃口饭。鲁大民不知道是不想添麻烦，还是感觉到丁海琳确实不饿，坚决说开车回清北吃消夜。车子还没开出松原市区，丁海琳就接到了那个等了一下午的电话，心终于落了下来。

"遇到难处了？"鲁大民瞥了丁海琳一眼，问道。

"嗯。"丁海琳这一声语气词仿佛是从腹腔发出的，很沉重。

"案子再难办，毕竟是工作。而往往遇到最大困难的时候，你只需要坚持，转机随时都可能到来。"鲁大民以过来人的经验安慰道，口吻又让人听着那么信服。

"你骗过人吗？"丁海琳突然问道。

"谁要是说自己没骗过人，这句话就是骗人！"鲁大民笑起来，他显然觉得成年人不该提出这样的问题。

"如果你骗了信任你的人，心里会愧疚吗？"丁海琳再次抛出一个不成熟的问题。

鲁大民并没有失去耐心，他平和地回答："得看你骗他是为了什么，只要不是为了自己的利益去欺骗。"

丁海琳望着自己这侧的窗外，白天来时路上见到的高大树木现在看起来像一个个高大的魔鬼。车子向前疾速行驶，两侧大树由小变大，仿佛在向车子夹击过来。

"今天是什么日子啊？"鲁大民饶有兴致地问道。

"今天是9月13日，什么日子？"丁海琳一头雾水。

"黑色星期五，听说过吗？"鲁大民的眼中闪过一丝笑意。

"听说过，但还真不知道这个说法到底是啥意思。"丁海琳转过头来，等待鲁大民如数家珍地给自己讲故事。这段时间以来，她为他的博学而折服。

"这可不是学术研究，大多数都是西方的一些传说啊！"鲁大民凝视前方，继续道，"西方认为'13'是一个不吉利的数字，最典型的是背叛耶稣的传道者犹大是最后的晚餐的第13个客人，还有古罗马传说中聚集了12组巫婆，而第13个被认为是恶魔。"

"那这跟星期五有什么关系呢？"丁海琳忍不住问道。

鲁大民宽厚地挑挑眉头，用眼神安抚丁海琳让她不要性急，继续说道："耶稣被迫害的日子就是星期五，《圣经》学者还认为伊芙诱惑亚当和夏娃食禁果也是在星期五。"

"'13'加上'星期五'就好像是坏日子里的坏日子？"

"恭喜你，答对了！"鲁大民咧嘴笑了。

"这算迷信？"丁海琳突然有种不好的预感，心事重重地问道，她希望鲁大民告诉她这都不过是迷信。

但是鲁大民说："遇到黑色星期五，歌德只在家睡觉，拿破仑绝不用兵，俾斯麦不签署任何文件……"

"拿破仑兵败滑铁卢那天不是黑色星期五啊！"丁海琳发现了一个疑点，直指出来。

"不说那些久远的人和事，就说现在吧！许多保险公司的专家称，一周当中最有可能发生悲剧的时间就是星期五，而且不只是基督徒认为星期五不吉利，穆斯林也持同样的观点。"鲁大民的表情变得凝重起来。

"原本想恭维你博学多才，但关于这个'黑色星期五'我没法相信！"丁海琳如实表态。

"许多事情过后才能知道真相，当下不一定看得清楚，当局者迷吧！要不要来点儿音乐放松一下？"鲁大民微微调整方向盘，车子沿着环城高速路拐了个大弯。

鲁大民按下了CD键，钢琴的旋律冲淡平静，轻缓中偶尔透着那么一点点沉思。

"鲁宾斯坦？"丁海琳意外道。

"真正的肖邦代言人！"鲁大民随着旋律的节奏点点头，整个人都好像进入了音乐的河流。

"情之所至，金石为开。"随着《降E大调夜曲》结束，鲁大民感慨道。

丁海琳眼中的鲁大民对生命如此热爱，拥有优雅潇洒的容态，与鲁宾斯坦弹奏的肖邦夜曲如此和谐。

"鲁宾斯坦是个音色的魔术师，不仅在乐曲的诠释上完美地呈现出肖邦的内涵，对章句的处理和对时间拿捏的技巧也已随心所欲，轻易地掳掠了每一位听者的心。"鲁大民的这番话如同吟诵一首诗，话音刚落，《G小调夜曲》的旋律又充盈在整个车厢里。

车子下高速时，丁海琳心里不禁想，如果自己不是有案子在身，在这样一个安静的夜晚，与鲁大民一路听着音乐谈着对乐曲的各种理解，真是人生幸事。

丁海琳从来没有对鲁大民提起过自己的前男友，其实自己前男友就是鲁宾斯坦和肖邦的忠实追随者。当年在特警学院，丁海琳对其倾心的原因之一就是因为男友在新年联欢会上演奏了一首肖邦作的夜曲。只是男友当时使用的乐器是小提琴，而且当时的身份还是她的教官。那一年她17岁，情窦初开。丁海琳对痴迷于古典音乐的铮铮铁汉完全没有抗拒力。

进入清北市区后，现实问题铺天盖地。丁海琳突然觉得自己很累，身体累，精神更累。

"我先送你回市局吧！"鲁大民不容婉拒地打满方向盘，轻车熟路地向目的地驶去。

丁海琳跟鲁大民相处的时间并不长，但是她觉得自己很大程度上已经了解这个优秀的男子了。虚伪的客套已经没有存在的必要。还有一个路口到市局的时候，鲁大民打了一下方向盘，车子停在了一家馄饨店门前。这个男人居然连清北最著名的小吃都了如指掌，这一切说明了他的用心。

丁海琳坐在副驾驶位上，坦然地看着鲁大民下车去小店里，站在大锅旁，等待馄饨出锅。小店里灯光昏暗，只剩那位大师傅还在，好像在跟鲁大民攀谈着什么，不时地发出爽朗的笑声。他就是有这种魅力，让每个接触他的人都说不出地舒服和信任。

丁海琳看着鲁大民满面微笑地端着馄饨走过来，说："这是今晚最后一份，一会儿师傅再给我包。过了马路就是你们市局，这一段我不送啦！"

丁海琳连忙抱着一摞材料下车，接过馄饨，道完谢，转身准备过马路。她到了马路那边回头时，鲁大民还站在车旁边朝着她挥手，说道："中秋节留出时间跟我一起吃晚饭啊！"

"你不用在北京陪家人吗？"丁海琳知道鲁大民未婚，但是不知道他父母的情况。

"那至少中秋节的前一天陪你可好？"鲁大民情真意切，目光灼灼。

丁海琳用力地点了点头，回了一声："我争取！"转过路口，还有30米就进市局大院了，旁边的大树后面突然蹿出一个人影，一把拉住了她的胳膊。

丁海琳下意识地扭头，多年训练的条件反射，将手里的馄饨朝着那个黑影的头部砸去，同时紧紧地抱着怀里的材料。

一股热流腾空而过。对方显然也训练有素，躲过了滚烫的馄饨，小声地喊了一句："我是盛大雷！"

· *17* ·

"你都知道了？"丁海琳惋惜地看着不远处一地的馄饨还冒着热气。

"我不敢用手机，也没敢打你手机，怕你的手机也被监控了。"盛大雷为自己的事着急的同时，也顾及了丁海琳。

丁海琳打量着树荫下的盛大雷，他穿着连帽衣，帽子遮盖住了额头。她突然想起了北京市局根据卖花小姑娘描述的那个黑衣人的肖像，下意识地看了看盛大雷的右胳膊。当然，盛大雷的胳膊上没有文身，之前她早就确认过了。但是，谁又能确定文身不是临时性的呢？现在的一次性文身随处都可以弄。

"他们为什么要抓我？"盛大雷拉住丁海琳的手，两眼冒出光来，问道，"是不是有人要陷害我？"

"陷害你？凶手吗？"丁海琳想了一路，这是唯一的可能性。现在她在揣测盛大雷已经知道多少了。

盛大雷从来没有见过丁海琳如此犹疑，心里忐忑起来。他突然不能确定丁海琳是不是如自己想象的那样相信自己了，毕竟两个人认识才不过两周。

信任，盛大雷最怕面对的就是这个问题。曾经他最信任的人潘东，就是利用了自己对他的信任，打入自己的家庭，接近自己父亲的公司。潘东能那么做，自己才认识丁海琳这么短时间，她为何又不会这么做呢？她是军人出身，岂不是更会为了所谓的大局牺牲个人情感呢？但是昨晚的那些眼泪是真的啊，骗不了人的。

"不管怎么样，我只求你告诉我他们为什么要抓我，让我心里明明白白的！"盛大雷的语气带着恳求。那一刹那，丁海琳觉得眼前的不过是一个无助的大男孩。孩子会不会骗人？丁海琳想起了车上鲁大民的那番话，忽然也有些拿不准主意。

"就算他们认为我是犯人，宣判我有罪，也得让我知道自己犯了什么罪吧！"盛大雷紧紧地握住丁海琳的手。

"你让我去查的65号别墅，地下室里发现的挖掘工具上有你的指纹。"丁海琳想过，如果是盛大雷挖的那条通道，他怎么可能留下那么明显的证据呢？

　　盛大雷根本没有为自己辩解，继续追问："还有呢？一定还有！"他知道，如果说自己不会给自己设套，那么他不会主动让丁海琳联系技术队去别墅地下室取证，事情没有这么简单。

　　"还有刘三！刘三死的那间出租屋里的酒瓶上也采集到一个你的指纹。"丁海琳说出来以后，不忍直视盛大雷的眼睛。

　　"不可能！绝对不可能！"盛大雷用力地摇着头，好像一个被冤枉的孩子，他喃喃自语道，"一定是哪里出问题了，有人故意陷害我！"

　　"你希望我无条件地信任你吗？"丁海琳一个字一个字地说。

　　"这个人陷害了我父亲，现在又来陷害我！"盛大雷双眼看着丁海琳，似乎猜到了她要说什么。

　　"你愿意把你宿舍另外一块白板上的事情都告诉我吗？"丁海琳终于提出了这个要求。

　　"我没有看走眼！"盛大雷自言自语。丁海琳有他宿舍的钥匙，她有无数次机会进入宿舍，随便就可以翻看那块白板上的东西，但是她没有。

　　她什么都没有说，只是看着盛大雷。昨天见到的他虽然疲惫，但是充满了力量，时隔一天，他整个人却像枯萎的小树苗。

　　"我可以都告诉你，但希望你愿意相信我说的每一句话。"虽然盛大雷知道自己提的要求有些不合常理，但在这种紧迫的情况下，他只能这么说。

　　丁海琳什么都没有说，只是轻轻地点了点头。盛大雷忆及往昔，他不确定自己是不是应该再次相信别人，这次很可能是要把全部身家性命都押在眼前的这个女人身上。

　　"你跟我走吧，我给你找个地方，现在大家都在找你！"丁海琳没有用"抓"，一个堂堂中国人民公安大学毕业的高才生，一个堂堂公安部的年轻干警，如今成了犯罪嫌疑人，任谁也受不了。

　　盛大雷的宿舍是回不去了。丁海琳估计此时自己也成为被盯梢的对象了，她拉着盛大雷匆忙沿原路返回。马路对面那辆路虎车还在，丁海琳给鲁大民打了个电话，说了几句话。不一会儿，鲁大民就把车子开了过来，丁海琳和盛大雷钻进了车子。

"大民，你一定要帮助盛大雷。其他的事情我不向你解释了，今晚他去你的房间住。"丁海琳斩钉截铁道，"别再另开房，就住你的房间！"

"大雷，你跟着大民走，我得回单位一趟。"丁海琳说完话，开门下车。关门前，她又对鲁大民说："大民，无论你听到什么、看到什么，都不要跟任何人透露盛大雷的信息，好吗？"

"放心吧，海琳！"这是鲁大民第一次称她为"海琳"，在这样紧急的情况下居然显得那么自然。因为这句简单的承诺，两个人的关系迅速地进了一大步。

丁海琳关上车门，也没挥手，快步向市局大院走去。

· *18* ·

午夜时分，除了厕所，侦查大队所在的走廊只有两间屋子亮着灯。一间是值班室，办公室女内勤正坐在电脑前忙着什么，然后起身去上厕所。另外一间是204办公室，里面闪出一个人，悄声走到值班室门口，左胳膊顺着墙面从值班室门口墙壁上挂着的各间办公室钥匙里取下一把。

那把钥匙上贴着磨损的粘贴纸，上面还能隐约看出"201"三个数字，现在被紧紧攥在戴着手套的手心里。

此人取了钥匙闪回自己办公室，轻轻关上门，等到女厕所里马桶冲水的声音响起。女内勤随意的脚步声经过门前，继续向前走，然后这人听到值班室的椅子被拉开的瞬间，椅子腿和地面摩擦发出了"吱"的一声，然后整条走廊又陷入了安静。

此人再次轻轻打开门，悄声向走廊尽头的201办公室走过去，钥匙轻轻插入门锁，慢慢一转，锁开了。此人把门推开一条仅容一人侧身通过的缝隙，闪身而入，随即门无声地关闭了。就在此人消失在201办公室门的同时，走廊另外一头又出现了一个身影，悄悄经过值班室，然后悄声推门进入204办公室。

201办公室里的人，把微型手电的亮光遮挡在右手空握的拳心里，先是翻看架子上的档案袋，没有找到需要的东西，又转而想打开档案柜，但是档案柜被密码锁锁着。这人四顾周围，转到办公桌后面，把电筒朝下仵立在桌面上，瞬间房间陷入了黑暗。此人坐在椅子上，双手的大拇指和食指反复摩擦，焦虑地思考着什么。

紧接着，他随意地打开办公桌右侧从上到下的三个抽屉。没有想到，最上面的抽屉应声而开，他内心一阵狂跳，一手扶着抽屉，另外一只手拿过电筒照射抽屉。抽屉里赫然躺着一个牛皮纸档案袋，下面还有一个牛皮纸档案袋。

这人的双手迅速打开第一个牛皮纸档案袋，眼睛一亮，迅速地翻阅那几张纸，虽然翻阅速度很快，但是对每个细节都没有放过。看完第一个档案袋，他又取出第二个档案袋，重复了一遍刚才的程序。

就在他看完第二份档案，把两个档案袋按照原位放回抽屉，轻轻把抽屉合上时，他突然听到走廊的另外一头有什么声音。此人关闭手电筒，贴身于门口的墙后，轻轻把门拉开了一条缝，就是那一瞬间，他好像看到走廊另外一头的楼梯口好像有一个身影闪过。

他不确定自己是不是看花了眼，就在眨眼的一瞬间，值班室的女内勤也走到了走廊上。她先是向楼梯口方向看了一眼，然后走到204办公室门口，轻声喊了一句："夏队！"无人应答。她迟疑了一会儿，自言自语了一句什么，就转身折回了值班室。

他迅速出门，几个健步，回到204办公室门口，然后平复下呼吸，脚步声很响地走到值班室门口，背着手问道："你找我？"

女内勤从电脑前抬起头，笑道："夏队，刚才我听走廊有声音，去您办公室看没人。"

"我去厕所了，刚才听见你叫我。"夏璋笑道，"你忙你的！"然后好像很随意地看着值班室墙壁上挂着的黑板上的值班表，活动着双臂，用余光看到女内勤盯着电脑忙碌，然后若无其事地把201办公室钥匙挂回了原处，走出值班室。

回到204办公室，夏璋关上门，喝了一口茶，提提神。他从抽屉里摸出一支烟，没有点，只是夹在手指间晃着。其实夏璋并没有多大的烟瘾，但是他觉得烟是一个很好的社交工具，也是很好的表演道具。

此刻，他突然想抽烟的原因很简单：下午看到的刘三和65号别墅现场的完整报告，还有刚才在老刘办公室偷看到的两份材料，让他心里陷入了焦灼。这种焦灼之前也曾出现过，不是因为破不了案，往往是与他的命运前途有关的时候会发生。

之前他只是隐约知道盛大雷的父亲可能涉及一起庞大的案子，只是他没有被吸收进入这起案子的办案小组，整个清北只有老刘知道内情。

如今，他突然看到了自己屡立奇功的可能，而且一旦成功，不仅会让他在清北乃至黑吉省公安系统名声大振，甚至会让他在北京公安系统和公安部领导那里一炮走红。

欲望在燃烧，在鼓动他。他知道这种机会不是自己在清北工作多少年能够遇到的。转过年来，岳父就要彻底退休了，他以后的路是否还有那么多的助力并不确定。但另外一个档案袋里的材料又让他紧张不安，自己上报的结案材料真实可靠吗？

这时，他听到走廊楼梯那头响起了脚步声。

· 19 ·

盛大雷坐在车后座，沉默无语，脸偏向车外。这座城市已逐渐入睡，万家灯火也在逐渐熄灭。

还有五天就是中秋节了。

盛大雷思忖了好一会儿，跟鲁大民商量道："鲁哥，我们回宾馆前能先去一个地方吗？"

鲁大民从后视镜中看了看盛大雷，寻思了一会儿，道："海琳让你跟我回宾馆，自然有她的道理。"

"你一定要帮我！"盛大雷恳求道。

鲁大民又沉默了一会儿，轻轻地点点头，道："如果你确定不会影响到海琳的话。"

"不会影响她！我发誓！"盛大雷上次发誓都是很遥远的儿时了。人长大了不敢轻许誓言，何况是面对一个并不是那么熟悉的同龄人。

鲁大民按照盛大雷的提示，把车子停在了清北人民医院的停车场。他看着盛大雷把帽子向下拉了拉，两手揣兜，向医院大楼走去。

盛大雷没有乘坐电梯，而是直接爬楼梯。爬五层楼梯都没觉得有多高，人急的时候是顾不得体谅身体的。

他轻轻推开消防通道的门，用一只眼睛向外面望去，情景依然如故：一个值班护士坐在服务台后，低头忙碌着，远处走廊上那间监护室门口坐着一个男人，看不清楚模样。

视线拉近，距离他半米外的走廊墙壁上有一个玻璃橱柜镶在墙体里，玻璃门上有个灰色的把手。盛大雷伸出胳膊，尝试着拉那个门把手，同时眼睛盯着远处的女护士和警卫。

他的手摸到了冰凉的玻璃门把手，轻轻地向外扯。这时，女护士突然起身，向这边走来，盛大雷赶紧缩回胳膊，轻轻把门关上。

女护士低头摆弄着手机，走过消防门，走进了卫生间。不一会儿，响起马桶冲水的声音，紧接着又是水龙头出水的水流哗哗声。等女护士走回服务台后面，盛大雷再次推开一道门缝，伸出手去开墙壁上的玻璃门，玻璃门开了。盛大雷把手伸进橱柜，摸到了一个塑胶按钮。他知道那是红色的，按钮下面应该还有两个灭火器。

盛大雷的心稍稍定了下来。他悄悄侧身走出这道门，背靠着墙，朝着走廊相反的方向走去，走到走廊头拐弯处，他看到有一个房间门上挂着的牌子是"储物间"时，尝试着压下门把手，用力一推，门开了。

里面漆黑一片，盛大雷迅速地把里面的一个清洁手推车里的脏被罩，还有墙角三个黑色大垃圾袋里的脏被罩全都扯到屋子中央，然后用打火机点燃。出门时，他拉了一把清洁手推车，卡住门，这样门就不会被关上了。

他背靠着墙壁，快速地沿原路返回，走到消防通道门前，反手开门，眼睛直勾勾地看着那个低头的女护士和静坐的警卫。

紧接着盛大雷再次把手从门缝伸出去，沿着之前摸索好的路线和方向，还有高度，娴熟地打开玻璃门，然后攥拳，用力地把那个胶皮按钮摁了下去！几乎同时，整座楼警铃大作。

女护士惊慌失措地站起来，四处张望。同时走廊那头的警卫也站了起来，好像是从睡梦中被惊醒了，迅速起身跑到服务台，问护士发生了什么。

女护士正在摇头的过程中，整个走廊开始喷水，有大股浓烟像一条缓慢冲来的灰龙，迅速地路过消防通道门，向服务台以及那边的走廊蔓延而去。

警卫显然胆子大一些，依然向浓烟来的方向奔去。女护士跟着跑了一截，跑过消防通道门没几步就停下了脚步，大声地咳嗽起来。

盛大雷心急如焚，听女护士的咳嗽声应该距离自己只有五米左右。按照这种类型的大楼的消防演练反应速度，估计应该在五分钟内，院内保卫处值班人员可能就会赶到现场，十五分钟后消防干警就会开着消防车赶到楼下。

就在盛大雷脑海中努力回忆消防反应时间时，他听到已经跑到走廊另一头的那名警卫大声喊女护士，让她去厕所里打湿衣物。女护士跑动起来。与此同时，盛大雷无声地推开门，向0514重症监护室奔去。

盛大雷恨不得喊出对震耳欲聋的警铃的感谢，警铃提醒了所有人危险的存在，同时也掩盖了他的脚步声。到了0514监护室门口，盛大雷推门进去，迅速反手关门，然后拉上天蓝色的帘子，把自己和父亲隔绝在门口能够见到的视野之外。

盛坤睁开眼睛，目光有了神采，可见这些天他的身体恢复得很快。见到儿子，盛坤很高兴，同时又涌出了泪花。

盛大雷跪在床前，紧紧握住父亲插满各种管线的手，呜呜哭了几声。突然，他感觉到一双大手在轻抚自己的头顶。那种感觉太熟悉了，那是他从小时候有记忆开始就体验到的感觉。

盛大雷知道现在不是哭的时候，时间太宝贵了，慢的话自己估计还有三分钟时间，快的话估计也就只剩两分钟不到的时间。他抬起头，泪眼凝望着父亲。

盛坤已经拿下了自己的呼吸罩，试图张开口说什么，但是声音断断续续的，好像只有一些毫无意义的呼吸声。盛大雷把耳朵凑到父亲的嘴边，父亲干涸的嘴唇翘起的角质皮摩擦着他耳垂。

"大……大……大……"盛坤发出的一连串的声音，组合起来，盛大雷只能辨认出一个"大"的音。他不知道是父亲在呼唤自己的名字还是想说什么。

盛坤的眼神充满焦虑，显然近七周没有开口说话，他没有料到自己开口居然表达不完整。

盛坤的与发音有关的肌肉虽未萎缩，但汽车的爆炸和冲撞还是伤害了他的语言中枢的某个部分。盛大雷着急得要哭，但是就是不知道父亲反复说的这个

"大"到底什么意思。病床旁边的检测仪器上的波频开始紧促起来，显然盛坤在努力整合自己从里到外所有的力量，他必须告诉儿子一个关键的信息、一个性命攸关的问题。

奇迹发生了，盛坤又说了一个字——"杀"。

这时，走廊里传来混乱的脚步声，听声音应该是朝着这边跑来的，而且还不止一个人。盛大雷知道自己不能再停留，他克制住哭声，对盛坤说："爸，我会保护好自己，等我回来接您！"

盛坤微微地眨了眨眼，头部也晃了晃，眼神既在催促儿子快走，又有万般留恋。父子眼神交汇的时刻，盛大雷已经站起身。他觉得自己是该成长为一棵大树了，应该能为眼前的亲人挡风遮雨了。

警卫看到浓烟只是从一个密闭的储藏间里冒出来的时候，似乎意识到了什么。他迅速掏出报话器叫人，同时开始弓着身子返回0514重症监护室门口。他快到消防通道门时，消防通道门被人猛地撞开，三四个全副武装、身穿消防服的人也冲了出来。

其他重症监护室里的病号，有一两个已经坚持爬了出来，有的扶着墙，有的在地上匍匐前进。对生的渴望可以激发所有人的潜能。

其中一个重症监护病人显然很有经验，裹着打湿的床单，缓慢地扶墙而行，并听从消防人员的指挥，走入了消防通道。

警卫冲到0514重症监护室，看到盛坤还是闭着眼睛躺在床上时松了一口气，但是他又立刻觉得有什么不对。

他细细查看重症监护室，突然发现盛坤一侧的备用白色床单不见了。他脑海中立刻想起刚才从自己身边擦肩而过的一个病号，那个高大的身形即使弯着腰也遮掩不住。

他立刻反应过来，立刻对着报话机喊道："盛大雷来过了，盛大雷来过了！他现在披着白色床单混下楼了！"

· 20 ·

盛大雷并没有从消防通道的五楼一口气下到一楼，而是从三楼出来，到了走廊上，走廊上有几名医务人员在维持秩序。

盛大雷转身走了几步，走进男厕所，然后反锁上门。他看了看三楼距离地面的高度，然后试了试墙体外的排雨管道，又掂量了下自己的体重，决定一试。

他左脚先踩上一米半高的窗台，两手把住两侧，用力一撑，另外一只脚也踩到了窗台上。然后他反身，抱住白色的排雨管道，两脚悬空，向下滑动，管道上方的某个位置发出了"咔嚓"的声响，盛大雷此时已经滑到了二层窗口的位置，双脚轻轻一蹬墙面，继续下滑，就在他快要落地时，他怀抱的排雨管道突然整体失去了依托，三楼以下的部分直接折断。

说时迟那时快，盛大雷双手把怀里的管道推了出去，借着最后的反弹力，向后一跃，屁股先着地，双手抱头，就地向后滚，腰部直接撞到了一棵大树上。

盛大雷顾不得腰疼，直接站立起来，恍惚间只看到周围一群躲火灾的人惊愕的目光，紧接着他就看到几个警察正在人群外十几米处向大楼门口狂奔。盛大雷躲过人群，穿过医院的花园，向地面停车场跑去。

那辆黑色的路虎还在。难怪丁海琳这么相信这个男人，他确实是个靠谱的人。盛大雷拉开车后门的同时，鲁大民已经发动了车子，一脚踩油门向院门口开去。

鲁大民镇定地交了停车费，沉着地向外开去。盛大雷看到车窗外各种警灯旋转的光线四射。车子平稳地向宾馆驶去，鲁大民什么都没有问，什么也都没有说。

鲁大民把车子停在宾馆地库，用房卡刷了垂直电梯，电梯按钮上的"11"亮了起来。深夜电梯里只有鲁大民，还有他搀扶着的盛大雷。盛大雷尽力压抑身体的痛苦，微微弓着腰，帽子遮挡住了他低垂的脸，电梯摄像头刚好拍不到他的面容。

电梯间里播放着轻柔的钢琴曲，还有一股好闻的香味剂的味道，应该是茉莉花味。盛大雷低头看着电梯光洁的铜门映照出自己肮脏不堪的白色旅游鞋，还好，黑色的牛仔裤看不出污渍。与他并排的鲁大民穿的鞋子跟盛大雷的差不多大小，但干净整洁多了，卡其裤的裤脚和裤缝熨得笔挺，棱角分明。

盛大雷不用抬头就知道自己现在的面容是一副怎样的狼狈相，想象着自己此刻头戴黑色连衫帽的样子，他不禁也想起根据卖花小女孩提供的线索而画出的嫌疑人的肖像。

现在他自己就是嫌疑人，那副模拟画像现在用在他身上估计也毫无问题，特征也很相似，就差一个文身了。

鲁大民预订的房间在酒店的顶层，走廊里悄无声息。鲁大民刷房间门卡，盛大雷跌跌撞撞地进了房间。是一间套间。这是清北市最新也是最高档的一家酒店，是一家全球知名的酒店公司旗下的轻奢品牌店。即使在清北这样的三线城市，这样一个套间也价格不菲。

盛大雷瘫在外间的沙发上。鲁大民不慌不忙地抄起房间电话，照着电话机旁的菜谱，报了几个菜名和一份主食。

点完菜，鲁大民从墙角小吧台上拿过一瓶酒店自制的矿泉水，拧开瓶盖，递给盛大雷，弯腰问道："能让我看看吗？"

看到盛大雷怀疑的眼神，鲁大民解释道："我们在北京的企业家联盟也有一个户外攀岩小组，我会处理简单的跌打伤。"

盛大雷点点头。鲁大民帮助盛大雷脱下连帽衫，他的白色背心有一片血渍。

鲁大民轻轻地把背心向上卷。应该是撞到那棵树的树根处的分叉导致的戳伤，伤口不深，但是刚好戳到了腰部靠近脊椎的一块骨头附近。

鲁大民又起身给酒店客房服务处打电话，要求提供一瓶红花油和一些膏药。不得不佩服，外国人管理的五星级酒店就是可以服务得这么周到，餐点还没送到，药品已经送上了门。

鲁大民给服务员一张百元大钞作为小费，关门，开始给盛大雷处理伤口。贴好膏药，鲁大民看着自己的杰作，满意地点点头道："急救知识还真是有用！"

这时，门铃响了，门外响起有礼貌的声音："先生，您好！给您送餐！"

鲁大民又给了服务员一张百元大钞，自己把餐车拖了进来。他把茶几收拾出来，然后把饭菜上面盖的玻璃罩一一摘掉，又将饭菜有条不紊地摆在茶几上，帮助盛大雷坐起来，并在他身后体贴地放了一个小靠枕。

鲁大民转身去了卫生间，水流哗哗响起。盛大雷以为鲁大民是去洗手了，等到鲁大民走回来时，他坐在茶几对面的凳子上，递给盛大雷一块打湿的毛巾。盛大雷顺便擦了一把脸，又擦了擦手，这才狼吞虎咽起来。

"要喝酒吗？"鲁大民问道。

盛大雷嘴里嚼着一块鸡肉，含糊地点点头。鲁大民起身又去吧台选红酒，在灯光下仔细端详酒瓶子上的贴纸，直看到第三瓶才算是勉强能够接受。盛大雷看着鲁大民长身玉立，除换了一双酒店的布拖鞋外，长衣长裤依然一丝不苟。

鲁大民这种年轻的企业家一定是受过海外高等教育的，礼仪渗入了骨髓。盛大雷想起几次看到丁海琳看鲁大民的眼神，突然理解了。与鲁大民相比，盛大雷就像是一个毛小子。

盛大雷从酣睡中醒来，一时间不知道自己身处何地。他想起身，左腰的疼痛迅速把他的意识拉回了现实。他昨晚是坐在沙发上睡着的，茶几上的碗筷都已被收拾干净。

他昨晚没怎么跟鲁大民说话，一直在想各个难解之谜。凶手为什么要陷害自己？父亲跟自己说的那两个字到底是什么意思？盛大雷咬着牙试图起身时，发现茶几上留有一张便笺。上面有两行字："我预交了一周的房费，登记姓名依然是我的。你安心休息。"鲁大民的落款龙飞凤舞，一看就是那种时常要签字的人写的，熟能生巧。

盛大雷慢慢挪到洗漱间，巨大的浴缸至少可以容纳三个人。他把浴缸的冷热水同时拧到最大，脱光所有的衣裤，翻身爬入浴缸。

这个带有灰色花纹的白色大理石浴缸是嵌入式SPA冲浪按摩式的，在户外别墅常见，搬到酒店里来在国内不多见。盆内结构符合人体曲线，盛大雷这种身形巨大的人躺着也很舒坦，水位逐渐上升，一直到他的下巴时，他才关上两个水龙头。

盛大雷对物质享受并不是特别在意，从小在优渥的家庭里耳濡目染，再加之盛坤在北京CBD拥有的那栋五星级酒店网评也极好，没啥世面没见过。

盛大雷曾经听父亲酒店的副总跟他说过迪拜某个著名的奢华酒店中的别墅里安装了世界最贵的浴缸，采自巴西亚马孙丛林浴缸原石，每块的重量都超过1吨，这都是从南美洲运达中东的，然后在中东经过顶级公司手工雕刻而成，其造价高达800万元人民币。其实，东西的最大价值在于在你需要的时候适时出现，这与人与人之间的感情类似。

盛大雷想起刚到公安部上班时，有一次参加犯罪心理学学会研讨会，会上的一位美国学者说他们发现所有的顿悟时刻共有的几个特点：它们往往从天而降，得来全不费功夫；给人的感觉是一种积极的体验；最重要的是，你的直觉告诉你这就是正确的，即使还需要时间和努力去证实。

那位白胡子美国老头儿还介绍了美国西北大学心理实验室的一个研究结果：通过顿悟解决难题的正确率约为94%，而通过常规的分析解决问题的正确率却仅有78%。

灵感不太可能会出错，而分析性思考是有意识的，因此更容易受时间紧张和推理失误的制约。在泡澡这种放松的时刻，人们往往更容易思如泉涌。

一夜酣睡，盛大雷恢复了体力，此刻他尝试着放松自己的身心。回到清北的这两周时间里，发生的事情太多，信息量太大。

盛大雷想起儿时虽然常在查干湖畔游戏，但是真正亲近水，学会游泳，还是那年夏天在青岛实习的时候。那个夏天是他懂事以来最快乐的夏天，无忧无虑，大脑只被青春荷尔蒙驱动。即使后来遭遇失恋，现在想来，大学校园依然犹如一座象牙塔，爱恨情仇不过是偶像剧里的常见桥段。进入公安部工作的这两年，盛大雷每天摩拳擦掌，雄心壮志，从那时候起，有些危险就已经在逼近。

浴缸里的水轻柔地包裹着盛大雷，他在水中纹丝不动，闭着眼睛，任思绪奔驰。2001年，父亲告诉他母亲车祸身亡。但是在松原老家找不到母亲离世的任何证据，也找不到母亲在世的任何痕迹。

随后父亲带着他离开松原，搬到北京。大概也就是在那个时候，查干湖旁绳索厂的一家三口人也突然消失，人间蒸发了。

父亲在松原经商时的客户之一——清北的一家贸易公司，对一张遗失的支票登报声明。这张早已失效的旧声明于十二年后被寄给了自己，而且指明了第一起杀人案的时间线索。

父亲到北京后，业务迅速扩张，遍布世界许多角落。这些巨额财富超乎了盛大雷的想象。因其中一个子公司涉嫌毒品犯罪，而被北京市公安局盯上。

他在大学时最信任的师兄潘东进入北京市公安局刑侦总队，被指令接近他和父亲，侦查毒品犯罪线索。他2011年7月入职公安部刑侦局，2012年国庆节假期后，被派到清北市局刑侦支队挂职。

挂职期间，他因为侦破小姑娘失踪案而声名鹊起。两个月后，父亲打电话说要来清北看望他。北京市局应该是掌握了这个动向，立刻决定实施抓捕，起码是要继续跟踪侦查。

2013年8月1日，他23岁生日当天凌晨，替别人值班，李翘死于清朗别墅，凶手从别墅小区外人工湖的下水道把尸体运进65号别墅，挂到树上，然后简单制造了翻墙进出的痕迹。同时凶手以印有编号的电线杆指明了下次杀人时间是8月26日。

几乎与此同时，北京市局和清北市局对他父亲实施抓捕行动。车辆爆炸，现在还不知道是他父亲自己实施了自杀式爆炸还是其他人在车上安装了爆炸装置。

8月2日一早，他被停职，接受调查。

8月13日，他负气离开清北，前往青岛。

8月26日废弃的水泥厂在实施爆破前的最后一次排查中，发现了张景芳的尸体。同时窗户上的木条再次指明了凶手下次杀人的时间是9月3日。

8月29日，丁海琳到青岛。

9月2日，他随丁海琳回到清北，当晚自己在二爷山公园到深夜，离开后不久，第二天凌晨，宋威在二爷山被杀。

厉宁提供的线索显示，1935年，清北曾经发生过萨满杀人事件，前后死了四位女性，之后案件不了了之。

偶遇的老李头提供的信息显示，清北还因冲撞堂子而发生过四起女红卫兵意外身亡事件（第四个发疯后也是非正常死亡）。

三个时代皆有四位女性被害，而且都与萨满或萨满圣物"双头三叉戟"有关联。

今年已经死亡的三位女性都曾于去年夏天去过山西大同。

······

· 21 ·

"刘队，这就是你保证的人！"吴新年用力指着会议室里的一面白板，旁边还有一台电脑和三个堆满资料的透明塑料箱子，这是从盛大雷宿舍直接搬过来的。

老刘不动声色，拧开杯盖，喝了一大口枸杞水。他是凌晨6点钟被办公室电话紧急叫来的。

"盛大雷不可能对他父亲的案子一无所知！你瞧瞧，他掌握了多少线索。他在隐瞒证据和事实！"吴新年左手扶着白板，右手握拳，右手指关节用力地敲打白板。

老刘没有作声，拿起旁边的水壶向杯里加水。

"这跟刘队没有任何关系！"丁海琳站在会议室门口，怀抱材料，面无惧色。

"那就是跟你有关系喽？！我听说这段时间你跟盛大雷打得火热呢！"夏璋歪头朝着丁海琳笑眯眯地说，一副幸灾乐祸的表情。

"我早就知道这块白板在盛大雷家里了，但是出于对同事的信任，没经过他的允许，我没看！"丁海琳认为自己没有犯任何错误。

"同事？他已经被停职了，你不知道？"吴新年又想起了自己第一次跟盛大雷碰面时狼狈的情景。

"您不是也跟部里领导和北京市局领导请示过吗？"丁海琳毫不示弱，"发现了这些又能说明什么呢？难道盛大雷关心自己父亲涉及的案子不正常吗？"

"关心？他完全是阳奉阴违！他回北京时偷偷回家，找到一把钥匙，然后又摆脱我们的监控，擅自去了松原！"吴新年一着急，有些口齿不清，"好，好，就算……就算这些不算什么！那你们清北自己查的这个系列……系列杀人案，啊，证据不都说明问题了吗？！"

"盛大雷不会愚蠢到自己在别墅下面挖地道，还把工具扔在现场，然后打电话让我找技术队去固定他的罪证！"丁海琳寸步不让。

"那刘三死的现场酒瓶上的指纹呢？"夏璋慢条斯理地问道。

丁海琳最受不了的就是夏璋的装腔作势，装作自己很强大，装作自己有预见性，装作自己无所不知、无所不能。

"如果有人能在别墅留下盛大雷的指纹嫁祸给他，那在刘三的屋里再留下指纹就没有任何难度。"老刘开口了，不顾夏璋的白眼。

"如果不是他做的，他为什么要跑？这不是做贼心虚吗？"夏璋没有耐心继续伪装自己对老刘的尊重了。

"我觉得首先要相信自己的同志，如果我们连自己的同志都不能相信，我们还叫什么团队呢？"老刘近来常回忆起自己在军队的那些日子，虽然苦，但是心里痛快。

"我们要用事实说话，不能感情用事！"吴新年和夏璋显然结成了同盟，对老刘展开夹击，"刘队，我也是军转干部，也当过兵，我也讲感情！"

老刘看了吴新年一眼，想起自己那些转业的老战友，突然沉默了。纯粹的理想主义在现实中根本没有生存的空间。

这时，侦查大队的一个小伙子敲了敲敞开着的门，看到夏璋，迈前一步，递上一摞材料："夏队，轨迹分析都在这儿了！"

夏璋低头翻看着，眼睛突然一亮，他对9月2日临近午夜的一次网络约车记录产生了浓厚兴趣。他心里盘算了几秒，抬起头时表情已经变得严肃。他扫视会议室里另外的三个人，道："宋威遇害那晚，还有一个人在二爷山。"

不好的预感不期而至，丁海琳心里发慌，故作镇静地看着夏璋卖关子。

她记得那晚自己去朝九晚五酒吧找盛大雷之前，盛大雷是从二爷山公园赶到酒吧的。她知道这次不好的事情对盛大雷可能会是致命的。

"小丁，你先出去！我们马上要跟北京那边的领导开电视电话会议！"吴新年已经坐在会议室大屏幕前的椅子上，头也没回道。

丁海琳转身离去。

"小夏，你也出去吧！"老刘说出这句话时，夏璋正在向前拉椅子，听到这句话，他愣住了，抬头看着老刘。

老刘坐在屏幕前的另外一把椅子上，头也没回道："小夏，麻烦出去的时候把门关上。"

夏璋愤愤不平地出了会议室，"砰"的一声把门在身后带上。丁海琳心惊肉跳地回头看了一眼。

▷　第四部

没有人是万能的，但是人是可以无限趋近于万能的。所谓的神都是人们捏造出来的，其实人世间最强悍的力量只能来自人本身。但是不是每个人都有这种天赋与潜力，绝大多数人都是自负到可怜、可悲的地步。

眼见为实，这就是愚蠢的人眼中的真理，多么荒谬！蠢货们宁可相信自己虚无多变的感情，相信自己视域有限的眼睛，也不愿意相信最简单的直觉判断。他们拘泥于所谓的证据，终其一生在寻找各种证据。活着的证据、存在的证据、感情的证据、成功的证据，等等。能够被发现的证据就一定是真实的吗？我想给他们上一课，让他们明白自己的渺小，让他们明白抗拒庞大的力量是多么不自量力。

· 1 ·

中午丁海琳到了食堂，没什么胃口，点了一份白菜炖豆腐、一份辣炒土豆丝和一两米饭。她端着铁盘子，找了个张没人的小桌，独自坐下。吃了一块豆腐，淡得没有滋味，又夹了几根土豆丝，咸得难以下咽，丁海琳用筷子扒拉着那团米饭，心乱如麻。

如果说刘三死亡现场和清朗别墅地下室里的指纹是有人嫁祸给盛大雷的，那宋威死的那个时间段，盛大雷是独自从二爷山打车离开的，又怎么解释呢？

法医鉴定宋威的死亡时间不够精准，在那个时间范围内盛大雷确实在二爷山公园。那么晚了，他待在那里做什么？

刚从青岛回来就独自在公园里待一个晚上，从常理上讲不通。

盛大雷虽然有时候会闹情绪，但是他的眼神里没有邪恶的东西，丁海琳原本是非常确定的。眼睛是心灵的窗口，骗不了人。但是，城府深的人原本就可以在他人面前扮演成自己想扮演成的样子。他会这么阴险？

丁海琳努力回忆这两周多来与盛大雷的密切接触，丝毫感觉不到他的狡诈。他的直觉很灵，像孩子那样灵敏，他并不复杂，有些时候简单得像个大男孩。丁海琳记得两个人一起看电影、一起喝酒。

他的痛苦、他的善良，根本不可能是伪装的。她用力地摇摇头，下意识地把筷子上粘的几个米粒送到嘴里，味同嚼蜡。

"怎么，还在替盛大雷鸣不平？"一个声音在她头顶响起。

丁海琳抬头，看到老刘端着不锈钢盘子坐在自己对面。他打的居然也是一份白菜炖豆腐和一份炒土豆丝。

丁海琳点点头，放下筷子，问道："您开完会了？"

老刘点点头，小声道："吴新年已经向北京那边报告了现在的情况……"

北京做出了什么决定一点儿都不难预料，但是丁海琳依然觉得好像自己被宣判了死刑。她想起在青岛的搏击馆看到盛大雷挨揍时的表情，一副认命的样子，自暴自弃。

"他很不容易，比我年轻的时候不容易多了。"老刘埋头吃饭，迸出一句话。

丁海琳知道老刘谈论的是盛大雷，他咽下一口米饭，唠家常一样地说："我刚从军队转业干公安的时候，社会很简单。有一晚就我一个人在队里，有群众报警说一群黑社会在他们家胡同里火并。"

"我一个人别着枪，骑着自行车就去了。到了现场，他们还在打，十一个半大小子，都拿着大砍刀，有三个人已经躺在血泊里了。"老刘夹了一筷子土豆丝送进嘴里，边咀嚼边说，"来了两个民兵，我让他们俩送伤者去医院。我自己掏出枪，命令剩下的八个人跟着我自行车走。"

丁海琳难以置信地放下手中的筷子，问道："他们就乖乖地跟着你走？"

"对！八个人老老实实地跟着我的自行车，回到了市局。那时候的人简单，没什么复杂的案件，就是那些所谓的犯罪分子见了警察也老老实实的！"老刘的口气中流露出对过去那个时代的怀念。

"那时候也没什么级别概念，就是为人民服务。什么公安部、公安厅、市局、科所队，没那么多的官大一级压死人。"老刘叹了一口气，不再说话，安静地扒拉着盘子里的饭菜。

"东西啥时候丢的都不知道，博物馆的安保系统够可以啊！"

"这下急了！想起我们来了！上次让他们协助咱们调查时，一副心不甘情不愿的德行！"

邻桌两个文保大队女警的对话引起了老刘和丁海琳的注意。

"哪个博物馆丢东西了啊？"老刘侧脸问道。

"刘队，就那个萨满博物馆！"其中一个年纪偏大的女警认识老刘。

"丢了什么东西啊？"丁海琳问道。

另外一个年纪偏小的女警看了丁海琳一眼，朝着老刘道："丢了点儿什么萨满的东西，金代的！"

"丢的是这个东西吗？"丁海琳没有理会女警对自己的冷漠，把手机上拍的照片递了过去。

"你这画得还挺精致啊！好像是说什么刀叉的！"年纪偏大的女警仔细辨认手机屏幕上的照片。

老刘和丁海琳不约而同地端起餐盘，起身便走。

文保大队的大队长跟老刘详细说了下文物失窃的基本情况。清北市博物馆原先有一个展厅是专门展览萨满文物的，后来清北市又新修了一座专门的萨满纪念馆，计划下周四开馆，也就是中秋节那天开馆迎客。今天一早清点准备搬往纪念馆的文物时，他们发现一个编号为"金099"号的木箱子被打开过，里面登记的文物有遗失。

上午博物馆那边打电话报警，文保大队已经派了一个中队长带队去现场看了，现在还没有发现有价值的线索。原先博物馆萨满展厅里展示的文物和与萨满有关的库存文物因此将要全部转移到旁边的萨满纪念馆。

"五一"劳动节，萨满纪念馆开始动工。"七一"建军节过后这些文物就被全部转移到了萨满纪念馆临时建起来的库房里。库房位于工地围栏内部，每天人来人往，从来没有人发现有人闯入过。

当然了，闯入仓库的人也不是从门窗进去的，而是从地下管道中挖出了一个地洞，钻入了仓库。又是地道！老刘和丁海琳对视一眼，跟清朗别墅的地道如出一辙。根据博物馆存档的照片，箱子里丢失的文物就是"双头三叉戟"。

"没想到清北博物馆里居然还有这个藏品！"丁海琳想起自己第一次跟盛大雷去清北大学找厉宁那个晚上，连厉宁都不知道这个情况。

"刘队，您得告诉我，现在北京那边到底是怎么研判的！"从文保大队出来后，丁海琳跟着老刘到了201办公室。

"我不能讲。"老刘摇摇头道，"盛大雷是公安部的人，涉及他的案子，不是我们能管得了的。"

"认为他还有同伙吗？"丁海琳试探道。

老刘点点头。

"那他的同伙又是谁呢？动机又是什么呢？"

老刘摇摇头，深深地叹了一口气。

盛大雷混迹在高峰期的人潮中，他从来没有像今天这样去观察周围与自己的行业有关的各种情况。

市政中心门口正在指挥交通的交警，"一杠一"，娃娃脸，着装整洁，动作干练，举止规范。一副白色的手套和白色的警帽在夕阳的照射下泛着光，只有刚毕业入警的警校生才会有这么认真的态度。出租车慢慢地挪出新市区，一辆挂着警灯的蓝白轿车拉着警报，从后方超越到前方，不知道着急去处理什么紧急事务。甚至从二爷山公园门口出来的两个50多岁的男人的裤子都引起了盛大雷的注意——警裤磨得锃亮，屁股兜扣子上的花纹和图案仿佛都被清晰地放大了。

当身在警察群体时，你很少会刻意观察自己的同行，因为你司空见惯。警徽、警帽、警衣、警裤、警用皮鞋、警车、派出所、各业务队、公安局……

当你成为警察这个职业群体针对的对象时，那就完全是另外一种感觉了。盛大雷知道自己现在处于警察的对立面，即使自己现在还是警察。

这就是生活的悖论，让人辩证地生活，既要正视自己，又要反观自己，无论是主动还是被动。

盛大雷儿时和小伙伴做游戏，永远是做警察的那一个，如今他却像个小偷，这种感觉并不好受。

6点后的二爷山公园免门票，盛大雷把连衫帽拉低，低头进了公园。公园里外已经焕然一新，修整过的门头，还有已经高高挂起的红灯笼，都预示着即将有一场大型活动在这里举行。

盛大雷穿过公园广场，沿着山路向上走。他穿过一片林荫道，遇到分岔路，向左拐，远远地看到了那个横幅跨在路的前上方，标语依然是"地球能满足人类的需要，但满足不了人类的贪婪"，副标题是"严格执行和落实《中华人民共和国森林法》"。横幅下面的道路修葺一新，原先修路的水泥等材料都已不见。

盛大雷走到横幅下，向左边看去，还能见到宋威死那晚警方拉起来的警戒线。他眼前浮现出几十年前坐落在这里的那座堂子，那座堂子在他脑海中呈现的模样其实来自厉宁给他看过的一张老照片。

堂子为满洲神庙的称呼，包括满洲萨满。厉宁告诉盛大雷，堂子的主要建筑有祭神殿、圜殿及尚神殿，圜殿前有一个致祭时用的神杆石座。

"堂子祭天"是满清萨满祭祀礼之一。在堂子举行的祭祀主要分为两种情况：一是诸如元旦拜天、出征、凯旋等国家大事；另一种是月祭、浴佛祭、马祭等属于民间的一般的祭祀。

厉宁考证，清军入关后，依然奉堂子的礼仪。清朝皇帝在紫禁城里祭祀行礼前，先朝东坐在享殿檐下的坐褥上，其他王公贝勒按职位依次坐下。训练有素的内监弹奏三弦琵琶，满洲萨满载舞献酒，擎神刀祷祝。所有在场参加赞礼者一起拍板抚掌，一起唱满洲神歌，然后进享殿、圜殿分别行礼。盛大雷想起过去故宫的某个建筑物里也上演过这种神秘的仪礼，不寒而栗。

今年在二爷山的萨满纪念活动之所以选在中秋节那天举行，也是与古人月祭的风俗吻合。盛大雷站在横幅下，出了一会儿神，没有停下脚步，继续向上走。步行了大约五十分钟，天色已暗，他已经有好一会儿都没遇到人了。走到半山腰的拐弯处，在这个山体凸出的位置有一座八角凉亭。盛大雷看看手表，比预计时间来得早了十分钟。他走进凉亭，坐下来，倚栏眺望。

凉亭所在的位置视野开阔，能眺望清北城的一片霓虹。盛大雷竖着耳朵倾听，似乎能听到遥远的城市里机动车辆的噪声汇成的嗡嗡声。

盛大雷身后的二爷山在夜里高大压人。茂密的丛林遮盖了整个山体，山路犹如隐藏在茂密头发中的发旋儿，灰灰白白地蜿蜒在丛林中。丛林中响起了一声布谷鸟的叫声，盛大雷看看手表：9：30。

他抬头，模仿布谷鸟的叫声，吹了几声口哨，一个小男孩从路边的树林中蹦了出来，朝着盛大雷撒腿跑来，边跑边喊："大雷老师！大雷老师！"

盛大雷站起来，迎了上去。小男孩直接跳进盛大雷的怀里，双手环住盛大雷的脖子，双腿环住盛大雷的腰，摇晃着，像一只小猴子。盛大雷笑了，他好久没有这么放松地笑了，看到小豆子，他的开心无法压抑。

"跟校长请假了吗？"盛大雷摇晃着小豆子，问道。

"那还用说？！你不是给校长打电话找我吗？"小豆子挣扎着跳到地面上，很认真地仰着头道，"大雷老师，我白天已经踩过路线了，他今天在呢！"边说着，边向盛大雷招招手，钻进了刚才路边的树林子。

"他100多岁了呢！"小豆子信誓旦旦。

盛大雷笑了，道："他的孩子呢？"

"他孩子都被小日本杀了！"小豆子的语气中充满了仇恨。

小豆子对树林里的路很熟悉，上蹿下跳，左拐右转，时不时地停下脚步，催促盛大雷跟上。盛大雷的爱彼表夜光指针显示晚上11:30时，两个人开始走下坡路，也就是说在走进山谷。

· 2 ·

白天，生活在城市里的人很少会注意和察觉身边那些并不常见也并不明显的声音和味道。二爷山盛大雷来过很多次，从来没有像今晚这样发现另外一个完全不一样的二爷山。万籁俱寂的意思原来不是指一点点声音都没有，而是所有微小的声音都不会被忽略和掩盖，都是清晰的。

盛大雷听到山中小兽的低吼声和跑动声，有几次他甚至确信自己听到了某些野生动物的喘息声。清香扑鼻的感觉原来真的是猛烈地扑面而来，迅速钻进鼻腔，还有不知名的野花野果散发出的味道让盛大雷只想起一个词——清新，原来清新的味道就是这样的。

小豆子时不时地宽慰盛大雷不要怕，说二爷山的山那头才有狼，这片最多只有野猪，而且这群野猪只在早上和黄昏才出来觅食。他提醒盛大雷，即使遇到野猪也不要紧张，因为野猪的视力只能看清眼前距离鼻子相当近的区域内的物体，别让野猪将鼻子对准自己。野猪在对准目标后会有个蹬腿的动作，只要在它行动前及时避让就可以了。

慢慢地，盛大雷发现，小豆子看似乱走，其实一直在沿着一条隐蔽的山路走。这条山路隐蔽在山林草丛间，被石块或溪流阻断，但是对于熟悉这座山的人而言，那条路始终都在，不论在白天还是晚上，这就是所谓的山性吧。

二爷山原始森林里有许多自然倒下的大树，有的树刚好倒在河流上方，形成天然的桥。盛大雷随着小豆子，两脚脚跟向内，脚尖向外，交替着走在树干上，双手展开，在空中保持平衡。他想起当年在公安大学上警体课，平衡木是训练内容之一，毕业两年多来，他第一次用上这项技能。

盛大雷腿长步大，五六步就快走到了河对面。他从树干上一跃而下时，手臂在空中挥舞，不小心碰到了一段没有叶子的枯树枝。一阵短暂的刺痛后就是灼热感，小豆子凑上来时，盛大雷的右胳膊已经流血了。

小豆子猫着腰，伏在地上到处寻找着什么，不一会儿他攥着几片树叶回到盛大雷身边。

盛大雷看着他把那几片卵状心形的绿色树叶扔进嘴里咀嚼，然后吐出来，仔细地敷在盛大雷的伤口处。

"舞鹤草，我们小时候受伤流血都用这个！"小豆子像是一个专业的小大夫。

果不其然，很快，伤口就止住了血。盛大雷感激地朝小豆子笑笑。突然，小豆子机警地蹲下，竖起右手食指在唇间，并用左手向下摆动，示意盛大雷别吭声，也蹲下。

盛大雷照做，静默地蹲了好几分钟，什么情况也没有发现，但是小豆子与刚才相比更安静了，几乎纹丝不动。盛大雷回头才发现，二爷山山顶已在自己身后高处，快到中秋了，月亮又大又圆，镶嵌在山顶上。

盛大雷转过头来时发觉，好像有一双眼睛在高处盯着自己，他顺着刚才的视线找过去：一双大大的眼睛被固定在眼窝里，纹丝不动。盛大雷记得教科书上说猫头鹰是唯一不能分辨颜色的鸟类，所以猫头鹰要不停地转动它的脑袋。它们还有一个能灵活转动的脖子，使脸能转向后方，由于特殊的颈椎结构，头的活动范围为270°。此时，猫头鹰站在一棵桦树最低的树枝上，凝望着盛大雷，大大的黑眼球外面是一圈黄色。

盛大雷听到了一阵声音，起初他没反应过来声音来自哪里。他甚至在那一瞬间怀疑是猫头鹰发出的声音，但更像是在庙里听到过的和尚念经声，又不太一样，因为其间还带有起伏的旋律。盛大雷慢慢辨别出声音发出的位置，慢慢地转回头去……

萨满！盛大雷想起来了，这种声音自己听到过的——儿时在查干湖听到过，只是时间隔得太久远了。这声音与其形容是在哼唱，不如说是在喃喃自语，如果在白天的城市，一定会被其他声音盖住。

盛大雷跟随小豆子一同抬头张望，隔着一片低矮的树林，是一片相对平整的空地，皎洁的月光洒下来，可以看到一个人在仰天自语。虽然看不清楚那人的脸庞，但盛大雷确定那就是老李头。

这时，盛大雷的手表"嘀"的一声提示午夜12点整了。手表发出的这个细微的声音在城市生活中完全会被忽略，但是在自然环境中，机械声音却显得那么不和谐。

老李头突然停住了自语，迅速地向这边看来，他的眼睛中透出一股罕见的精光，穿透丛林的遮蔽、穿透人的皮囊，直指人心。小豆子和盛大雷屏住呼吸，一动不敢动。

"小豆子吧！还叫了谁一起来啊？"老李头中气十足，声音在寂静的夜晚传得很远，好像就在面前说话，但语气很温和。

"爷爷好！"小豆子直起身，向老李头飞奔过去，盛大雷也跟着起身走过去。

"我见过你！"老李头看着盛大雷，两手爱抚着扑到自己怀里的小豆子。

"李大爷好！"盛大雷干咳了两声，挠挠头。

"爷爷，爷爷，您快帮帮大雷老师！"小豆子在老李头怀里扭动着。

"你就是帮助山里孩子们那个学校的人？"老李头显然很高兴。

盛大雷不好意思地点点头。

"跟我来吧！"老李头拉着小豆子的手，转身向幽暗处走去，盛大雷在后面跟着。

没想到，就在月光照不到的林中还有一座小木屋。小木屋高3米左右，外墙完全是由原木拼接而成的。进了屋，里面不过十五六平方米的面积，摆设倒也简单，一张单人床，一把椅子，中间还摆着一只火炉。

老李头指了指那张床，示意盛大雷坐上去，然后他自己坐在椅子上，小豆子则靠在他怀里。

"你叫什么名字？哪里人啊？"老李头问着盛大雷，从房梁上吊着的一个篮子里摸出一把松子和榛子，递给小豆子。

"盛大雷，盛开的盛，大小的大，雷雨的雷，松原人，祖籍山东。"

老李头精光一现的眼神再次闪光，他沉默了好一会儿，继续问道："你是警察？"

盛大雷苦笑着点点头，心里想的却是不知自己这个警察还能干多久。

"你遇到的麻烦跟萨满有关？"老李头又抓了一把松子和榛子，递给盛大雷。

盛大雷点点头，探身接过坚果，突然有股冲动想把过去这四十多天发生的事情一股脑地都讲给面前这位老人。是一种基于对这个年纪的老人的天然信任，还是他有预感面前这位老人或许会帮自己解开一些迷惑，他自己也说不清。

"我的故事很复杂，要从很久之前讲起……"盛大雷眉头紧蹙。

"哈哈，小伙子，你的故事有多复杂，又能从多久之前讲起呢？"在老李头眼中，盛大雷也只是个孩子，是比小豆子大一些的孩子罢了。

盛大雷便从8月1日李翘案讲起，讲到了张景芳案，讲到了宋威案，又提及自己把这起系列杀人案与1935年清北萨满杀人案和女红卫兵非正常死亡案联系起来。

老李头低着头，一言不发。盛大雷一度担心老人家睡着了，只看到老李头的眼皮不时地跳动一下。盛大雷一口气讲完，小豆子听得津津有味，眼睛瞪得溜圆。

老李头抬起头，眼神仿佛穿过幽暗的岁月，问道："你觉得因为用了萨满的圣物就跟萨满有关吗？"

"我不确定，或许他在故弄玄虚。"盛大雷实话实说。

"萨满不杀无辜之人，如果他是虔诚的萨满教徒，那死的这几个人一定都有罪孽，只是你还没有发现。"老李头的口吻像极了法官。

"如果这些人没有罪孽，那这个人就是在变相地毁坏萨满的名誉。"老李头这句话出乎盛大雷的意料。

"人们讲法律了，但世道并没有变得更好。"老李头叹了一口气，眼神穿过空气，仿佛进入了很久远的过去，"人们之所以不再信萨满了，是觉得萨满落后了，是迷信。"

盛大雷心里也是这样认为的，但他认真倾听着。

"如果那个人曾经被萨满惩罚过，他就会想方设法毁坏萨满的名声，最好的办法就是利用你们警察。"老李头讲出这句话时，盛大雷的脑袋裂开了一道缝，照进了一线光。

"你对自己的家世了解吗？"老李头直接问盛大雷。

这个问题，这段时间已经引起盛大雷的思考，他甚至不知道自己的母亲当年车祸身亡这事儿是真是假，也就更无法确定自己所谓的家世了。

老李头看着盛大雷迷惘的表情，道："或许你家祖籍根本不是山东。"

盛大雷侧脸，迷惑地看着老李头。

"你搞清楚自己的身世才是关键。这些案子不过是乱人眼睛的迷花。"老李头的话其实帮助盛大雷坚定了这段时间的一个判断。

· 3 ·

盛大雷对照自己大学时的照片，细细端详，才发现这几年自己的模样也有变化。对照曾经的模样，他开始打理自己。他从来没有这么认真地修饰自己的容貌。他站在酒店房间的洗手间里，把买回来的所有工具都按照说明使用了一遍。

好在毕竟是本人，照片也不过才隔了三年时间，盛大雷照着镜子，拂去头顶上的头发楂，摸着下巴，低头看看洗漱台上那张照片上的自己，还算满意。

盛大雷从来没有违法过，起码没有故意违法过，这一次他要故意违法了。

"我们的技术手段都找不到他吗？"吴新年一屁股坐到老刘办公桌旁的沙发里。

"不知道他的侦查能力如何，反侦查能力倒是很强。"夏璋话中有话。

老刘沉着脸，没说话。今天他一早到了队里，就看到吴新年和夏璋跟了上来，有种联合逼宫的架势。

"几十个小时过去了，人间蒸发了！"吴新年对自己说出"人间蒸发"这个词很满意，殊不知这都是陈词滥调。

"他父亲的案子，他涉及很深。"夏璋这两天一直在研究从盛大雷宿舍搬来的那三箱子材料和那两块白板。

"我们局的孙处长和北京市局刑侦总队的李副总队长马上就到了。"吴新年提醒老刘，公安部和北京市局有多么重视这个案子。

"我确实不知道他现在哪里。"老刘两手一摊。

盛大雷站在沈阳桃仙国际机场，在柜台用现金买票时，他知道自己一旦走出这一步，一切或许就不能回头了。

他换了登机牌，过安检通道的窗口时递上那本褐色护照。年轻的边检小姑娘有一双清澈明亮的大眼睛，抬头、低头地来回打量他和面前的护照好几遍。

难道被发现了？盛大雷的心里一怵，下意识地看着前后左右，左前方的安检门后面好像还有两个穿警服的男子。

"啪"的一声，戳盖好了，小姑娘把机票夹进护照本，双手递还盛大雷。小姑娘笑得很灿烂，还有两个小酒窝。

盛大雷点头而笑，表示谢意，走向安检门排队。他觉得自己刚才的笑好假，之前他可从不会强颜欢笑。

顺利通过安检，因为盛大雷的行李只有一个黑色的新秀丽双肩背包，里面除了几件衣裤，还有扣除机票后余下的不到3万元人民币，这是丁海琳近一半的转业安置费。

盛大雷从小对钱是没有任何概念的。他对物质的要求不高，那是因为他从小就锦衣玉食，如今父亲给自己的信用卡已被停用，每个月发的工资基本上对他的消费习惯而言就是杯水车薪。

盛大雷从安检仪传送带端头的金属平台上拎起书包，大步流星地向候机室走去。他买的是泰国酷鸟航空公司的航班，航班号XW877，机型是波音777。

他翻开护照仔细端详。当年在中国人民公安大学读书时，他所学的专业是涉外警务。他还依稀记得当年自己填报志愿时，翻看学校的招生简章，介绍这个专业培养的是应用型公安高级专门人才，通过大学的专业培养从而具备出入境管理、边防检查、涉外案件处置、国际警务执法合作、维和警务等方面专业技能。

但是他自己在工作后居然干了刑警，没出过一次国。手上这本护照的颁发日期是今年6月，崭新。

也对，盛大雷记得当年学过的出入境管理课程，如果不是崭新护照，那护照上这个名叫巴颂·乍仑蓬的青年人又是怎么入境的呢？按照经验，当然是之前时常出国，旧的护照盖满了各类出入境的戳，所以才换了新本。

酷鸟航空公司的那架大飞机已经停在玻璃墙外，机头是柠檬黄色的鸟嘴，驾驶员舱的窗玻璃是鸟眼，机身、机翼和机尾是黄白相间的鸟身，整体看上去，是很可爱的飞机。盛大雷打出租车绕道来沈阳时的不安现在居然因为眼前这架飞机而消散了许多。

他穿过乘客舱，坐到了第十二排靠右侧舷窗的位置。从踏入机舱的第一步，看到空姐甜美的笑容，听到令人酥醉的"萨瓦迪卡"时，他一度产生了错觉：这是一次旅行。

凌晨从二爷山出来到现在，盛大雷一直都没有合眼，马不停蹄地来赶这趟最早的直飞泰国的航班，他要去泰国解开心头最大的谜团。

飞机腾空，进入高空平稳飞行时，他就进入了睡眠——深度睡眠。机舱广播提醒旅客飞机即将着陆时，盛大雷才从睡眠中缓缓醒来。舷窗外，太阳在不远的地方透过形状各异的云彩散发出迷人的光芒。向下鸟瞰，一座繁华的城市尽收眼底，密密麻麻的房子，其中许多房子的顶是金色的，到处散落着葳蕤的树木，还有像墨绿色绸带一样的河流。

飞行时间总计五个小时，飞机安稳地降落在廊曼国际机场的停机坪上。

盛大雷出海关，看到对面的货币兑换窗口。他索性把包里余下的所有人民币全都兑换成了泰币。柜台员按照1泰铢等于0.2073人民币的汇率兑换出来，整整给了他十五摞钞票。盛大雷很吃惊，但还是把这些泰币都塞进背包里。他踱了两步到隔壁卖电话卡的窗口。

他用新手机卡试着联网，随手搜索机场信息才知道廊曼国际机场是曼谷的旧国际机场，只有两个航站楼，而且在过去的二三十年时间里发生过多次灾难。

最夸张的一次是1991年5月26日，一架飞机准备从廊曼飞往维也纳国际机场，1号发动机上的反向推进器在飞机刚起飞时就被启动了，导致这架飞机瞬间失去了平衡，而且还来不及调整修正，最终导致失速解体坠毁，机上213名乘客和10名机组人员无一人生还。盛大雷没继续看后面其他的空难报道，分别打了两个电话：一个打给丁海琳，一个打给李超特。过去的两天里，他没有使用手机。干这行的当然很清楚中国公安的技侦手段监控能够达到什么程度。

·4·

曼谷原意"天使之城"，有"佛庙之都"之誉，是繁华的国际大都市，刚刚被评选为"2014年全球最受欢迎旅游城市"。

这座城市是国际活动中心之一，各种国际会议在此密集举行，据说每年多达300起。曼谷市区内设有联合国亚太经社委员会总部、国际劳工组织、世界银行、世界卫生组织等二十多个国际机构的区域办事处。

时间已经很紧迫了，盛大雷直接拦车前往目的地。

出租车沿着湄南河行驶，盛大雷眼中到处都是沿河而建的巍峨佛塔，红顶的寺院，红、绿、黄相间的泰式鱼脊形屋顶的庙宇，充满了神秘的东方色彩。

湄南河是泰国第一大河，自北而南地纵贯泰国全境。此时9月，恰为雨季，也为汛期。河岸开阔，水流湍急，风吹浪涌，碧波涟漪，龙舟击水，颠簸不已。

湄南河沿岸地区，是泰国的政治中心，也是旅游景点密集区。司机中文流利，边开车边介绍那里是大皇宫、那里是郑王庙、那里是玉佛寺，等等。

遗憾的是，心事重重的盛大雷无意赏景。

很快，车子驶入一条带有中国元素的街道，这里便是盛大雷此行的目的地之一——曼谷唐人街。

这条街上林立着数以千计的各种商号，悬挂着各类醒目的中文招牌，经营来自中国和当地的商品。最多的是金店，门面虽不大，但家家装饰得富丽堂皇，据说曼谷金店的70%分布在唐人街。

司机把车子停在一家金店门口，示意盛大雷这就是他要找的地方。盛大雷付了车费，下了车，站在金店门口，展示橱窗下停着一辆三轮车，店门两侧的青石砖上有阴文烫金汉字——"生意兴隆通四海，财源茂盛达三江"。

盛大雷推门而入，映入眼帘的是供奉的福、禄、寿三位官人像。右转则是一圈常见的玻璃柜台，玻璃柜台里面的射灯光线十足，里面各种黄金首饰熠熠生辉。

"萨瓦迪卡！"一位20多岁的漂亮泰国女孩双手合十，微笑问候。

"萨瓦迪卡！"盛大雷入乡随俗，微微弯腰，施以微笑。

"您是中国人吗？想买些什么呢？"泰国女孩礼貌地问道。

"请问这是'大川大成贸易公司'吗？"盛大雷问道。

"是的，请问您有事情来谈吗？"泰国女孩眼睛忽闪，睫毛很长。

"是的，我想找你们老板。"

"老板不在，这段时间住在清迈。"她善解人意道，"如果您有事情，我可以转告老板。"

"我需要见到你们老板，越快越好。"

"我不知道老板住在清迈什么地方，您可以给我留下电话，我转告老板。"

"可以把你们老板的电话给我吗？"

女孩很为难，抱歉地摇摇头。

这时从柜台后面的一扇小门里走出一名中年男子，看模样应该是中国人，问盛大雷："你找老板做什么？"

"我从中国专程来找你们老板，有很重要的事情！"盛大雷双手撑在柜台上，身体前倾，热切地恳求。

中年男子仔细打量盛大雷，像警察审讯犯人的眼神，突然他的眼眸一亮，问道："你叫什么名字？"

"盛大雷，泰国名字叫巴颂·乍仑蓬！"盛大雷边说边把护照本递给中年男子。

中年男子拿着护照，低头翻看，反复端详，肩膀微颤，一言不发地转身消失在那扇小门里。

过了三分钟，盛大雷觉得应该要回护照离开时，那名中年男子又从小门里出来了，隔着柜台把护照归还盛大雷，然后自己从柜台后面绕出来，向店门口走去，对盛大雷招呼道："请跟我走！"语气不容拒绝。

中年男子个头不高，盛大雷紧跟其后，就好像在押着他走。中年男子上了门口的那辆三轮车，示意盛大雷坐到后车棚。

盛大雷抬腿，钻进了后车棚，屁股还没碰着钢条焊成的简易座位，三轮车已经"突突突"地开动了。这种车子，盛大雷从机场来的路上就见到了很多。

穿越马路的时候，这种车子就直接蹿到了马路的正中央，不管迎面而来的车流长不见尾，瞅个空当儿便直接横穿马路，即使附近连十字路口和红绿灯的影子也没有。显然曼谷的机动车辆司机对这种三轮车司空见惯，甚至是纵容，对于其不遵守交通规则的做法视若无睹。盛大雷窝在逼仄的车棚里，一手撑着座位，一手撑着顶棚上的钢筋架子，一路东倒西歪地前进。

中年男子把车子开到了湄南河畔，停在了一个貌似菜市场的嘈杂之地。他停下三轮车，带着盛大雷向河边走去。泰国人普遍不高，所以菜市场上面搭建的各种小棚子时常碰撞到盛大雷的脑袋和肩膀，导致盛大雷只能弯腰穿行。

两人走到了河边，河水浑浊，杂草以及生活垃圾在河面荡漾，空气中有股腥味，还有臭味。河岸都是低矮破旧的住房，有的房子甚至用一张残破塑料纸作抵挡风雨的大门。

盛大雷跟着中年男子上了一艘小汽船，伴随着船尾发动机的"嘟嘟"声，船入河汊。水上漂着一艘艘双人舴艋小舟，有的停歇在椰树蕉林下，有的正划向一些游览小船上的游客兜揽生意。妇女们坐在她们小小的舢舨上卖芭乐、杧果、凤梨、榴梿和红毛丹，还有一些红红黄黄的水果，盛大雷也叫不上名字。还有卖扇子、凉帽，或卖鱼类、海鲜甚至简单的泰国点心的。

杂乱之余，盛大雷还看到一艘小艇在兜售一束束美丽的热带花朵，像兰花，还有一个个清香艳丽的花环，花的清香驱走了不少浊臭。

船在河岸这边穿行了几分钟，终于冲出水上市场的包围，开始顺流，斜着向对岸驶去。河对面沿岸耸立的村寨、古庙不时从绿荫丛中探出顶，皮肤黝黑的村民在河中沐浴，成群的孩子也在水中嬉戏。

小汽艇停在了河对岸的一片丛林下的小码头。码头上已经站着两个彪悍的男子，着装是全世界黑社会的标配之一：黑皮鞋，黑色西服套装，里面白色衬衣，胸前是黑色领带，大大的蛤蟆镜。

盛大雷看着这俩"黑社会"都觉得热，而且这身行头在这里出现，显得格外高调。尤其是这俩"黑社会"腰部左侧有硬物把西装下摆微微地撑出了一块，那应该是一把手枪，而且不是微型手枪。

中年男子带盛大雷跨上码头，"黑社会"男子之一递到盛大雷面前一根黑色的绸带，示意他蒙上眼。盛大雷犹豫了一下，另外一名"黑社会"向前一步，手有意无意地按住自己腰部左侧位置。

盛大雷自觉地用绸带蒙住眼睛，双手圈到后脑勺打上结。听脚步声，两名"黑社会"在前面带路，中年男子则扯着盛大雷的胳膊指引。

四个人先是上了几级台阶，有车门打开的声音，盛大雷的脑袋被示意压低，磕磕碰碰地跨进了一辆车子的后座，中年男子随后也进来。

车子应该是在市区道路穿行了十几分钟后，开始加速。盛大雷虽然蒙着眼睛，但是待在车上依然舒适。车厢内部空气清新，真皮椅套散发出淡淡的皮子的工业香味。车子的隔音效果非常好，但盛大雷还是清楚地判断出车子正在离开闹市，而且越走越偏僻，几乎听不到外面的鸣笛声和三轮车的"突突"声了。

车子的轮胎与柏油马路发出和谐的碾压声，突然一拐，轮胎开始与沙地接触，应该是下了公路。车速放缓，逐渐停车，但是没有熄火，几秒钟后，车厢外面响起开铁门的声音，铁门应该很厚重，轴承应该很精良，所以才会发出沉重而低微的开门声。

车子再次启动，驶上一段大颗粒的石子路。整个途中，中年男子和两名"黑社会"一句话都没有说，盛大雷也在沉默。他知道自己已经到达目的地，已经接近层层谜团的核心了。

· 5 ·

"他跑哪儿去了？潜逃了？"夏璋手撑在电脑桌上，闭着眼睛问。

"我不知道。"李超特低着头，用手背抹去夏璋喷到自己脸上的唾沫星子。

夏璋猛地睁开眼睛，用自己想象中最锋利的眼神投向眼前这个看上去瘦弱苍白的光头青年。他应该会对自己的眼神感到压力和恐惧，夏璋判断，期待。

"我已经说了无数遍，我不知道！"李超特低下头，漫无目的地看着面前的电脑屏幕，他觉得两个人"车轱辘"话几十个来回，实在枯燥，乃至无聊。

今天下午，夏璋突然带人冲上这个阁楼时，李超特确实吓了一跳，好在夏璋的大张旗鼓以及试图顶开阁楼门的方法比较笨拙，给李超特留下了充分的时间。

充分的时间前后也只有不足三分钟，但是足够李超特把电脑上的一些东西处理干净。阿迪嫌恶地瞅着夏璋，甚至发出了低沉的威胁声。李超特抱起阿迪，摸了摸它的脑袋，把它递到天窗上，阿迪"喵"的一声，回头看了看主人，扭头而去。

夏璋弯腰低头观察椅子面，拂去椅子上的两根猫毛，端坐，跷起二郎腿，安静地逼视着李超特。

夏璋的表演持续了近几分钟，没有看到李超特诚惶诚恐地主动交代，他站起身，直起腰，义正词严："李超特，你现在涉嫌系列杀人案，我不是在跟你聊天开玩笑！我也没工夫跟你浪费时间！"

"我没杀人，我知道盛大雷也没有杀人。"李超特平静地说，根本没有被夏璋抬高的语气吓到。

"不到黄河不死心！"夏璋恨其不争，左右开弓地指示手下："你，把他带走！你们两个把这里给我翻个底朝天！你们两个把这台电脑还有这个鬼屋里的所有电子设备都给我搬回去！"

夏璋对厉宁不敢过于造次。他带着两名属下，站在厉宁的办公室里，长篇大论的开场白，还是他的那种套路。

"夏队长，我只是一名大学老师。"厉宁坦然地坐在桌旁，双手捧着水杯道，"盛大雷查案子，遇到一些专业问题会来问我，仅此而已。"

"那就请您把他提出的所有问题还有您给他提供的所有回复都告诉我。"夏璋从口袋里摸出一本崭新的小本子，从厉宁的办公桌上的黑色笔筒里挑出一支签字笔，摆好随时记录的动作，看着厉宁。

厉宁并没有令夏璋尴尬，简短地说了盛大雷来找自己询问萨满和"双头三叉戟"的细节，同时也讲了自己的一些发现和结论。在这个过程中，夏璋表面上很认真地在记录，但是厉宁从他的眼神中看到了一种不屑。

"夏队长，虽然我不是警察，但是我觉得马上还会有人被害，你们此时抓盛大雷，不如帮助他一起找到凶手！"厉宁还是说出了心里话。

"您提供的信息对我们很有帮助。"夏璋把签字笔插回笔筒，合上本子，他的动作很慢，看上去有板有眼，他显然是在盘算着什么。

厉宁一言不发，等待夏璋脑海中的语言组织好。果然，夏璋开口了："厉教授，您觉得盛大雷为什么要潜逃呢？"

"以我对他的了解，他应该是去追查线索。"厉宁的回答很干脆。

"追查线索？你的想法也太学院派了吧！"刚才夏璋眼神中的不屑，现在已经浮现到整张脸上。他对刚才自己嘴中迸出的"学院派"这个词很满意，眼前这个教授看起来比自己大不了几岁，夏璋很怀疑他的水平。

厉宁见过太多这种人，但是，他觉得自己有责任再做一次努力，毕竟自己是大学老师："夏队长，刑事科学我不懂，但是科学的规律万变不离其宗。世间万物皆有联系，只是看你能发现哪个层次的联系。我觉得盛大雷有天赋，而且他有一颗谦逊的心，而这恰恰是发现真相的重要条件。"

夏璋对于自己听不懂的大道理最是反感，他觉得面前这个年纪轻轻的教授不过是徒有虚名。从进入这间办公室开始，夏璋就发现了许多不足之处。除了书架还算整洁，所有桌面上都是凌乱的资料和文具。

夏璋记得读警校时，自己的队长讲过一句话："内务就是战斗力！"队长还重复过一句中国的老话："一屋不扫，何以扫天下！"

中国的学生就是毁在这些天天云里雾里的老师手上，空谈误国！夏璋明白自己跟厉宁不是一路人，说话和思维都不在一个频道上。

丁海琳低头回复了一条微信："下班就来，你等我！"

忽然身后的门被猛地推开，她赶紧把手机盖在手下。

"小丁，你的报告写完了吗？"夏璋刚回到队里。

"差不多了。"丁海琳站起来，走到门口，把手中的几张纸递给夏璋。

"就这么几张纸？"夏璋数了数页数，共五页。

"夏队，我是归纳总结，还有提炼。"丁海琳真是受不了那种看字数来判断报告质量的人。

想想各级单位下发的那一摞摞的会议精神和指导文件，随便几份就能装订成书，可是有人看吗？能一句话说明白的，就一定要凑出一张纸吗？但是丁海琳脸上没有流露出不满，因为她知道自己必须应付好了夏璋才能去做该做的事情，现在时间已经很紧迫了。

"好，你简单跟我说下你报告的结论！"夏璋皱着眉头，拉开架势，低头浏览手头的材料。

"李翘、张景芳和宋威的死都是同一个人所为，此人不是刘三，应该另有其人。"

"盛大雷的嫌疑现在最大！"夏璋皱着眉头掀看第二页。

"盛大雷没有作案动机，现在拿到的现场跟他有关的证据都过于低级，根本不是他这个水平的人能犯的错误！"

"什么水平？盛大雷什么水平？"夏璋终于把头抬起来了。

盛大雷的水平就是你们动用多少警力现在都抓不到！丁海琳特别想把这句话说出来，解气！

但是，她控制住了情绪，她不想在这个节骨眼跟夏璋进行情绪上的角力，她继续说："盛大雷发现凶手是针对他，或者是针对他父亲，我们暂且把他们父子俩算作一个整体……"

"对，他们父子就是一个整体！"夏璋想起了他看过的那份档案，终于听到丁海琳说出了一句正中自己下怀的话。可惜，这句话还没说完，只能算得上是断章取义。

"真正的凶手想毁了这父子俩，他们之间应该有深仇大恨，只是现在盛坤还在昏迷，只能是盛大雷去寻找这个深仇大恨的根源了，而这个根源就是杀人动机。"丁海琳话说完了，看着夏璋，眼神在询问自己是否可以走了。

夏璋不耐烦地挥挥手中的材料，示意丁海琳可以走了。丁海琳朝会议室门外走去，在会议室门口侧身从夏璋身边经过时，夏璋突然小声问了一句："你这个报告还有刚才这些结论还有谁知道？"

"报告只有您手上这一份，但是结论和一些情况刘队应该也知道，也都明白。"丁海琳说完，向着走廊另外一头的楼梯口走去。

· 6 ·

中年男子帮盛大雷把蒙眼黑巾摘下，就和其他一干人等退了出去。盛大雷睁开眼睛，活动下眼球，定睛一看，映入眼帘的一切让他误以为自己回到了中国，而且是古代中国。

这是一座典型的中国江南古典园林，灰瓦白墙围绕的院子中，以一顷睡莲旖旎的碧池为中心，一尊3米多高的太湖石伫立在水中央，造型像龙又像柏。池水清澈广阔，锦鲤遨游，太湖石形态自下而上逐渐壮硕，其巅尤伟，如云状，肖然独立，旁无支撑，石上苔藓斑驳，藤蔓纷披，不乏古意，池畔林荫匝地，长廊环抱。整座园林中花木繁盛，暗香浮动。

整座园林分为东、中、西厅和住宅四个部分。厅堂住宅在池子的后面，透过中间这座院子东、西两侧环抱的长廊上造型古朴的石雕窗棂，可以确定两侧还有两个相对独立的小园。面水隔石，池子后面的厅堂内宽敞明亮，长窗裙板用的应该是黄杨木雕，盛大雷定睛细看，雕镂精细，层次丰富，栩栩如生，落地长窗加上精致的裙板木雕。简直令人恍若隔世。无论是太湖石，还是长廊厅堂的一砖一瓦，都像是旧物，这座园林好像是从中国江南整体搬到了泰国。

盛大雷抬脚，绕过池子，步入木门大开的厅堂。忽而，厅堂后面响起细微的脚步声，应该是一名体态轻盈的女子。继而，正堂后面绕出一位体态优雅的女子，带来一阵幽香。

盛大雷心头一震，几乎目瞪口呆。这个人如同从自己床头那张全家福老照片中走出来的。此女子身高约1.7米，体态婀娜，身穿一身藕色泰国民族服装，一块长方形的红色丝绸把腰间紧紧地裹起来做成裙子。

　　盛大雷看不出这名女子的年纪，说她30岁多一点吧，那种韵味和气质绝非这种年纪就能形成的，说她四五十岁吧，那细腻光亮的皮肤和纤细柔和的四肢却又是少女才能够保持和拥有的。

　　这名女子什么话都没有说，只是与盛大雷隔着5米的距离，仔细端详着他，眼眶中光彩流转，温柔得似乎能够淌出泪来。

　　当盛大雷与这名女子的眼神对焦时，他的心脏被猛烈撞击，不是痛苦的或者致命的一击，而是一种隔着漫长的岁月但却拥有着不曾被割裂的亲密。眼前这名叫作雷静秋的女子生于1970年12月26日，她赋予了盛大雷生命，盛坤和她的姓组成了盛大雷的名字。

　　"妈！"当这个字从盛大雷的胸腔冲出时，眼泪也同时从他眼眶中喷涌而出。

　　盛大雷冲上前，紧紧地抱住了这名女子，他的恸哭立刻换来了血肉相连的共鸣。这名女子就是盛大雷的母亲，她活在盛大雷儿时的记忆和成年后的潜意识里，活在盛大雷床头挂的照片里，活在一起或许并不存在的车祸死亡的传闻里。

　　见到了母亲，盛大雷终于明白自己读大学时为何会对那名女生一见钟情了，终于明白为何自己恋爱不成会带来那么多的痛苦，终于明白这些年的预感还有这些天发现的那些线索到底意味着什么了。

　　十二年未见，没有丝毫的陌生，血浓于水，母子情深。此刻，盛大雷心里没有抱怨和怀疑，再次感受到母亲身体的温暖时，他知道不必去质问，因为母亲绝对不是遗弃了自己，她一定有她的苦衷。一切不必着急此刻就说，因为他希望现在这个拥抱持续得越久越好，就像自己还在襁褓中，每天都在母亲的呵护和宠溺下无忧无虑，无惧无畏。

　　只是，盛大雷的泪水好像永远不会哭干，浸透了母亲的衣衫。在母亲的轻轻拍打和安抚下，他停不下来地流泪。泪水中有过去十二年对母亲的思念，有这十二年经受的委屈，还有这一个多月来所忍受的非议与压力，一切的一切让他在此刻找到了理所当然的真情流露的出口。在她面前，他不必伪饰坚强，他只需要做自己就好，就像儿时，喜怒哀乐溢于言表，所有情绪都可以直接表达。

雷静秋宽慰着儿子，带着这个比她高了一头的英武青年向后院走去。后来盛大雷才知道，自己身处的这座园林，是1998年从浙江某古镇整体买下后，耗时五个月，总计拆下2789个构件，还有992个石块和当时家中摆放的日常用品、装饰品，甚至连同院墙、地基、天井、鱼池、门口铺设的石路板和小院子也拆了下来。只是这个院子当时一直没有复原，堆放在松原的某处仓库里。直到三年后，作为中泰文化的一个交流项目，它被用几十个集装箱运到了泰国曼谷。

然后，这座园林在曼谷远郊某处山清水秀之处复原，又耗时三年，耗资千万美元，每样实物按房子最后有人住的原样摆着。这一切都是因为母亲不能够回到家乡，父亲为了慰藉爱妻的思乡之情所做的巨大工程。

后院是一处小天井，一座精巧的小亭子依墙而建，雷静秋给儿子倒了一杯茶，娓娓道来自己出生以来的传奇故事，还有"死"后十二年的离奇故事。

盛大雷像一只大猫，乖巧地依偎在母亲怀里，认真地听，听那些他闻所未闻的故事，那些故事有的很久远了，但是现在依然未结束。

许多人的命运在出生前就已注定，雷静秋如此，盛大雷也如此。那些传奇的故事与历史有关，与信仰有关，与爱有关，与恨有关，与生活有关，与疯狂有关。

来泰国前，盛大雷对即将揭开的层层谜云心有揣测和推断，但是母亲讲述的那些事情还是大大地超乎了他的想象。

"大雷饿了吗？"当雷静秋爱怜地问着怀里的儿子时，盛大雷正头枕着母亲的双腿，仰望着母亲俯视自己的面容，微微点头，"嗯"了一声。

"尝尝妈妈的家乡菜吧！"讲完故事，雷静秋放松了下来，此时应该是久别重逢的母子在这座江南园林中吃点家常饭的时候了，还可以小酌一杯。

· 7 ·

翠绿色的海宁菜炒毛豆、红白相间的海宁缸肉、漂着几朵油花的清汤越鸡、细腻奶白的砂锅鱼头豆腐，还有两个透着浓香的嘉兴肉粽。丁海琳看着茶几上摆满的这些菜，忽然有些想家了。

"喝杯酒吗？"鲁大民从酒柜里选了一瓶红酒。

"喝一杯吧！"酒可以让她紧张痛苦的神经暂时得到放松。

"他走的时候什么都没说，只是说感谢我！"鲁大民"砰"的一声起开了红酒的瓶塞，端详一下酒塞，似乎很满意。他把整瓶红酒"咕嘟咕嘟"地倒进长颈宽肚的玻璃醒酒器中。

看着红色的液体从暗灰色的瓶子中涌出，丁海琳却想到李翘她们喉咙被刺破时血液喷涌的速度是不是比这个还快。

"先吃菜！"鲁大民坐到茶几的对面，用刀叉把那块拳头大的缸肉切开，皮开肉绽，肥油直流，给丁海琳面前的碟子里夹了一块。

丁海琳收回联想，看了看面前的那块缸肉，没有了任何胃口，道了声谢，用筷子夹起几根海宁菜送入口中。

"他不辞而别，会去哪儿呢？"鲁大民又给丁海琳舀了一碗鱼头豆腐汤。

丁海琳摇摇头，道："说说那两个人的情况吧！"

"北京的户外爱好者说多也多，说不多也不多，都在一个微信群里。"鲁大民夹起一块缸肉，嚼着道，"宋威去大同那两天，我们群里有两个人也去了，其中一个是意大利人，在北大做家教，今年春节前已经回国，还有一个是中国人。"

丁海琳显然对这个中国人很感兴趣，放下碗筷，等着鲁大民的下文。

"我之前见过这个人三回，第一次是很多朋友网上约着爬密云的一座山，来了十几个人，当时他自我介绍叫傻雷。你问我他的真名我也不知道，你明白的，网上共同爱好者见面，即使认识很久都不一定会说出自己的姓名。第二次是在北大旁边的一个酒吧……"

"静止酒吧？"丁海琳惊呼。

"对啊！就是那晚我和宋威那个班的同学一起聚会时……"

"怎么之前从来没听你说过呢？"

"之前你就是问我宋威那晚有没有什么异常反应，没问我除了同学们以外还是否遇到过其他人啊。"

"还有一次呢？"

"你吃着，我说。"鲁大民笑道。

"第三次是今年'七一'后我来清北看宋威，宋威带我去二爷山森林公园时，我遇到他背着野营包，"鲁大民两条胳膊伸长，比画道，"你见过吧？就这么长，里面有折叠帐篷和睡袋什么的。"

丁海琳咽下一口汤，想起过去在特警学院集训演习时的背包，点点头道："在二爷山见面打招呼了吗？"

"没有。当时他背着包在前面走，我看到他的时候，想喊一声的，但是宋威跟我说话，我一转头的工夫，他就不见了踪影。"

"你确定是他吗？"

"确定！他一米九左右的大个头很显眼，而且他的野营包我认识，之前我们去密云那次他就背着那个包，登山者牌子，橘红色，去密云那次他背了三天。"鲁大民非常有把握。

"现在有什么方法能联系上他或者找到他吗？"

"我有他微信啊！"

当丁海琳看到那个被鲁大民标注为"傻雷"的微信头像时吃了一惊：头像照片里有一尊菩萨坐像，就是那尊举世闻名的云岗第一大佛，它的形象常常出现在画册之中，是云冈的标志，大佛大耳垂肩，祥和端庄。

丁海琳点开傻雷的微信朋友圈，只能看到三条朋友圈信息，都是今年发的文字，第一条是7月31日23:16发的，第二条是8月25日23:16发的，第三条是9月2日23:16发的，这种对发朋友圈时间点的准确把握某种程度上就是强迫症的表征。

丁海琳认真看这三条朋友圈内容，分别是：

"其实人跟树是一样的，越是向往高处的阳光，它的根就越要伸向黑暗的地底。"

"世界弥漫着焦躁不安的气息，因为每一个人都急于从自己的枷锁中解放出来。"

"当你凝视深渊时，深渊也在凝视着你。"

"这三句话都是尼采的话。"鲁大民解释道。

丁海琳看着手机屏幕上的三个日期和三句话，突然觉得一切都是那么触目惊心，一切又都是那么清晰无疑。

可是她突然觉得很疲惫，眼皮开始打架，这段时间太累了，真应该好好睡一觉。

· 8 ·

"清北侦查大队？"

"对，您找谁？"内勤小姑娘把一绺头发顺到耳后，这时警报声响起，急促、悠长，令人心惊肉跳，电话那头显然也响起了同样的警报声。

"我是山西大同刑侦，想找你们队里的盛大雷！"对方提高了嗓门。

"大同今天也是10点鸣放防空警报吗？"内勤小姑娘心里默数着预先警报：鸣响36秒，停24秒，一遍，两遍，三遍。

"对！大同今年是第一次在9月18日进行防空警报鸣放！"对方在预先警报和空袭警报中间的短暂时间里说话，显得语气很急促，"盛大雷在吗？我们打他手机一直无法接通！"

"盛大雷的情况很复杂，我找队里领导跟您说吧！"内勤小姑娘扫了一眼墙上的值班表，不假思索地把电话转到了201办公室线上，老刘不在；内勤小姑娘又转到了204办公室，夏璋在。

夏璋办公桌上的固定电话几乎与空袭警报同时响起，这次的节奏是鸣响6秒，停6秒，反复15遍为一个周期，时长3分钟。

夏璋皱着眉头，在刺耳的警报声中与大同那边断断续续地说话，左手拿着话筒，眼睛好像能看到窗外空中的警报声波，右手五个指头不耐烦地轮番敲击着桌面。三分钟后，空袭警报结束，夏璋也听明白了对方喊的基本内容。

"感谢您对我们清北刑侦工作的支持，是否方便加我微信，直接把照片发给我？"夏璋眼睛盯着对面那张干净的空桌子说道，口吻在骤然安静下来的空间里显得特别有礼有力，似乎还带有回音。

挂断电话的同时，夏璋打开了手机，简单几下，操作微信加好友，对方很快就发过来一张照片。夏璋点击放大照片，照片里是三女一男。夏璋滑动屏幕，拖动照片细看每个人的脸，看着看着头顶就开始冒汗。

照片上的三名女子面容清晰，夏璋非常熟悉，而那名男子则戴着帽子和防风镜，可以根据站在他身旁的女性身高推测出他身高应该在1.88米以上，只是他在镜头前摆出"V"字形的手下方赫然露出一截文身。那截文身不完整，但仍可看出是"双头三叉戟"的一端！

夏璋霍地站起身，椅子被碰得斜倚着墙，"砰"的一声又跌落地面，他也不扶，在办公室狭小的空间里来回踱步。

他下意识地掏出了烟，刚递到嘴边，突然意识到这段时间自己抽烟抽得很凶，这样对自己的身体真的不好。但是，他还是给自己点燃了烟，抄起手机给老刘打电话。

"嘟——嘟——嘟——"老刘不接电话。

"妈的！"夏璋骂了一声刚要挂电话，这时老刘接起了电话。

"盛大雷去过大同？"夏璋也来不及客套了，开门见山。

"对，我知道。"老刘不温不火。

"他去大同找过张景芳工作过的户外用品店？"夏璋察觉到自己的情绪有些不稳定，刻意克制自己。

"对，但是没有收获，只能推测张景芳很可能在宋威和李翘去大同时也回了一趟大同……"

"不是推测，是一定！"夏璋脑海中清晰地浮现出刚才看到的那张四人合影照片，继续道，"大同那边给我们发了一张照片来，就是盛大雷去的那家户外用品店墙上遗失的那张照片。"

"就是张景芳和另外两名女性及一名男性的四人合影照？"老刘的口齿突然变得伶俐，显然思维正在迅速活动。

"对！照片上另外两名女性是李翘和宋威，男性戴着墨镜看不出模样，但是拍到了他胳膊上的'双头三叉戟'！"

"我马上到队里了，车子进院了！"老刘说着挂断了电话。

在出租车上下高速路时，盛大雷看了一眼腕表：10:16。应该来得及！盛大雷心里盘算着，又开始拨打手机，依然无法接通，他把泰国办理的手机号码带了回来。

返程是从曼谷的另外一个机场——所谓的"新机场"——素万那普国际机场出发，乘坐的航班是中国南方航空公司的空客320，航班号CZ8358，凌晨2:10起飞，早上8:55准时降落在沈阳桃仙国际机场。

五个多小时的飞行中，盛大雷在头等舱睡得很香。宽敞的座位区，让盛大雷修长的四肢终于不必再受委屈。

雷静秋像其他母亲一样，喜欢给孩子买东西。深夜到达机场时，她陪着儿子在机场商店里换了一身行头：DUNHILL的白色长袖衬衣，HUGO BOSS的黑色西裤，ZEGNA的藏蓝色软棉夹克外套，黑色的软底ECCO鞋子。

盛大雷体形高大，健硕粗壮，原本不适合这些品牌的设计，但是过去的这六周时间里，他惊人地消瘦了，现在的体形与这些品牌高度契合。其实，他最喜欢的是那双鞋子，在头等舱换拖鞋时，他仔细地把那双鞋子摆放进椅子下面的小柜子里。他脑海中浮现出坐在鞋店的软皮长凳上试鞋，母亲蹲下身子，帮他穿鞋子，用大拇指去摁鞋子的头，并抬头看着儿子，耐心地问是否挤脚、是否合适。

盛大雷早已忘记儿时母亲给自己穿鞋子的场景，但是这一切现在都得到了补偿。最欣慰的是，母亲保养得那么好，漆黑亮泽的长发，细腻光洁的皮肤，那双慈爱的眼睛都充满着勃勃生机。

母亲提醒他回去要多吃，不能再瘦下去了，那种啰唆和唠叨在盛大雷耳中却犹如天籁。雷静秋对儿子的衣裤鞋子的尺码了如指掌，盛大雷现在才明白过去这些年父亲每次出境给自己带回来的那些服装为何都那么有品位又那么合适了。

盛大雷沉浸在幸福的回忆中，和母亲在一起的三天，现在想来每个细节都那么值得回味。他跟母亲讲述了自己大学时的爱情经历，母亲陪着他笑，又陪着他落泪。

母亲给他讲述的则是一个绵延几千年的传奇故事，还有这些故事在过去近一百年时间里又是如何变得越来越复杂，那些扑朔迷离逐渐显露出核心要素，只是盛大雷没有想到自己也会被卷入复杂的故事，而且是从他生下来就已注定的。

如果不是母亲亲口告诉他，盛大雷不敢相信当年那个冲进二爷山的女红卫兵会和山上萨满的儿子生下一个女孩儿，而这个女孩儿长大后居然成为他的母亲。

世界那么大，故事多传奇。如果只是猎奇的观众，最多可以将其当作茶余饭后聊天的段子，但当你知道自己也是传奇故事中的人物时，那种复杂和负累绝非常人能够想象和体会的。

进入安检口挥手的一刹那，盛大雷萌生了念头：就留在泰国，留在这里，留在母亲身边，不回去了！不要再回去面对复杂的人际关系、凶险的案情世界，那里有太多谎言、背叛、欺骗、互害……

第二天就是中秋节了，留在这里陪伴自己失散十二年的母亲，该是多么幸福！可是，可能就是第二天，就会有一个人在清北被杀害，自己能否袖手旁观？！

"去面对！别逃避！"宗队的话再次在盛大雷脑海中回响，仿佛机场工作人员催促旅客登机的广播，"你要相信自己！靠自己！"

盛大雷强忍住泪水和抗拒，毅然转身，踏入乘客通道。他向空姐要了两杯灰雁伏特加，他需要睡眠，因为回去要应对挑战，为了那些冤死的灵魂，为了卧床的父亲，也为了蒙受不白之冤的自己。

飞机向中国东北方向前进，发动机持续稳定的轰鸣声犹如一首儿时的摇篮曲，而耳机中温柔男生低声浅吟："无人拘我言中泪，无人愁我独行路，回首向来萧瑟处，无人等在灯火阑珊处……"

·9·

"几点了？"丁海琳从黑暗中醒来时，低声问了一句。

"晚上9:14。"鲁大民温柔的声音从房间黑暗的角落里传过来。

"我们这是在哪里？"丁海琳的太阳穴隐隐作痛，她在想自己是不是累病了。

"呵呵，你带我来的这儿啊，你不记得了吗？"鲁大民走到床前，俯身摸摸丁海琳的额头。

丁海琳很困惑，因为他戴着很薄的胶皮手套，医生做手术时才戴这种手套。

"我发烧了吗？"丁海琳脑海中浑浑噩噩，脑海中有零散的记忆画面：坐在酒店房间里吃饭，高档的水晶红酒杯发出清脆且有微小回声的碰撞……自己被扶着下楼，在地库里上了一辆车，然后自己被扶着下车，进了一个黑暗的房间……那个扶着自己的人好像不是鲁大民，因为那个人穿着一身黑色的衣服，而且还戴着口罩。丁海琳试图起身，浑身上下的力气不知道都跑到哪里去了，她只能感觉到肢体关节的酸痛。

"你很好，只是太累了，应该休息，休息很久很久。"鲁大民坐在床边安抚道。

丁海琳使出全身的力气，透过半睁开的眼帘，看到鲁大民在黑暗中的轮廓那么清晰，他望着窗外，不知道在想些什么。

"是你扶我来的吗？"丁海琳问鲁大民。

鲁大民转过头来，望着丁海琳，慢慢地点点头。

丁海琳突然觉得眼前这个人不是鲁大民，虽然两人长得几乎一模一样，但是就是给人感觉不是同一个人。因为刚刚转过头来的这个人眼神透出金属般的光泽，冷冰冰，没有任何感情色彩。

她突然觉得很痛苦，好多事情的真相原来如此残酷。

地处东北的清北市今天沉浸在对历史的痛苦回忆中。1931年9月18日傍晚，日本关东军虎石台独立守备队第2营第3连离开原驻地虎石台兵营，沿南满铁路向南行进。夜22时20分左右，以日本关东军铁路守备队柳条湖分遣队队长河本末守中尉为首的一个小分队以巡视铁路为名，在奉天（现沈阳）北面约7.5千米，离东北军驻地北大营800米处的柳条湖南满铁路段上引爆小型炸药，炸毁了小段铁路，并将3具身穿东北军士兵服装的中国人尸体放在现场，作为东北军破坏铁路的证据，诬称中国军队破坏铁路并袭击日守备队，此事件被称为"九一八事变"。

"九一八事变"后，日本迅速侵占中国东北，并成立了傀儡政权——伪满洲国。1937年7月7日，日军在北平附近挑起卢沟桥事变，中日战争全面爆发。

1945年8月15日，日本向同盟国无条件投降。

世人皆知中国历经十四年取得了抗日战争的胜利，世人也知军人伤亡数字巨大，但有多少人能够准确地记得中国遭受战争荼毒的平民数量呢？现在能够掌握的不完全统计是中国平民近千万人死于战火，近亿万人成为难民。

抗日战争是全民抗战，现在中国发展迅速，日渐强大，却又面临着新的全民抗战——禁毒。盛大雷没有出生于抗日战争年代，但是他生逢毒品犯罪蔓延的时代。他想起了大学时第一次在北京的酒吧撞见有人卖摇头丸。当时他就产生过怀疑，如今看来那些怀疑是有道理的。如果当时自己追究下去，或许就不会出现自己最信任的师兄潘东接近自己的父亲采取"卧底行动"了。

盛大雷作为警察，责无旁贷地站在禁毒战争第一线。而盛坤作为企业家或许也有企业家的社会责任，但是当面临家人生命被威胁时，他选择的是沉默。如今看来，这种沉默也是助纣为虐，毒邪势力越发嚣张。

盛大雷没有想到那些离奇的家世和遭遇，还有匪夷所思的命案背后的根本动机居然是攫取金钱——用毒品攫取超乎想象的巨额财富——自己和父亲都在不知不觉中成了这个庞大邪恶势力的拦路石。

今天是民间称为"国耻日"的9月18日，其实背后还有每一天都在发生的罪恶，面对这种罪恶，当年在虎门销烟的林则徐曾言："苟利国家生死以，岂因祸福避趋之！"

盛大雷回国前就已下定决心，要把当时父亲想逃避的责任承担起来，父亲之所以退让就是为了避祸，现在看来根本不可能避得了！当务之急是要阻止对一条生命的杀戮，第四个被害的女性现在应该已经落到凶手的手上。这个凶手的父亲曾经是盛坤的合伙人，暂且称其为老B。

随着当年在松原发迹，业务迅速扩展到东北其他地市，再逐渐扩展到全国，乃至走出国门，是当时正值壮年的盛坤始料未及的。事业版图迅速扩张，财富累积的速度也更快，盛坤觉得一切都大有可为，他对未来充满了信心。但是，老B的欲望被金钱勾引得如同火箭升空。什么正当的事业赚钱都有一个投资回报期，他已经失去了等待的耐心，他希望在最短的时间里获取最高额的利润，于是他选择了毒品买卖。

人与毒品的关系很难讲是怎样一种关系，是人主动发现和寻找毒品，还是毒品会主动找上某些特定的人？毒品网络的搭建可以不费吹灰之力，因为一家家合法企业早已经布局成熟，毒品只须借用这些企业渠道流动即可。无论是毒品本身的流动还是巨额资金的流动，庞大的跨国、跨行业的集团都是最合适的保护伞。

公司何去何从，有了两条背道而驰的路径，矛盾一触即发。盛坤与老 B 两人第一次谈崩就是在松原查干湖畔那家绳索厂的后院里。当时两人打算出湖钓鱼，边钓鱼边谈一些彼此间知道不能再拖延的事情。到了该摊牌的时候。

他们俩去绳索厂想买一些渔网和鱼线，从前屋到后院都没有找到人。

老 B 显然失去了耐心，当时就在后院里与盛坤发生了激烈的争执，直言不讳地辩论未来的发展方向。老 B 对盛坤的不思进取和胆小怕事极其不满。事实上，老 B 已经背着盛坤，利用企业提供的便利条件展开了毒品业务，事情出乎意料地顺利，一切都让他的野心膨胀得更快。

在那个院子里，盛坤果断地提出两人应该分道扬镳。道不同，不相为谋。没想到，就在他们俩站的院子的角落里还有一个地窖，绳索作坊的一家三口一直在下面盘点存货。

当那家的男主人第一个撑开地窖木板，探出身时，老 B 担心事情败露，毫不犹豫地抄起脚下的斧头将其砍死了，紧接着他又砍死了女主人，最后是那个小姑娘。

盛坤眼睁睁地看着当年的合作伙伴陷入了杀红眼的癫狂。但是，他又能怎么办呢？不知道那一家三口听到了多少，盛坤也说不清楚公司现在涉及的毒品犯罪是否能够让人相信与自己没有任何关联。在老 B 的威胁下，盛坤如同行尸走肉，只好协助老 B 把三具尸体包裹严实，并系上重石，趁着夜色搬上了船。

那天大雾，小船划到查干湖的中央，四周漆黑，盛坤眼睁睁地看着那三具尸体分别"扑通，扑通，扑通"地被推入水中，迅速消失在深不见底的湖中。抛尸后，老 B 继续逼迫盛坤表态，如果他愿意合作，那大家还是好兄弟，如果不合作，他会先对盛坤的妻子下手。

如果老 B 只是威胁盛坤，盛坤或许会坚持己见，但当老 B 要伤害盛坤的妻子时，盛坤又愤怒又害怕。爱就是这样，既可以让人勇敢，也可以让人软弱。

他从来没有见过合作伙伴的口气那么坚定，没有任何回旋余地。尤其是想到就在刚才老B手起斧落，一口气杀了三个人，盛坤知道他再杀一个人也不会有所犹豫和顾忌。

盛坤沉默地看着老B的嘴唇翕动，疯狂的威胁如同咒语般恶毒、恐怖。"杀，杀，杀！"盛坤动了杀机，这就是人，胆怯到极致反而会演变成疯狂。剑拔弩张的两人，终于动起手来，两败俱伤，船翻了，两人各自向岸边游去。

在春夜的湖水中，盛坤剧烈地喘息，用力地划动四肢，头脑越来越清醒，他首先想到的就是要回去保护自己的爱妻。他太了解自己的合作伙伴了，从来都是说到做到，更何况老B对自己的爱妻原先就有深仇大恨，这些年只是因为彼此的合作才没有把过去的旧仇翻出来。

爱妻是萨满后人的事情是盛坤最该对老B隐瞒的事情。他不知道老B的母亲居然就是当年被"双头三叉戟"所杀的一名女知青。

历史久远得已经无法判断当年到底是谁为了毁坏萨满的名誉而使用"双头三叉戟"杀人了，但事后老B一直怀疑是雷静秋的父亲——当时二爷山上的那个萨满传人——和雷静秋的母亲合谋杀了另外三名女知青，否则为何只有雷静秋的母亲安然无事？

老B这些年碍于与盛坤多年的情分和合作关系没有再提，这次提了出来，如果盛坤不同意他发展毒品网络的计划，旧仇新恨一起清算。盛坤从查干湖水面上远远地看到岸边时，下定了决心，要主动出击，因为留给自己的时间已经不多了。

就像十二年后的今天，盛大雷也下定了决心，要迎难而上，要主动出击，因为留给他的时间确实也不多了。盛大雷听母亲讲过去发生的这些事情，此刻他突然能够理解父亲当年的处境和心情了。

· 10 ·

盛坤猛地睁开眼睛，他刚才在昏睡中似乎被电击了一下，空洞、黑暗、无边的沉睡被心脏骤然悸动惊醒。

父子连心，一定是盛大雷遇到什么危险了。盛坤知道最大的危险来自哪里，只是上次盛大雷偷偷来到病房，他才发觉自己的语言功能出现了问题。

上次盛大雷走后，盛坤有几次趁着病房里没人的时候尝试着开口说话，令人沮丧的是他依然无法用语言完整表达出脑海中的想法。

盛坤能听到门外警察在聊天。盛大雷制造火灾的情况发生以后，这里的警察越来越多，从病房门开关的过程中，他至少看到有四名警察在门口把守，不知道楼道的其他位置是否还有警察。

盛大雷先返回了酒店，回到三天前的那个房间，他三天前离开时挂在门外把手上的"请勿打扰"的卡片还在。鲁大民当时预交了一周的房费，后天才是退房时间。

他一手握着门把手，另外一只手试着用之前随身携带的房卡刷门，门"吱"的一声就被推开了。一进房间，盛大雷就闻到了一股味道，这股味道非常熟悉，但并不让他愉悦，因为那股味道类似于医院里的消毒水味道。还有一种场合会出现这种味道，犯罪人处理犯罪现场后不久，这股味道也会留存在密闭的空间中一段时间。

盛大雷反手，轻轻地关门，先是躲在卫生门外的墙边，胳膊迅速推了卫生间门一把，又迅速收回，门无声地开了，里面没有人。他踩着厚厚的地毯向里面走，客厅里干净整洁，一尘不染。他又走到套间门口，向里面张望，空无一人。

一定有人来过！盛大雷出发去泰国前，专门给前台打过电话，叮嘱这几天不要收拾房间。而他留在这里的东西都不见了踪影，包括剃须刀，还有换下来的破衣服。如果是酒店服务员忘记了他的叮嘱，来收拾东西，那也不可能不经客人允许就把东西丢掉。

只能是丁海琳，或者鲁大民来过了。可是，他们俩来这里为什么要收拾得如此整洁？还要喷洒消毒水？哦，对了，那个不是消毒水，应该是某种化学制剂，可以消除所有的指纹、汗渍、头皮屑这些能够透露个人信息的微小遗留物质。可是，哪里总有些不对！

盛大雷再次仔细扫视外间，突然发现了怪异之处——茶几下面的烟灰缸里有一个烟头。打扫得如此干净的地方，怎么会唯独忽略一个烟头呢？盛大雷弯下腰，仔细端详那个烟头：黄色的过滤嘴上面还遗留了1厘米左右长度的烟丝，烟丝外面的烟纸上还能看出"泰山"两个字，只是两个字的尖顶都被灼烧没了。自己抽的是"泰山"烟，没错，盛大雷记得自己是在这里吸过烟。

他死死盯着那个烟头，透过玻璃烟灰缸厚厚的底座，好像又看到了一根细细的长发，他正要再凑近细细查看时，门铃突然响起。盛大雷没吭声，悄无声息地靠近大门。门铃继续响了三声，一个声音在门外响起："先生，我是楼层的服务员，需要给您打扫房间吗？"

好奇怪！下午两点打扫房间？盛大雷依然不吭声。

"里面好像没有人啊！"不知道那个男服务员在压低声音跟谁说话。盛大雷凑到猫眼上，斜着看出去，一个男服务员正无奈地跟一个人摊摊手，按照男服务员的眼神判断，与男服务员正在说话的那个人应该就躲在房间门口旁边。

盛大雷悄声把门上的保险锁按下去，迅速跑到里间的套间，反手把门关上，同时把卧室里的床拖了过来，紧紧地顶住房间门，转身推开窗户。酒店的窗户开启宽度和角度都有规定，无法全部打开，这一点盛大雷当然知道。

他目测了下窗户尺寸和固定螺丝的具体位置，迅速掏出口袋里的瑞士军刀，开始旋转，这时外面响起了刷卡开门声，好在他刚才把暗锁扣上了。盛大雷听到有人开始用肩膀撞门，根据门外嘈杂的声音和对话判断，至少有五名警察。

盛大雷把整扇窗户卸了下来，放在旁边的墙角，迅速探身出去，先看下方，然后是左边、右边，最后仰头看上面。这个房间的窗户下面是酒店的后花园，套房都在酒店的最高层，酒店总计15层高，同层房间和房间之间的窗户距离很远。

盛大雷听到身后的房间已经发出了金属与木材结合处的撕裂声，由不得多做考虑了。他背靠着窗台，上半身探出去，双手紧紧握住窗框的两侧，一发力，双腿蜷起，然后立即踩在狭窄的窗台上。盛大雷慢慢伸直双腿站稳后，身体向外倾斜，笔直成一条线，他试探着把左臂向上伸去，勉勉强强够到了楼顶的边沿。他屏住呼吸，伸出另外一只手也搭在上面的水泥边沿。

"轰"的一声，套间的外门被撞开。

套房里间和外间的房门很单薄，顶着门的床估计也坚持不了多久。盛大雷双手手指头同时发力，两脚在窗沿上一蹬，整个身体在空中摇摆着，紧接着像正手曲臂悬垂一般，他的身体整个向上升起，很快他的眼睛就超出了屋顶的水泥沿儿。

以前在公安大学时，盛大雷是很恐惧曲臂悬垂这个考核项目的，因为当时他的体重大，没想到因为消瘦，他这次居然做了一个标准的动作，紧接着翻身跳上屋顶，一气呵成。就在他从屋顶上起身奔跑时，下面窗口传出了叫嚷和喝止声。盛大雷毫不犹豫，挥动双臂，加速奔跑。

· 11 ·

"我怀疑这个男人就是盛大雷！"夏璋用力点着放大的照片上的男子。

"你比对过照片上这个人面部露出来的部分吗？"吴新年明知故问道。

"非常相似！还有，他穿的鞋号也跟现场留下的脚印基本吻合！"话音刚落，夏璋就接到了电话，悄声说了几句话，严肃地扫视了屋子里的人，道，"技术队已经用最快的速度得出了检验结果，烟灰缸里烟头上的唾液与盛大雷的吻合，烟灰缸下面遗落的那根头发是丁海琳的！"

"盛大雷不可能对小丁下手！"老刘站了起来，难以置信。

"丁海琳从上周日到现在，已经失踪超过六十个小时了！"夏璋复述着众人皆知的事实，好像在强调，其实是在说废话，继而提出他真正想说的问题，"盛大雷之前一直坚持说还会死第四个人，他为什么这么确定？"

"只有凶犯最清楚自己想杀几个人吧！"吴新年补充道，他好像想起了什么，又说，"不会那封信也是他自己寄给自己的吧？"

一屋子的刑警面面相觑。

"当务之急是尽快抓住盛大雷！"夏璋口气沉重，"不知道小丁这次能不能逃过一劫啊！"

老刘陷入了焦虑，还有恐惧，不祥的预感在他的人生第二次出现。

盛大雷从酒店跑了出来，坐在出租车上给丁海琳打电话，电话居然通了，但是没人接。二爷山公园大门口已经出现在车子前方，天色还没有完全暗下来。

盛大雷下了车，进公园大门时，门口几个工作人员正在踩着梯子换横幅，扯下来的横幅上写的是："不忘国耻，励志图强！"换上去的新横幅的字多了很多："庆祝萨满申遗成功五周年暨中秋节民俗文化节开幕！"

盛大雷进入公园，发现工作人员和礼仪公司的一些人员都在忙碌地挂灯笼。灯笼上印的都是萨满的各类面具，像京剧脸谱一般稀奇古怪，每只灯笼下面都挂着一张红纸条，上面是灯谜。公园广场上方已经搭好了架子，灯笼密密麻麻地挂在上面。

盛大雷穿过忙碌的广场，沿着山上的小径走去，小径两侧树枝上的灯笼都已经挂好。

盛大雷心中一动，加快步伐，到了当时发现宋威尸体的拐弯处。那条原先挂着纪念《森林保护法》的横幅不见了踪影，取而代之的是绳子上的两只红灯笼。从他进公园到现在，不过才十几分钟，天色已经暗了下来，白天明显地变短了。

盛大雷站在两只灯笼下面，仰头端详，心中细想。就在一瞬间，所有的灯笼亮了起来，盛大雷的眼睛被照耀得眯了一下，突然，他发现了一个熟悉的东西——绿色的绳索！灯笼挂在绿色的绳索上，随着晚风轻轻摇晃。也就是半分钟的时间，灯笼又都熄灭了，应该是公园正在检验灯笼的通电情况。

上一次因为横幅很长又很大，所以从下往上看，几乎看不清楚绳索的样子。现在只挂着两只灯笼的绳索几乎都露了出来。盛大雷的心脏狂跳，他三步走到其中一棵被绳索捆绑的树下，手脚并用，猴子爬树般地攀爬了上去。真是要感谢在中国人民公安大学的训练，爬杆就是在那个时候练出来的，毕业这几年他还是第一次使用这项技能。

盛大雷爬到绳子捆绑在树干上的位置，脑袋绕着树枝，先看左边，再看右边，一无所获。他下滑了一米，直接跳到地面上，然后跑到绳索捆绑的另外一棵树下，重复动作，攀爬上去。

盛大雷终于找到了那组数字！此处绳索捆绑的树干位置上，一圈树皮被磨掉了，裸露出来的白色树干上整整齐齐地刻着四个数字——0919。

不是9月20日！

今晚他就会动手，今晚午夜前第四位受害者就会落到他的手上，只等凌晨一过，他就会再次用那把"双头三叉戟"杀人！今晚必须救下第四个受害者！必须！

盛大雷忘记从树上下来了，双腿和双臂环抱住树干，灯笼下的红纸上的灯谜纸随风晃动——"圆寂（打一成语）"。

谜底多么简单！坐以待毙啊！盛大雷猜到了灯谜的答案，但是解答不了内心的一个巨大的谜语。他自言自语："在什么地方呢？会在哪里呢？"

"那个人，你在干什么呢？"一名工作人员站在山路上，指着盛大雷喊道。

盛大雷直接腾空跃下，二话没说，撒腿就跑。还有三个多小时就是午夜12点了，只有不到四个小时了！他到底在哪儿？他这次要杀谁？盛大雷沿着山路向下冲刺，仿佛体验到宋威生前在这里跑步时的感受，那晚她与自己在这里擦肩而过。

盛大雷冲出公园门口，焦躁地拦车。这里晚上车少，他继续向主干道奔跑。盛大雷拦到第一辆出租车时，司机问他去哪里，他才突然醒悟，自己都不知道自己该去哪里！

盛大雷随口说了一句："朝九晚五酒吧！"

车子向市中心驶去。

盛大雷坐在车后座上，呆呆地坐着，前面几次都是凌晨过了十几分钟，被害者就会拨打110报警电话。她们当时应该已经被控制住了，甚至已经被吊起来，"双头三叉戟"已经顶在她们胸腔和下颌之间，还有一圈鲨鱼牙齿般的利刃环绕在脖子上。凶手现在已经控制住了即将要杀害的第四名女性。这第四名女性到底是谁呢？又在哪里呢？

盛大雷给丁海琳打电话，依然无法接通。他思前想后，还是鼓起勇气给老刘打了个电话。

"大雷？"电话接通后，老刘见到陌生的异国号码，仍脱口而出。

"我现在确定凶手已经控制住了一名女性，而且依然会像之前三起命案一样，今天午夜12点一过，立刻杀死被害人，跟之前一样，110依然会接到报警电话！"盛大雷不顾出租车司机从后视镜中显现的惊讶眼光，带着哭腔道，"可是我不知道第四名女性是谁！我也不知道现场在哪里！"

"海琳失踪了，已经六十多个小时了。"老刘这话一说出来，盛大雷的脑袋"嗡"地混沌成了一片。

他不是没想过第四个被害者会是丁海琳！下午从酒店逃出来，他就怀疑过丁海琳和鲁大民！为何凶手不会也是一名女性呢？盛大雷曾经思考过这个问题，但是最终被他自己否定了。无论是对付宋威，还是把李翘从地道里运往别墅地下室，还是北京卖花姑娘发现的那个带有文身的神秘人，一切信息显示凶手都应该是一名跟盛大雷一样身强力壮的男子。丁海琳在这个节点失踪了，她不是凶手的话，那有一种可能性变得很大——丁海琳就是第四名被害对象！

这样想来，那最有嫌疑的人也就不言而喻了！盛大雷心里突然很害怕，有哭的冲动，他用力地拍打着自己的大腿，对着电话说："快去查鲁大民！看看他现在在哪里！"

"鲁大民是谁？"老刘迷惑道。

"他是宋威在北京进修时的同学，今天你们去的那家酒店就是他开房登记的！"盛大雷这才知道，丁海琳从来没有跟老刘提到过鲁大民。

挂了老刘的电话，盛大雷脑海中又想起了上次在医院父亲跟自己说的那两个字来——"大"和"杀"——鲁"大"民"杀"人！

"到了！"司机回头提醒盛大雷，按下的计价器开始播报价格。

盛大雷付了车费，在朝九晚五酒吧门口呆呆地站着，他期待老刘赶快打电话来告诉自己鲁大民现在的下落，同时他也希望自己能够灵光乍现。

即使在"九一八事变"纪念日的当晚，酒吧生意依然红火，红男绿女喜笑颜开，成群结队。他们好奇地看着酒吧门口路灯下那个高大英俊的男青年，只是他高档蓝色夹克的胸口处都是摩擦的痕迹和污渍，质地精良的西裤的左口袋处已经被扯开了好大一条口子，直接露出了里面的腿部肌肤，似乎还有血渍。

· 12 ·

"你跟盛大雷一样，都是在成群结队的学校里生活过吧？你们不准留长发的，对吧？"鲁大民像是在聊家常话，他挽起衣袖，用手里绿色的绳索捆绑丁海琳的头发。

丁海琳发出细微的应答声，然后一个字一个字地问道："你从什么时候开始把我列为目标的？"她能感觉到力量正在快速流逝，好像血快要流干了一样。

"从你第一次见到我时，我想，下一个目标就是你了！为了找到最棒的目标，我等了好久！我很珍惜你，对那三个我是不肯像对你一样陪伴三天的。"鲁大民紧了紧手中的绳索，满意地坐到了床边。他检查了一下头上戴的透明头套，确保所有的头发都被包裹在里面，这才不慌不忙地拿起一个东西，举在丁海琳眼前晃了晃，道："你知道自己的死法了吧？"

丁海琳慢慢闭上了眼睛，她没有哭，因为她连哭的力量都没有了，在酒店喝下几杯红酒后，她就觉得自己越来越无力。

"你简直就是神赐予我的礼物！你比前面三个都漂亮，还是警察！而且是盛大雷的拍档！"鲁大民得意扬扬，转身出了卧室，然后又转回来说，"你喜欢盛大雷吧？"

丁海琳依然闭着眼睛，不说话。她刚才看到鲁大民的胳膊上没有文身，她知道了眼前这个人是多么可怕。她曾经下意识地拿盛大雷和鲁大民比较过。鲁大民更像她曾经爱的那个男人。盛大雷还太年轻，聪明勇敢，容易冲动，有时很莽撞。不知道为什么，丁海琳现在想起盛大雷来，心里觉得很暖，越暖越担心。她陷入了焦虑，还有恐惧。

"但是你还是更喜欢我吧！哈哈！"鲁大民的笑声很得意，他刻意地压低了声调，显得很假，甚至有些猥琐。

"李翘和张景芳我最不满意，有点儿姿色，但是很无趣。她们俩觉得自己美得让我一见钟情。李翘还贪图我的财富，殊不知一块手表就能买了她的命。哎，你口渴吗？我给你倒杯水吧！"鲁大民起身，出去拿回了一个水杯。

那个马克杯是盛大雷平日用的，上面的机器猫捧腹大笑，丁海琳突然觉得盛大雷就像机器猫，那么可亲可爱，她突然有种想哭的冲动。

鲁大民温柔地把水杯口靠近丁海琳的嘴唇，缓缓地向里面一点一点地倒水。他的动作是那么轻柔，好像在悉心照顾一个生病的爱人。

"还有宋威，跟你一样当过兵，徐娘半老，以为自己人生随着事业的辉煌还会遭遇感情的春天！"鲁大民用丁海琳的白衬衣的领口擦了擦她嘴角淌下的温水，用诗人般的口吻说话。

为什么之前觉得他说话有时文绉绉的，那么儒雅，同样的语调和语气现在听起来却令丁海琳毛骨悚然，甚至恶心得想吐。

"她们想跟我睡觉。她们看我的眼神都是欲求不满，多么低劣的动物，没有一个像你这么优秀、这么完美！"鲁大民把水杯放在床头柜上，把一块勋章拿在手中端详。

"这是二等功勋章吧？公安部最年轻有为的二等功臣杀了特警出身的警花。这个新闻够爆炸吗？能上头条吧！"鲁大民轻轻叹口气，道，"盛大雷确实跟刘成三那种货色不一样，但本质上有什么区别？刘成三把我的话当圣旨，盛大雷把那些自以为真理的法律当回事！"

"刘成三死了啊！"丁海琳有气无力道。

"死得其所！难道你不觉得他这个道具把那些警察耍得团团转很有趣吗？哈哈哈。"鲁大民干巴巴地笑了。

他换了一个自得的话题："还有盛坤，即使没被炸死，得知自己的儿子杀了四个人，尤其还杀了一个女警察的话，会不会被气死呢？盛大雷被判了死刑，也等于给盛坤判了死刑，你说是不是？"

"炸弹？"丁海琳说了两个字就没有了力气，她努力调动全身上下的力量想把话说完。

"不要太辛苦了！我替你说吧！"鲁大民把勋章挂到自己的脖子上，掂了掂勋章的重量，摇头叹息道，"这是铜的？不对！应该是更低价的铝。我可是导航定位系统业内精英，控制所有人的活动轨迹手到擒来，安个定时炸弹也不必大费周折吧。"

丁海琳终于确定了所有杀戮的指向，原来都是指向盛坤的。杀了这么多人是为了毁了盛大雷，毁了盛大雷是为了彻底毁了盛坤。这是一盘多么复杂的棋，如果不是自己亲身经历，亲耳所闻，丁海琳真的不敢相信这个世界上还有如此处心积虑的杀人犯。他的智商又是如此之高，伪装之成功甚至令她自己都不得不佩服。

"萨满呢？"丁海琳攒了一点儿劲儿，迸出了三个字。

"那真是一个复杂而漫长的故事，甚至要从千年前讲起，最起码也要从过去的一百年讲起，在你死之前怕是讲不完了。"鲁大民惋惜地叹了口气，旋即情绪又高涨了起来，"我们得抓紧时间准备了！明天中秋节，早上8点半，我还要准时回北京与我父亲团聚！"

这是丁海琳第一次从鲁大民口中听到"父亲"两个字，鲁大民的口吻那么虔诚，他把左右手上的胶皮手套分别向上扯了扯，又伸在床头灯下仔细检查，自言自语道："现在的产品质量真是令人堪忧，安全套会破，手套也一样，所以我们需要特别地仔细、谨慎。"

· 13 ·

盛大雷发现警灯闪烁的时候，已经晚了。从出租车下来，他站在酒吧门口的电线杆下，光线十分充足，再加上进进出出的人对他的怪异指指点点，很快就引起了一名开车路过的巡警的注意。

巡警左手把着方向盘，保持车辆匀速缓慢前进，右手点开手机，查看照片，点击屏幕，放大照片。对照马路对面那个失魂落魄的青年男子，包括照片下面配发的对此人身高、体重等情况的文字描述，他确定那个人就是现在全市局都在追捕的犯罪嫌疑人。

刚才短暂的电话里老刘没有提醒盛大雷，盛大雷早知道自己现在的处境，但是新的发现让他的脑袋被猛烈地撞击，紧接着就陷入了迷乱的思考。盛大雷满脑子都在想该去哪里找鲁大民，却忽略了有多少人正在找自己。

一个背着琴包的青年不小心撞了盛大雷一下。盛大雷抬起头，看到那个满含歉意的年轻人就是自己在朝九晚五酒吧第一次听到南里乐队歌曲的那个两人组合中的一个。

放在平时，盛大雷一定会主动与他攀谈几句，但这时他看到了对面马路边的巡逻警车，他知道自己已经暴露了，车上驾驶座上的警员正在低头摆弄着什么，然后抬头向自己这边看来。盛大雷转身疾走，然后逐渐加速，最终奔跑起来，不断地与迎面而来的行人发生撞击，最终他进了一条小胡同。

这条胡同他很熟悉。他给李超特打电话，依然无人接听。盛大雷跑到楼下，按动楼下按键，大门开后，他疾速跑入。不过一分钟，盛大雷已经钻进了李超特的小阁楼，里面一片狼藉。

天窗大开，夜风呼呼地往屋里灌，阿迪从天窗上矫健地跳了下来，跑到盛大雷脚边，两只前爪抱着盛大雷的右小腿，脖子轻轻地蹭。阿迪扭头领着盛大雷走到它的饭碗前，里面空空如也。盛大雷从墙角找到猫粮袋，给阿迪的饭碗里装满褐色的猫粮，阿迪的喉咙里发出"呼噜噜"的声音，狼吞虎咽起来。

盛大雷蹲下身，双手摸摸阿迪光滑的毛，四处打量。电脑已不见，他大概猜到了是谁来这里进行了大扫荡。这片胡同纵横的区域周边响起了无数警报声，警车正从四面八方赶来。盛大雷当机立断，推开阁楼的天窗，双手撑着窗栏杆，一跃而出，先是斜坐在阁楼外顶的屋檐上，再爬到尖顶的水泥烟囱处，从里面摸出了那个黑色的铁盒子，从里面把那把六四手枪掏出来，掀起衬衣，别在腰带里。

他顺着尖顶，慢慢滑向屋檐，微微地探出脑袋向下张望。楼下狭窄的胡同两侧入口都已经有警车堵住，显然他们对他形成了包抄之势。盛大雷不禁苦笑，这段时间自己可谓钻地上天，无所不为。

警察们鱼贯下车，呼喊着搜查胡同里的几栋建筑物。这栋楼整体呈正方形，盛大雷沿着屋檐绕到对面，发现不远处是一座寺庙，隐藏在或高或低的几栋楼之间，目测寺庙大殿屋顶距离自己大概15米。他从来都不知道在这座城市中还有这样一座寺庙存在。

两座建筑的屋顶侧面连有一根黑粗的电线，盛大雷觉得那根电线负载不了自己的体重和冲力。他的脑海中迅速回忆自己过去的跳远成绩，心算下过去自己跳远的最好成绩，再加上向下俯冲的惯性，他知道值得一试。

盛大雷四肢并用，屁股向斜上方快速挪动，慢慢地站起身，深呼吸，突然爆发，先迈出右脚，用力一蹬屋顶，向斜下方冲去。

阁楼一侧的屋顶居然两步半就迈了过去，盛大雷的第三步是在腾空时微微一收右脚，按照心算和目测应该刚好踩在屋檐最外侧，这样借力一蹬又可借力，谁知第一步和第二步蹬垮了整个屋顶的屋瓦，整侧的屋瓦稀里哗啦地向下滑动。

盛大雷身体腾空的一瞬间，心里一沉，觉得刚才最后一蹬蹬在了一片滑落的屋瓦上，脚下借力明显不够。就在身体向下坠落的瞬间，他只能把那根电线当作唯一的救命稻草，双手同时握住电线。果不其然，电线两端迅速崩溃，盛大雷挂在电线上呈"Y"形继续下坠。这时他已经听到这侧胡同口有警察发现了自己，呼喊着"不许动"向自己逼近。

盛大雷借助电线断裂前的最后一秒钟，用力一荡，整个身体向前扑去，松开电线的双臂向前延展到了极致，他的手指触碰到了墙体，紧接着，整条胡同里原先还有的一点灯光全都熄灭了。

盛大雷在夜色中来不及细看，只是双手紧紧扣住寺庙的墙体，迅速翻跃，翻进了寺院。盛大雷双脚落地，刚要起身，发现眼前有一双穿着黑布鞋的脚，目光顺着向上看去，是一条宽松的土布裤子，再往上是一件白色的褂子——面前站着一位老和尚。

老和尚并没有被盛大雷惊吓住，他沉静地双手合十，凝望着盛大雷。这时，寺庙大门响起了密集的擂门声，拳掌用力拍打厚重的院门，在院子里形成了回声。

老和尚没有回头看院门，而是与慢慢站起身的盛大雷对视，然后转身向后院走去。走了几步，看盛大雷没有跟上，他又侧转身子，朝着盛大雷招手示意。

盛大雷被老和尚目光中的慈悲吸引，快步跟上。老和尚引领他直接走进大雄宝殿，大雄宝殿就是正殿，是整座寺院的核心建筑。

大雄是佛的德号，具体而言：大，是指包含万有；雄，是指慑服群魔。因为释迦牟尼佛具有圆觉智慧，能够雄镇大千世界，所以佛教寺院最核心、最重要和最宏伟的建筑都是大雄宝殿。

大雄宝殿中点着几根蜡烛，柔和的光洒在释迦牟尼佛的佛像身上。盛大雷抬头看到佛像温柔不语地凝望着自己。老和尚掀起佛像前的供桌，示意盛大雷钻进去。盛大雷躲在香案下面，老和尚把帘子放下后，里面一片漆黑。

在黑暗狭小的空间里，盛大雷想起，就在昨天傍晚，即将离开曼谷时，母亲陪他去机场途中，遇到一个繁华的十字路口，母亲示意司机停车，她独自下了车。盛大雷透过车窗看到母亲在街角的小摊上买了一束黄花和白花组成的花团，还买了一根香烛，随着接踵摩肩的信徒，顺时针地绕着街角的一尊神像绕了一圈，她的表情那么虔诚。

盛大雷坐在车上，看不到神像的整体，只是觉得神像供奉在高约4米、工艺精细的花岗岩神龛内，正襟危坐，全身金碧辉煌，好像四面都是同一面孔和同一姿态，夕阳如同佛光般笼罩在佛像上……

他没有听到老和尚的脚步声，但很快听到寺庙大门"吱嘎"一声被打开。嘈杂的问询声遮盖住了老和尚的声音。盛大雷听到一些凌乱的脚步声窸窸窣窣地出现在自己周围，又过了几分钟，脚步声离去，大门又"吱嘎"一声被关上了。

盛大雷依然不敢动，屏气蜷身于香案下，直到他眼前一亮，老和尚掀起了帘子。盛大雷钻出来，看着老和尚慈祥的眼神，那种眼神是对他无条件的信任和慈爱。他不知道自己应该怎么感谢，只好也模仿着双手合十，深深地鞠了一躬。

· 14 ·

盛大雷走出寺庙时，再次躬身合十，老和尚把门关上。警笛声已经远去，他走到胡同口，在一个楼洞里给老刘打电话。

电话一通，没有寒暄，老刘开始说话："鲁大民，30岁，祖籍吉林松原，在松原福利院长大，聪明，谨慎，在松原读的夜大。19岁时在大同打过工，后来又到清北工作，在几家贸易公司都有过任职经历，中间几年经历空白。26岁时突然在北京崛起，创建了一家高新技术公司，并迅速上市，现在了解到他主要涉及的产业有IT和物流，在海外有不可估量的资产。"

盛大雷听到这些，就好像当初听李超特介绍自己父亲的发家史一样。

"他现在哪里？与之前的那些案子有什么关联吗？"盛大雷更关心现在，更关心迫在眉睫的事情。

"我们不能确定李翘、张景芳和宋威在清北死的时候他在清北，因为那三个时间前后没有他进出清北的交通信息和住宿信息……"

"这都不重要！重要的是他现在在哪里！"盛大雷看着腕表，距离午夜12点只有一个半小时了！

"我们无法确认他现在的位置，甚至不知道他是否在清北！"老刘说完这句话，没挂断电话，也不再说话。

盛大雷突然觉得很无力，手机几乎从手中滑落，他靠着门洞坐了下来，台阶透出一阵阵凉意。他会在哪里呢？盛大雷用力地捶自己的脑袋，现在一定要冷静！从头来一遍，从头来一遍！盛大雷提醒自己！

李翘死在清朗别墅小区里，张景芳死在水泥厂旁，宋威死在二爷山上，如果鲁大民要杀的人是丁海琳的话，他会在哪里呢？

"大雷，你一定要救小丁！她是我没过门的儿媳妇啊！"老刘说完，给儿子忌日烧纸时忍住的泪水终于流了下来。男儿有泪不轻弹，更何况是老刘这样过硬的战士、勇敢的刑警！

盛大雷用力地点点头，对着电话说："刘队，我答应您！您现在有办法给李超特一台电脑吗？"

"可以！"老刘毫不迟疑。

"你让他根据前三个死的女性的陈尸地点，推断下第四个会在什么地方！要快！"

"千万不要被人抓住！"老刘叮嘱完最后一句就挂断了电话，字字千金。

盛大雷摸摸口袋，烟盒已经瘪了，里面的烟没有被折断的只剩两支，他把其中一支捋直，用火机点燃，深深地吸了一口。他后脑勺靠在门洞侧面墙上，仰望着星空，月亮已经很大很圆了，马上就是中秋节了。

母亲在曼谷，父亲在重症监护室，自己现在的处境如此艰难，但是好在三个人都在！都还活着！这次去曼谷，与母亲再次相逢，实在是人生最大的意外。上次去松原调查时他就已经发现了这种可能，但是李超特根据母亲的信息在网上查不到任何痕迹，就像查干湖畔人间蒸发的一家三口一样。

"他们的势力超乎你想象！大雷，他们无所不在，连你父亲都没有全部觉察。老B隐身，但他的同党渗透进了你父亲公司的各个部门。他们在世界的各个角落都有自己的爪牙，甚至是你觉得那些根本不可能的人。"盛大雷清楚记得母亲说起老B时的惊恐神情，母亲甚至认为老B不是真正的幕后黑手。这个世界上还有比老B更可怕的人！

"为了保护我，你父亲制造我车祸死亡的假象，我用另外一个身份生活在异国他乡，即使这样，他们还是有所察觉，他们在向我们逼近。"母亲已经嗅到了敌人的杀气，紧紧地握住盛大雷的手。

"儿子，答应妈妈！永远不要故意去跟他们作对！好不好？"雷静秋恳求儿子。

盛大雷不忍心让母亲再为自己多担心，用力点点头。

256

"你这次回去如果能救出那个姑娘，只要能证明你和你父亲清白就好，不要贪心不足！"雷静秋显然还是不放心儿子。

可是，盛大雷想的则是，如果自己的判断没有错的话，一旦救出丁海琳，也抓住了凶手，自己就可不证自明，但是若不继续追究到底，又如何能够证明父亲的清白呢？

这时，盛大雷的手机响了，在门洞里的回声很响，烟已燃尽。他把烟头扔掉，摁下了接听键。

"你们几个人的身材都不错，除了宋威！"鲁大民显然想起了什么，皱了皱眉头，道，"她太重，树枝都承受不了她的体重。"鲁大民为了吊起宋威来，折断了好几根树枝，这个蠢女人还做着梅开二度的美梦一心减肥呢！

鲁大民轻轻抚摩丁海琳的脸庞，把没束起来的零散的头发顺到她耳后，胶皮手套与丁海琳的皮肤接触，引起了一片鸡皮疙瘩。

鲁大民顺势趴在丁海琳耳朵上，温柔地说："一会儿你要配合些啊，毕竟你是研究生，不能像张景芳那样，让她照着我说的话说她都说不好！"

丁海琳明白为何张景芳的报警电话说的内容跟另外两个受害人不同了。没有人能够把所有人控制得像机器一样丝毫没有差错，何况机器本身也存在着犯错的概率。

丁海琳看着上方鲁大民的嘴唇翕动，闻着弥漫在上方的淡淡香水味，她真的不敢相信之前就是这张嘴跟自己谈哲学、谈艺术、谈人生。

"你好好休息一会儿，我要开始消毒了。"鲁大民从口袋里摸出一只口罩给自己戴上，然后拿起一个喷壶，显然里面的溶剂早已调试好。

他拿着喷壶，努力回忆着自己进入这个房间后的所有轨迹和动作，开始仔细地喷洒溶液，还不时地低下头，用放大镜照地面，用小镊子夹起一些毛发，通通装入一个透明的塑料袋子。差不多是时候了，鲁大民直起腰，满意地看着四周精心清理过的一切，点点头。

他走进卧室，歪头凝视了半昏半醒的丁海琳一会儿，之后掏出手机，轻轻坐在床边，柔声说："在告别这个世界的时候，你帮傻雷说点什么告别语吧！告别语我已经替你想好，你听听是不是特别合适啊！"

鲁大民低头在手机屏幕上开始打字，口中一个字一个字地念道："一切美好的事物都是曲折地接近自己的目标，一切笔直都是骗人的，所有真理都是弯曲的，时间本身就是一个圆圈。"

"好了，编辑完了！没有错别字！你觉得怎么样？这也是尼采的话，很值得我们欣赏吧！"鲁大民说，"咱们俩得加快进度了，23:16准时发送这条朋友圈时，一切都必须准备好了，程序必须非常完美！"

鲁大民站起身，从床边的地毯上拎起了一个物件。

· 15 ·

李超特用老刘的电话给盛大雷打来电话："大雷，我觉得之前三处死亡地点的共性是都与经济关联。你父亲曾经入股一家国营水泥厂，这家水泥厂与张景芳死的那家水泥厂是一家水泥厂。清朗别墅当初建设时招标采购的水泥是这个厂子出的，宋威死在二爷山时修山路用的水泥也是这个厂子关门后的库存——"

"不对！超特，如果按照这个思路，只要用过这个水泥厂水泥的地方都有可能的话，我们根本不可能找到这个地方！"盛大雷看着手表指针已经接近11点整，留给他的时间或许不足一个小时了，这也意味着丁海琳的生命沙漏还有不足一个小时就要滴尽。

忽然，盛大雷想起了什么，脑海中想起之前跟李超特和丁海琳的对话，那些话跟母亲说过的一些话之间有什么关联？

如果说李翘、张景芳和宋威都是指向父亲的话，那丁海琳就是指向自己；如果说鲁大民杀死李翘、张景芳和宋威的地方都与父亲投资的水泥厂有关，那么他杀死丁海琳的地方会不会也与自己有关呢？

他在清北有关的场合，一个是清北市公安局，一个就是，就是……

盛大雷汗毛竖了起来！他对着电话喊道："让老刘接电话！"

李超特把电话还给老刘，老刘刚"喂"了一声，盛大雷就说道："他在我的宿舍！她也在！"

"鲁大民？小丁？"老刘的问题没有人回答，电话就被挂断了。

盛大雷一个飞跃，把一个正在楼前停摩托车的年轻人推倒在地。从左侧上车，重心放在左腿，抬高右腿跨上摩托车，双手紧握车把，身体靠紧油箱，保持平衡。被推倒在地的青年一骨碌爬起来，刚要扑上去，盛大雷已经捏离合把手使得离合器分离，踩挡杆到一挡，紧接着松开离合，双脚一收，摩托车像箭一样射了出去。

　　"你要相信自己！靠自己！"宗队的话在盛大雷脑海中回响。现在只能靠自己，不能靠任何人。冷静下来！盛大雷命令自己。

　　盛大雷朝着宿舍小区的方向飞驰而去，遇到第一个大十字路口，推动车把，身体微微向右倾斜，继续目视前方。在下一个红绿灯左转时，迎面来了一辆大货车，盛大雷全神贯注地盯着自己要走的路，义无反顾地从大货车前面擦身而过。

　　盛大雷出了一身冷汗。这时一辆警车发现了他，鸣起警笛在后面紧紧追赶。他顾不得考虑后面的警车是因为自己超速追赶自己，还是发现是犯罪嫌疑人要抓自己，只顾把油门加到最大，摩托车"突突"地加速，风吹起他的衣袖，仿若翱翔。

　　又过了一个路口，摩托车几乎倾斜着摩擦路面，火花一串串向后飞溅，警车已经被明显地抛在了后面。再穿过前方350米长的地下隧道，还有10分钟，应该还有10分钟就可以到了！就在盛大雷钻进隧道的一刹那，对面来了一辆车子，那辆车子他再熟悉不过了！夏璋坐在侦查大队那辆老捷达轿车里，他的眼神透过挡风玻璃与盛大雷的空中相遇时，夏璋眼神中喷出了怒火，用力打方向盘。捷达车轮胎在地面发出尖锐的摩擦声，在隧道中更是刺耳。

　　盛大雷并没有在意夏璋的表情变化，因为现在时间已经来不及了！他把油门踩到底，风驰电掣，因为没戴头盔，流下的汗水直接被风吹到脑后。在捷达车挡在前方路面时，盛大雷毫不犹豫地驾驶摩托车到了反车道。

　　突然，两道刺眼的大灯汇合成一道刺眼的光束，刺得盛大雷睁不开眼，大卡车司机显然也发现了向着自己猛烈冲来的摩托车，随即猛打方向盘，并按响了车喇叭。车体紧急转向导致的轮胎摩擦声、不同型号车辆的鸣笛声，伴随着不同人发出的呵斥声、惊呼声，盛大雷擦着两辆车子中间的缝隙，冲出了隧道。

摩托车冲出隧道的一刹那，所有的嘈杂都抛在了隧道里，隧道里的憋闷也被夜风吹散了。夏璋肯定还会追赶，但是盛大雷太清楚那辆破旧捷达的性能了，不足为虑。盛大雷看了看油表，盘算了下余下的距离，一切都好像足够，起码差不多够。

当那个院子在前方出现时，盛大雷不知道自己是该激动还是害怕。摩托车在院子外面发出了巨大的声响，因为盛大雷没有踩刹车，任由车子倾斜着擦地冲上了人行道，直接撞在了院墙上，轮子还在急速空转。

盛大雷已从车子上飞身而下，就地抱头打了三个滚，他顾不得身上的撞伤，爬起来冲进了院门口，十几步跨进门洞，一步四个台阶地爬上了四楼。

盛大雷站在门口，从腰带上掏出了那把六四手枪。刹那间，当年在公安大学射击课上20个课时灌输的知识技能自动启动脑程序，包括入职培训时教官的多次强调："瞄准时，不能把食指全部放到扳机上，而是将食指肚轻轻搭上扳机，缓慢加力，开始预压，全神贯注于击发时机，在那最合适的一刻，果断击发。"

现在室内风向和风速、光的强度这些外在影响因素可以忽略，心静、眼准和手稳这些内在因素则显得非常重要。盛大雷无声地调整气息，左右脚基本平行，左脚稍微靠前，右手持枪，锁死手肘、手腕，准备用骨骼和体重来抵抗后坐力。

已经没有时间去思考上次持枪射击是什么时候了，动作到位后，盛大雷侧耳倾听屋内声音。屋内没有声音，盛大雷对眼前这扇门再了解不过了，门体应该不足5厘米厚，还是以前的那种老门锁，舌头卡在门框的铁槽上。盛大雷前后微微挪动步伐，左脚撑地，确定支点稳定，紧接着抬起右腿，猛烈地踹到了门上。

"砰"的一声巨响，门被踹开了，眼前的一幕如此熟悉，却依然冲击着盛大雷的视觉与全身的感觉：丁海琳的头发被绳索吊在客厅上方的吊灯处，灯罩向一侧歪去，丁海琳的脚尖勉强够着地面。她似乎已经失去了知觉，整个身体软绵绵地以脚尖和头顶的绳索为轴心，微微摇晃着。

那把"双头三叉戟"赫然套在丁海琳纤细的脖颈儿上，铁圈上向内的锋利刀口犹如鳄鱼张开了大嘴，一圈尖牙随时会撕咬开丁海琳白皙的脖子。丁海琳仰着头，下颌已经有血珠渗出，白色的衬衣胸口处也有血迹洇开。

盛大雷即使看得这么仔细，其实也不过花了两秒钟的时间，就在他冲进屋子的瞬间，他的右脚迈进屋子，左脚还没跟上，突然一个黑影从门口边的卫生间里冲了出来，黑影双手举着的东西重重地砸在盛大雷的脑袋上。

盛大雷"扑通"一声倒地，脑袋又重重地磕在水泥地上。黑影一脚把盛大雷手中的手枪踢飞，磕磕绊绊地跌落到卧室里去了，同时黑影反手把房门关上。整个世界都在天旋地转，盛大雷看到一双套着白色鞋套的黑皮鞋在挪动，他没有昏死过去。身后的门被关上了，一只脚用力地踩在自己的背上，犹如一座大山。这时候，他才感觉到热血从自己的头发间流淌出来，淌过自己的额头，倾泻在水泥地上，迅速地包围了自己贴在地面的左侧脸庞，热热的、黏黏的。

· 16 ·

"不自量力！胆小如鼠的爹能养出什么样的英雄儿子来！"鲁大民的声音从盛大雷的后背上方传来，脑袋被刚才那只套着鞋套的黑皮鞋碾压。

盛大雷努力地睁开眼睛，面前的血泊里是那盆红豆杉，红豆杉的花盆已破裂，黑色的土壤散落在地面上，红豆杉的根系露了出来，毛茸茸的，像一棵小人参。

"我很喜欢吃你爸爸酒店的日料，还很喜欢在玉渊潭公园夜跑。"鲁大民的这句话，细思极恐。

盛大雷也很喜欢去父亲的五星级大酒店里吃日料，工作后也时常在家楼下的玉渊潭公园夜跑。鲁大民这个鬼魂已经潜伏在他身边和生活里多久了？一年？两年？三年？还是更久？

"你原来那个女朋友，我说的是你那个大学同学！不错，胸大！你还没上她吧？"鲁大民猥琐地笑了起来。

"不准你说她！"盛大雷咬牙切齿道，但是声音比他自己预料的小太多。

"若知道你的亲密战友们也要弄死你爹，我何必那么麻烦地安装炸药啊？我这算是帮了警察大忙吧？算立功吗？"鲁大民惋惜地摇摇头，"下回我要拿捏得精准些，要么死，要么就是活死人，这是时代对科技的基本要求啊！"

盛大雷想起被裹成木乃伊模样的父亲，心在滴血，眼睛像一把机关枪，"突突"地朝眼前这个罪魁祸首射击。

"看来又得让我费些周折了！"鲁大民对盛大雷的眼神视若无睹，自说自话，"公安部男警官杀死四名女性，最后一名还是警花！"

鲁大民像指挥家一般，两手在空中比画着，朗诵诗歌一般："我得认真设计下，你是畏罪自杀好呢，还是被我正当防卫拯救人质过程中杀死好呢？前者的现场好像不太好设计，后者貌似顺理成章！"

"为什么？"盛大雷咯出一口血水，挣扎着问道。

"为什么？因为你母亲是两个魔鬼的孩子。你父亲是一个居然想杀我义父的胆小鬼！"鲁大民被激怒了。

"你义父？"盛大雷的脑海中像过火车一样，许多人的面孔都浮现出来。母亲跟他说过，那次父亲没能在查干湖杀死老B，过后老B人间蒸发，但他带走的仇恨却越来越浓重地笼罩着这个世界。

"你父亲要杀我义父！你来清北还要杀另外一个对我有恩的人！你！你！你！我要杀了你全家！"鲁大民好像魔鬼附身，腔调变得尖厉刺耳，"用我提醒你吗？你来清北扬名立万的那个案子！"

盛大雷突然想起了自己抓住的那个老谢头，想起了老谢头堆满废品的小院子，想起了他家里满柜子的昂贵营养品，还有许多珍稀的古物。

他被执行死刑了吗？盛大雷脑海中一片空白，喃喃道："老谢头跟你……跟你有什么关系？"

"他是我当年流落清北时唯一帮过我、关心我的人！你这个蠢货，不要以为他老人家只是个收废品的，他帮助我义父发展事业，无怨无悔，没有他，我就认识不了我义父！"鲁大民气急败坏地用力踩盛大雷的脑袋，"为了一个已经死了的女孩而杀了他！我义父当年先是放过了你母亲，后来又放过了你父亲，你们一家都是恩将仇报的萨满魔鬼！"

"双头三叉戟——"盛大雷刚说出那五个字，鲁大民就打断了他的话语，大笑起来，"没错，你们抓了他老人家，我就用他找来的那把萨满的东西杀死你们！"

盛大雷先是头痛，紧接着感觉恶心。鲁大民的声音好像产生了连绵不绝的回音，又被高功率喇叭扩大，整个房间里的氧气在逐渐稀少。

真相大白了：一个收废品的孤寡老头儿，可以轻易地进出工地，可以轻易地传递情报、运输毒品，可以做的恶事太多了，却不会轻易被人注意。

"你们一对狗父子在北京逍遥自在，我义父只能藏身海外！他老人家就是怕你那个恩将仇报的爹还会害人！"鲁大民用脚尖钩起盛大雷的下巴，恨恨道，"让你先看着她死在你面前，我再杀了你给我父亲报仇！"

盛大雷吃力地抬起头，下巴上的血水滴答、滴答，迟缓地跌落在地面的血泊里。

他终于亲眼见到了"双头三叉戟"：好像是两把一模一样的三齿叉子尾端连接在了一起，向上的三齿抵着丁海琳的下颌，向下的三齿抵着丁海琳的胸口，双头三叉戟的柄杆中间位置固定在一个项圈上，而这个黑魆魆的金属项圈已经紧紧地套在丁海琳白皙的颈子上，想必项圈如同手铐一般有锁扣，项圈的内圈有密密麻麻的金属利刃，这些利刃紧紧地顶着丁海琳的脖子周围。

她支撑不住了，摇晃的幅度越来越大，但凡有一根利刃刺进她的身体，她的身体就会条件反射般地挣扎，而这种挣扎只会加速她死亡……

"你是萨满的后代，知道这个东西怎么用吗？"鲁大民得意扬扬地"嘿嘿"一笑，自问自答道，"你看到这里没有，就这个小小的按钮。"

盛大雷努力聚焦，这才发现项圈与双头叉连接的位置有一个圆钮。

"只要我轻轻地一按，这些叉子都会同时弹出，项圈上的尖头平均长度比现在多出8厘米，这下巴和胸腔处的尖头能多出12厘米，绝对可以保证深深地扎入这位警花的身体深处。"鲁大民慨叹道，"也不能说你的祖上没有头脑，能发明出这样的精密仪器也是不得了啊！"

"跟她没有关系，放她走……"盛大雷乞求道。

"士为知己者死吗？你不是喜欢做英雄吗？我来成全你！我就让她死在你这个英雄面前，这比直接杀了你还让我痛快！"鲁大民抬腿向卧室走去。

盛大雷感觉身体一轻，眼睁睁地看着鲁大民进屋去捡那把手枪。而他的身体依然不能动弹，眼前也只有那盆被摔碎的红豆杉。有几片绿色的叶子浸在血里，却并不违和，绿叶间的一颗颗红豆和鲜血是同一种颜色。

"盛大雷，是该说再见的时候了！"鲁大民看看手腕上的表，又看看盛大雷手腕上与自己同款的手表，惋惜道，"你的品位不俗，智商也不低，我还是欣赏你的，如果你的爹不是盛坤多好，如果你不做警察，多好！"边说着边走到丁海琳身后，把丁海琳捆绑在身后的绳索解开，扔到盛大雷面前。

鲁大民又说道："你们警察是最讲证据的吧？那我就再给警方一些证据，要不然他们还得自己辛苦地找。"他边说边用戴着手套的手拿起丁海琳的右手握住枪柄，然后把黑洞洞的枪口对准了盛大雷的脑门。

从当年读四年警校，到如今从警两年多，穿了警服六年多时间，第一次有人用枪指着盛大雷。

盛大雷甚至可以想象技术队到达现场时的判断：男警察意图谋杀第四条人命——一位女警察，女警察死之前拼尽全力挣脱被捆绑的双手，开枪杀死了这个恶魔般的男警察。

此刻，盛大雷的恐惧消失了，头脑变得异常清醒，他不断喃喃自语："你要相信自己！靠自己！去面对！别逃避！"现在只能靠自己，不能靠任何人。冷静下来！盛大雷命令自己。他在积攒力量，积攒力量。

· 17 ·

"萨满孽子的死前祷告吗？"鲁大民听不清楚盛大雷在嘟囔什么，显然他也没有好奇心去弄明白盛大雷说的话的意思，他舒缓大度道："我突然有了一个念头，想给你一个选择！"

鲁大民的翩翩风度仿佛重新附体，他笑眯眯地用枪指着丁海琳道："今天可以先让她死，你把你妈的下落告诉我，或许我一时高兴能让你多活几天。"

猫捉老鼠的戏弄！输赢显而易见。

"你那个妈是魔鬼的孩子，而且跟你那个爸一样都是胆小鬼！"鲁大民兴趣盎然，他真想看到盛大雷苦苦哀求，或者临终前还要遭受父母被羞辱的痛苦。

"或许我会大发慈悲，开动脑筋，看怎么能让你们一家三口同时死，这是不是也是天降缘分啊？！哈哈！"鲁大民对自己的念头非常得意。

盛大雷知道鲁大民在等午夜12点的到来，他会先轻松按下"双头三叉戟"的启动开关，然后在丁海琳死去的瞬间借刀杀人，从容地握着丁海琳的手向自己开枪。

盛大雷微微转动眼珠，盯着自己手腕上的秒针，还有十秒钟，还有十秒钟，鲁大民就会采取杀戮。"十，九，八，七，六……"盛大雷默念到"六"的时候，鲁大民再次低下头看他的腕表。

盛大雷拼尽全身的力气，猛地跃起，把手中攥着的一块锋利的花盆碎片，向鲁大民的头部用力刺去。可是，他没有刺中既定的目标位置，因为他积攒的力量不够，不足以支撑他跳得那样高……

盛大雷手中的花盆碎片没有按照既定目标插入盛大雷的太阳穴，而是深深地扎入了他的脖子，一股热血迅速喷了出来，就在血液从鲁大民身体喷出的一刹那，第一滴血还没有落地的时候，盛大雷和鲁大民的腕表同时"嘀"了一声。

鲁大民身体倾斜，即将重重地摔倒在地的瞬间，他试图伸手去按丁海琳喉咙处"双头三叉戟"的机关。

鲁大民的手指已经触摸到了"双头三叉戟"的机关，只是，他没有想到，盛大雷重心落地前的最后一个动作是用他自己的身躯无力地撞击鲁大民，虽然很无力，但是很有效。鲁大民的手指还没有按下机关，就与盛大雷双双跌落，并被盛大雷压在了身下。

前后只有4秒钟的突然袭击让鲁大民遭到了重创，疼痛感迅速袭击了他的身心。

盛大雷拼尽最后一点力气来抢枪时，满脸是血，两眼瞪得铜铃一般大，头发一根根地竖了起来，犹如戴着面具的萨满。

但是，这一次，盛大雷连一丁点儿力气也使不出来了，他扣住鲁大民右腕的双手逐渐失去了力气，十根手指头逐渐失去了知觉。

鲁大民笑了，他把右腕逐渐向内掉转，十度，二十度，三十度，四十度，五十度，转到六十度时，手枪的枪口再次对准了盛大雷的脑袋。盛大雷看着距离自己鼻尖不过10厘米的枪口，突然觉得那或许就是一个时光隧道。当那个时光隧道里突然亮起来时，就是自己应该回到原点，归于微尘的时刻了。

鲁大民的右手食指开始发力，刚才没来得及按"双头三叉戟"的机关，但现在他非常有信心可以扣动扳机，现在的盛大雷只是一头濒临死亡的狮子，已经没有威胁自己的任何一点力气了……

"砰"的一声枪响，盛大雷闭上了眼睛，整个世界归于黑暗。

▷ 尾声

被太阳近距离地烘烤，似乎要融化成液体，紧接着变成蒸汽，然后就是短暂的凉爽的风吹过，皮肤上的汗毛好像都被轻拂了起来，然后就进入了漫长的黑暗，好像在寒冷的北极冬眠。过了很久很久，又好像是在母亲温暖的胎盘里漂浮，伴着花香。

盛大雷想从母亲的肚子里出来，他使出了全身的力气，眼皮微微地动了一下，继续努力，微微的光投进眼里来。有模糊的影子在他眼前晃动，仿佛像素不高的模糊照片，看不清楚脸，只能看到人影晃动。

有温暖的雨露滴落下来，打在盛大雷的脸庞上，痒痒的。

"大雷！大雷！"声声呼唤，仿佛母亲对初生婴儿的轻柔呼唤。

盛大雷吃力地张开眼皮，模糊的身影逐渐清晰，是一张精致漂亮的脸庞，一双热切的眼眸已经被盈眶的泪水浸润得闪着光。丁海琳紧紧地握着盛大雷的手，看到盛大雷逐渐露出的双眸一点点地聚焦，最终与自己的双眸对焦，顾不得拭去泪水，丁海琳笑了起来，原来哭着微笑也会这么美好。

"我们都死了吗？"盛大雷的声音微弱得像一只迷迷瞪瞪的大猫半梦半醒间发出的呓语。

"我们都没死，我们都好好的！"丁海琳扑在盛大雷的胸前，紧紧地抱住他，生怕他的灵魂和体温离开他的身体。

"看，光明就在我们眼前……"盛大雷的声音虽然依然有气无力，但是已经带着孩子般的戏谑。

"讨厌！"丁海琳直起身，擦掉眼泪，破涕为笑。

盛大雷嘴里继续念叨着："……我们有力量打破这个黑暗，争到光明！"

他顺着空气中的香味，视线向床头柜转去，那盆小小的红豆杉亭亭玉立，只是换了一个蓝色的花盆。

红豆杉红褐色的树皮上有些浅裂纹，枝条密生，叶片排成不规则的两列，斜向上伸展，条形、有短柄，前端凸尖，上面深绿色，一串串圆豆豆散发出鲜红的光泽。

红豆杉后上方露出老刘的脸庞："那枪是夏璋开的，他救了你，也救了小丁！"老刘走上前，轻轻握住盛大雷的手，反复摩挲着，他从来没有这么温柔过。

"夏队带给你的！"丁海琳指了指小红豆杉旁边的一盒月饼。那是盛大雷最爱吃的五仁月饼，红色的盒子很喜庆。

"我父亲呢？"盛大雷看着老刘问道。

……

一名背影妙曼的女子，伫立在曲岸厅头，周围只有细微的流水声。她把手机放在右耳旁，看着池子中自由自在的锦鲤，听着儿子的声音，脸上露出了微笑。

"你爸现在怎么样了？"女子关切地问道。

"已经好多了，我一会儿去医院送晚饭！"盛大雷笑着讲。

盛大雷挂了电话，扶着阳台的栏杆，安静地看着北京玉渊潭公园里芦苇与残荷相伴，鲜花与红叶共舞，一派秋天的盛景。然后他转身回到卧室。

屋里面已经被打扫一新，他躺在床上，仰头看着重新挂好的全家福，从下到上地看着儿时的自己还有年轻的爸妈，幸福是这么平淡，又是这么真实。

盛大雷拿起床头上放着的看到最后几页的《庙堂之高，江湖之远》。离开清北时他把那本分析金庸《射雕英雄传》人物心理的《繁复世情，璀璨江湖》留给了丁海琳，丁海琳回赠他的是同一个作者的新作。

这本书透过《鹿鼎记》解读清初政治、文化与社会，正翻到的这个章节是写韦小宝作为"天下第一福将"的官场心得。作者认为"康熙与韦小宝实质上是庙堂和江湖关系的相互投射"。

这个章节的最后一段话这样写道："人与人之间的吸引和需要其实就是内心欠缺部分的补充，或者说是弥补。康熙可以提拔韦小宝，让韦小宝有恃无恐，甚至为所欲为；韦小宝也可以代康熙做许多拿不到桌面和朝廷上公开说的事情。韦小宝作为康熙的心腹甚至是化身游走于江湖发挥了巨大的作用，不能行走江湖的康熙也在韦小宝的经历中体验到某种快乐。"

"世界已冰冻三尺，木南桥永远春天……"盛大雷已经把自己的手机铃声设为南里乐队的歌曲了。

盛大雷举到面前一看，立刻起身，摁下接听键，面色严肃道："给您敬礼！"

"彻底康复了吗？"秦臻一定在电话那头慈祥地笑着，即使见不到人也能听得出表情。

"彻底好了，请领导放心！"盛大雷有板有眼地点点头，好像秦臻就在他面前一样。

"你父亲的案子基本快结了，你也该回来工作了吧！"秦臻语气转为认真，问道，"现在有一个艰巨的任务……"

"请您指示！"盛大雷挺直了腰杆。

秦臻语气凝重："你父亲这个案子牵扯出的许多线索，指向了一个国际犯罪集团，犯罪网络蔓延到了许多国家，我们之前和国际刑警组织有过合作，现在需要一名卧底……"

卧底？盛大雷联想到自己读警校时最喜欢看的电影《无间道》。

"我们现在掌握的关于老B的情报很稀少……"

盛大雷又联想到这些年最喜欢看的电影《谍影重重》。

"你现在是最合适的人选，还需要你父亲和母亲的全力配合。"这才是秦臻真正想说的话。

"儿子，答应妈妈！永远不要故意去跟他们作对！好不好？"盛大雷想起母亲恳求自己时眼神中透出的丝丝惧意和深深忧虑，他能让母亲担忧，甚至让母亲或父亲再因为自己而涉险吗？

"明天早上8点到我办公室来！"秦臻指示道。

"是！"盛大雷用力地一并脚跟，停顿了几秒钟，他忍不住问道，"秦局，我师兄潘东哪里去了？"

"你不怨他了？"秦臻电话里的声音带着笑。

盛大雷摇了摇头，问出了心底的问题："我和他是出同一个任务吗？"

（本书完）

2018年7月9日第一稿完结于北京会城门。

2018年8月1日第二稿完结于北京木樨地。

2018年8月25日第三稿完结于北京西红门。